ZHONGGUO XIAOSHUO
100 QIANG

中国小说 100 强（1978—2022）

血色草原

王怀宇 著

北京联合出版公司
Beijing United Publishing Co.,Ltd.

图书在版编目（CIP）数据

血色草原 / 王怀宇著. -- 北京 : 北京联合出版公司, 2023.9
（中国小说100强）
ISBN 978-7-5596-7008-3

Ⅰ.①血… Ⅱ.①王… Ⅲ.①长篇小说－中国－当代 Ⅳ.①I247.5

中国国家版本馆CIP数据核字(2023)第108162号

血色草原

作　　者：王怀宇
出 品 人：赵红仕
出版监制：张晓冬　范晓潮
责任编辑：牛炜征
特约编辑：和庚方　张　颖
封面设计：武　一

北京联合出版公司出版
（北京市西城区德外大街83号楼9层　100088）
北京兴星伟业印刷有限公司印刷　新华书店经销
字数248千字　650毫米×920毫米　1/16　27.5印张
2023年9月第1版　2023年9月第1次印刷
ISBN 978-7-5596-7008-3
定价：78.00元

版权所有，侵权必究
未经书面许可，不得以任何方式转载、复制、翻印本书部分或全部内容。
本书若有质量问题，请与本公司图书销售中心联系调换。
电话：010-65868687

中国小说100强（1978—2022）丛书

编委会

丛书总策划

张　明　著名出版人
张　英　资深媒体人

编委主任

吴义勤　中国作协副主席
　　　　中国小说学会会长

编　委

吴义勤　中国作协副主席、中国小说学会会长
宗仁发　《作家》杂志主编
谢有顺　中山大学教授、中国小说学会副会长
顾建平　《小说选刊》副主编
张　英　资深媒体人
文　欢　作家、出版人

总　序

"中国小说100强"（1978—2022）是资深出版人张明先生和腾讯读书知名记者张英先生共同策划发起的一套大型文学丛书。他们邀请我和宗仁发、谢有顺、顾建平、文欢一起组成编委会，并特邀徐晨亮参与，经过认真研讨和多轮投票最终评定了100人的入选小说家目录。由于编委们大多都是长期在中国文学现场与中国文学一路同行的一线编辑、出版家、评论家和文学记者，可以说都是最专业的文学读者，因此，本套书对专业性的追求是理所当然的，编委们的个人趣味、审美爱好虽有不同，但对作家和文学本身的尊重、对小说艺术的尊重、对文学史和阅读史的尊重，决定了丛书编选的原则、方向和基本逻辑。

从文学史的角度来说，1978年以后开启的新时期文学是中国当代文学的黄金时代，不仅涌现了一批至今享誉世界的优秀作家，而且创造了许多脍炙人口的文学经典，并某种程度上改写了20世纪中国文学史的版图。而在中国新时期文学的经典家族中，小说和小说家无疑是艺术成就最高、影响力最大的部分。"中国小说100强"（1978—2022）就是试图将这个时期的具有经典性的小说家和中国小说的经典之作完整、系统地筛选和呈现出来，并以此构成对新时期文学史的某种回顾与重读、观察与评判。呈现在读者面前的这套丛书是对1978—2022年间中国当代小说发展历程的一次全面、系统的整体性回顾与检阅，是中国当代文学经典化的重要成果，从特定的角度集中展示了中国新时期文学在小说创作方面的巨大成就。需要说明的是，与1978—2022年新时期文学繁荣兴盛的局面相比，100位作家和100本书还远远不能涵盖中国当代小说的全貌，很多堪称经典的小说也许因为各种原因并未能进入。莫言、苏童、余华等作家本来都在编委投票评定的名单里，但因为他们已与某些出版社签下了专有出版合同，不允许其他出版社另出小说集，因而只能因不可抗原因而割爱，遗珠之憾实难避免，而且文学的审美本身也是多元的，我们的判断、评价、选择也许与有些读者的认知和判断是冲突的，但我们绝无把自己的标准强加于别人的意思。我们呈现的只是我们观察中国这个时期当代小说的一个角度、一种标准，我们坚持文学性、学术性、专业性、民间性，注重作家个体的生活体验、叙事能力和艺术功力，我们突破代际局限，老、中、青小说家都平等对待，王蒙、冯骥才、梁晓声、铁凝、阿来等名家名作蔚为大观，徐则臣、阿乙、弋舟、鲁敏、林森等新人新作也是目不暇接，我们特别关注文学的新生力量，尤其是近10年作品多次获国家大奖、市场人气爆棚的新生代小说家，我们禀持包容、开放、多元的审美立场，无论是专注用现实题材传达个人迥异驳杂人生经验、用心用情书写和表现时代精神的现实主义作家，还是执着于艺术探索和个体风格的实验性作家，在丛书里都是一视同仁。我们坚信我们是忠实于自己的艺术理想、艺术原则和艺术良心的，但我们并不认为自己的角度和标准是唯一的，我们期待并尊重各种各样的观察角度和文学判断。

当然，编选和出版"中国小说100强"（1978—2022）这套大型丛书，除了上述对文学史、小说史成就的整体呈现这一追求之外，我们还有更深远、更宏大的学术目标，那就是全力推进中国当代文学"经典化"的历程和"全民阅读·书香中国"建设。

从1949年发端的中国当代文学已经有了70多年的发展历程，但对这70多年文学的评价一直存在巨大的分歧，"极端的否定"与"极端的肯定"常常让我们看不到当代文学的真相。有人认为中国当代文学达到了前所未有的高度和水平。王蒙先生在法兰克福书展上就说：中国当代文学现在是有史以来最繁荣的时期。余秋雨、刘再复甚至认为中国当代文学的成就远远超过了现代文学。也有人极端否定中国当代文学，认为中国当代文学都是垃圾。他们认为现代文学要远远超过当代文学，中国当代文学连与现代文学比较的资格都没有。比如说，相对于鲁（迅）、郭（沫若）、茅（盾）、巴（金）、老（舍）、曹（禺）这样大师级的人物，中国当代作家都是渺小的侏儒，根本不能相提并论，两者比较就是对大师的亵渎。应该说，与对中国当代文学的肯定之声相比，对当代文学的否定和轻视显然更成气候、更为普遍也更有市场。尽管否定者各自的角度和出发点不同，但中国当代作家、作品与中外文学大师、文学经典之间不可比拟的巨大距离却是唱衰中国当代文学者的主要论据。这种判断通常沿着两个逻辑展开：一是对中外文学大师精神价值、道德价值和人格价值的夸大与拔高，对文学大师的不证自明的宗教化、神性化的崇拜。二是对文学经典的神秘化、神圣化、绝对化、空洞化的理解与阐释。在此，我们看到了一个非常有趣的悖论：当谈论经典作家和文学大师时我们总是仰视而崇拜，他们的局限我们要么视而不见要么宽容原谅，但当我们谈论身边作家和身边作品时，我们总是专注于其弱点和局限，反而对其优点视而不见。问题还不在于这种姿态本身的厚此薄彼与伦理偏见，而是这种姿态背后所蕴含的"当代虚无主义"。这种"虚无主义"的最大后果就是对当代作家作品"经典化"的阻滞，对当代文学经典化历程的阻隔与拖延。一方面，我们视当下作家作品为"无物"，拒绝对其进行"经典化"的工作，另一方面又以早就完全"经典化"了的大师和经典来作为贬低当下泥沙俱下的文学现实的依据。这种不在同一个层面上的比较，不仅毫无意义，而且只能使得文学评价上的不公正以及各种偏激的怪论愈演愈烈。

其实，说中国当代文学如何不堪或如何优秀都没有说服力。关键是要进行"经典化"的工作，只有"经典化"的工作完成了才有可能比较客观地对当代的作家作品形成文学史的判断。对当代的"经典化"不是对过往经典、大师的否定，也不是对当代文学唱赞歌，而是要建立一个既立足文学史又与时俱进并与当代文学发展同步的认识评价体系和筛选体系。当然，我们也要承认，"经典化"问题是一个非常复杂的问题，并不是凭热情和冲动一下子就能完成的，但我们至少应该完成认识论上的"转变"并真正启动这样一个"过程"。

现在媒体上流行一些对于中国当代文学经典化冷嘲热讽的稀奇古怪的言论，其核心一是否定中国当代文学有经典、有大师，其二是否定批评界、学术界有关"经典化"的主张，认为在一个无经典的时代，"经典"是怎么"化"也"化"不出来的，"经典化"是一个实实在在的"伪命题"。其实，对于文学，每个人有不同的判断、不同的理解这很正常，每一种观点也都值得尊重。但是，在"经典"和"经典化"这个问题上，我却不能不说，上述观点存在对"经典"和"经典化"的双重误解，因而具有严重的误导性和危害性。

首先，就"经典"而言，否定中国当代文学早就不是什么新鲜事，对当代文学的虚无主义态度在很多人那里早已根深蒂固。我不想争论这背后的是与非，也不想分析这种观点背后的社会基础与人性基础。我只想指出，这种观点单从学理层面上看就已陷入了三个巨大误区：

第一个误区，是对经典的神圣化和神秘化的误区。很多人把经典想象为一个绝对的、神圣的、遥远的文学存在，觉得文学经典就是一个绝对的、乌托邦化的、十全十美的、所有人都喜欢的东西。这其实是为了阻隔当代文学和"经典"这个词发生关系。因为经典既然是绝对的、神圣的、乌托邦的、十全十美的,那我们今天哪一部作品会有这样的特性呢?如果回顾一下人类文学史,有这样特性的作品好像也没有。事实上,没有一部作品可以十全十美,也没有一部作品能让所有人喜欢。在这个问题上,我们应该明确的是,"经典"不是十全十美、无可挑剔的代名词,在人类文学史上似乎并不存在毫无缺点并能被任何人所认同的"经典"。因此,对每一个时代来说,"经典"并不是指那些高不可攀的神圣的、神秘的存在,只不过是那些比较优秀、能被比较多的人喜爱的作品而已。从这个意义上说,当今中国文坛谈论"经典"时那种神圣化、莫测高深的乌托邦姿态,不过是遮蔽和否定当代文学的一种不自觉的方式,他们假定了一种遥远、神秘、绝对、完美的"经典形象",并以对此一本正经的信仰、崇拜和无限拔高,建立了一整套关于中国当代文学的伦理话语体系与道德话语体系,从而充满正义感地宣判着中国当代文学的死刑。

第二个误区,是经典会自动呈现的误区。很多人会说,是金子总是会发光的。但对文学来说,文学经典的产生有着特殊性,即,它不是一个"标签",它一定是在阅读的意义上才会产生意义和价值的,也只有在阅读的意义上才能够实现价值,没有被阅读的作品没有被发现的作品就没有价值,就不会发光。而且经典的价值本身也不是固定不变的。如果一个作品的价值一开始就是固定不变的,那这个作品的价值就一定是有限的。经典一定会在不同的时代面对不同的读者呈现出完全不同的价值。这也是所谓文学永恒性的来源。也就是说,文学的永恒性不是指它的某一个意义、某一个价值的永恒,而是指它具有意义、价值的永恒再生性,它可以不断地延伸价值,可以不断地被创造、不断地被发现,这才是经典价值的根本。所以说,经典不但不会自动呈现,而且一定要在读者的阅读或者阐释、评价中才会呈现其价值。

第三个误区，是经典命名权的误区。很多人把经典的命名视为一种特殊权力。这有两个层面的问题：一，是现代人还是后代人具有命名权；二，是权威还是普通人具有命名权。说一个时代的作品是经典，是当代人说了算还是后代人说了算？从理论上来说当然是后代人说了算。我们宁愿把一切交给时间。但是，时间本身是不可信的，它不是客观的，是意识形态化的。某种意义上，时间确会消除文学的很多污染包括意识形态的污染，时间会让我们更清楚地看清模糊的、被掩盖的真相，但是时间同时也会使文学的现场感和鲜活性受到磨损与侵蚀，甚至时间本身也难逃意识形态的污染。此外，如果把一切交给时间，还有一个前提，那就是对后代的读者要有足够的信任，要相信他们能够完成对我们这个时代文学的经典化使命。但我们对后代的读者，其实是没有信心的。我们今天已经陷入了严重的阅读危机，我们怎么能寄希望后代人有更大的阅读热情呢？幻想后代的人用考古的方式对我们这个时代的文学进行经典命名，这现实吗？我不相信后人对我们身处时代"考古"式的阐释会比我们亲历的"经验"更可靠，也不相信，后人对我们身处时代文学的理解会比我们亲历者更准确。我觉得，一部被后代命名为"经典"的作品，在它所处的时代也一定会是被认可为"经典"的作品，我不相信，在当代默默无闻的作品在后代会被"考古"挖掘为"经典"。也许有人会举张爱玲、钱钟书、沈从文的例子，但我要说的是，他们的文学价值早在他们生活的时代就已被认可了，只不过很长时间由于意识形态的原因我们的文学史不谈及他们罢了。此外，在经典命名的问题上，我们还要回答的是当代作家究竟为谁写作的问题。当代作家是为同代人写作还是为后代人写作？幻想同代人不阅读、不接受的作品后代人会接受，这本身就是非常乌托邦的。更何况，当代作家所表现的经验以及对世界的认识，是当代人更能理解还是后代人更能理解？当然是当代人更能理解当代作家所表达的生活和经验，更能够产生共鸣。因此，从这个角度来说，当代人对一个时代经典的命名显然比后代人更重要。第二个层面，就是普通人、普通读者和权威的关系。理论上，我们都相信文学权威对一个时代文学经典命名的重要性，权威当然更有价值。但我们又不能够迷信文学权威。如果把一个时代文学经典的命名权仅仅交给几个权威，那也是非常危险的。这个危险表现在什么地方呢？就是几个人的错误会放大为整个时代的错误，几个人的偏见会放大为整个时代的偏见。我们有很多这样的文学史教训。在这个问题上，我们既要相信权威又不能迷信权威，我们要追求文学经典评价的民主化、民主性。对一个时代文学的判断应该是全体阅读者共同参与的民主化的过程，各种文学声音都应该能够有效地发出。这个时代的文学阅读，最理想的状态应该是一种互补性的阅读。为什么叫"互补性的阅读"？因为一个批评家再敬业，再劳动模范，一个人也读不过来所有的作品。举个例子：现在我们一年有5000部以上的长篇小说，一个批评家如果很敬业，每天在家读二十四小时，他能读多少部？一天读一部，一年也只能读三百部。但他一个人读不完，不等于我们整个时代的读者都读不完。这就需要互补性阅读。所有的读者互补性地读完所有作品。在所有作品都被阅读过的情况下，所有的声音都能发出来的情况下，各种声音的碰撞、妥协、对话，就会形成对这个时代文学比较客观、科学的判断。因此，文学的经典不是由某一个"权威"命名的，而是由一个时代所有的阅读者共同命名的，可以说，每一个阅读者都是一个命名者，他都有对经典进行命名的使命、责任和"权力"。而作为一个文学研究者或一个文学出版者，参与当代文学的进程，参与当代文学经典的筛选、淘洗和确立过程，更是一种义不容辞的责任和使命。说到底，"经典"是主观的，"经典"的确立是一个持续不断的"过程"，"经典"的价值是逐步呈现的，对于一部经典作品来说，它的当代认可、当代评价是不可或缺的。尽管这种认可和评价也许有偏颇，但是没有这种认可和评价，它就无法从浩如烟海的文本世界中突围而出，它就会永久地被埋没。从这个意义上说，在当代任何一部能够被阅读、谈论的文本都是幸运的，这是它变成"经典"的必要洗礼和必然路径。

总之，我们所提倡的"经典化"不是要简单地呈现一种结果，不是要简单地对一个时代的文学作品排座次，不是要武断地指出某部作品是"经典"，某部作品不是"经典"，不是要颁发一个"谁是经典"的荣誉证书，而是要进入一个发现文学价值、感受文学价值、呈现文学价值的过程。所谓"经典化"的"化"实际上就是文学价值影响人的精神生活的过程，就是通过文学阅读发现和呈现文学价值的过程。可以说，文学的经典化过程，既是一个历史化的过程，更是一个当代化的过程。文学的经典化时时刻刻都在进行着，它需要当代人的积极参与和实践。因此，哪怕你是一个对当代文学的虚无主义者，你可以不承认当代文学有经典，但只要你还承认有文学，你还需要和相信文学，还承认当代文学对人的精神生活具有影响力，你就不应该否定当代文学经典化的重要性。没有这个"经典化"，当代文学就不会进入和影响当代人的生活，就失去了存在的意义。每一个人，哪怕你是权威，你也不能以自己的好恶剥夺他人阅读文学和享受文学的权利。

从这个意义上说，当代文学的经典化当然是一个真命题而不是一个伪命题。在一个资讯泛滥的时代，给读者以经典的指引是文学界、出版界共同的责任，而这也是我们编辑出版这套书的意义所在。

最后，感谢张明和张英先生为本套书付出的辛劳，感谢北京立丰天文化传播有限公司、北京金圣典文化有限公司的资金支持，感谢全体编委和北京联合出版公司各位编辑，感谢所有对本套丛书的出版给予大力支持的作家和他们的家人。

是为序。

吴义勤
2022年冬于北京

（谨以此书献给我亲爱的祖母）

想在这里活着,你得习惯各种疼痛。

——题记

喇嘛拉迦森切哦，
桑杰拉迦森切哦，
丘拉迦森切哦，
根灯拉迦森切哦；
喇嘛拉迦森切哦，
桑杰拉迦森切哦，
丘拉迦森切哦，
根灯拉迦森切哦……

——皈依颂文

羊草垛，插钐刀，
你的兵马任我挑。
挑哪个？挑红鹰！
红鹰不在家，
挑你们哥仨。
哥仨去喝酒，
挑你们老九。
老九去放枪，
挑你们一大帮……

——草原民谣

目 录
Contents

引　言＿＿1

第 一 章　慓悍草原＿＿4

第 二 章　独特祖母＿＿9

第 三 章　同生共存＿＿17

第 四 章　王大铁拐＿＿27

第 五 章　胡老五＿＿36

第 六 章　冰湖上的血舞＿＿49

第 七 章　巨型狗鱼＿＿58

第 八 章　误杀＿＿68

第 九 章　换血大选＿＿74

第 十 章　瞎话＿＿83

第 十 一 章　早熟____93

第 十 二 章　食色性也____102

第 十 三 章　掏捞棒子____109

第 十 四 章　天性____117

第 十 五 章　残酷少年____125

第 十 六 章　懵懂之间____136

第 十 七 章　打羊草____146

第 十 八 章　湖妖____154

第 十 九 章　红老鸹瓢儿____166

第 二 十 章　同为弱民____177

第二十一章　祖父静悄悄地走了____188

第二十二章　为丑香子而战____192

第二十三章　颤抖的儿歌____197

第二十四章　坐牛____205

第二十五章　黄狗和花猫____217

第二十六章　大红公鸡＿＿224

第二十七章　最后的证明＿＿232

第二十八章　走向狼群的怪人＿＿238

第二十九章　马兰花＿＿247

第 三 十 章　另类辉煌＿＿256

第三十一章　英雄垂暮＿＿270

第三十二章　杨树花＿＿274

第三十三章　渴望长大＿＿281

第三十四章　家族丑闻＿＿291

第三十五章　苟活＿＿298

第三十六章　久别的亲人＿＿306

第三十七章　不像是真事＿＿312

第三十八章　流血事件＿＿323

第三十九章　什么都看不见了＿＿332

第 四 十 章　等来了结果＿＿338

第四十一章　初谙世事____351

第四十二章　貌似转机____360

第四十三章　不想再见____366

第四十四章　我是一只小小鸟____371

第四十五章　火印____380

第四十六章　重返故土____399

尾　声____416

引　言

　　查干淖尔大草原浩荡无边，肥沃的黑土地上似乎永无休止地生长着齐腰深的小叶章草，草原狼似乎也永无休止地在翻滚的草浪中匆匆隐现。奔腾的霍林河水由西向东横贯草原中部，河水季节性汹涌咆哮时，常常伴随着狗鱼群血红色的怒吼声。天性凶猛的狗鱼群总是追杀着草鱼群而来，它们对草鱼群就像怀有千古的仇恨，一路掏咬撕扯，生吞活剥……最后，那怒吼声伴着猩红的霍林河水渐渐低沉而去，直至淹没到远方浩瀚无边的查干湖深处。拉嘎老古庙里吟诵的喇嘛经从来没有停歇过，沙哑的皈依颂文犹如雄浑的蒙古族长调，偶尔也夹杂着几声粗俗的草原民谣，哼哼呀呀的和声一直萦绕着草原上大大小小的敖包子随风飘荡……

　　查干淖尔大草原深处的塔头滩上，苇草丛生，湿地成片，就更加显得广袤而神秘。夏天，一野碧绿；冬天，满目苍白。我永远都无法抹去塔头滩留在童年记忆里的深刻烙印，草原风掀起一波又一波浩荡草浪时，总能让我联想到马群的脊背、牛群的脊背、羊群的脊背，甚至是狼群的脊背……最后这些脊背奔涌成血味十足的红色肉浪，翻滚的草浪间时隐时现的塔头墩子就像一群群黑色妖灵，一直在辽阔的查干淖尔大草原上纵横驰骋……

我还是个咿呀学语的孩童时，塔头滩就铁青着面孔向我宣布了："王龙飞！你给我听清楚了！这里是爷们儿的天下，这里的一切都属于爷们儿！小兔崽子，当心你的小脊梁骨，还有你的小嘎拉哈！"似乎从那时起，我就懵懵懂懂并根深蒂固地认识到：这里的女人是属于强者的，尤其是美丽的女人一定要属于强者。弱者不仅得不到女人的身体，更得不到女人的爱情，甚至连娶个最丑陋的女人繁衍后代的机会都没有。直觉还在我幼小的心灵深处刻上这样一种不可动摇的理解：一个男人猎取美丽女人的能力就是他的生命能力和生命价值。这种畸形的理解一直伴随着我以后的生活，甚至在我后来经历了二十几年的文明教育后，那种牢固的洪荒印记也一直没有从我内心深处淡化出去。耳畔至今仍回荡着我儿时的真心呐喊："等着吧，别他妈老用那种眼光瞅着我。终会有一天，塔头滩上的美女会任我王龙飞随便挑选的！"至今，那乳臭未干的喊声仍然真挚而响亮地萦绕在我的耳畔……

塔头滩冬猎队这个名字更是渗入到每个人的骨髓，这支专门对付草原狼的冬猎队一直以判官的形象把塔头滩人分为两类——强者与弱者，或者说英雄与狗熊。前者上天庭，后者下地府。在塔头滩人的心目中，能入选塔头滩冬猎队就能拥有一切，塔头滩冬猎队要比历史上任何国家的任何王牌军队都神圣得多。在人们不太知道外面世界，或者知道一点儿也不放在眼里的塔头滩，冬猎队的崇高程度绝不亚于诺曼底登陆的二战盟军。冬猎队队长的自我感觉就更是无比良好了，如果他们知道世界上还有拿破仑、艾森豪威尔、麦克阿瑟、蒙哥马利、巴顿这些元帅将军，也绝不会感觉自己有半点儿逊色的。我曾以幼小的塔头滩平民的身份体验过塔头滩冬猎队的荣耀与辉煌。直至今日，一回忆起塔头滩冬猎队，它仍然能让我无条件地肃然起敬。虽然我早已知道那都是些什么乌合之众，那都是些什么荒野草民，但我还是无法阻止它在我心中成为骄傲和梦想。哪怕是眼下，只要提起塔头滩冬猎队，我仍然会不由自主地诚惶诚恐，我仍然会情不自禁地顶礼膜拜……

　　我还由衷地怀念那些飘着黏糊糊的长头发、光着红彤彤的大膀子、提着光闪闪的"掏捞棒子"从草原上拍马喊过的猎手，怀念那些马匹身上散发着的那股子浓烈的汗腥味儿和尿臊味儿，怀念猎手们那略带残酷的傲慢喊声，也包括他们说话时经常夹带出来的劲道脏口。虽然狼群和鱼群始终残酷无情地评判着人群，虽然人群的浴血竞争直接导致王氏家族沦为底层弱民，但我还是无限崇敬曾让我苦难压抑、让我撕心裂肺的塔头滩和滔滔不绝的霍林河。那里虽苦难，但很真实；那里虽残酷，但很公平。

　　在人们的常规印象中，大草原通常应该是碧绿色和墨绿色的，或者有时会是土黄色的，顶多也就是灰褐色的，但在我根深蒂固的童年记忆中，不仅仅是塔头滩，就连整个查干淖尔大草原都是红色的。无论春夏秋冬，大草原一直都是红色的，并且永远都是红色的，宛如一头巨大无比的红发魔兽……

第一章　慓悍草原

　　伴着亘古传唱的皈依颂文和草原民谣，草原风永不停歇地刮着。草原风刮过碧波荡漾的查干湖，刮过草浪摇曳的西大洼，刮过无边无际的塔头滩，刮过神秘莫测的鸡爪壕……除了一阵阵沁人心脾的蒿草味，一路上还裹挟着苦嗖嗖的野花味和咸丝丝的汗腥味，有时还夹杂着温暾暾的马牛羊等食草动物粪便的柴腐味，或者是热乎乎的狼狗猫等食肉动物粪便的酸臭味，那是每个塔头滩人都熟悉的草原上特有的复合气味。那气味一点儿都不难闻，对于塔头滩人来说那是最让人心安理得的气味了。甚至可以说，那是草原上亘古不变的别样芬芳。浑厚浓烈的气味穿过河流，穿过草地，穿过我困惑而迷茫的整个童少时代……

　　谁也说不清从什么时代起就有了这群汉族、满族、蒙古族、朝鲜族杂居的剽悍民众。他们好像从不放弃，他们好像也从不屈服，塔头滩人世世代代一直抖擞着这股与众不同的雄风。也许是从清军入关，康熙东巡？从岳家军高举长矛，直抵黄龙之时？还是从薛礼东征，抑或是北方高句丽王朝雄壮崛起的那天开始？总之，在很久很久以前，塔头滩就成了角力厮杀的圣地，就成了繁衍剽悍的地方。所以在后来的日子里，不管又来了哪个民族的人群，都一概被这里既有的勇猛之伍所洗礼、所同化，让不屈之魂渗入到每个生命的血液和骨髓深处。然后形成一种约定俗成的生存氛围——所有的男人和雄性必须首先告别任何形式的懦弱才有资格在这里生存。也许正是由于这与众不同的强硬风格，才造就了包括我们王氏家族在内的塔头滩上很多家族的沉重和好强。他们疼痛着，他们隐忍着，他们挣扎着，他们梦想着……

　　塔头滩人从来不把那些手提猎枪、百发百中地将远处飞奔的野兔撂倒的猎手视为优秀猎手；塔头滩人也从来不把那些抛圆大旋网、一旋网打上几十斤杂鱼的渔人视为上等渔人。人们把最受尊重的猎手称作"汉哥"，把最瞧得起的渔人叫作"把头"。草原上真正的"汉哥"从来不使用猎枪。他们只是象征性地提着一根两尺余长的"掏捞棒子"，腰里别上一把羊角剃刀。"汉哥"对野兔、野鸡等小猎物看都不看，他们只对查干淖尔大草原上最凶顽的猎物——草原狼感兴趣。他们斗狼的方式也极其独特，先凭勇猛使狼被动逃跑，然后再与狼拼耐力斗智力。称得上汉哥的猎手从来不找狼的短处，他们愿意看到凶恶的草原狼施展完浑身解数后俯首认输，这时他们才伸出大手揪住狼的后背将其擒到马上。草原上真正的"把头"从来不用网，他们仅凭一柄锈迹斑斑的黑色钢钩和一双有力的手臂来对付霍林河里最霸道的巨型狗鱼。常常要和垂死挣扎的巨型狗鱼滚作一团，拼个你死我活……印象中，好像只有那些不成年的半大孩子和步履蹒跚的耄耋老人，才用渔网去网鱼，才下挂子去挂鱼。

　　纵横大草原多少年了，塔头滩汉子的标准装备几乎没有什么改变：

就是一个套马杆子，一根"掏捞棒子"和一柄羊角剃刀，没有人见过同时身上又背着一杆猎枪的塔头滩汉子。

在塔头滩，能被尊为"汉哥"的人并不多，同时又被尊为"把头"的人就更显得凤毛麟角了。因为在任何领域里做成真正英雄都是不容易的，跨领域再做成英雄则更是难上加难。既当"汉哥"又当"把头"，其难度起码也要相当于今天NBA赛场上的最有价值球员，或者网球四大公开赛上的大满贯选手。塔头滩人在这个问题上绝不含糊，他们的眼里也从来揉不得沙子。塔头滩人把既是"汉哥"又是"把头"的草原汉子亲切地称作"草原红鹰"，更是加倍敬重，加倍厚爱，给予无条件的崇拜，给予塔头滩人能够给予的一切……

塔头滩从来不缺少筋肉与利齿的残酷较量。草原狼这个名字叫得最响亮时，也正是草原狼群最兴旺的时候。草原狼群昼夜用绿色的眼睛威慑着草原人及属于草原人的一切可供充饥的肉身。在草原狼群的包围下，塔头滩上平凡的百姓有了轰轰烈烈的事业。为了使事业更像事业，后来又有了塔头滩冬猎队及其狩猎规矩，有了强者和弱者区别，有了英雄和狗熊划分，又有了美女们更隆重、更惊艳、更合理的分配原则……

霍林河里鱼群之间的弱肉强食也是同样一个道理。有时，表面看上去非常残酷无情，实际上则是自然界优胜劣汰的日常规律。凶猛的狗鱼群一路追杀着草鱼群而来，杀气腾腾、生吞活剥，看上去血腥，但从本质上看，那又是一种最博大的慈悲。霍林河里的草鱼群就像草原上的羊群一样，一旦更多的草鱼群进入查干湖，查干湖就会失去应有的生态平衡。由于食草鱼太多，最后就可能导致湖里所有的鱼都无食可吃，甚至会因为严重缺氧而全部窒息而亡。所以说，狗鱼群的生吞活剥就变得极其必要。反过来说也一样，狗鱼多了不行，没有狗鱼也不行。尽管狗鱼是专门吃鱼的大型肉食鱼，但草原人也从不对它们斩尽杀绝，因为狗鱼和草原狼一样，都是草原生态不可或缺的重要成员。

每年的七八月份，就是霍林河激情澎湃的汛期。霍林河水在这一季节异常汹涌，像脱缰的烈马一样，一路奔腾咆哮……为了食物，鲫鱼群、鲤鱼群、鲢鱼群、草鱼群、鳙鱼群等在这个季节都要逆水洄游，它们一拨一拨地顶水北上，狗鱼群、鲇鱼群、黑鱼群等食肉鱼群就一拨一拨地尾随而来，狗鱼群最凶残，它们一路追杀，发出的怒吼声搅浑了猩红的河水。天空中白色的打鱼郎也一路跟随而来，因为鱼群经常被追得跃出水面，打鱼郎一个俯冲就能叼住它们最想要的美味……霍林河水一度就被搅和得狼烟四起，血味十足。半个多月以后，突出重围的鱼群才能最终抵达那浩瀚无边的查干湖深处……从此过上相对平稳安定的日子。

钓巨型狗鱼，当传世"把头"。在闷热难耐的夏日，塔头滩人又有了另一项轰轰烈烈的事业……

塔头滩上著名的拉嘎老古庙就是为世世代代的"汉哥"和"把头"们修建的。祖母说不清老古庙的始建年代，也说不准老喇嘛乌兰巴布的年纪与身世，拉嘎老古庙实在太古老了。喇嘛也不是想当就能当的，喇嘛是上师，上师得悟于大菩提，与虚空法界合一，与芸芸众生合一，与依止根本上师合一，那才有资格做上喇嘛。

拉嘎老古庙里供奉的不是神仙鬼怪，也不是帝王将相，而是每年猎到的最凶最猛的头狼毒牙和每年钓到的最大最长的狗鱼骨架。塔头滩人认为征服草原狼和大狗鱼靠的是同一种东西。他们没有说出的那种东西就是勇气、力量和智慧。实际上，头狼毒牙和狗鱼骨架就是勇气、力量和智慧的象征。它们一直充当着草原人虔诚跪拜的图腾，使每块骨头都蕴含着塔头滩人不止一个牵魂动魄的故事。实际上，关于塔头滩人夏天捕巨型狗鱼、冬天猎草原头狼的记录，就是塔头滩人再精确不过的历史了。

天长日久，草原狼群和巨型狗鱼越来越演变成了一种历史的凝重符号，火印一样烙在了每个塔头滩人的心上。塔头滩人已逐渐无法接受没有草原狼群的日子，也无法想象没有巨型狗鱼的生活。总之，塔头滩已经演化成了一种别样生存境界，那也是查干淖尔大草原、霍林河水、人群、狼群和鱼群们同生共存的命运哲学。

真正的塔头滩汉子不仅打狼和钓鱼行，骑马、射箭、杀牛、宰羊……样样都得行。在我的记忆中，我家族在塔头滩的生活一直是苦难的。从我记事起，我王氏家族在草原上出演的都是悲剧。祖父率领着他的儿孙们一直在呕心沥血地为成为"汉哥"和"把头"而艰难奋斗着。他们身负重荷，匍匐挣扎在众多强手的脚下，日复一日，年复一年，却始终没能如愿……

第二章　独特祖母

　　飘忽不定的雄云雀总是突然间就没了踪影，只留下悦耳的歌声；哪怕是最嘈杂的清晨，黄鼠子和野兔子们也能听见一片片、一圈圈的花脸蘑和狗尿苔破土而出的声音……

　　除了自己的亲身体会和间接感悟，我对塔头滩的认识更主要是来源于祖母的讲述。尤其是在我记事之前，我对大草原及塔头滩冬猎队的认识基本上都是从祖母那里获得的。哪怕是讲到王氏家族的耻辱，祖母也从不避实就虚，更是拒绝文过饰非。祖母总是给我讲述那些真实地发生过的事情，发生在老王家人身上的故事总是苦涩多于甜蜜、尴尬多于体面、耻辱多于光荣。祖母对我说过的每一句话，至今仍然完好无损地保留在我的记忆深处。

　　祖母肯定是塔头滩上的一个独特存在。我偷偷端详过祖母那依旧秀气的脸颊，常常暗自揣摩：谜一样的祖母当初为什么选择下嫁给身体残疾的祖父呢？各方面都那么出色的祖母当年为什么没有嫁给大英雄胡老五呢？胡老五当年为什么大操大办地娶了小蛮腰（孙三美，也就是后来的老胡五奶）呢？老年的祖母和老胡五奶正面接触不多，偶尔见面也总是点头微笑一下，总是保持着以礼相待的距离。我一直想知道，祖母年轻的时候和小蛮腰之间到底有着怎样的纠结？她们之间有着哪些故事呢……

　　我记事时祖母已经五十多岁了，我眼中的祖母当然已经不再是年轻时的祖母。我的印象中，平时一脸威严的祖母和老胡五奶见面时却总是客客气气的，那种客气绝不是寻常的两个老年村妇邻里间的简单客气，而是一种骨子里较着暗劲儿的复杂客气。她们之间肯定有着许许多多无可言说的微妙关系。对于这些，我一直无从得到标准答案。有时我反倒觉得，祖母本身就是查干淖尔大草原谜一样的存在。

　　祖母出身于中医世家，是塔头滩上少见的有修养、有文化的女性。塔头滩上有四百多种野生花草都具有药用价值，祖母竟能根据花草的不同品性，搭配出治各种病的中草药来。别的我忘了，我只记得祖母自制的刀口药就特别好使：很多次我因淘气手上划了口子，敷上之后不仅能立刻止血，还能马上止疼呢。

　　据说祖母小时候还读过《论语》和《史记》呢，她对草原上流传的历史故事和草原上生活的动物和植物也很感兴趣，有关王氏家族的故事就是祖母一边做家务活儿一边讲给我听的。从我记事开始，祖母就没停止过对我的耐心教诲。祖母除了常说"前事不忘，后事之师""以人为镜，以史为鉴"等文词，也常说"好马不吃回头草""好汉不提当年勇"等土词。她经常说的另一句土词就是"叫唤雀儿没肉吃"，一度成了她调教我的口头禅。祖母说话声音并不大，总是和声细语的。哪怕是在我犯了错误的时候，祖母也从来不直接教训和批评我，只是表情严肃地跟我讲道理。祖母说话也并不是多么的生动，但总是柔和中带着刚强。就像字字板上钉钉,句句真实可靠,谁听了都会感到不容置疑。尤其是祖母的那双眼睛让我永生难忘,那不仅是一双美丽善良的眼睛,同时也是一双不容苟且的眼睛……

　　祖母说,人不仅要有强壮的身体,更要有智慧的头脑。她一向对我的文化学习要求特别严格,在同龄孩子们整天疯跑、自由嬉戏的时候,祖母却坚持教我学习各种知识,还让我一天不落地去村里唯一的民办小学读书。哪怕是再累再忙,她也不会忘记检查我的作业本。

　　祖母还经常对我说,做男人一定要有定力。做男人最忌讳的就是"脚后跟不着地儿",也就是她常说的"叫唤雀儿没肉吃"的另一种表述方式。"龙飞啊,你看山燕子叫唤得欢实吧?灰百灵子,瞎柳叶子,都挺能叫唤,但它们都是浑身上下没有二两肉的小雀儿;你再看看老鹞鹰、大鸿雁和大老鹳,这些大雀儿可都很有分量,而它们的叫声并不多。"我知道,祖母的意思是在告诉我,做男人不能总是咋咋呼呼的,任何时候都要能沉得住气,要沉下心来,不能光说不做。

　　除了教我读书、做人,祖母还教给我许多历史常识和生态知识。祖母不仅能说出查干湖里各种鱼的土名和学名,而且还能说出上百种鸟兽的土名和学名。祖母经常说,东北多民族草原风俗的形成是有着一个漫长的历史过程的,那可不是一朝一夕的事儿。查干淖尔大草原上的人开始时还不会种地,过着"逐水草而居"的渔猎生活,很多人都从事捕鱼和狩猎,再早的老鞑子(鞑靼人)就更是完全以捕鱼和狩猎为生了。

　　从契丹皇上圣宗开始,辽代皇上就经常在每年的春天或秋天带着大队人马来查干湖畔游猎祭祀,他们称之为"捺钵"。按照季节来说,"捺钵"又分为"春捺钵"和"秋捺钵"。"捺钵"在契丹语中就是"行走在"的意思。用今天的话说,就是皇上带着一行人边巡视、边打猎、

11

边玩乐。这对出门在外的一行人来说，可是要多高兴有多高兴的事了。人们把春天破冰后捕到的第一条大鱼叫作头鱼，当天晚上就有了头鱼宴；除了捕大鱼，一些人还要出去放老鹰，就是那种被叫作海东青的老鹞鹰。人们用老鹞鹰抓白天鹅、逮大鸿雁，把抓到的第一只白天鹅叫头鹅，便又有了头鹅宴的说道。要不怎么称得上皇族辽帝呢？就连吃个野味都吃出了许多花样。

据说头鱼宴颇讲排场，同时也是戒备森严。辽帝首先要在松花江、嫩江、霍林河、查干湖一带驻扎好军营，附近的军事重镇塔虎城更是要屯集上精兵强将。一旦有个风吹草动，辽帝即可挥师克敌。"春捺钵"时，辽帝常常要会见各地首领，若有反者，近边的军队马上就会前来救驾。

万无一失之后，辽帝才命人在冰湖上周围十里范围内凿冰下长网围鱼。有时要用数匹大公马牵拉绞盘，才能将毛网聚合到冰口。先期到达冰口的大鱼由辽帝派专人用铁钩钓出，即刻入帐烹调。辽帝品尝之后，再将美味一一分给在场的达官要人。多是后妃、权臣之属，以及各地前来觐见的首领、使者。辽帝高兴，让大家一起来尝尝头鱼的鲜美，也就相当于与民同乐了。一时间，群臣献酒，佳丽歌舞，好生热闹。

每年春天一来，大草原晨晓的宁静就被打破了。查干湖周围百八十里的湿地，是飞鹅征雁聚集繁衍生息之所，也恰好是辽帝"春捺钵"的必经之地。春猎之时，军士们都身穿墨绿衣裳，分别拿着链子锤、老鹰食、刺鹅锥，在水边相隔五至七步散开。先令军士绕湖擂响扁鼓，将白天鹅惊出水草。辽帝再命人将海东青放出去。海东青最善于攻击白天鹅，起飞时如旋风一样直上云天，然后居高临下，直扑白天鹅。白天鹅受伤下坠时，军士们便蜂拥而上，万箭齐发，谁能获得第一只白天鹅，便会得到辽帝的赏银，并赐上座。当天的晚宴上，辽帝将与群臣共饮，就是所谓的头鹅宴。

祖母说，当时有人是这样描述辽帝"春捺钵"队伍的：鲜衣怒马，旌旗昭彰。

金灭辽以后，沿袭了辽俗，保留下了全部的传统渔猎文化。后来，中原大宋强悍的农耕文化不断涌入，渔猎文化和农耕文化才有机地融合起来。才最终形成了独特的渔猎、农耕和畜牧三位一体的查干淖尔大草原民风民俗……

这种独特融合的民风民俗，仅从饮食上就可窥见一斑：据说到了成吉思汗时代，蒙古族将士在行军途中，用铁支架烧烤整羊吃，再加上原有的传统吃法，草原上的羊肉制作手艺就更加丰富多彩了。蒙古族语"乌兰伊德"意思就是"鲜红的食品"。蒙古族语"查干伊德"意思就是"洁白的食品"。蒙古族人以白为尊为圣，视乳为高贵吉祥之物，称奶食品为白食。其种类主要为黄油、奶酪、奶油、奶皮子、奶豆腐等。蒙古族人还喜欢喝茶，特别喜喝奶茶，奶茶是砖茶与牛奶交融的产物，奶茶又叫蒙古族茶。后来，草原上才逐渐兴起了独具风味的蒙古族全羊席，席上有特色又好吃的食品有：手扒肉、羊蝎子、羊背子、羊杂碎、茴香羊汤、羊肉馅饼等。时间长了，汉族、满族、蒙古族、朝鲜族等各民族的饮食文化习俗就有机地形成一体了，形成了独树一帜的查干淖尔大草原饮食文化风俗……

祖母除了给我讲述草原的历史故事、动物植物、语文算术等基础知识以及解释"查干淖尔"蒙语意思是"白色的湖"这种常识之外，还告诉了我很多必须了解的生活禁忌和做人准则。例如：忌咒骂天地、日月、星辰；忌用手指指日月和高大的山脉；忌冲着高大的山脉泼脏水，更不能朝日月、星辰、寺庙及他人房屋方向解手；忌移动敖包的石块和在敖包附近的湖泊中捕鱼、狩猎、杀牲畜；忌用手掌接水，雷雨天不能站在树木之下避雨；探亲访友时忌手拿绳子和鞭子进屋；进他人之屋忌踏登炕沿；忌磕他人鞋靴尖；忌窥视他人窗户；忌长时间照镜子；忌老人面前叉腰、背手和说大话；吃饭时忌碗里剩饭菜，未吃完前忌扔下饭碗出去；进他人之屋应正坐，忌扫视他人家什；忌进患重病之人家，特别是忌贸然进入或午后进入；吃饭时忌多说话，更不能中间出去解手；忌躺着吃东西、趁黑吃东西和坐他人背后吃东西；盛饭时不能压饭，不能盛太满；躺着休息时忌炕上横着休息，忌俯卧，男的卧炕西，女的卧炕东，睡觉时手不能放在胸脯上；忌脚踏门槛站立，进屋时忌大声喘气；忌小孩俯视有水的水缸、水桶及水井；小孩子忌骑狗玩耍；忌观看宰杀牲畜；忌在火炉上烤脚，更不许在火炉旁烤湿靴子和鞋子；不得跨越炉灶，或脚蹬炉灶，不得在炉灶上磕烟袋、摔东西、扔脏物；不能用刀子挑火、将刀子插入火中，或用刀子从锅中取肉；水是纯洁的神灵，忌在河流中洗手或沐浴，更不许洗女人的脏衣物，或者将不干净的东西投入河中，要习惯节约用水，保持河水的清洁；等等。总之，祖母要求这么多的"忌"，无非是在告诫我：做人要讲规矩。

除了日常禁忌，祖母还经常跟我说：龙飞啊，人不能总是盯着眼前看，要把目光放远一点。但祖母说的更多的，还是查干淖尔大草原上的人物和事件，还经常和我讲塔头滩人与草原狼同生共存的生命哲学。祖母说草原狼有时确实太可恶，看到它们祸害牛羊时那样子，恨不得将它们碎尸万段喽。但如果有一天草原狼真的彻底消失得不见踪影了，那塔头滩人的末日也就为期不远了，人也必将跟着草原狼一起消亡……

塔头滩人刻骨铭心、家喻户晓的"神圣族规"堪称草原宝典。其内容又极其简单："狼可捕不可除，可胜不可强；有狼则有人，无狼则无人；狼凶不及人，人凶过于狼。刀枪于狼者，本族之大忌。"

塔头滩人一直崇尚着这项神圣族规，仅仅倚仗着手中两尺余长的"掏捞棒子"与狼群雄壮着、凄惨着相伴而行。正常的年份，人和狼始终维持着这种平衡关系。这种平衡关系一旦因为某种原因被打破了，对人和狼来说，都将是巨大灾难。

祖母说，老祖宗立下的这个规矩太有远见了。什么事都不能做绝喽，对付狼和对付鱼都一样。那就是活命链子，每个环节都是用命连接着的。狡猾凶残的草原狼必须得打杀，但也万万不可赶尽杀绝。塔头滩人从来不去端什么狼窝子、掏什么狼崽子，就跟撒大眼网不往出拽小鱼一个道理。塔头滩人还有"三不抓、四不打"之说。"三不抓"就是：小鱼不抓，小鸟不抓，小兽不抓。"四不打"就是：怀孕带崽的母兽不打，甩籽咬浆的母鱼不打，老弱伤残的野兽不打，上滑棍儿的（交媾中的）生灵不打。

祖母还说，草原人的规矩导致后来东北出身的土匪们也是相当讲究，他们也立下了"七不抢、八不夺"之匪规。七不抢就是：邻居的不抢，送信的不抢，接亲的不抢，请医的不抢，出葬的不抢，下奶的不抢，回门子的不抢。八不夺就是：不夺单身女人，不夺小户人家，不夺镇宅宝物，不夺娼门妓院，不夺耕田牛马，不夺杆子兄弟，不夺坟墓葬品，不夺药铺医家。当然了，民间也流传着其他的版本，例如：盲、哑、疯、瘫、僧、道、尼不抢；同行不夺，娶嫁不夺，送殡不夺，搬家不夺，山沟不夺，码头不夺，鳏寡不夺，郎中不夺。也有叫"七不偷八不抢"的，甚至有人干脆就叫"八不偷抢"。具体内容也都大同小异：不偷抢先生，不偷抢郎中，不偷抢摆渡，不偷抢孕妇，不偷抢办红白事的人，不偷抢夜行逃难的人，不偷抢鳏寡孤独的人……

塔头滩人最大的特点就是讲规矩。他们不仅平时恪守着这些规矩，哪怕是发生最大的狼灾之时，也是严格恪守着这些规矩的。

塔头滩汉子不是没有猎枪，也不是枪法不准，因为在正常情况下，猎枪只是用来防身御敌的。只有在极其特殊的情况下，比如对待疯狗或者说有草原狼冲进家院威胁到家人的生命时，猎枪才会派上用场，塔头滩汉子才有机会施展他们精准的枪法。

塔头滩汉子也不是彻底拒绝用网来捕鱼，只不过那不是他们作为男人的真正本事和炫耀资本。真正的"把头"是用最原始的铁钩去钓霍林河里最凶、最猛、个头最大的巨型狗鱼。而用渔网能捕上来的鱼，绝大多数不过是一些鲫、鲤、鲢、草等温和杂鱼，稍微凶一点儿的顶多也就是鲇鱼、黑鱼和嘎牙子了，都是一些塔头滩人司空见惯的日常食品。"把头"认为那不是真正的捕鱼，不过是毫无挑战意味的平凡劳动而已。

一年一度声势浩大的查干湖冬捕就是另外一回事了，那确实是一种不太符合塔头滩人性格的超大规模捕杀。但那毕竟是一场足够恢宏、足够震撼的集体行为，是关乎塔头滩人生活水准和冬日口粮的民生大事。

塔头滩人也从来不怕困难，更能直面残酷的物竞天择。每个物种的孩子都不可能全部存活下来，包括塔头滩人自己的孩子也是一样。必须经过天敌的庄严淘汰，否则这个世界将不复存在。利齿深陷骨肉，表面上看着残酷，实质上却是在帮你精挑细选。只有经过严格的优胜劣汰，一个物种才能长久地存活下去……各种灾难折磨着塔头滩人，同时也考验着塔头滩人，更是锤炼着塔头滩人。多少年来，塔头滩人正是通过抵御各种灾难才成其为塔头滩人，通过抗争，公正地淘汰掉羸弱者，把那些强悍者存留下来……

第三章　同生共存

春天的塔头滩，霍林河水正在悄悄浸润着小叶章草。深褐色的旧草底下生长出嫩绿的新芽，雄云雀悬在空中唱着婉转的歌……辽阔的草原上，不仅奔跑着人类放养的马群、牛群、羊群，还奔跑着天然野生的草原狼、红狐狸、花野猪、傻狍子、黄羊子和野兔子，还有众多的黄鼠子、沙鼠子、跳鼠子、旱獭子和鼹鼠子等穴居啮齿类动物时隐时现。

但这些都是表象。实际上，看上去悠闲的它们每时每刻都在为争夺各自的领地、配偶和食物而算计着。危情就像枯败的蒿草下正在偷偷生长着的嫩绿新芽，就像平静的河水边正在苦苦等待着的长脖老等。连看似和平的碧绿草丛里也在上演着生死大戏，蝈蝈、蛐蛐、蚂蚱、扁担钩、盖盖虫等昆虫们一刻也没停止过浴血战斗，塔头滩上到处都暗藏着玄妙，危机四伏，杀气腾腾……

塔头滩到底是谁的？是人的？是狼的？是鱼的？还是野兔子、黄

17

羊子和昆虫的？都不是。塔头滩谁的也不是，它是所有生灵的，所有生灵也是它的。正因为塔头滩是所有生灵的，所以塔头滩上的血肉之争就从来没有停止过。平静只是间歇，或者说是在蓄力，抗争才是永恒。人与狼之间，人与其他野生动物之间，人与各种家畜之间，人与各种植物之间，甚至是人与人之间……一直在战斗着。人群、狼群和畜群的内部争斗也从来没有停止过，哪怕是平平静静的植物和植物之间也无时无刻不在激烈地战斗着……说到底，塔头滩就是一个弱肉强食、适者生存的角斗场。不付出执着的努力和艰辛的血汗，谁也别想随随便便在这里存活下去。想活得成功？那就更是难上加难了。

祖母经常说，如果说河流是塔头滩的血液，那么草原就是塔头滩的皮毛了。人类和各种动植物们不过就是皮毛上的寄生者。我还没见过没有了皮毛的动物还能活下去。如果没有了皮毛，连塔头滩也得死去。寄生者就是寄生者，寄生者们绝不可自以为是，胡作非为。

绝大多数寄生者都明白自己的生存逻辑：物竞天择，适者生存。奔跑速度当然是很重要的一个方面，但是拥有智慧的头脑更为重要。智慧的头脑往往决定着动物们的最终命运。草原狼的奔跑速度虽然很快，但是一只奔跑速度正常的草原狼去追赶一只同样奔跑速度正常的野兔子或者黄羊子，成功率也不会很高。因为野兔子跑得快的同时，还会急停急转地变向跑，黄羊子不仅会急停急转变向跑，还会跳跃跑……但即使是这样，野兔子和黄羊子仍然是草原狼的主要食物。由此可见，更多的时候，草原狼是在利用智慧的头脑来捕杀它们。

很多塔头滩人都迷信草原狼，都说草原狼太狡诈、太神奇了，祖母却从来不这么认为。

祖母说，所谓草原狼的狡诈和神奇，细说起来并不难理解，它们不过是比对手有更多的智慧而已。草原狼最擅长的手段无非就是超乎寻常的耐心等待，草原狼最拿手的战术也无非就是出其不意地突然袭击。为了心中的美食，狼群可以忍受着难耐的寒冷和饥饿，从白天等到夜晚，从春天等到冬天。这种耐心和坚持本身就是令人生畏的智慧。在你麻痹大意之时，接下来还有耐心等待之后的突然袭击。作为一个杀手，拥有这两大特点就已经很足够了，这也正是草原狼能成为大草原第一杀手的看家本事。

赶上好年景，塔头滩上水草丰沛，野兽成群。野兔子、黄羊子、愣獐子、傻狍子、花野猪到处都是，可谓"棒打狍子瓢舀鱼，野鸡飞到饭祸里"。这种时候，草原狼对人类的威胁并不太大。

而塔头滩的好年景并不多。不说十年九灾吧，至少也得八年六难。各种各样的自然灾害总是不断，隔三岔五的就要轮流发生一遍。草原上不仅有常见的旱灾、水灾、雪灾、风灾、火灾等天气灾害，而且还有不定期突然暴发的蝗灾、鼠灾、虫灾、狼灾等生灵灾害。除此之外，有时还有更加可怕的霍乱病、禽流感、出天花、闹鼠疫等大规模瘟疫性灾难。

要是赶上灾年，水少，草少，野生动物也少，情况就大不一样了。而每到这时，处于食物链顶层的草原狼群并不是立刻也随之变少，塔头滩上的野生动物就远远不能满足草原狼群的胃口了。尤其遇上了大灾年，饥肠辘辘的草原狼群在野外根本打不着食吃，就不得不铤而走险了。它们先将绿色的眼睛盯向人类豢养的家畜，并伺机向家畜发动猖狂的进攻。家畜吃得差不多时，那一双双绿色的眼睛又盯向了人类。已经饿疯了的草原狼群不再掩饰了，更加表现出这个物种的本真。这时，大草原的生存法则又一次残酷而公平地体现出来，无论是人还是狼，此时都是大草原的平等子民，谁能最终存活下去才是最硬的道理。

好在灾年总是有预兆的，而且往往会发生有规律的连锁反应。

有一年，从春天起就开始大旱，同时大风又把草根底下仅存的水分也给抽干了。

整个夏天，降雨也不多，河水一直浑浊不堪，流水量明显不如正常年景丰沛。霍林河中的鱼虾也明显见少，而且难见大鱼出没。

这年秋天来得也比往年早了许多，连最耐旱的咸草籽都没有来得及充分成熟，就被晨霜宣布死刑了。跳鼠子、沙鼠子、黄鼠子、旱獭子、鼹鼠子等啮齿类动物因储存不到足够的越冬食物而显得烦躁不安，它们在低矮的草地上跑来跑去，面对有限的食物你争我夺，同类间也开始了相互残杀……

当年冬天，塔头滩的白毛风雪大得出奇，果然就暴发了大面积雪灾。大风拧着劲儿地刮着，大雪冒着烟儿地下着……沟满壕平仅仅是平淡开始，重度深埋才是最终目的。大风雪就像一头白色巨兽，要吞噬掉草原上所有的生灵。

那些年，塔头滩上的农耕还没有真正发展起来，塔头滩人维持生计还是要以牧业和渔猎为主。由于生产力还相对低下，生存问题，一直是每个生命时刻关注的核心问题。

深谙生命哲学的塔头滩人除了知道优胜劣汰，当然更知道人畜联盟。在不断强化自身基因的前提下，只有人畜联盟，团结一切可以团结的力量，才能战胜穷凶极恶的草原狼群和残酷无情的自然灾害。面对大草原险恶的生存环境，塔头滩人组成了一个个类似于生产大队式的合作组。不仅要实现人与人的通力合作，而且还要实现人与各种家畜之间的通力合作。只有这样，面对拥有锋牙利齿和强筋硬骨的草原狼时，人和家畜们才有机会生多死少地繁衍下去。

很长一段时期以来，草原狼作为一个最强悍的对手一直在和以塔头滩人为核心的人畜联盟不断周旋、不断对抗，双方始终在进行着漫长的马拉松式战役。彼此之间却一直保持着攻守平衡,难分胜负。如果非要论出胜负不可,任何一方的失利也只能是一次或几次战斗,而绝不能是整个战役。就在人与狼之间持久战役不经意的间隙中,种种稍纵即逝的迹象又时常给出暗示:一旦这种攻守平衡因某种因素而被彻底打破,塔头滩人便会面临真正的灭顶之灾。

塔头滩上的人畜联盟经过多年的反复演化,已经形成了一种相对固定的基本模式——

首先,每家都必须得养上几条大狗,因为狗一直是塔头滩人对付草原狼的最得力的帮手和最忠诚的卫士。然后才是马、牛、羊、驼、猫、鸡、鸭、鹅等其他的家畜和家禽。日久天长,塔头滩人还依据每种家畜家禽的实用性,把它们分成了三六九等。

咱们就先来说说狗吧。狗虽然也是家畜,但其他家畜和狗有时还不能相提并论。狗不仅聪明伶俐通人性,而且忠诚勇敢重感情。战时能冲锋陷阵,平时又能守家护院。有时,塔头滩人甚至要把狗当作家庭成员来看待。寒冷的冬天,塔头滩人是要和最宠爱的狗睡在同一铺火炕上的。在塔头滩人的字典里,狗就是他们的亲人。有时,狗就是他们的至爱,打狗必须看主人。无论何时,狗永远都要排在马、牛、羊、驼等家畜之前。

接下来咱再来说说马。马本不是圈养的牲畜,它本是草原上自由奔跑的精灵。马的习性是顺风走,吃草尖儿。马吃过后,不仅不耽误草生长,而且牛羊还可以接着吃;马群过后,草场并无多大损伤,马蹄还能把草籽踏到蹄窝里。待有了雨水,草籽就会生根发芽,又给草原添上新绿。很多的天地生灵都是这样,它们环环紧扣,永不衰竭。

马,相对来说也是非常聪明的动物。人们常说马通人性,它也一直是草原民众格外敬重的家畜。马虽然长着一身优质的好肉,但马绝对不是用来吃肉的。在草原上，马一般情况下都是寿终正寝。马如果在生命中途意外死亡，塔头滩人是不会把它大卸八块，分而食之的，塔头滩人会像对待亲人一样把马土葬了。马不仅拥有着速度和力量的优势，而且身形庄重，长相俊朗。不仅能用于拉车干活，而且还是草原人最体面、最豪华的交通工具。生产大队里马匹的总数一度上就是生产大队实力的真实写照，就像二战时期参战各国军事力量对比时要看你有多少辆坦克和装甲车。也难怪自古以来就有战马、铁骑之说。

牛，虽然也拥有无穷的力量，但它缺少的是聪明和速度。而且牛的长相也过于张扬。也许牛过分地依仗了自己尖锐的犄角，有时候就不太听从人的驾驭。干活时，牛就经常显现出骨子里埋藏的犟劲儿来，把主人气够呛，自己也受了不少皮肉之苦。草原上好像到处都有抢着鞭子打老牛的男人形象。所以，牛在实用性上和马比起来就差得太多了。牛就有了不同的命运，小牛长成大牛以后，除了繁殖、供奶、拉车需要留下以母牛为主体的一多半数量，另一少半基本是用来充当肉食的。这也就是牛的地位比马的地位低的重要原因。侥幸能留下来做苦力的公牛还要艰难挺过"捶骟"那道鬼门关。

塔头滩人还养有少量的骆驼，它们比牛温顺得多。骆驼往往为草原人充当着长途拖运的交通工具。特别的天气和特别的环境里，塔头滩人有时也能用上它们。但因为它们的食量太大了，在数量上就一直受到人为的控制。

羊，则从根本上与劳动无关了。羊从来不是用来劳动的，只剩下了空活和繁殖，地位就要更低一些。在精神层面上，羊更多的时候就提不到台面上了。只是羊能产出好用的毛、好喝的奶和好吃的肉，而且死前总能视死如归般地保持平静，让人享用美食的时候不去想刚刚那残忍的杀戮，错以为羊是在做一种无私的奉献。也许正是羊的这种近似于无私的奉献才让草原人对它们有了说不清道不明的敬意，这种敬意绝对是日久天长慢慢积累起来的。羊一开始就成了草原人随意宰杀又无罪恶感的日常食品。同时，羊也是草原狼最爱吃的主要食物，每年都有大量的羊会悄无声息地被草原狼吃掉。实际上，这也客观上大大缓解了草原狼对塔头滩人性命的直接冲击，羊和人也就理所当然地相依为命了。

当然了，除此之外，鸡、鸭、鹅等则是草原上最常见的家禽。它们的等级就更低了。和羊一样，它们只有食用价值。但与羊不同的是，鸡、鸭、鹅在受到外在威胁的时候，不是像羊那样大气不喘地任人宰割，绝大多数都会发出歇斯底里的叫声。它们的死亡过程就相当于报警过程，无形中就体现出较强的预警功能。它们一定程度上充当着人畜联盟中最外层的盾牌和哨兵。它们起码向主人提供了带音响的死亡方式，这对于长夜茫茫中熟睡的塔头滩人来说，非常必要，也非常重要。

而猫则是草原上唯一一种特立独行的家畜，是一种几乎接近宠物的家畜。它们从来不用守家护院，也从来不用去干活，更不可思议的是，它们并没有沦为草原人的肉食。塔头滩人有时还吃点儿狗肉，但从来没有塔头滩人肯吃猫肉。而猫却又能像狗那样，和塔头滩人同住在温暖的火炕上。从没听说哪个猎手带着猫去打狼的，也没听说狼来时哪个猫救过主人。战斗时可爱的大猫哪里去了呢？战斗结束之后，大猫肯定又悄然归来共享胜利之果。对于猫的这种投机行为，塔头滩人从来不去责怪。猫就像是草原上的幽灵，只不过凭着一个会捕鼠的招牌式的借口，就能在艰苦卓绝的草原人间过上冬暖夏凉、游手好闲的安逸生活。

饥饿的草原狼一旦来犯，肯定要挑最容易得手和最没有抵抗能力的弱小猎物下手。这样，相对有些抵御能力的人就有了缓冲。在草原狼的眼里，塔头滩人总是显得高深莫测。它们有时真的弄不清哪个人身怀绝技，哪个人武艺高强，而那个看上去相对弱小的人身上也许就藏着快刀或火枪。所以，草原狼一般情况下是不轻易对塔头滩人下手的，它们宁可去抓咬一头长着坚蹄利角的壮牛，也不肯冒险去进攻一个手无寸铁的村姑。只有实在没有其他可吃的了，或出于某种报复，草原狼才会把迷离的目光无奈而又凶恶地瞄向草原人类。

祖母平静地说：这一切都是正常的，这些都不必去大惊小怪。这就是活命链子，动物界的每个成员一直都在吃着别人或者别人的孩子。其实，人吃鸡蛋、吃粮食也是在吃着别人的孩子。自古以来，为了活命，不仅有"手足相残"，还有"易子而食"。弱肉强食就更是从来没有停息过片刻。其实，整个活命链子里，一直在重复着这看似残酷的现实。只有弱肉强食，才有生生不息。

为此，祖母还给我讲了一个她亲眼见过的事——有一天我走在草原上，看见了一只大黄鼠子。那只大黄鼠子发现了草地上的云雀窝，正从窝里往出叼云雀崽儿呢。大黄鼠子叼起一只还不够，又费劲地叼起了第二只，接着是更费劲的第三只……大黄鼠子的嘴巴里塞得满满的。看来，这只贪婪的大黄鼠子是要把三只可怜的小云雀崽儿都叼走啊！这可真是把我气坏了，我也顾不上会伤到小云雀崽儿了，随手捡起一个大土块就要打那只可恨的大黄鼠子。没想到那个丑陋的家伙太机灵了，见我要打它，"噌噌噌"几下就跳跃着跑开了，钻进不远处的一个洞口里去了。我正要追过去继续打时，发现一只大云雀回来了。我看着它落在空空荡荡的鸟巢旁边，简直要为它难过死了。一下子失去了所有的孩子，这只大云雀咋不悲痛地叫几声啊？它的沉默无言让我感到有些窒息……直到我又有了一个新的发现，心里才多多少少好受了一点儿。你说是啥呢？我突然发现了一个小细节——原来这只大云雀的嘴里也塞得满满的，那是很多条还活着的虫子！你想想那些"剧连剧连"挣扎着的虫子不正是花蝴蝶们的孩子吗？如果只是饿了，那只大黄鼠子为什么自己不先吃掉一只小云雀呢？它一定也是辛辛苦苦叼进洞里喂它的孩子们去了，此时的大黄鼠子和大云雀同样都是一心为了孩子们的母亲啊……

也许是觉得没太说透彻，祖母又说起了布谷鸟——要说残忍，最不是物儿的还要数个头和哺鸽子差不多的那种大花雀儿，也就是你们小孩子经常说的"臭咕咕"。它们的品行可不咋的，名字反倒起得都挺好听的。除了众所周知的布谷鸟、杜鹃鸟，还有什么杜宇、子规，什么获谷、谢豹等等，都是它们的名字。但我可知道，布谷鸟就是个天生的无耻之徒。它们从来不像燕子、喜鹊们那样辛苦筑窝，繁育后代，而总是趁着别的鸟出去觅食时，把自己的蛋偷偷地下到人家的窝里。它们只是偷着下个蛋也就算了，还要无耻地让人家帮着孵化并代养。更可恨的是，为了防止代养鸟识别出它偷下的蛋，狡猾的布谷鸟还会把窝内原有的鸟蛋吃掉一个！也就是说，每一只布谷鸟出生之前，就有其他尚未出生的小鸟因它而亡了。如果仅仅是这样，那些代养鸟们也能接受。问题是布谷鸟的幼鸟也十分歹毒，黑不溜秋的小布谷鸟一旦出壳，还没等睁开眼睛就会小强盗一样把代养鸟的蛋推出窝外；如果代养鸟的蛋比小布谷鸟先孵化出来，霸道的小布谷鸟也会第一时间把它们从窝里推出去摔死。小布谷鸟的食量巨大而且天性贪婪，代养鸟们看着自己的"硕大孩子"虽然长得有点儿怪怪的，但还是要竭尽父母之爱，每天疲于奔命地为它捕虫觅食，一心盼望着"硕大孩子"快快成长。而代养鸟们永远都不会知道，这个"硕大孩子"连同它的亲生母亲都是杀害自己孩子的残暴刽子手……直到小布谷鸟完全长大了，体形瘦小、疲惫不堪的代养鸟们才和这个长得一点儿都不像自己的丑陋家伙依依惜别，才满怀惦念、不断回望着那个大怪物远走高飞了……你说这个布谷鸟，说它不是个物儿？它也是个物儿，它们的种族就这样世世代代地传承下来了。最可恨的是，它们还要以同样的方式世世代代地传承下去，还要一直充当着活命链子中的一个败家成员。

从祖母的话里话外就可以听出，她肯定觉得草原狼远没有布谷鸟可恶。最起码，草原狼并没有把坏事做得像布谷鸟那样彻底，草原狼没有去毫无底线地愚弄并奴役猎物可怜的父母们。祖母甚至还对草原狼表达出了她那无奈的同情：草原狼虽然凶恶阴险，但是它们更多的时候还是讲规矩的。草原狼很少去正面攻击成年猎物，为了避免过多的血腥搏杀，更多的时候，草原狼也只是选择捕获幼崽。甚至面对羊这么温顺的猎物，草原狼仍然首选羊羔子。草原狼为什么选择在母羊产羔时才生育小狼呢？就是这个道理。为了自己的孩子快快生长，草原狼就得叼来羊的孩子给自己和自己的孩子吃，人类不也是经常吃鸡蛋、吃鸭蛋、杀猪、宰羊吗……草原狼这也是没有更好的办法呀，每个生命不都是为了活下去嘛。

但塔头滩上的草原民谣却是这么传唱着：

> 西大洼，跑野狼，
> 白毛风，吹上房。
> 夜袭羊圈跳八尺，
> 大羊小羊全掏光……

第四章 王大铁拐

　　祖父的大号叫王得强，小名叫王大强子，人送外号王大铁拐。祖父的所谓铁拐并不是用铁做的，而是用黄榆木做的。黄榆木又硬又沉，日子一长，就被磨得又黑又亮，冷眼看上去和铁的一样。

　　祖父九岁时就被命运宣布难当英雄了，原因是他在一次高难度训练中意外地从马背上跌落下来并摔断了左腿。从那以后，他必须得依靠一根大拐杖才能艰难行走。

　　由于祖父身下接连出生的是四个女孩子，所以祖父唯一的弟弟王得盛（外号狗剩子）就整整比他小了十岁。女孩子是上不了塔头滩冬猎队海选大赛赛场的，祖父一度只能苦难深重地忍耐着无望的生活，就像一只蜗牛在漫无边际的荒原中缓慢地向前爬行。被宣布没有机会走上赛场的祖父心急如焚，只好苦苦地等待着小老弟王得盛快快长大……

　　祖父并没有完全被动地屈从命运的安排，遥遥无期的煎熬日子让祖父迸发出惊人的意志。他每天除了看书，就是干活，偶尔也拉上一段忧伤的马头琴。祖父并不像印象中的残疾人，手工做得特别好，所有能用手来完成的活计祖父都能做得十分出色。忙完了一天的活计，祖父总要面对墙壁双手合十地向老天爷祈祷上一阵子。接下来，就是用尽全身的力气来捶打、按摩自己的伤腿……

日子久了，祖父有一天突然发现自己的伤腿好像真的见强了，只用一半的力量拄拐就能让自己站起来了。真是没想到啊！这让祖父由衷地兴奋。后来，伤腿又有了明显好转，祖父就把那根沉重的黄榆大拐换成了轻便的杨木小拐，还能经常从右侧跨上马背了。

意外惊喜让祖父更加信心百倍，他的马头琴声也由忧伤变得明快起来。为了四年后年满十八岁就能去参加海选大赛，祖父又苦练起了射击和射箭……

祖父干什么都认真、专注，技法自然就一天比一天出色。看过祖父苦练的人都说，什么叫冬练三九、夏练三伏啊？王大强子那才叫冬练三九、夏练三伏呢！

说来也怪，在等待小老弟快快长大的同时，祖父不仅一点点战胜了自己的残腿，而且还把自己练成了远近闻名的神射手。不仅能三箭齐发，甚至还能五箭齐发，而且还能保证箭箭不离靶心。再说到开枪射击，祖父就更是出神入化了，从来都是弹无虚发。

光有技术还不行，还要有力量。这一点，祖父当然心知肚明。塔头滩入选冬猎队的标准从来没有改变过，也绝不会因为瘸腿祖父的顽强精神而临时调整或者适当放宽。

塔头滩冬猎队的入队条件从它产生那天起几乎一直没有变化，一直代表着绝对的公正、公平和威严。一般情况下，塔头滩冬猎队海选大赛在每年秋天进行。每逢这时，塔头滩的男女老少们都无一例外地站到拉嘎老古庙前的大岗子上去。人群如参加一场隆重的节日盛会，而又不见节日盛会的热闹和欢快，表现出更多的是那种奇特的紧张和沉闷。人群除了正常地吆喝马匹，几乎没有多余的声音。人群甚至有点儿像被集体控制住了呼吸，静悄悄地向拉嘎老古庙方向涌动着……

连吃奶的孩子都知道入选塔头滩冬猎队那几项最主要的规定：首先，必须具备过硬的骑术，要能在飞速行进的马背上用一尺半长的"掏捞棒子"击中坐骑前后左右两米内的一切目标。因为塔头滩冬猎队队员除了手中的"掏捞棒子"，不得使用其他任何武器对付草原狼，这是塔头滩冬猎队的传统尊严和祖传倔强；其次，塔头滩冬猎队队员必须还要有足够的力量，要能徒手摔翻千斤重的公牛，以避免出现对付狼群时心有余而力不足的丑态；再一个就是考验个人的意志品质了，这一项要考的具体内容每年不尽相同，今年是水浇，明年是火烤，后年又可能是长跑……总之，每项都关乎选手的个人硬实力。

为了能以一条腿为支点扳倒老牛，祖父每天都拿自家的老黄牛开练。一来二去，祖父就像掌握了巧破千钧之术，经常能出其不意地把老黄牛扳倒。

祖父愣是凭着他超人的毅力成为了骑手。很多人都难以置信，在祖父十五岁时，就能借助那根杨木小拐从右侧飞身上马了。来到马背上的祖父，就和那些没受伤的后生一个样子了。祖父能在飞奔的马背上忽左忽右，上下翻腾，让观者眼花缭乱，连声赞叹。所过之处，事先设置的三米范围内的目标均被击中。祖父的绝活儿则是一只脚蹬着马镫，另一只脚钩住马鞍，横在奔驰的马侧面，整个身体与马身成九十度角，在风驰电掣的行进中几乎与地面平行。正是因为他的这种姿势，手中的"掏捞棒子"才可以击打到更远的目标。除了在击打左侧稍远目标时需用小杨木拐巧妙支撑外，祖父能用手中的掏捞棒子击打到指定的所有目标。他甚至一度为年满十八岁走上秋季大赛场争当冬猎队队长做好了准备。

祖父不甘命运安排并与命运抗争的出色表现很快就在塔头滩上传为了佳话，也征服了很多塔头滩上的老老少少。那时，胡老五也还没有成年呢，胡老五见到瘸腿的王大强子练就如此功夫，竟然和他结成了塔头滩上最要好的兄弟。两个人都发自内心地觉得对方优秀，惺惺相惜。

祖父和胡老五另一个不同之处在于他有文化，也就是人们常说的，祖父识文断字。祖父从小就喜欢看书，尤其在他瘸腿之后，就更是书不离手了。

胡老五则固执地认为，只要心明眼亮身体好，读不读书都没啥。常说："老爷们儿能赤手空拳抓到活狼才是真本事，那是真格的。""真格的"是话语不多的胡老五标志性的口头禅。

但这些不同并不影响两个人继续成为好兄弟，两个人一直交好了多年。

世事难料，正当兄弟两个等待着十八岁到来、走上赛场一争高下之时，上面突然派人来塔头滩挑选担架队员了。原因是前线战况惨烈，我军战士伤亡严重，急需增援大量身强体壮的担架队员。这同样是证明自己不是孬种的好机会，只要胡老五能去，祖父也一定要去的。那时，祖父已经特制了一个更小的拐杖绑在了大腿上，只是偶尔用大力时才扶一下，平时走路几乎就和正常人一样了。

在担架队里，祖父和胡老五被战友们誉为龙虎兄弟。经过他们两个人的手搭救的伤员数不胜数，多次受到上级的嘉奖。

没想到的是，在战争进入更加残酷的尾声阶段，带着一条伤腿的祖父终于在风餐露宿的恶劣环境中又落下了严重风湿症。从那以后，祖父那条好使的右腿也使不上劲了。双腿越来越沉重,越来越疼痛……到最后,祖父就无法再和胡老五结伴而行了。

直到战争胜利,英雄们凯旋回来了,祖父才和胡老五在回归塔头滩的路上再次相逢。

战争胜利了,同样是凯旋归来,同样是当上了担架英雄,但一向要强的祖父心情和胡老五完全不同。胡老五威武地走在整个队伍的最前面,而祖父却被人们抬在担架上走在了队伍的最后头。

更让祖父无法接受的是:自己不仅重新拄上了黄榆大拐,而且是拄上了一双沉重的黄榆大拐。从此,"王大铁拐"的外号就叫得更加响亮了。

即便如此,祖父仍然没有放弃和胡老五继续争当冬猎队队长的想法。祖父用他从前用过的招法,加上从祖母(那时还不是)家讨要来的专治风湿症的偏方,很快就从病榻上爬了起来,并很快就扔掉了右侧的大拐。祖父一直尝试着把左侧的大拐也扔掉,可是始终没能如愿。日常生活中,祖父但凡能单腿行走过去,就会连单拐都不使用。但他扔掉大拐杖,走不了多远,腿就会钻心地疼痛起来。每到这时,祖父只好痛苦地单腿跳跃着,重新寻回他的大拐杖。

就在这个时候,霍林河里的巨型狗鱼真的来了。常能看见一人多高的巨型狗鱼在遥远河面上猛地蹿出水面。那个时代男人的梦都给巨型狗鱼搅得混浊,哪怕是最瘦弱的老男人和最稚气的小男孩也认认真真地期待着自己将有奇迹发生……

祖父每天都拄着大拐杖执着地站到滩边去。他目不转睛地望着大狗鱼杀气腾腾地从霍林河上游的江汉子顺流而来。狗鱼群一路翻腾跳跃,它们是霍林河里绝对的强者,可以肆无忌惮地追杀河水里的一切生命,甚至连塔头滩人的钓钩也不放在眼里。有时,狗鱼群能在一夜

31

间把霍林河水搅拌得浑浊不堪、腥味十足。

但现实是残酷的，在一次由于瘸腿无法用力而使大狗鱼脱逃的尝试之后，祖父对自己愤怒了。当又一次机会来到眼前时，他终于不顾一切地用尽了全身的力气，大狗鱼还是没有拉住，自己的老伤腿则彻底报销了。祖父不得不默默地承担起一代人希望无情破灭的沉重负荷。两年的时间，祖父就像老了十岁，同龄人叫他大叔都有人相信。

重新拄回大拐杖的祖父只好把目光再次落到小老弟王得盛身上。在接下来的日子里，祖父变成了辛勤的园丁，把自己的所有本领都毫无保留地教给了天资聪颖的小老弟。

全家人终于把祖父的小老弟王得盛盼大了，加上当年家里还难得地刚刚拥有着一匹极其出色的枣红色儿马子。王得盛虽然不是我家族体质最好的男人，但是他具备超人的灵气。全家人都认为他能够创造奇迹，打破王氏家族压抑多年的沉寂。于是，就在王得盛刚满十八岁那年秋天，伴着全家老少的热切关注，格外潇洒地高声呼喊着："驾——驾——驾——"，奔入赛场……

在马术竞赛上，王得盛做得太出色了。据说他的灵巧劲儿很像当年我的二太爷王振南，但力量上要远远超过体格偏弱的二太爷。我没见过二太爷，据说他当年曾无限接近冬猎队员的资格。

王得盛的出场方式也很独特，他先让枣红色儿马子奔跑入场，然后自己再连着几个闪电空翻飞上马背。只见他和当年的大哥一样，同样是在飞奔的马背上忽左忽右，上下翻腾，动作比他大哥还快，更是让观者眼花缭乱。已经不只是三米范围内了，连四米范围内的目标都被他击中了。同样是亮了绝活儿：王得盛一只脚蹬着马镫，另一只脚钩住马鞍，横在奔驰的马侧面，整人身体与马身成九十度角，在风驰电掣的行进中几乎与地面平行。比当年他大哥动作更飘逸、姿势更好看。正是因为他能做出这种高难动作来,手中的"掏捞棒子"才能击打到更远的目标。王得盛的骑术已远远超出比赛标准,赛场内外不断爆发出热烈的喝彩声……

接下来,只见王得盛在马背上来了一个漂亮旋转,引弓搭箭,五箭齐发,五支利箭竟都正中靶心。又是马背上一系列令人眼花缭乱的闪转腾挪,王得盛收弓举枪,一气呵成,又一枪命中了人们突然放飞至半空中的灰野鸡……

王得盛有这么出彩的表现,怎能不让王氏家族看到希望?王氏家族所有成年人都不可控制地泪流满面了。祖父王得强心中默念着"汉哥",简直就要激动得哭出声来了。王氏家族世代的沉痛负荷就要因此而解除,王家子孙同样能出英雄!祖父相信他老弟也一定会以巧劲儿扳倒那头公牛的。退一步说,就算他今天扳不倒那头大公牛,也完全可能被冬猎队破格录取,因为他的马术、箭法和枪法都实在是太出色了!

那天的大公牛是一头正当年的生牤子,是几年来塔头滩上最烈性的一头黑色大牛,还从未有人扳倒过它。面对想征服自己的汉子,大黑牛"哞"的一声就冲了过来。

世间总有无法解释的怪事发生。按理说,凭着王得盛的机灵,笨拙的老牛是很难顶到他的。可事实恰恰相反,他竟然被迎面冲来的大黑牛意外甩头顶了个正着,好在机灵的王得盛被动地伸手抓住了大黑牛的两个大犄角,才只是受了一点儿轻伤。彼此相持了好半天,负伤的王得盛才缓过劲来勉强地将牛头拧转了九十度。人们都以为这回要发生逆转了,以为那头大黑牛就要倒地了,正想喝彩时,王得盛却意外地脱手了,整个身体倾斜着向天空弹了出去,足足能有两丈高……

人们正担心王得盛落地后会遭到重创时,却见他灵巧地来了个就地十八滚……人们悬着的心刚要放松下来时，万万没想到的一幕还是发生了：王得盛虽然安然落地了，但是他的头又正好碰到旁边备用的另一头大公牛的犄角上了。粗大的牛犄角正好顶在了王得盛的太阳穴上！倒在草地上的王得盛马上就一动也不动了，竟然再也没能站起来。

"狗剩子！狗剩子……"任凭亲人们喊得歇斯底里，狗剩子仍然纹丝不动。

意外场面的出现使所有围观的人大惊失色。我家族的奇迹，神话般地发生了，又噩梦般地破灭了……王得盛，这个我应该管他叫"老爷"的人，昙花一现地惊艳出场了，又昙花一现地惊愕离去了。

祖父在可爱的老弟转眼之间意外死去后悲痛至极。王得盛的一生实在是太短暂了，所以那一代人繁衍后代的任务就都由祖父承担了。

长兄如父，祖父王得强只不过比王得盛大十岁，几天里祖父就像又老了十岁，真的老得像王得盛的父亲了，那是我家族那一代人最后一个希望的响亮破灭。

祖母说从那时起，她也好像一下子老了好多岁，额角上一夜间竟增添了几缕白发，她不再是美丽的小媳妇了。从那以后，她走在路上就经常有陌生人管她叫大娘了……

在塔头滩，弱民一向不举办什么像样的葬礼。

最后，祖父思考再三，还是决定要为他的老弟举办一个非常正式的葬礼。为了传说中的求天卜地，祖父为他老弟选择了野葬——

表面看上去，王得盛的丧事是按照草原上最高礼节操办的，但细节还是大相径庭。因为用不起丝绸，遗体只好裹上了洁白的棉布，安放在自家的勒勒车上。如果说王得盛的野葬方式与别人还有什么不同，那就是一直由瘸腿的祖父驾驭着那匹枣红色儿马子，而不是请来专人专车。枣红色儿马子还没有学会拉勒勒车，有力气使不上，无法快速奔跑，也就无法到达野葬地的深处。这种情况下，祖父就只能让勒勒车在野葬地外围任意颠簸了，直至遗体颠掉在稀疏的草丛中，祖父才赶着勒勒车如释重负地沉默归来……

那天，祖父和家人们都没有哭泣，王氏家族的荣耀感好像大于了悲伤度。一直不被人们看好的王氏家族，破天荒地为亲人举办了一次高规格的野葬，这已经是多年来想都不敢想的事了。晚上的祈魂宴上，祖父还请来了多位塔头滩上有头有脸的大人物，连塔头滩冬猎队的新任队长——胡老五都给请来了……

第三天，家人们前去看王得盛的尸体，发现他并没被禽兽吃掉，尸骨竟然完好无损地卧在杂草丛中。家人们马上用土块和石块把尸体围了起来，那里就是王得盛永久的葬地了。

这对王氏家族来说并不吉利，祖父只好又到拉嘎老古庙请来了老喇嘛，老喇嘛给王得盛一连念了三天的经文，开篇永世不变：喇嘛拉迦森切哦，桑结拉迦森切哦，丘拉迦森切哦，根灯拉迦森切哦……

老喇嘛一直虔诚地低声吟诵着，据说老喇嘛大致说的就是：英俊的后生啊，你是一个心怀壮志的好后生，你是一个披星戴月的赶路人。你正走在美丽的彩虹之巅，你要去参拜巍峨的敖包，你要去寻找辽阔的牧场，你要去找强悍的对手赛马，你还要去为心爱的姑娘唱歌……如今你有了美好的去处，灵魂终获皈依。至于你那矫健的肉身，那是大草原恩泽于你的，你就把它归还给大草原吧。大草原会交给天上的鹰雕和地上的走兽，它们的饕餮盛宴会转化成你对草原最温情的慈悲……

更加忧伤的马头琴声常常于午夜时分被祖父轻轻拉响，浓雾一样在塔头滩上四处弥漫着……

35

第五章　胡老五

毫无疑问，祖父那个时代，塔头滩上最受待见的男人得数胡老五了。就像那些有名的骏马一样，胡老五的名字早已经在草原上四下传开了。除了略显野蛮粗暴一点儿，胡老五身上几乎没有别的毛病。天生沉稳的胡老五不仅长相好，还拥有一身结实的肌肉。胡老五一般很少说话，更多的时候，他都是保持着沉默的。但胡老五一旦说话，只一句就管用。也就是草原人常说的，那人吐一口唾沫都是钉儿。有人说，胡老五要是往草原上一站，就算是最凶的狼王见了也得绕着走。

胡老五属于那种在人群里第一眼就能看到的人。不仅身材高大，脸部轮廓也显得刚劲有力。眼睛虽然不大，在浓眉之下却能闪出利刃般的光芒。鼻梁子和嘴角子更是犹如刀削的一般，都生得有棱有角，并透着一股拒绝一切屈从的坚毅。如果硬说胡老五身上有哪些不足之处，那就是他的两条大长腿了。由于常年骑马，他的两条大长腿就多少有点儿罗圈形。别看胡老五的腿有点儿罗圈儿，骑马时却很好用。

那长月弯刀形的大长腿,能把整个人牢牢地固定在马背上。如果骑上个头小点儿的马,胡老五的两只脚甚至能结实地扣在马肚子底下,盘扎得像老虎钳子一样。

说到骑马,还得先说说驯马。马在被人类驯服之前是自由奔放的,一旦脖子被套上绳索,马便失去了自由。人类美其名曰:从此人和马做上了真正的朋友;而对马来说,它们从此则变成了任人牵拽的俊奴。所以在马即将成为俊奴之际,它们总是要暴躁地为自由奋力抗争一番的。也正因为如此,驯马又成了草原汉子们最为较劲的一门日常功课。

马在三岁前有一个极其关键的驯服期。如果马在这一时期得不到及时有效的驯服,以后就基本上驯不出来了。在塔头滩,人们每年都能看到许许多多驯马的热闹场面。那场面有时非常壮观,有时也非常惨烈,不仅能让围观者深感震撼,而且经常是心惊肉跳地震撼。

一般情况下,都是汉子骑着自己的马把一匹目标马从马群里剥离出来。然后,再用长长的套马杆子将其套牢,再翻身下马给它加上笼头,骑上它风光地兜上一圈……这样,这匹马就算被初步搞定了,以后它就越来越习惯接受人的摆布。

但是在塔头滩上,性情温顺的马匹并不多见,往往还是脾气暴躁的马匹居多。尤其是那些烈性认生的儿马子,驯服起来就更是难上加难了。说来也怪,在草原上,越是烈性的马匹,日后使用起来才越是顶楞。所以,真正的草原汉子对那些温顺的马匹并不感兴趣,他们总是喜欢去挑战那些天生烈性的高大儿马子。

有一次,体格单薄的赵罗锅子和他的两个弟弟也想学当英雄,就选择去集体驯服一匹大儿马子。哥儿仨不但没有为老赵家争到一丝面子,反倒弄出了塔头滩上流传多年的笑话。事后,一提起驯马,塔头滩人就会不由自主地想起赵氏三兄弟的猥琐"壮举"。

哥儿仨费了好大劲，大呼小叫地喊了无数遍"驾驾驾""吁吁吁"，好不容易才把一匹高大的白儿马子从马群里赶出来，又幸运地把一根绳子套在了大白马的脖子上，他们怎么肯轻易撒手呢？换作高手，此时就已经成功一半了。会伺机选好位置，从容果断地靠近马匹，并向马匹释放友好信号。可这哥儿仨倒好，既像歹人，又像小偷。由于害怕被马踢到，个个弯腰塌背，时刻想跑。也可以说，哥儿仨站姿苟且，动作突兀，喊声猥琐，根本无法做到想象中的从容淡定。从始至终，每个人都是哆哆嗦嗦、犹犹豫豫、裂裂够够……聪明的白儿马子早就像看出了这三个人的虚张声势和底气不足，哪匹骏马愿意轻易失去自由呢？大白儿马子当然要奋力反抗。哥儿仨以为三个人肯定能拉住一匹马，就抓住绳子死不撒手。没承想，哥儿仨愣是被烈性的大白儿马子拖出去一里多地。连滚带爬的他们前赴后继，头破血流……最后，狼狈不堪的哥儿仨都无力再爬起来了，才不得不撒开了脏手……白儿马子带着大长绳子满草原地暴躁奔跑，不断地"咴咴"嘶鸣，结实的绳子已深深嵌入了大白儿马子粗壮的脖颈，鲜血淋漓，惨不忍睹，白色的马脖子和大半个马身子已经变成红色的了……

有围观的汉子喊骂起来："狗揍的老赵家哥儿仨，你们作孽呀？这是套马，不是勒马，更不是杀马，你们三个损种！"

马是最有记性的牲畜，旁边的马群看着同伴的悲惨遭遇，就更加恐惧人类。在头马的统领下，马群炸窝了一样四处狂奔，接下来的驯马者必将遭遇恶性循环……

但要是有幸看到胡老五驯服儿马子，那就相当于欣赏到了一出威武雄壮的草原大戏。那绝对是一场近乎残酷的完美征服，那才叫真正的暴力美学呢。胡老五威风凛凛地策马扬鞭，在草原上来几番急起急停，让跨下烈马不断发出震慑一切的嘶鸣声……很快，他就用那长长的套马杆子将认生的儿马子剥离出群并套住，没等儿马子反应过来直接放倒并上了笼头，然后用他那坚硬的膝盖紧紧地抵住马耳朵下面的大动脉，并勒紧绳套子使儿马子感到窒息和疼痛。面对如此强悍的汉子，被上了笼头的儿马子好像一下子就意识到了继续反抗的悲惨后果，突然间就不再拼命挣扎了。

接下来，胡老五才肯骑上这匹儿马子，连一声"驾"都不说，只是狠狠地给上一鞭子，儿马子就追向了前方另一匹离群的烈马……儿马子就像豁出了性命，很快就实现了主人的意愿。而这时，胡老五就会立刻把这匹儿马子给放了，不再打它一下。儿马子都聪明，记性都非常好，它于瞬间就懂得了主人的意图：只要能追上前面奔跑着的烈马，主人就不会再难为它，就会还给它自由。

表面看上去，胡老五出手凶狠残酷，其实恰恰相反，他是在深爱着他所经手的马匹。而没有经验的劣等驯马人无法第一时间征服烈马，就会气急败坏地一遍又一遍暴打马匹，马匹就要遭受更多的罪。胡老五的与众不同就是，他只想让马匹遭一回罪，就达成与人的心灵沟通。

总之，胡老五驯马时，周围的马群绝不会因同伴被抓而惊慌失措地乱跑。绝大多数马匹都能相对平静，甚至有的马匹还在低头吃草呢。

胡老五也有温情的一面，往往表现在马匹被征服之后。那时，他会和他最喜爱的骏马日夜相伴，精心调教，最后达成人与马的惺惺相惜和珠联璧合。这时胡老五看马的眼神都变了，细心的人能觉察到那目光中的温度。原本野性十足的大牲口，此时对胡老五的态度也发生了一百八十度大转折，不仅俯首帖耳，而且忠心耿耿。

胡老五除了神勇剽悍之外，摔跤、斗牛、开枪、射箭等衡量塔头滩真正男人的硬功夫也都出类拔萃。那可真叫老鹰眼、兔子腿啊。就像老百姓常说的那样，十八般武艺，他样样精通。

胡老五除了功夫全面，还有另一手绝活儿呢。他苦练多年，竟然练就了一手甩神鞭绝活儿。胡老五那大马鞭子甩的实在惊人！可以说指哪儿打哪儿，不差毫厘。那才叫真正的炉火纯青、登峰造极。

　　从头顶上飞过的家雀儿，只要胡老五想要，保证一大马鞭子就能给抽下来。驾驭大马车出门远行，胡老五从来都不会空着手回来。后车板子上不是躺着几只野兔子，就是躺着几只灰野鸡，有时还躺着红狐狸、黄羊子啥的。每次归来，小孩子们都要围着胡老五的大马车转上好半天，每次都不会让孩子们失望的，还经常会给孩子们带来意想不到的惊喜。有一次，也是从草原深处回来，胡老五大马车的后车板子上还绑着一只活着的老鹞鹰呢……

　　过年过节给亲人们烧黄纸，别人都是用刀子裁，或者是用剪子剪。但胡老五从不用刀子和剪子，他一律用细皮鞭子。胡老五就用细皮鞭子唰唰地抽，绝不会伤到旁边扯纸人的手。不仅保证黄纸抽得又齐又直，而且保证黄纸抽得又方又正。

　　小孩子想吃高处的榆树钱儿，胡老五一大马鞭子抽上去，榆树钱儿就下来了，而旁边的树叶子则丝毫无损，甚至整个树枝连颤动都没颤动一下子。

　　还有一次更神，胡老五从鸡爪壕外的西大洼子赶着大马车回来了，车前面竟然慌慌张张地跑着一只草原狼。草原狼虽然跑在前面，却要听从胡老五的指挥。草原狼的奔跑方向和奔跑速度完全由胡老五手中的大马鞭子控制着呢，一旦偏离方向或者随意改变速度，胡老五就是又稳又准又狠的一大马鞭子。一路赶回来，草原狼就像早已经习惯了胡老五的纠偏和矫正。其实那只狼已经是一只瞎狼，早已被胡老五精准的鞭法抽成双眼瞎了。

　　这件事说得可能有些夸张了，但胡老五肯定是有一手过硬的甩神鞭功夫的。可以说，胡老五的鞭子神功，在塔头滩上妇孺皆知。

胡老五当上塔头滩冬猎队队长之后，塔头滩上的狼群得到了有效控制。祖母说她最喜欢看胡老五带领冬猎队员在拉嘎老古庙前一字排列、饮酒壮行的威武阵式了。那些汉子们的叫喊声，能让塔头滩的冬天一下子就变得温暖、生动起来。

这年冬天，草原狼突然变本加厉地猖獗起来，胡老五面临严峻挑战的同时，也迎来了成就大业的最佳时机。

草原边缘和村子附近经常有狼探子的脚印出现，如果雪再大一些，隐藏在塔头滩深处的狼群就很有可能出来袭击牛羊了。

大雪又下了三天三夜，没有丝毫停下来的迹象。村头又有了越来越多的梅花般的草原狼脚印，经验告诉人们，饥饿的草原狼群已经向村落逼近了……

这时，草原狼还只是在外围试探性地小动作。目光还只是停留在羊群身上。如果大雪这时能停下来，草原狼也许会撤退回草原深处去抓野兔子吃了，因为吃家羊毕竟不是长久之计，是要付出惨痛代价的。

大雪又一连下了三天三夜，腊月初二晚上开始下的，直到腊月初九早上才勉强收住了一些，变成了细沙状的小雪花。草原上的老北风却从来不管雪停不停，抽空儿就猛个劲儿地刮，还没好声地叫唤，直把草原上的积雪刮叫得刀刃一般。

这已经是大雪灾了，人们不免有些担心起来。雪灾后面往往伴随着狼灾。雪灾有多大，狼灾就会有多大。查干淖尔光腚的娃娃都知道这个铁打的规律。这个时候，饥肠辘辘的草原狼已经蠢蠢欲动，开始瞪着红色的眼睛向村庄靠拢了。

接下来，狼灾果然像人们预感的那样发生了：

一般情况下，草原狼群总是先围攻最容易得手的羊群，然后才是围攻牛群，最后才是围攻马群……但也有例外的时候，否则就不是草原狼了。

为把损失降到最低，根据往年应对狼灾的经验，塔头滩人一是增加护羊狗的数量，二是将牲畜尽量转移到高围栏的圈中或者深井式的地圈里。

大雪覆盖的塔头滩上如期刮起了白毛风，狼群最喜欢在天气恶劣的晚上采取行动。狼群惯用出其不意的战术，人们往往听不到任何声音。狼群总能在人们认为不可能的时候让攻击对象惨遭屠杀。

当人们自认为没有问题，清晨起来例行公事地走进羊圈查看时，才惊奇地发现了意外：棚圈铁丝网围栏已经被羊群压倒了。羊圈中的情景更是让人目瞪口呆：几十只母羊横七竖八倒在地上，脖子和尾巴上满是被草原狼咬出的血洞，一地的血迹早已凝固，剩下的十多只羊也身负重伤。从现场留下的痕迹看，当时至少有二十只草原狼同时进入了羊圈，草原狼本来就生性贪婪，饥饿状态下的草原狼就更加贪婪无比。狼群明明一下子吃不了这么多的羊，但它们恨不得每个羊都要掏上一口。人们看着死伤一地的羊群，恨得牙根直痒痒。这时，人们也终于闻到了，羊圈里，除了浓烈的腥膻味以外，还深埋着一股股的血腥味……

难道它们是飞进羊圈的吗？到底是从哪儿进来的呢？

草原民间确实有传说称草原狼会飞翔，所以能下井，会上房。其实，草原狼确实能下井，也确实会上房——但它们真的不会飞翔。

草原狼咋下的井？草原狼会用嘴巴将彼此首尾相连，最上面的草原狼则牢牢咬住井边的木桩子……

草原狼咋上的房？这个对于草原狼来说就更容易了，四条腿的草原狼其实比人更善于叠罗汉……

是因为人总在低估草原狼的智慧，草原狼的行为才显得更加神秘莫测。其实，草原狼就是草原狼，它们就是一种很有本领的猎手，它们很多的出奇制胜，完全是恶劣的生存环境给硬逼出来的。

大雪依旧在下，整个塔头滩都被厚厚的大雪埋住了，房子也被厚厚的大雪埋住了，房顶的雪和地上的雪几乎连成平面了，天地间是一片令人窒息的惨白。房子像连成一片的大雪山，只有黑洞洞的窗户偶尔冒出一丝白热气来，显示着里面还住着活物，显示着里面还有一户喘气的人家。

圈里的牛羊有的还在，不过懒惰的和不爱走动的早已经被大雪埋没了，只有那些不停走动的还活着，它们哆哆嗦嗦地抖动着已经满是冰溜子的皮毛，等待着最后的一线生机。而它们的脚下则是冻僵了的同伴们的尸体和厚厚的雪盖子，寒冷和饥饿已经让它们变得机械麻木，不知道害怕，或者说不知道啥叫害怕了……

大雪压得门都推不开了，就有胆大的男人从窗口爬出来，摸索着找到房门并奋力将积雪挖走，家里的人才能走出来。接下来，他们再一锹一锹地挖开前往羊草垛、牲口圈、小茅厕和粮仓房的白雪通道，以维持最基本的日常生活。就算足够高的大人们走在白雪通道里也只能看见头部，那白色雪线之上飘移着的一颗颗硕大人头，不论长相慈祥不慈祥，冷不丁地看上去，样子都是十分吓人的。

果然，塔头滩人很快就被真正的恐怖笼罩住了。因为当大雪下到第七天时，饥肠辘辘的草原狼已经实在无法忍受。它们只好伺机潜入村庄，铤而走险了。

草原狼赶猪比人赶猪还麻利呢。草原狼咬住猪的一只耳朵，然后用尾巴不断抽打着猪的屁股。猪一旦被草原狼咬住了耳朵，就吓得半死状了。因此，当像鞭子一样的狼尾巴再抽打在猪屁股上时，猪就只剩下本能地跟着狼往前跑了。当草原狼把猪赶到它们认为不会有人追上来的地方时，就会一口咬断猪的喉管。这时，一大群草原狼才扑了上来。转瞬间，一头大肥猪就不见了踪影……

草原狼群与塔头滩人斗智斗勇，不单是紧盯着羊圈里的羊，扫描着猪圈里的猪，同时也觊觎着牛圈、马圈和驼圈里的大型牲畜。

草原狼吃老牛也是有一套办法的。非洲土狼喜欢掏肛，草原狼则是掏裆。虽然老牛长着锐利的犄角，而马并没有犄角，只是长着四只坚硬的蹄子。但草原狼在牛和马之间还是首先选择进攻牛，是因为牛的动作相对马来说要显得缓慢多了。

由于老牛的体量过大，草原狼无法像狮子和老虎那样张开大嘴咬断其喉管实现一击致命。虽然老牛在面对草原狼群时就会死得非常遭罪，但也没见有一头老牛轻易放弃活下去的机会。有时，草原狼群已经吃掉老牛的后半个身子了，老牛又从昏迷中苏醒过来，还扑闪着大眼睛悲哀地回头看了看自己的身体……哪怕发现自己只剩下前半身了，它也仍然不肯放弃最后的挣扎。牛角和牛蹄凝聚上最后一丝力气，也要奋力地顶挑和蹬踏。饿红了眼睛的草原狼群只好一边避开牛角和牛蹄，一边全力寻找下口的机会。草原狼群唯一的目的就是想方设法让老牛停止奔跑、倒下身去、不再挣扎……无论公牛还是母牛，对草原狼群来说，老牛的最佳攻击点无非就是那低垂着的裆部和身后那柔软的私处了，草原狼都知道那是老牛们最要害的部位。

草原上的马永远是成群的，正常情况下，草原狼很少有机会从马群中吃掉一匹成年大马。也许是草原狼特别忌惮马那钢铁一样的蹄子，非常害怕马蹄子的正面攻击。即使在没有人类驾驭的情况下，单独的成年马匹也并不会轻易就范，它也很少会犯低级错误，总是会主动正面迎敌；而马群则不同，虽说面对从容淡定的马群时，草原狼一点儿机会都没有。但面对心浮气躁的马群时，草原狼就大有胜算了。马群往往更容易盲从，在强势对抗未果之后总是习惯于盲目狂奔。表面声势浩大，实则全面溃败。最终，失去章程的浩荡马群常常会犯下杀身大错，让看似弱势的一小帮草原狼意外得手。所以说，草原狼要想吃到马肉，必须得先让马群自乱阵脚。

惊慌失措的马群是狼群最喜欢见到的样子，此时的万马奔腾多半是被狼群驱赶着的无奈逃亡。马群在狼群的指挥下跑得大汗淋淋，浓烈的汗腥味让马群变得更加惊慌失措，却让狼群更加信心十足。

最终的结果往往是：小小一队草原狼群竟能把一群高头大马有计划地赶向西大洼子某片神秘的尚未冻实的沼泽地，等马们完全陷入冰盖下的泥淖时，狼群再来慢慢享受它们那非常具有仪式感的饕餮大餐……

有人将草原狼群的此举简单地划归为贪婪，那他只说对了一半。更重要的一半则是因为马群过分稳定了，是马群的过分稳定才导致了它们悲惨地集体阵亡。

实在没啥可吃了，草原狼最后的目标才是小孩儿、老人和妇女。等到草原狼选择攻击强壮成年男人的时候，它们几乎就是饿疯的状态了。饥饿的草原狼这时也只剩下了吞咽的念头，饥饿使它们的吃相变得极其难看，就显得比平时更加贪婪，也更加凶残可憎……

狼灾四起，村民大悖。拉嘎老古庙里香火重新兴旺起来，村民络绎不绝地前来烧香磕头，求保平安。老喇嘛诵经声响彻草原：喇嘛拉迦森切哦，桑结拉迦森切哦，丘拉迦森切哦，根灯拉迦森切哦……

才是初冬时节，草原狼就开始吞噬起困在大草原里的一切生命了。那是白色恐怖的日子，更是"红色恐怖"的日子。"红色恐怖"之下，处处是红色的血肉、红色的狼牙、红色的枯草和红色的泥土……

但即使在这样的情况下，塔头滩上真正的汉子也不使用猎枪打狼。因为塔头滩人从来没想过要把草原狼彻底消灭掉，只能祈祷双方都能各自退让一步，好共同渡过眼前的灾难……

虽说这是个血味十足的时刻，但对塔头滩男人来说，这又是个极具诱惑的时刻。这是人狼双方都能大展身手的最佳时机，只是给双方都增加了生与死的难度。草原狼最终虽然凶残地叼到了几个孩子，咬到了几个柔弱老人和妇女，但绝大部分草原狼最终还是成了塔头滩冬猎队员们手中惊艳无比的猎物……

狼群以为自己彻底胜利了，未免有些大意，胡老五恰恰抓住了这个千载难逢的时机。他早已掐算好了时辰，这天一大清早，就和他的冬猎队员们又在拉嘎老古庙前排开一字队形，喝下壮行血酒之后，就骑上骏马嚎叫着冲向了雪野……饥饿的狼群并不怎么害怕马，也不怎么怕人了，但马背上多了个手提"掏捞棒子"的人，狡猾的狼群还是有所顾忌的。多日以来，有恃无恐的狼群还是首次"佯装"选择了战略转移……

午后两点钟光景，鸡爪壕外的草原深处传来一阵阵撕心裂肺的喊声，偶然也夹杂着马的嘶鸣和狼的长嚎。经验告诉人们，塔头滩冬猎队员已凭着智慧和勇武将计就计地把狼群"赶入"了查干淖尔大草原的死亡之谷——西大洼子。那里正在进行一场胆量、速度与耐力的生死较量。

没有资格前去杀狼、在家苦苦等待的弱民们都静静地屏住了呼吸，心脏紧张得狂跳。祈祷那些汉子们战胜群狼，凯旋归来……

黄昏时分，村里村外渐渐喊成了一片。塔头滩的男女老少都来到村头等候，他们要看看冬猎队队员们是不是都回来了。如果是失败了，谁家的后生会不幸落入狼口呢？如果是胜利了，那么汉子们又会打死多少只草原狼呢？

草原狼群这回果然因大意而计算错了，这时的西大洼子又已经刚刚冻结实了一层不薄不厚的冰盖，已不再是前段时间一踩一陷的沼泽地了，而这次的马群里的每匹马都有了人的指挥。

太让人振奋了！胡老五威风凛凛地率领全体队员们归来了，红色的汉子们踏着红色的雪浪全部胜利地归来了！汉子们胯下那些骏马跑得浑身都是白沫子，散发着浓烈的汗腥味，不一会儿，人群就被浓烈的汗腥味彻底笼罩了。胡老五骑着他那枣红马威武地走在队伍的最前面，两只手上分别还提着一只死狼……汉子们则用雪爬犁拖着长长的一大串死狼和活狼。红彤彤的夕照下，白色的雪野、褐色的狼尸、红色的伤痕把查干淖尔大草原点缀得血味十足。

据说胡老五马鞍上那只大活狼就是最凶的头狼，最后被胡老五追得实在跑不动了，才家狗一样地趴在了地上，被胡老五揪住后背薅上马鞍生擒……

当天晚上，胡老五的名字第一次上了拉嘎老古庙的功德牌匾。守庙老人乌兰巴布挥舞着老旧的刻刀，无比虔诚地把胡老五的名字——胡永禄三个字工工整整地刻在了坚如磐石的黄花梨子供板上。

"汉哥！""汉哥！"人们喊声震天……尤其是大姑娘、小媳妇羞涩而尖锐的欢呼声，能让人感到她们身体上层出不穷的热浪。可谓货真价实，地动山摇。

但胡老五望向人群的目光充满着焦虑，他四处张望着，总像是在寻找着什么……

高兴终归是要高兴的！胡老五用九只烧全羊宴请父老乡亲们，在大姑娘、小媳妇们的服侍下，尤其是在她们闪烁不定的秋波怂恿下，英雄们大碗喝酒、大口吃肉、大声划拳、大开玩笑……快乐很容易就能通宵达旦。

血味、肉味、酒味，尤其是那股浓烈的汗腥味，弥漫了整个草原……

草原民谣总会在最恰当的时候传唱起来：

  好马不配双鞍鞯，
  好女不嫁弱夫郎；
  没长鹰眼兔子腿，
  别到猎场去逞强……

第六章　冰湖上的血舞

胡老五成名以后，有那么几年冬天，草原狼数量突然少了起来，塔头滩苇草最茂盛的西大洼子也越发显得空空荡荡，多多少少失去了往日的阴森与神秘……

胡老五就像英雄没有了用武之地，出门连掏捞棒子都不拎了。常光着红彤彤的大膀子从大草原上拍马喊过："大家都给我听好了，按照老祖宗的族规办事，三年之内谁也不准擅自打狼啦！这可是真格的……"

血的教训早已告诉过塔头滩人，草原狼数量明显减少可不是什么好的征兆。野兔子、黄鼠子等穴居动物一夜之间就能把完好的草原弄得满目疮痍，然后渐渐沙化。没有草原狼的日子甚至要比有狼灾的日子更为可怕。

无狼可打的冬日，一度让草原头人胡老五无所适从。胡老五就像是专门为猎狼而生的，这样的日子，让胡老五过得度日如年不说，身上的功夫好像也不如从前硬朗了。闲得实在无聊了，胡老五就常常拎着大酒壶到处找兄弟们喝酒。塔头滩男人绝大多数把烈酒看得比生命都重要，人实惠，喝酒也实惠，酒桌上答应的话绝对算数，侠肝义胆的兄弟们凑到一起总能喝得皓月当空、乾坤移位……

为了打发塔头滩的漫长冬日，本来对查干湖冬捕兴趣不大的胡老五，竟然组织人们有声有色地开展起了查干淖尔大草原上传统的冬捕活动。人工穿冰、人工下网、马拉绞盘……这个每年一度的古老冬捕方式一直在大草原上延续着，将近一千年了，冬捕规则也一直没有什么大的改变。

塔头滩的汉子们平时虽然不愿意用大拉网去捕鱼，但对传统的查干湖冬捕还是能表现出异样的热情。那是因为，查干湖冬捕不仅有着盛大的场面，还有着复杂的程序和神秘的仪式，更有着众多男女之间表达爱情的玄妙机会。再说了，能把查干湖冬捕这件事做好并不容易。这里不仅有着相当大的难度，还有着相当多的危险，很富挑战性。塔头滩的汉子们天生都喜欢挑战，专门找有难度、有危险的事情做。

而对胡老五来说，查干湖冬捕却有着另一层含义。胡老五从16岁开始，就一直在为当上草原新一代汉哥和把头而战斗着。已经拥有汉哥称号的他做梦都想再当上把头，从而实现当上草原红鹰的梦想。虽然胡老五深知查干湖冬捕只诞生"渔把头"，绝不会造就出钓巨型狗鱼的传世把头，但先当上"渔把头"也毕竟是前进道路上的重要一步。

方圆几百里的查干湖盛产着三花五罗十八子七十二杂鱼。三花包括鳌花、鳊花、鲫花。鳌花，也就是鳜鱼。五罗包括哲罗、法罗、雅罗、胡罗、铜罗。前两罗是大型鱼，后三罗是小型鱼。十八子就不仅仅是十八种叫"子"的鱼了，七十二杂也不仅仅只是七十二种叫"杂"

的鱼了，它们都是"多"的代名词，是查干湖里众多淡水鱼群的统称。其中包括鲤拐子、鲫瓜子、草根子、白鲢子、花鲢子、嘎牙子、船钉子、柳根子、斑鳟子、麦穗子、黄姑子、白漂子、细鳞子、大白岛子、红眼瞪子、黑鱼棒子、鲇鱼球子、牛尾巴子、葫芦籽子、沙姑鲈子、七粒浮子、花里羔子、泥拉够子等七十多种杂鱼。此外，还有并不常见的大怀头、大鳡头、大鲟鳇等。每年年底至过大年前的这段时间，都是草原人进行大规模冬捕作业的黄金时间。

按照祖上惯例，出发前胡老五要在拉嘎老古庙前举行查干湖冬捕祭湖醒网仪式。首先由十二位身着盛装的美丽姑娘为十二位壮汉献上奶干，这可是塔头滩上最好看的十二位姑娘，除了最漂亮的祖母之外，孙大白眼那五朵金花也在其中。

大喇嘛将怀抱的供品逐个递给胡老五，胡老五按次序将供品摆放在供桌上，然后将九炷香分别插在三个香炉内点燃。之后，由大喇嘛率众喇嘛按顺时针方向绕供桌、冰洞和冰雪敖包转三圈并诵经。之后，胡老五站到场地中间端起酒碗，双手举过头，开始朗诵祭湖词："啊哈啦！老天爷，先祖之灵；啊哈啦！老天爷，庇护众生，求昌盛，求繁荣。查干湖啊，天父的神镜；查干湖啊，地母的眼睛，万物生灵，永续繁衍；都聚在查干湖天源的怀中，都握在查干湖地宝的手中；献上九九礼吧，奉上万众心诚，湖上层层冰花，闪动八方精灵。敬上九炷檀香，插上九枝青松，献上九条哈达，摆上九种供品；啊哈啦！千里冰封查干湖，万尾大鱼入网中！"

接着，胡老五接过大喇嘛从供桌上端来的烈酒，手托大酒碗，跪在事先凿开的冰洞前面，高声大喊："查干湖冬捕的大网醒好了，开始祭湖了！一祭万世不老的苍茫长天！再祭赐予我们生命的富饶大地！三祭永世养育我们的查干湖神！"

十二名姑娘闻声走到冰雪敖包前，将手中的哈达系绕在敖包上的树枝上；其他人则将糖块、牛奶等抛向天空；大喇嘛把烈酒和供品倒入冰洞中，随后所有围观的人要绕着冰雪敖包转上三圈。

祭湖醒网仪式完毕，胡老五手拿"大抄捞子"，在那眼神圣的冰洞里搅动起来……最后使劲儿往上一提，就从冰洞里捞出了一条活蹦乱跳的大鲫鱼来，这就是传说中的"冬捕吉鱼"。

胡老五捞上来的大鲫鱼足有二斤多重，出水之时就不停地扭动着，落到冰面之后仍在活蹦乱跳地翻滚着……

围观的人们都在齐声喊着："好兆头！好兆头！真是个吉祥的好兆头啊！"

接下来，还是由十二个姑娘每人手托一只装有肉干、炒米的托盘走到列队的壮汉面前，由胡老五递给十二位壮汉每人一碗，让他们在开捕前饱餐一顿。约五分钟后，胡老五又高喊："拿酒来，喝壮行酒了！"十二位姑娘就用托盘分别托着十二个空碗，抱着六个酒坛子，走到胡老五和壮汉们面前，为他们一一斟酒。

胡老五高喊："弟兄们，动真格的时候到了！好酒助咱打好鱼，干杯！"壮汉们把酒一饮而尽。胡老五再喊："进大湖、拉红网、鸣喜炮、出发了！"就这样，一年一度的冬捕收网大戏在喇嘛的诵经声中、在"查玛舞"的跳动中开始了。

正式的查干湖冬捕，则是在祭湖醒网仪式之后的第二天。

天刚蒙蒙亮，查干湖冰面上就出现了十二挂大马车，每挂大马车上都坐着一帮身穿羊皮袄、头戴貂皮帽的壮汉。大家都上车后，胡老五高喊一声："出发！"各位车老板子随即扬鞭催马，黑暗中响起悦耳的马蹄声。顶着刺骨的寒风，在薄雾笼罩中马车沿着鸡爪壕驶往查干湖。站在头挂车上的胡老五，头上戴着的是与众不同的狐狸皮帽子，反穿着羊皮大袄，手上拎着一个大冰穿子，黑里透红的方脸上流露出一种"风吹雨打都不怕"的硬气。

大约半个时晨以后，东方的鱼肚白刚刚镀上金边儿时，十二挂大马车最终赶到了查干湖腹地的冬捕点上。大马车才停了下来，胡老五就带着众壮汉迅速跳下车，各有分工地忙碌起来。只见胡老五站在选好的入网口，确定位置后，颇有大帅风度地用大冰穿子在冰面上戳出一个长方形印记。随即，两个壮汉就用旗钎子快速凿出一个大冰口子。

刚刚开凿出的第一个冰眼为下网眼，再由下网眼向两侧各三百步，方向是与正前方成七十五度，插上大旗，塔头滩人称其为"翅旗"。胡老五又由"翅旗"位置向正前方走上三百步后，再插上旗，塔头滩人称之为"圆滩旗"。再由两个"圆滩旗"位置向前方走二百步处会合，确定出网眼，插上出网旗。这几杆大旗所规划的巨大冰面，就是"网窝子"。

壮汉们手脚麻利地沿下网眼向翅旗处每隔约十五米凿一个冰窟窿，下一次大网要凿几百个冰窟窿，然后穿杆引线。下网时，由于网太长，每隔一定的距离，他们都要使用马拉绞盘拉动大网，才能将大网逐步下到位，仅下网的过程就需要八九个小时。巨大的渔网自入网口进入冰面以下后，便沿着这些冰窟窿在冰下"行走"，直到约两公里外的出网口。

冬季的查干湖水结冰厚达一至两米，在冰下捕鱼的拉网有几百米长，怎样下到冰层以下需要一套熟练的技巧。下网前选择地点十分重要，有经验的"渔把头"只要审视一下冰面的颜色，就知道在什么地方、什么时候下网。选定地点后，在冰面打好两排冰眼，让网在冰下穿过，然后逐渐围拢，最后在出网口把冰下的渔网拉到冰面上。冬季冰下鱼群聚集，才有可能在最终的收网时捕到十万斤以上的鱼。祖上规矩，每年只打一网，成败在此一举。

查干湖冬捕队共分六组，每组队员六十人，负责捕鱼全程指挥的胡老五必须得有两把刷子。冰上捕鱼看上去只是简单的体力劳作，其实更是复杂的脑力盘算，镩冰、扭矛、走钩、跟网、绞网等一系列步骤都需要高度的技巧和丰富的经验。

由于网大鱼多，收网时只能借助马匹的力量。几匹高头大马拉动绞盘牵引着钢丝绳转动，四五米宽的大网裹着冰层下的鱼儿从宽一米、长两米的出鱼口缓缓露出冰面，汉子们边收网，边将打上来的鱼平摊在冰面上……

大约在一个时辰后，整张大网才终于被一点点拉出网眼。随着胡老五有力的号子声，身上挂满了冰珠的马匹拉动着绞轮，由近百块小渔网组成的一张巨大渔网被缓缓拉出冰面，鲤鱼、鲫鱼、胖头鱼、鲇鱼都争先恐后地翻出了冰眼，转眼之间就在湖面上堆起了一座湿漉漉的鱼山。

一些大鱼中途挣扎出大网，水分十足地跌落在光亮冰面上，瞬间皮鳞就粘在零下三十几度的寒冰上了，原本水淋淋的大鱼再跳起来时就是血淋淋的了。接下来，流着血的鱼身还要唑唑啦啦地在冰面上反复摔打着一阵子。只是它们越跳越低，越跳越慢，渐渐地也就只剩下僵硬前的疼痛抽搐了；一些幸运点儿的大鱼则落在了湖面的积雪上，几次跳跃，全身便滚满了白雪。它们虽然看上去少了一些血腥，但最后还是乱舞成了造型各异的冰雕……

虽然塔头滩人从不竭泽而渔，一向使用的都是六寸网眼的大网，但一网上来，还是捕上了几万斤活蹦乱跳的大鱼。转眼间，原本平坦的冰面上就堆成了一座巨大鱼山！这壮观得有些令人匪夷所思的冬捕场面恐怕也只有在查干湖上可以见到。查干湖静静地隐藏在雪原深处冬眠着，它只眨了一下眼睛，就释放出如此跃动的光彩。风在呼啸，马在嘶鸣，人在尖叫……这个日子注定是查干淖尔大草原冬日里最热闹的日子。

巨大的渔网已经完全被马车拉到冰面上了，有专人上前拿到最大的一条鲤鱼（也就是人们常说的"开湖头鱼"）并抱着它交到胡老五手里。胡老五又在大喇嘛的诵经声中把大鱼高高举起，完成了查干湖冬捕最后的神圣礼仪。

无比壮观的出鱼场景，让在寒风中等待了大半天的塔头滩人立刻激动起来了，大家欢跳着奔向出鱼口，零下三十几度的空气好像也随之燃烧起来……

接下来就是那场期待已久的也是声势浩大的查干湖全鱼宴了。

查干湖全鱼宴以查干湖特产的鲤、鲫、鲢、鲇、草、葫、鳙、鳊等三花五罗十八子七十二种野生杂鱼为主料，经过炖煎炸爆等加工，做成了冷热生熟俱备、软嫩酥脆俱全、香甜麻辣俱有的丰盛大宴。全鱼宴最多可烹制鱼菜120多种，最常见的有：三花一岛汇、红烧鲤鱼王、鲇鱼炖茄子、鲫鱼羊肉汤、泥鳅钻豆腐、杂鱼一大筐、老醋拌生鱼、胖鱼头火锅、油焖嘎牙子、香煎大岛子、干炸葫芦籽等等。

每年还有不断新创的做法：老醋拌生鱼也叫活着剖生鱼，具有悠久的历史，是一道特别的名菜。将大黑鱼或大鲤鱼去鳞和内脏后，扒掉鱼皮，把皮切成丁油炸待用，然后片脊肉，切成细丝，放入醋中搅动。加上油炸鱼皮，新鲜葱蒜，配上焯好的豆芽、菠菜等即可美食。大鲫鱼头泡饼则是将鱼头放入油锅中煎至两面金黄，加入老汤和炒好的五花肉、葱姜等，熬煮熟透起锅，并将切好的油盐饼放在碗侧。吃起来咸鲜微辣，面饼松软可口，回味无穷。

查干湖全鱼宴营养丰富，鲜嫩味美，百吃不厌。再配上香甜可口的主食大饭包，就更是回味无穷了。大饭包以东北大酱、二米饭、大白菜、大葱、香菜为主，也可以配上辣椒酱、芝麻酱、土豆泥、咸鸡蛋、瓜子仁等十几种辅料，那就是个贼啦地香。

每逢高光时刻，胡老五总是习惯性地四处张望几下，满脸焦虑的他好像并没有找到他要找的那个人。胡老五把所有的弟兄们都喝透了好几遍，又组织大家点起了湖上篝火，粗门大嗓地野舞起来……

第二天吃过早饭，人们就要把冻了一宿的大鱼装车运回家了。为了让每挂大马车都能装上足够多的鱼，大马车必须经过加长加宽，然后才能将大鱼一层一层地码上去，以达到想要的高度。车夫们像往常一样，很快就将十二挂大马车都上好了挎杠，固定前后挎杠的绳子中间通常要用一米多长的绞锥拧别。有的车夫来时根本就没带那么多的绞锥，这也难不住他们，因为冻透了的黑鱼棒子完全可以代替绞锥使用。所以人们经常能看见拉鱼的大马车两侧分别拧着一条坚硬的大黑鱼。

成功地跨越过长长的鸡爪壕后，十二挂满载而归的大马车鱼贯进村时，那场面注定是极其壮观的。塔头滩的男女老少们都出来迎接了，他们一边围观，一边卸车，一边憧憬着肥美冰鲜的冬日佳肴……

此时，欢快激越的马头琴声绝不会缺席：

　　骏马奔腾在无边的草原，
　　牛羊游走在辽阔的大地；
　　蓝天高远如后生的胸怀，
　　白云悠悠像少女的心情……

此刻，幽默诙谐的草原民谣绝也不会掉队：

鲫鱼头，鲇鱼尾，
吃饭不碰姑娘腿。
两口饭，三口鱼，
干活赛过大毛驴……

第七章 巨型狗鱼

就在祖父无奈而沉重地拖着一条瘸腿的时候，塔头滩冬日的狼群虽不如从前旺盛，可霍林河夏日的狗鱼群又空前地繁盛起来。

几年后的夏天，霍林河里竟突然传来了令人兴奋的异样吼声，这才让心事重重的胡老五从沉醉中重新惊醒过来。因为又有巨型狗鱼现身了，也就是说，已经是汉哥的胡老五同时再当上把头，从而一举实现"大圆满"的机会终于到来了，胡老五当上"草原红鹰"的光荣梦想有可能就要成为现实了！

胡老五不再喝闷酒了，每天都带着兄弟们夜以继日地到河边去察看。有一天，他们终于看见了一人多高的巨型狗鱼在远方的河汊子里猛地蹿出了水面。

"巨型狗鱼真的又出现了！证明谁是英雄好汉的机会真的又来了！"汉子们疯狂地喊叫着。

那些天，整个塔头滩男人的梦都给巨型狗鱼搅得混浊，哪怕是最瘦弱者也认认真真、实实在在地期待着自己可能要有奇迹发生。不仅体格单薄的守庙人乌兰巴布徘徊在霍林河边,连那个时代最不起眼儿的赵罗锅子也经常煞有介事地出现在河边的滩涂上……

钓巨型狗鱼讲究很多,所用黑色钢钩必须是带倒须儿的陈年老钩。不仅要打磨锋利,还要反复淬火。连用来拴钩的麻绳子也有很多讲究,必须得用上等"线麻"搓成无结子的实绳,下底钩的前一天晚上,还得将全部钩绳架在大铁锅用黑猪血煮熟、煮透……

从夏初到夏末,无奈的瘸腿祖父竟也每天都拄着沉重的大拐杖,执着地站到霍林河边上去。心情复杂的祖父仔细地观望着霍林河的上游来水,好像感觉到了成群结队的狗鱼正杀气腾腾从霍林河上游河汊子顺流而来。如饥似渴的祖父翕动着鼻子,说他已经隐约闻到大狗鱼身上那股浓烈的鱼腥味了。

狗鱼群一路翻腾跳跃,搅得河水比其他季节更汹涌而血腥。狗鱼不愧是霍林河里绝对的强者,它们肆无忌惮地追杀河里的一切生命,甚至连塔头滩人锐利的钢钩也不放在眼里。有时,狗鱼群能在一夜间把半边河水变得红润。

胡老五钓那条巨型狗鱼的全过程祖父都看在了眼里。祖父怀抱着大拐杖五天五夜坐在离胡老五不远不近的地方窥视着那个强者。毫无疑问,祖父不得不面对现实。只能默默看着世世代代一直无法超越的强大对手现场表演,祖父的心情肯定是极其矛盾、极其复杂的。

那天胡老五的钢钩上销着的是霍林河里个头最大的那种叫"大花鞋"的美味青蛙,能吞食那种肥硕青蛙的鱼只能是够重的巨型狗鱼。那天没有一丝风,河水和长天一样的幽蓝,一样的平静。

经验使每个塔头滩人都清楚,从那外罩"大花鞋"的黑色钢钩生动地沉入水底那一刻开始,狗鱼群就开始了它们贪婪的逡巡。巨型狗鱼天性狡黠，一般不会轻举妄动；不成年的小狗鱼胆小而性情暴躁，它们围着诱饵转转，急得直往水上跳，就是不敢去咬钩。胡老五像知道这些小鱼没有一条敢冒险，漫不经心地坐在岸边大口嚼着大葱、大饼子，不时地将掉在身上的大饼子碴儿丢进河水里。

胡老五是在河水越来越平静，天越来越沉寂的时候开始全神贯注地盯住钓绳的。直到这时，平静的河水下面才真正开始了人与鱼之间紧张而默契的角逐……

一条老谋深算的巨型狗鱼绕着胡老五的底钩转悠四天了。它一直在试探如何把胡老五底钩上的肥硕青蛙弄下来吃掉，但一直没真正咬钩，只是用嘴不时地吻那大青蛙。经验丰富的胡老五早已把一切看在眼里，他不动声色地盯着河面的浮标，细心体验着手中绳线的手感。他四天四夜没合眼，祖父竟也足足地陪了他四天四夜。

终于，在第五天天没放亮的时候，在人困倦难忍想闭一会儿眼睛的当口，巨型狗鱼张开了巨口，开始了对胡老五的挑战。

巨型狗鱼没有吞下那只大青蛙，只是把大青蛙轻轻地含在了口里，正准备将美味一点点撮下来时，胡老五下意识地清醒过来。他瞄准了这个稍纵即逝的机会，硬是将那粗大的黑色钢钩抖进了巨型狗鱼的上腭骨里。

巨型狗鱼并没有因剧痛而惊慌失措地挣扎，它把大青蛙从钢钩上吮下来吞掉。同时，向前上方缓缓游动，试图伺机吐掉锈味浓重的钢钩。

河岸上的胡老五好像也看透了巨型狗鱼的路子，和以往一切优秀钓手一样，一样的冷静，一样的沉着，全方位地监测着大鱼的一举一动。胡老五知道，当巨型狗鱼让人感到它的分量时，正是巨型狗鱼宣布钓者惨败的时刻。胡老五进入一种无我的境界，其精彩程度绝不逊色于一次宏伟壮丽的战役。胡老五不能给巨型狗鱼足够的余地来咬断钓绳，又不能用力过大拉豁鱼的上腭骨，同时又必须防备巨型狗鱼猛甩头绷断钢钩。胡老五凭着他的足智多谋和精湛钓技，与狡猾的巨型狗鱼艰难地周旋……

　　河岸上，已不只是祖父一个人注视胡老五了。祖父感到河边所有的汉子都在屏着呼吸关注着胡老五，他们也都极虔诚地期待着接下来能有久违的雄壮场面出现……

　　太阳从东边河面上露出了红边儿，河水有些金汤意味儿的时候，胡老五已和大鱼暗斗了两个时辰。突然，巨型狗鱼在胡老五眼前十几米远的地方一跃而起，带起巨大的血色浪花几乎溅到胡老五脸上。胡老五和所有关注者都震惊了，那条鱼太大了，超过以往钓上来的所有巨型狗鱼，是一条成年的巨型狗鱼，全身黑亮亮的，如一根粗壮的树干。没等人们看清，巨型狗鱼便箭一般钻回水里，然后贴着水面向远方冲去，背鳍挺立如一把锋利的铁铜将河水一路劈开。多亏胡老五沉着机敏，几乎在巨型狗鱼突然转头的同时，他抛开了手中的钓绳。只见那规整的绳索一圈一圈地跃入河水中，速度之快让人眼花缭乱。紧接着，胡老五又熟练地在钓绳末端接上更长一些的备用钓绳……巨型狗鱼在备用钓绳放完一多半的时候才突然停了下来。

　　胡老五惊叹之余不失时机地把钓绳不松不紧地往回拉拽，巨型狗鱼异常平静地接受着胡老五的缓缓牵引。

　　很多塔头滩人从远远近近处赶来，静静地站满河边可以窥视的各个角落。塔头滩人有自己的钓鱼规矩，钓鱼是不准别人帮忙的，即使是亲兄弟也只有在一旁观看的权利。

　　又是在人最无防备的时候，巨型狗鱼突然又转头向河里冲去。胡老五赶紧放开钓绳，绳圈便又如先前一样令人眼花缭乱地跃入河水中……

　　整整一个白天，巨型狗鱼一直这样反复无常地和胡老五周旋，一次比一次来得猛烈，一次比一次来得突然。塔头滩的老少观望者们则一直原地不动地观看着，他们的站姿齐整，和霍林河边上那些墨绿色的树木一样。

　　下午六点钟光景，巨型狗鱼进行了那次最壮烈的挣扎。巨型狗鱼打破了塔头滩人钓鱼史上的所有记录，把胡老五第五根也就是最后一根备用钓绳也迅猛地拖入了霍林河。眼看着河岸上只有剩下钓绳最末端的铜圈了，巨型狗鱼仍然没有停下来的迹象。人们所预料的后果就要发生，急得不知所措的时候，只见胡老五抓起地上的铜圈紧紧叼在嘴里，不顾一切地扑通一声跃入霍林河。两支粗壮的手臂车轮子一样交替出现在水面上，加上前面巨型狗鱼的巨大拉力，转眼之间，胡老五就红色赛艇一般飞驰在大河中心地带了。这时的夕阳也正红，又给河水和天空增添了许多血味。

　　黄昏晚些时候，胡老五才从霍林河深远处游回来。当他跟跟跄跄走出水面时，他身上的小褂子早已不见了，几乎接近裸体。胡老五全身上下让水草、菱角秧划得一片殷红。胡老五已筋疲力尽，上岸前连滚带爬起伏于浅滩浓黑的污泥里，嘴里仍然死死地叼着那个连着钓绳的铜圈，血水从嘴角不断地流淌出来。

　　胡老五挣扎着，一上岸便拼命地往岸上拉钓绳。不一会儿，钓绳就如小山丘一样堆满了河边。

　　巨型狗鱼一点点被从遥远的外河拉了回来。这时的巨型狗鱼显然已经施展完了全身的解数，来到浅滩时，它的大尾巴不时地高高扬起，笨重地拍打着河水，溅起了冲天泥浪……随着胡老五双手的匀速倒动，巨型狗鱼轰鸣着向河岸上漂移而来……

巨型狗鱼刚到岸边，胡老五就猛虎一样扑了上去。不知他又哪来的力气，拦腰抱起巨型狗鱼，把它狠狠地摔了两个大个子。紧接着，胡老五把一只手臂插进巨型狗鱼翕动的巨大红鳃里，直到臂弯处。然后就斜挎着巨型狗鱼踉踉跄跄将它拖向高岸，胡老五重重地将巨型狗鱼摔在地上后，巨型狗鱼才又缓过劲来翻腾跳跃，暗红的鱼血从巨大的鱼鳃里流淌出来，流淌到嫩绿的水稗草上，流淌到黑色的塔头墩子上。

胡老五高高地举起血淋淋的手臂，向四周的人群搜寻了一阵。最后他若有所失地收回目光，握紧了拳头在空中狠狠地挥了一下，只说了句"哎呀我操！这才是动真格的！"便一头栽倒在巨型狗鱼旁边昏睡了过去。

赵罗锅子、季大胡子等人匆忙涌上前去，无限虔诚地把心中的英雄扶起来……

整个塔头滩的人都被胡老五的英雄壮举震撼了，人们通宵达旦地沸腾起来。因为在塔头滩上，同时拥有汉哥和把头称号的人已经有很多年没出现了，胡老五终于实现了这个艰难的"大圆满"！所有的血性男人们都羡慕得不停地伸大拇手指头，大姑娘、小媳妇们不再羞涩，而是在十分公开地向胡老五投来热浪般的媚眼……

这注定是胡老五人生中登峰造极的时刻，可他望向人群的目光仍然充满着焦虑，他四处张望着，像一直在寻找着什么，可又什么也没有寻找到……

"汉哥！""汉哥！"

"把头！""把头！"

"草原红鹰！""草原红鹰！"……

呼喊声一浪高过一浪，尖叫声一声高过一声。胡老五就是在塔头滩男人们的眼睛都给霍林河水映红后的这个血色黄昏成为"草原红

63

鹰"的。

　　这天晚上，胡老五的名字又一次被郑重地刻到了拉嘎老古庙的功德牌匾上，又一个草原红鹰响彻在大草原的各个角落。整个查干淖尔大草原，都在流传着胡老五这令人骚动的故事，到处都奏响着欢快激越的马头琴声。

　　这回应该更高兴了，胡老五除了为大家准备了九只烧全羊之外，还另杀三只羊做成了手把肉。在场的人看上去都是那么的高兴——浓烈的烧酒摆满桌，鲜美的羊汤管够喝，深浅里外全不忌了，带色的粗话也放开说了。尤其是男人们的喝酒划拳声更是响彻草原……

　　　　东边草地一头牛啊，
　　　　两个犄角一个头啊！
　　　　四只蹄子分八瓣呀，
　　　　五大三粗狗（九）见愁啊！

　　　　一只山羊四条腿儿啊，
　　　　一窝耗子十（此数字可随机改口）张嘴儿啊！
　　　　一只螃蟹爪八个呀，
　　　　两头尖尖这么大的个儿呀……

　　　　哥俩好啊！点一个呀！
　　　　三星照啊！四喜财呀！
　　　　五魁手啊！六六六啊！
　　　　七个巧啊！八匹马呀！
　　　　九连登啊！全来了啊……

祖父也拉起了马头琴，他那如泣如诉、意蕴复杂的马头琴声仍然是在午夜之后轻轻飘荡起来的……

塔头滩上人与人之间的高低贵贱之分，无非是看你怎么来（生），又怎么走（死），中间还要办一件终身大事——出嫁（女）或迎娶（男）。

一般情况下，塔头滩人都是在金秋八月开始谈婚论嫁。小伙子的父母委托信赖的说亲人，择个好日子带上儿子去看中的姑娘家说亲。姑娘及父母如果看上了小伙子就收下献上的哈达和一盘饼食，这事就算初步定了下来。

青年男女在定亲之前，男方要向女方求亲。求人的事总是不容易的，求亲更是如此，塔头滩上的古老歌谣唱道："多求几遍，才许给啊，会被人尊敬；少求几遍，就许给啊，要被人轻看。"后来还在塔头滩上流行了一句谚语："多求则贵，少求则贱。"当求亲达成协议后，则由男方带上哈达、奶酒和羊五叉或全羊到女家"下定"。女家则请亲友陪客人饮酒，表示正式定亲。青年男女定亲后由男方家送给女方家的礼品，又叫彩礼。聘礼的多少由男方家的经济情况而定。塔头滩人视"九"为吉祥数，聘礼以"九"为起点，从"一九"到"九九"，最多不得超过八十一头，取"九九"为长寿的意思。塔头滩人非常讲究陪送嫁妆。男方家送多少聘礼，女方家就要陪送相应数量的嫁妆。通常是女方家陪嫁的东西，比男方家送给女家的东西多。因此，草原上有一句俗语："娶得起媳妇，聘不起姑娘。"

男女两家定亲后，首先要请喇嘛占卜，选择吉日，确定结婚日期。吉日择定以后，由男家派媒人和亲友带上哈达、美酒、糖果等礼品，前往女家，同其父母商谈结婚事宜。谈妥后，男女两家开始准备婚事。一般是打扫喜房，或新搭蒙古包，宰牛杀羊，准备聘礼、嫁妆及其他结婚用品，通知双方亲朋好友，光临贺喜。

冬天往往是塔头滩人举办婚礼的最理想的日子。

胡老五的婚礼来得极其突然。胡老五钓到那条巨型狗鱼几天之后就突然宣布了他要娶塔头滩上的二号美女——孙三美当媳妇，也就是孙大白眼的三姑娘（孙家的五朵金花之首，外号叫小蛮腰）。

接下来，好像不到一个月，胡老五就声势浩大地去迎娶小蛮腰了。

祖母说，胡老五和小蛮腰的婚礼肯定是她见过的塔头滩上最盛大的婚礼。

胡老五未来的老丈人孙大白眼一向说道多，眼里更是揉不得半粒沙子。胡老五不是一直在打着杨大算计姑娘的主意吗？他斜着大白眼睛疑惑地盯着胡老五的隆重彩礼看了好半天，还是担心自己的三姑娘要吃亏。孙大白眼觉得有必要考验一下胡老五是否真心实意，就说："往出嫁姑娘必须得按塔头滩上的传统规矩来办。"孙大白眼强烈要求男方采取到女方家投宿娶亲的原始婚俗，以见对方是否诚意。

在结婚喜日的前一天，胡老五一行人就穿上最艳丽的盛装，骑上最剽悍的骏马，携带着一长串彩车拉着礼品前往小蛮腰家了。一丝不苟地完成了所有的礼节仪式，据说，孙大白眼晚上还摆设了羊五叉宴，举行了极其郑重的求名问庚传统仪式。

直到次日清晨，胡老五才用一匹怀孕的大母马把新娘子——小蛮腰驮了回来。

胡老五和小蛮腰的婚宴整整延续了三天三夜，亲朋好友们都彻底喝透了，才陆陆续续地散去。

祖母就是在胡老五的盛大婚礼过后的某一个极普通的日子袅袅悄

悄地下嫁给祖父的。据说他们没有举行什么仪式，也没有张罗什么庆典，美女下嫁给了弱民，那注定是一场无人喝彩的丑婚。祖母的决定不仅让所有塔头滩人感到意外和震惊，连她自己家的亲人们也感到意外和震惊。

多少个日子以后，祖母老爹杨大算计那声嘶力竭的咒骂声仍然回荡在塔头滩空旷的大风中："丧门星，半吊子，王八羔子上轿子……"

草原民谣好像也在不远不近处随风应和着：

> 红心萝卜紫皮蒜，
> 扬脸老婆低头汉；
> 嫁鸡嫁狗天注定，
> 旁人都是瞎盘算……

第八章　误杀

在祖母的讲述中，从祖父那代起，王氏家族在塔头滩上演的都是悲剧。祖父率领着他的儿孙们一直在为"汉哥""把头"和"草原红鹰"而奋斗着，他们呕心沥血，身负重荷，匍匐挣扎在众多强手的脚下，年复一年，始终没能如愿……

在塔头滩，几乎所有的家族都生存于一种沉甸甸的气氛之中。就算是谁家的后生入选了冬猎队或者钓到了够重的巨型狗鱼，他们的生活也远远谈不上轻松。因为那里的生存竞争时刻都在激烈进行着，而且货真价实，来不得半点儿虚假。

与小蛮腰对祖母总是客客气气的样子相反，胡老五对祖父则总是气烘烘的神态。自从漂亮的祖母主动下嫁给瘸腿祖父以后，胡老五对祖父就像较上了一股劲，就多了几分不言而喻的敌对情绪。本来话就不多的胡老五偶尔见到祖父时话就更少了，有时除了口头语，就剩下倔乎乎的一个字："哼！"

但祖父内心里还是极其敬佩胡老五的，总是不和他一样的。谁让人家是大英雄而自己什么也不是呢？祖父只有忍气吞声和暗下决心的份儿。这些并不影响祖父打心底对塔头滩公认英雄的崇敬，祖父说："该咋的是咋的，咱们对事不对人，一码是一码。"

祖父虽然尽量避免正面接触胡老五，但还是总有低头不见抬头见的时候。两个人见面时，胡老五总吹胡子瞪眼睛的直呼"王大铁拐"，发出"哼"音已经成了他的习惯。

每当这时，祖父只好满怀希望地把目光转向他的大儿子身上……

这一年，祖父王得强已有两个儿子和三个女儿。大儿子王耀祖十一岁，大女儿王盼弟九岁，二女儿王念弟七岁，二儿子王耀宗四岁，三女儿王唤弟两岁，他们就是我的父亲、二叔和大姑、二姑及老姑。而那时，我的老叔王耀家还在祖母的肚子里孕育着呢。

祖母说，祖父那个时代是王氏家族史上最无奈的一个时代，王氏家族正处于严重的断档状态。连家族成员的年龄结构、男女比例及搭配都和上一代有着惊人的相似，甚至有过之而无不及。沉痛如乌云压顶，一日比一日浓重。

多年之后，王氏家族依旧呈现出严重的青黄不接局面，寂寞无为的生存气氛简直要使整个家族窒息了。祖父和祖母不得不把希望遥远地寄托到自己的儿子身上，他们一个又一个顽强地生产着儿女，然后从肚子里省出粮食和肉把儿子们养大。

祖母一共就生育了三个儿子和三个女儿。先是两男两女，然后是老姑，最小的是老叔。三个姑姑都很漂亮，这对女人来说足够使生活充满阳光。我没出生之前大姑就已经远嫁他乡了，据说大姑父出身名门望族，一表人才，文武双全。

在祖父祖母的三个儿子中，大儿子长得最结实，是最大的希望，他就是父亲——王耀祖。王氏家族中已好久不见父亲这样的健壮体魄了。所以，在父亲刚满十周岁的时候，祖父祖母就常常把他带到野外去训练。

也许命运有意和我家族的男人作对。父亲虽有一身力气，却在骑术上表现出明显的笨拙。尽管祖父一遍又一遍教他如何在马背上保持平衡，但父亲怎么也做不到人与马的和谐。再快的马父亲骑上也跑不起来，他用手抓地面目标时，马就原地兜起圈子来。碰上烈性的马则上蹿下跳，直到把他重重地甩到地上。父亲十六岁的时候，还没掌握骑马的要领，和别人赛马时，即使骑最好的马也常常跑在最后。

不知道父亲是因为自己笨才回避骑马，还是因为他的心思压根就没用在骑马上，父亲似乎与祖父的渴求背道而驰。父亲格外喜欢坐下来看书，不管啥书，他抓起来就看。晚上没油灯时，他就趴在灶坑旁借着闪闪烁烁的柴火光看书。

祖父经常抱怨祖母，小时候就不该引导他看书，也常气得大骂父亲不争气。有时，祖父就气得把父亲正看着的书扔到火里烧掉，赶他到外面去练骑马。有一次，祖父让父亲在马背上击打地面上的目标，可父亲怎么也击不中，祖父气得狠狠地给他一个大耳刮子。父亲眨巴着眼睛，胆怯地瞅着威严的祖父说："我眼前总像有一层雾似的，怎么什么也看不清楚啊。"祖父不信，就骂父亲："少他妈找借口，少他妈扯犊子！"

父亲不能准确地击中目标，是因为他已经近视得非常严重。那时，别说是在塔头滩了，整个查干淖尔大草原也没有一个戴眼镜的。祖父根本就不明白父亲的眼睛究竟是怎么回事，只是一味地生气和着急。从来不把他如饥似渴地看书和他的眼睛联系在一起，父亲自己也不知道眼睛不好与他在昏暗的油灯下看书有着直接关系，父亲仍然在晚上烧炕时，借着微弱的火光看书，看得眼睛直觑咕，看得有滋有味……

近视眼父亲十八岁那年秋天参加冬猎队大选时，在赛场上引起了塔头滩人一次空前绝后的嘲笑。那嘲笑声如同惊浪骇涛，很多年后，也没有在父亲的记忆中淡化多少。

那天，一开始时父亲发挥得还不错，把马打得比平时快多了。可是跑到终点时他没有击中摆在地上的草狼，却一"掬捞棒子"将前来助阵、马前马后跟着跑的自家爱犬——小黄狗打倒在地了。小黄狗头上喷出血柱，悲惨地挣命时，父亲还以为他准确地击中了目标，正自豪地高举着手中的"掬捞棒子"……好半天，父亲才弄清到底发生什么，当他跑过去抱起可怜的小黄狗时，小黄狗已经奄奄一息了。小黄狗和老姑最亲，也是老姑的忠诚卫士，老姑万万没想到小黄狗会冤死在自家人之手，她跑上前去从父亲手里夺过小黄狗，任凭老姑左摇右晃、千呼万唤，小黄狗还是瘫软地咽下了最后一口气。老姑就一直心疼地抱着小黄狗的尸体坐在草地上放声大哭。那天，大草原上一个九岁女孩的哭声从尖锐到沙哑，格外让人揪心……

父亲真是太笨了，从此落下了"王大笨"这个外号。那天下午，老姑的哭声和村民们的嘲笑声让望子成龙心切的祖父真正看清了自己的大儿子。他不得不痛苦而由衷地承认他的大儿子不是当英雄的料。那天晚上，祖父喝了老烧酒，这是他有生以来喝得最多的一次。他空嘴嚼着红红的干辣椒，整整喝了一夜酒。祖母则坐在一旁乐观地劝着祖父，说他大儿子已经尽力了，精神可嘉，庄稼不收年年种，以后还有的是机会……

祖父那如泣如诉、意蕴复杂的马头琴声又一次于午夜时分响起来了……

第二天，祖父并没表现出任何醉意，脸上似乎又多出了一种轻松。

那不是一个人对某件事胸有成竹的轻松,而是一个人对某件事彻底失望后的轻松。祖父一夜之间痛苦地完成了战略大转移,虽然还要等待七年,他的二儿子才年满十八岁,再等十一年,他的老儿子才能上赛场,但祖父也只能默默关注着他的另外两个儿子了,满怀信心地盼望着他们快快长大。祖父虽然知道二儿子、老儿子在身体素质上远远比不上大儿子,但还是把最大的希望从大儿子身上转移过去了。祖父一个一个分析着他的三个儿子:相对来说,大儿子体质上虽然强壮了一些,但他的眼睛近视了,手脚也显得笨拙;二儿子体质上虽然天生弱一些,但是心灵手巧,还总有那么一股子不服输的犟劲;老儿子头脑相对来说是哥儿仁里最聪明的一个,但也是体质天生偏弱,还没长大呢,说不定以后还能长结实些呢……实在不行,还是趁老兄弟王得盛的光彩尚未彻底散尽之际给大儿子说个媳妇滋润后代吧。

所以,在父亲王耀祖二十岁那年,祖父就花了全家所有积蓄为他从著名的穷后岗子娶来了一个最壮实的媳妇——李二英子,也就是我的母亲李凤英。祖母说母亲虽然没啥文化,但勤劳朴实,贤惠善良。但祖母没说母亲有着严重的自闭症,只是说母亲不愿意和别人交流。后来我想,如果当年母亲没有什么明显缺陷,她也不会轻易嫁给我那已经出过大丑的近视眼父亲的。

但表面上看,祖父并没有表现出对大儿子的极度灰心。也许祖父也是没有别的办法,是不敢表现出灰心来。接下来的每个秋天,明知没啥希望,祖父还是坚持让他的大儿子去赛场上继续尝试。那毕竟是老王家还有适龄大男人的一种存在感吧?

祖父一次次把他的大儿子送上秋季的海选赛场,一次次再坚强地接受他无可奈何的失败。与此同时,王家另外两个快成年的男人也面临着打一辈子光棍的威胁。总是失败的男人在塔头滩是说不上媳妇的,这可是直接关系到王氏家族命脉的头等大事啊！由于母亲生下我之后做下了毛病，再就没能怀上孩子。母亲在苦难深重的王氏家族急需添人进口的关键时刻掉了链子，王家大嫂的地位自然就每况愈下了。

祖父又不得不无奈地把目光重新聚焦在他的大儿子身上，因为父亲毕竟还有着一身足够去对抗的傻力气啊。祖父还托人为父亲配了一副近视镜，戴着黑框近视眼镜的父亲一度成了塔头滩上最另类的一个人物形象。那时塔头滩上从来没有戴眼镜的汉子，草原狼要是头一次见到父亲那奇怪的样子，肯定也会惊恐万分地跑开的。

王氏家族到父亲这代，已经是三代人连续从事同一项艰难无望的工程。他们心揣梦想，满怀希望地上路，但最后，他们的梦想总是破灭，希望总是落空。然后，他们再一次重新揣上梦想，怀上希望。虽然没有放弃，但是也没啥希望地继续行走……实际上，在旁观者眼里，他们一直就是毫无希望地生活在欲望之中。事实也就是这样，在半个多世纪的漫长岁月之中，他们在反复轮回着同一个苦难形象，就如同祖父那绵延不绝的忧伤琴声……

第九章　换血大选

在我幼年的印象中，塔头滩人似乎总是披星戴月地劳作着。尤其是塔头滩的男人们，他们一个个都极其强悍。春天，他们雄劲地吆喝着公牛，用笨犁趟开黑油油的土地，撒下饱满的种子；夏天，间或有汉子从霍林河里拽出大狗鱼来，会让塔头滩的男女老少们兴奋不已；秋天，男人们隆起着结实的肌肉舞动着大钐刀，伴着"嚯嚯"风声，塔头滩上到处都闪烁着红亮亮的脊梁。所有男人都在对塔头滩冬猎队员的海选大赛摩拳擦掌；最令人振奋的季节还要数冬天，汉子们经常会徒手抓回一只活狼来，塔头滩世代不息的雄风又得到亢奋鼓动……

自从我记事以后，我每年都要到现场目睹塔头滩冬猎队员的海选大赛。我不再是抱在母亲怀里懵懵懂懂看热闹的孩子了，那是我真正体验到沉重生活的开始。我第一次到海选现场那年，父亲二十四岁，我四岁。

而这个时候，胡老五已经是功成名就的老胡五爷了，他的二儿子胡二勇子则正想通过秋季的"换血大选"争当新一任冬猎队队长呢。

就在我第一次到现场观看比赛的这年秋天，父亲也终于迎来了他有生以来最好的机会。父亲那天的运气也出奇地好，那肯定是父亲最接近成为冬猎队队员的一次意外搏命。

风光一世的胡老五终于要从冬猎队光荣退役了，恰好又到了五年一度的"换血大选"。所谓"换血大选"，就是塔头滩冬猎队要大面积选人换人，这当然是加入冬猎队的最好时机。为了让塔头滩冬猎队良性发展，让塔头滩的族群继续繁荣，塔头滩又要例行公事地举办"换血大选"了。这个五年一度的良机，让塔头滩所有的后生们心潮澎湃，跃跃欲试……连天生患有小儿麻痹症的胡大勇子也要到赛场上比试比试了。

父亲肯定比不上身材匀称、一身肌肉的胡二勇子，因为胡二勇子毕竟是塔头滩上公认的好汉，他不仅是本届冬猎队员的最佳人选，更是下一任冬猎队队长的最佳人选。父亲早就看见了胡二勇子那身结实的筋骨了，父亲从来没把胡二勇子列为自己的竞争对手，而是把目光紧盯在其他男人的身上。比如，传统望族老马家两兄弟马大敢子、马二敢子，老季家哥儿仨和现任冬猎队队长胡老五的大儿子胡大勇子等，其实他们这些人也都远远超过父亲的水平。就算胡大勇子先天患有小儿麻痹症，他也要比父亲略强一些的。还有就是和父亲同一水平线上的季大驴子、程四胖子、郭顺子和宋有子等人。若不是"换血大选"招人多，父亲不会有这么足的精气神儿。平时，父亲只有和李小个子、赵干巴、刘歪子等明显先天不足的后生们相比，才能显示出一些身高体壮的优势来。

每次冬猎队大选，男人们比拼的无非是草原男人那些最基本的几项硬实力。本次比赛程序和以往不同，采取末位淘汰制，经过长途越野预选赛之后,"换血大选"首轮冬猎队队长大角逐最后只有六个后生进入到总角逐。他们分别是胡二勇子、马大敢子、马二敢子、季二驴子、季三驴子和父亲。父亲是勉强最后一位进入总角逐的,原因是一个主要竞争对手季大驴子身患感冒高烧不退,浑身无力;另一个主要竞争对手胡大勇子又意外崴折了天生就哆嗦的脚脖子,根本就没跑完全程。

首先比射箭——

胡二勇子的三支箭全部正中靶心;马二敢子、季二驴子和季三驴子的箭法也都不错,虽然不是三箭都正中靶心,但也基本都射在靶子上了;近视眼父亲只有一支箭离靶心较近,另外两只则偏出很远。马大敢子竟然有一支箭意外脱靶了,成了总角逐阶段第一个被淘汰的人。

接下来是射击——

胡二勇子、马二敢子、季三驴子都是一枪命中目标的,季二驴子打了两枪才命中目标,父亲虽然也打了两枪,但好在最后命中目标那枪稍微靠近靶心一些,才落了个险胜。

父亲的运气真是太好了,连一身蛮力的马大敢子和季二驴子都过早地被淘汰出局了。到第三项比摔跤时,父亲竟然还"活着"。摔跤采取分对厮杀的方式,胜者进入下轮决赛。这时的父亲心里再明白不过了,和谁分到一组都不是对手啊!对于父亲来说,哪个组都是死亡之组。胡二勇子就不用说了,另外那两个也都凶神恶煞一般。只是马二敢子相对比季三驴子心眼儿少点儿,但大家比的是摔跤,又不是比心眼儿。

通过抓阄,父亲又幸运地抓到了马二敢子。三舞扎两舞扎,过于轻敌的马二敢子就想一击制胜了。由于他用力过猛,虽然一只脚踢了个正着,但另一只脚却踢空了,竟把自己重重地摔倒在地上不能站起来了。一瘸一拐已经站不稳的父亲以为自己败了呢，比赛结束半天还不知道自己是赢家。

父亲做梦也没想到自己会进入最终的决战，难道是老王家的祖坟真的冒出了青烟？这可是千载难逢的大好机会啊！

第四项是马背叼羊。父亲怎么会是胡二勇子的对手呢？但不是对手也要拼死一搏了，万一呢？父亲只能把希望寄托在万一上了。

比赛开始，人们认为那是一场毫无悬念的比赛，很多人都开始退场了。谁也没想到，这时出现了意外而生动的一幕：胡二勇子让父亲先拎上羊，再骑上他的黑花马向五百米开外的目的地先跑。父亲一开始不明白是啥意思，等明白过来这是胡二勇在有意让着他时，虽然心中不快，但求胜心切的父亲还是一连串地喊着："驾！驾！驾！"奔向了那可望而不可即的目的地。

我正在纳闷儿：胡二勇子这是发的哪门子善心呢？塔头滩人从来没这种"假让"的坏习惯啊？就在父亲拎着小山羊大约跑出去五十多米之后，胡二勇子这才突然用力一夹马肚子，胯下大红马就像离弦的箭一样蹿了出去。好像只是眨眼之间，胡二勇子就要追上父亲了。父亲一手拎着小山羊，一手用鞭子使劲儿地打着马，还一边跑一边回头张望着。胡二勇子又夹了一下马肚子，大红马第二次冲锋就超过了父亲那匹黑花马。在大红马超越黑花马那一瞬，胡二勇子一个俯身，就顺手抓住了父亲拎着的那只羊的后腿。

父亲连人带马被力大无穷的胡二勇子拖扯出几十米，就是宁死不肯撒手，最终只能是连人带羊被胡二勇子从马背上拎了下来。人已经被胡二勇子扔到草地上了，父亲手里还是死死地搂抱着那只小山羊，那可怜的样子看上去滑稽至极……

但父亲还是不服，按规则决赛毕竟还有最后一项呢。要求挑战第五项，也就是决赛里的最后一项硬功夫——马术。

在马背上，父亲与胡二勇子相比，无论是力量，还是技术，差距都实在是太大了。又经过一番近似残酷的较量之后，几乎战斗到了黔驴技穷的地步，父亲才不得不甘拜下风。

父亲总算完成了这场意料之外的决赛，接下来迎接他的将是一场六进四的冬猎队队员争夺战。

由于胡大勇子脚脖子崴得很重，只好临时休战。这样，比赛实际上就变成了五进四。其实，父亲心知肚明刚才自己有多么侥幸。别看是五进四，看上去好像是机会多多，这和刚才的队长争夺战可不一样。别说是重新面对马氏兄弟和季家哥儿俩了，就算让父亲去和受了重伤的胡大勇子比赛也不会有太大希望的。

草原上的规则永远都是货真价实的，从来不允许有人侥幸成功。谁都知道，竞选冬猎队队员的第一项真功夫就是"扳倒大公牛"，父亲从来就没利利索索地扳倒过一头小母牛，何况是扳倒一头大公牛了？父亲知道自己接下来也只能是走走过场了。

毫无信心可言的父亲只好硬着头皮重新和马氏兄弟、季家哥儿俩又进行了一场冬猎队队员争夺战。结果是可想而知的，只进行了第一个回合"扳倒大公牛"，父亲就败下阵来了。马氏兄弟、季家哥儿俩没再发生意外失误，都顺利地扳倒了那头大公牛，正好四个人同一轮过关，理所当然就这四个人当上了冬猎队队员。以前，每次冬猎队队员争夺战都是实力相当的漫长拉锯战，这次竟然来了个一剑封喉式的"突然死亡"。这让习惯于期待荡气回肠场面的塔头滩人满脸失望，直呼这次"换血大选"太没劲儿了，王大笨实在是人熊货馕太完犊子了……

最后垫场的还有一个羊倌儿选拔赛，不过就是手来安慰一下落选的人。在查干淖尔大草原，羊倌儿的地位并不高，但相对来说也是个

"倌"。只要肯吃苦，有责任心就能胜任。父亲接下来就要和包括崴折了脚脖子的胡大勇子、没发挥好的程四胖子、郭顺子、宋有子以及李小个子、赵干巴、刘歪子等参赛选手去竞争五个羊倌儿名额。

第一关是"扳倒大公羊"，胡大勇子虽然崴折了脚脖子，但还是没费吹灰之力就完成了这个任务，首先过关；程四胖子、郭顺子和宋有子也都顺利过关；父亲和李小个子、赵干巴、赵小眼睛、刘歪子等人则第一关就没过去。

他们只好一关又一关地艰难挣扎，为最后一个名额去苦命争夺。事先谁也没有料到，一向最不受待见的羊倌争夺战竟然成了"换血大选"的热闹戏。在接下来的较量中，四个人或者勉强通过，或者集体都没通过。总之，由于彼此没有什么明显差距，一直激烈地争夺到最后一关，场上还是他们四个人。

由于李小个子、赵干巴、赵小眼睛和刘歪子等人先天条件都不好，在把十只大绵羊长途往返装上老牛车的耐力战中，父亲凭借微弱的实力战胜了他们仨，总算把最后一个羊倌儿名额赢到了自己名下。

跑在父亲身后的李小个子因惜败而跪地号啕大哭起来：就差这么半步啊！我咋这么不甘心啊！

心高气盛的胡大勇子本来就没把这羊倌儿当回事儿，见李小个子长跪不起，就说：别他妈像个娘们儿似的，哭什么哭，我才不稀罕当这个破羊倌儿呢，我把这个破羊倌儿让给你不就完了吗？

李小个子的哭声立马就被掐断了。

塔头滩五年一度的"换血大选"尘埃落定，父亲只能与程四胖子、郭顺子、宋有子、李小个子等人为伍，无可奈何地当羊倌儿去了。

此后的每年秋天，塔头滩冬猎队进行海选时，我都要跟着祖父很认真地去现场观看。我那时就觉得自己不同于一般看热闹的小孩子了，我更像是一个责任重大的监工。如果打个比方说祖父是球队主教练的话，幼小的我一定就是他身边的助理教练。

父亲每次面对大选紧张得直哆嗦。王氏家族几十年来就没有人入选过塔头滩冬猎队，王氏家族所有的得失与荣辱都承载在他身上，他的成败将直接关系到整个家族未来的命运。父亲好像每年都比前一年有所进步，但每年都是用尽自己最后一丝力气无奈地从赛场上败退下来，在众多不断更新的竞争对手中，父亲最终总是毫无例外地遭到淘汰。据说这已经是父亲连续失败的第五个年头了，五年的时间没有给父亲带来任何转机，只是让"王大笨"这个外号被叫得越来越瓷实。

我心中都如同被放了一次大火。我不知道我沉默的祖父此时心情如何，只是感到祖父攥我的手很紧，都把我攥哭了，祖父还不知道呢。

父亲也许觉得我不过是个孩子，他忽视了我的目光，他不知道我的目光里很容易就能看出至少一样东西——恨。那几年，我真想在不争气的王大笨背后狠狠地捅上一把刀，一把锋利无比的刀！

其实，祖父心里早已经另有打算了。在他让父亲例行公事的同时，祖父已经开始一丝不苟地培养着他的另外两个儿子了。一向严厉的祖父一点儿也没有放松对他另外两个儿子的培养和训练。除了春日的耕作，夏日的捕鱼，秋日的收割，其余时间祖父都用来训练两个儿子。连续好几个冬天，爷几个都是在雪地里滚过来的。他们先后打断了几十根"掏捞棒子"，青红摔伤一直在两个叔叔脸上交错出现。

一年以后，实际上才十七岁半的二叔王耀宗谎报了年龄，终于被全家人盼到赛场上去了。经过苦难的挣扎，二叔终因体力不支而败下阵来。五岁的我又目睹了二叔的第一次惨败……

此后的两年，二叔年年都去参赛。虽然每年也都有所进步，但还是争取不到当选塔头滩冬猎队队员的资格。

又熬过了两年，我老叔王耀家也终于可以上阵了。我家族的羸弱形象丝毫没有得到好转，反倒由于败阵人数的增多而显得更加狼狈了。

在塔头滩，女人最幸福、最荣耀的归宿就是嫁给强者。从来没有一个女人反抗过强者给予的粗暴，强者长相再丑也无所谓，最漂亮的女人也争着嫁他。就是不肯嫁给弱者。就算在整个查干淖尔大草原，也从来没听说过哪个血性汉子强奸了谁家的女人。有的只是几段关于弱男企图偷情被打折腿的传说。这几段传说就像查干淖尔大草原铁定的婚姻法，导致弱者见了女人直哆嗦，导致弱者必须想方设法打消生理本能中的许多正常念头。

塔头滩冬猎队队长胡二勇子和父亲同岁，也比二叔王耀宗大七岁，是他那一代人中最强壮的汉子。一年前胡二勇子的漂亮老婆患急性肺炎病逝后，给他扔下两个儿子和一个丫头。胡二勇子还一心想要第三个儿子呢，就常常在喝醉酒后到我家来转悠，十分蛮横地训斥我父亲和两个叔叔，骂他们："都是狗揍的熊货！"接着，他就让我的二姑亲手为他沏上最好的红茶，笑容可掬地和二姑嘘寒问暖，耐性十足地和二姑谈天说地……有时，胡二勇子坐到后半夜才大摇大摆地离去。很明显，胡二勇子看中了我的二姑。

望着胡二勇子离去的背影，有时我就瞎想：胡二勇子为什么偏偏喜欢我的大龄二姑呢？难道他是在完成胡老五当年未曾完成的夙愿吗？

在塔头滩这个强者的天堂，胡二勇子这样的英雄人物对女人有百分之百的选择权，只要他喜欢，谁家待嫁的女人也没有理由不嫁给他。别说胡二勇子事先还常来走动走动，就是二话不说地把我二姑接走，也不会有人说出半个不字的。塔头滩人给强者充分的权利，只要能在这个群体中表现出强大的实力。

每次胡二勇子来到我家，我的心情都会极其矛盾。我很难接受父亲和叔叔们的被动形象以及二姑那挂满殷勤的笑脸,而我又很想去领略一个强者的辉煌。我总是蹲在墙角偷偷地盯住胡二勇子,有时甚至窈想:如果他是我的父亲该有多好啊!然后,我再痛骂着自己这龟孙子、王八犊子想法,一溜烟儿地狂奔出去。我会一直跑到很远的鸡爪壕上去,直到把自己累得气喘吁吁,大汗淋漓……

就在胡二勇子打我二姑的主意时,我也在愤怒地暗下着决心:等我长大后,一定要娶胡二勇子那个既漂亮又聪慧的小女儿胡小慧当媳妇!老王家男人也会娶上老胡家姑娘的,我一定要扳回一局!

我九岁那年,家里只剩下二十五岁的二姑和二十岁的老姑了。在我的记忆中,二姑和老姑都很少和她们的亲兄们直接对话,她们好像对他们的亲兄弟们从内心深处瞧不起,就好像是他们的拙劣表现影响并耽误了她们的正常出嫁。尤其是二姑,当她遇到塔头滩冬猎队队员时马上就会喜形于色,表现出很多女性的温柔来。有时我想,姑姑们做得并没有错,我也经常在心里恶狠狠地怨恨父亲和两个叔叔,和那些真正的汉子们比,他们真的都是窝囊十足的废物啊!他们咋还有脸活着呀?

但两个姑姑对我还是特别好的,也许因为我仍是王氏家族的一个希望吧?特别是老姑,对我更亲,也更好。我也更相信老姑,有什么事都找她。老姑虽然比我大一辈,但她只比我大十一岁,并不比我的玩伴们大多少。老姑就像介于大人和小孩之间,有时也和我们一起玩一会游戏,但更多的时候是替祖母喊我回家吃饭……在我心中,老姑一直是一个很温馨的存在。

那时,老叔刚满十八周岁,还是个半大孩子,就更是我的玩伴了。不论春夏秋冬,我经常被老叔带着去大草原上玩闹、疯跑……

第十章　瞎话

我耳畔除了经常回荡着祖母讲的故事，也回荡着塔头滩上其他人讲的故事。比如，关于人和动物有没有来世、下辈子能托生个啥、查干湖里到底有没有湖妖……等等，这些稀奇古怪的故事，我就是从爱讲瞎话儿的老胡五奶那里听到的。老胡五奶最常用的口头语就是"我的妈亲啊"，独特之处在于她把"我"读成长长的扬声。老胡五奶大号孙三美，外号小蛮腰，是孙大白眼家姐五个里最漂亮的一个，也是当年塔头滩上家喻户晓的大美女。嫁给当年著名"汉哥"胡老五之后，一向优越感十足的老胡五奶就更加盛气凌人了。

除了常用著名的口头语"我的妈亲啊"，老胡五奶说话时还喜欢打比方，尤其喜欢用动物的生殖器官来打比方。尤其在形容一个人长相时，她除了说人家哪里长得大了或者小了，紧接着还从来不忘打上个比方。这时，一些动物的生殖器官就恰到好处地被派上用场了。比如：老胡五奶嫌人家给介绍的儿媳妇长得不够好看，就会说：我的妈亲啊！那眼睛长得也忒小啦，跟耗子屎似的；那嘴丫子倒是不小，赶似老母牛的那啥了……嫌人家拿来的辘轳绳子细了，就会说，那是啥呀？也忒细了，跟小山羊鸡子似的……嫌人家给递过来的烧火棍子粗了，肯定又会笑骂，这也忒粗了，赶似大象屌了，我的妈亲啊……也许是因为她一向高高在上、盛气凌人惯了，一些粗口和脏话经她嘴说出来并不让人们觉得有多么难以接受，人们也不觉得那有多么肮脏下流。在塔头滩上，漂亮女人讲点儿粗口和脏话并不难听，有时，反倒还有着很独特的令人想入非非的魅力呢。

老胡五奶手里总是拎着她那金锅金嘴的大烟袋，那大烟袋叼在她嘴里的时候并不多，更多的时候，那只是作为她身份的一种象征。老胡五奶天生左撇子，高兴的时候，老胡五奶总是眉飞色舞的样子，将金锅烟袋夹在右胳肢窝下面，绘声绘色地讲家长里短，讲草原的奇闻逸事；不高兴的时候，老胡五奶那本来挺好看的笑脸马上就能撂下来，变成一张布满阴云的怒脸，同时，夹在她右胳肢窝下的金锅烟袋会迅速地出现在她的左手上。不管金光闪闪的烟袋锅子里是否还有余下的旱烟末子，她都要狠命地在她那永远干净的鞋底上连磕五下，然后再跺上一下她那干瘦的小脚，才风一样地走开了……

在整个查干淖尔大草原，年满十八周岁的成年男子的等级都是非常分明的。强者和弱者之间的楚河汉界十分清晰，平时根本就没有正面接触的机会。但十八周岁以下的未成年人的地位一律是平等的。因为他们尚未成年，还都存在着成为强者或弱者的不确定性。也就是说，孩子们的未来还都是个未知数。

已被定性的父亲和两个叔叔都很少能接近胡二勇子了，而我却能和胡二勇子的孩子正常交往。正因为这样，我才有机会和胡大宝子、胡二宝子、胡小慧还有草原上其他一些像季大鼻涕、刁四虎子、小老疙瘩等孩子们玩在一起，有时，甚至还能在他们当中显现出我小小的领袖地位。作为孩子的我还能经常到老胡家去玩，去他们家听老胡五奶讲那些吓人的瞎话儿。

　　白天，老胡五奶是从来不讲瞎话儿的，好像她所有的瞎话儿都适合夜晚来讲。为了在听完老胡五奶的瞎话儿后不耽误回家睡觉，我肯定要带上我的"掏捞棒子"和祖母的大黄狗为我一路壮胆的。多少个寒来暑往，多少个春夏秋冬，那条午夜回家的草原村路上，得留下我多少次的回头回脑，多少次的战战兢兢啊！

　　如果想听瞎话儿，孩子们吃过晚饭就得往老胡五奶家里聚了。大家要从外面搬进足够用的蒿草和干牛粪，直到把地炉子烧得通红通红的了，地炉子上的大水壶都响开好几遍了，老胡五奶才会左手拎着大烟袋、右手端着大茶缸子缓缓地走过来。她并不马上加入孩子们杂乱无章的对话，而是坐在地炉子旁边的老位置上"吧嗒吧嗒"抽旱烟，"吸溜吸溜"喝红茶。

　　祖母虽然不支持我去听老胡五奶讲瞎话儿，但她也从来没有正面反对过。祖母对很多人都有评价，唯独对老胡五奶从来不做任何评价。这就更加增强了我心底的好奇，导致我在听老胡五奶讲瞎话儿的时候，总是不由自主地想去发现瞎话儿背后的一些什么蛛丝马迹或者什么弦外之音，再试图把它们和祖母的一些细节联系到一起。

　　塔头滩人天生都是好客的，再高贵的人家都喜欢孩子们的到来。一群孩子经常围在膝前听瞎话儿，那可是老胡五奶引以为傲的巨大荣耀。天还没黑透时，孩子们只是七嘴八舌地唠着闲嗑儿，讲点儿不着边际的小笑话儿。孩子们唠马唠牛，唠狗唠羊，唠唠天，唠唠地，实在没啥唠的了，再唠唠明天吃点儿啥好吃的，玩点儿啥好玩的……老胡五奶的瞎话儿总是像突然间插进来的，也总是像在继续着上一次中断了的话茬儿,她总是很自然地问:"我的妈亲啊!我说小屁孩儿们,你们当中有谁真的亲眼看见过二老仙吗?"

"二老仙?我可没看见过,它们是看不见的。"季大鼻涕用嘶哑而粗重的声音回答,这声音同他脸上一贯喜欢装腔作势的表情再适合不过了,"可是我听见过……而且不止是我一个人听见过。"

"总是'嗖'一下就没影子了,好像没有人能看清它们到底长啥样吧?"孩子们说。

"我的妈亲啊!如果真的没人亲眼看见过,可就值得讲一讲了。"老胡五奶这才来了讲瞎话儿的兴致:"二老仙,我可是亲眼看见过的。我的妈亲啊!那到底是怎么回事呢?那还是我当姑娘的时候呢。有一次,我们姐五个必须留在草场上过夜,本来用不着在外面过夜的,可是我爹没有儿子,为了抢活儿,我们姐五个不能把我爹一个人扔在草甸子上回家,就说:'爹呀,大老远的,我们何必还要回家去呢?明天的活儿还有很多呢,天又不冷,看来也不会下雨,我们就不回去了。'那天我们就留在草甸子上过夜了,我们姐五个头冲南躺在了草垛上。太累了,姐五个就相互搂抱着睡着了。半夜的时候,我大姐突然说起话来,她说:'妹妹们啊,二老仙来了可怎么办呢?'我大姐的话音还没落,我就感到好像有个人从我们的头上走过去了。我们躺在草垛上,他就在草垛边上一直来回走动着……我的妈亲啊!我们谁也不敢仰头去看,只是大气不敢出地听着:那人走着走着,他脚下的草就像在断,唰唰地响着。后来,他再次经过我们的头上时,我因好奇睁开了一只眼睛看到了他:那家伙又走到前面的草地里,顺手把地上的草垛又码了起来,就头也不回地走了,不慌不忙的样子,最后走进草丛里去了……我的妈亲啊!我们吓了一大跳,回头一看,看见东边有一大堆草垛也已经码起来了。后来,好像又有什么闪了过去,忽然就响起了很费力的狗叫声,那是我们家的大花狗,可是它的声音就是不如平时响亮呢!我的妈亲啊,我们姐妹五个吓得挤成一团,恨不得钻到对方身子底下去呢。二老仙给我们干了活,但可真的把我们吓坏了,我的妈亲啊!"

"还有这样的事?"有孩子说,"大花狗为什么不使劲叫唤呢?"

"我也不知道呢,也许它睡着了,还是它的嗓子受了潮气?或许它下辈子不想托生成狗了?那也说不定。"老胡五奶往烟袋锅里加着炭火。

孩子们习惯性地安静了一会儿。我没能听到弦外之音,我只听见了自己的心跳声。我还看到一根蒿草在炉火中的舞蹈,它在化为灰烬前剧烈地扭动着身体,就像重新活了一回……

"这还不算什么,小屁孩儿们,关于湖妖的故事今天就不讲了,我再讲一个真事给你们听听吧。"老胡五奶又压细嗓说起话来,"你们听着,这回可是真事儿啊。"

"奶呀,你刚才讲的不也是真事儿吗?不是哪回都是真事吗?"胡二宝子问。

"我的妈亲啊!真事儿和真事儿也不一样,我这回讲的有名有姓,不用问了,你们都知道乌兰巴布吧?"老胡五奶重新点上大烟袋,紧吸了两口。

"知道知道,乌兰巴布谁不知道呢?"

"不就是那个怪里怪气的拉嘎老古庙的守庙人吗?"

孩子们争着说,大家当然都知道乌兰巴布了。

"但你们可知道,他为什么老是那么不高兴呢?他为什么一直不爱说话呢?这你们知道吗?他不高兴的原因到底是什么呢……这你们肯定不知道。"

"不知道……"孩子们互相看着。

老胡五奶语速突然慢了下来，又吸了一大口烟："有一回呀，我是听谁说的啦？反正是有一回，我的妈亲啊！他走到草原深处去采蘑菇。可他迷了路，不知道走到了什么地方。他走着走着，我的妈亲啊！不行！咋也找不到回家的路了，这时候已经黑天了。他就在一棵老榆树底下坐了下来，心说，让我在这里等到天亮吧——他就坐下来，一会儿就打起了瞌睡。瞌睡中，忽然听见有人在召唤他。睁眼一看，却一个人也没有。他就又打起了瞌睡，又有人叫他。再看，终于看见了前面的草地上坐着一只红狐狸，正在摇摆着大尾巴，好像是在叫他走过去；那红狐狸在笑着，笑得很媚气，月亮照得很亮，什么都清清楚楚的。我的妈亲啊！什么都看得见，她真的在召唤着他，她全身火红，坐在草地上，好像一个大美人。可是，我的妈亲啊！那红狐狸只管是向他招手，叫他过去。乌兰巴布已经站起身来了，想要听从红狐狸的话了。可是，我的妈亲啊！这时准是长生天点明了他，他就在自己的周围画圈儿。可是他画得可真费力啊，我的妈亲啊！他的手臂简直像木头做的一样，转不过弯来……啊，真不容易啊！他画了一个完整的圆圈以后，我的妈亲啊！那个红狐狸就不再笑了，反倒忽然哭了起来。她哭着哭着，我的妈亲啊！就弄乱了头发，她的头发也是红色的。乌兰巴布坐在圈里和她对望着，问她：'狐仙，你为什么哭？'那狐仙就对他说：'你不该画圈，可怜的男人啊，你应该和我快快乐乐地活在一起。我之所以在哭，是因为你画了个圈。这不是我一个人的悲伤了，从今以后，我要和你一起悲伤到生命的最后一天。'狐仙说了这样的话，我的妈亲啊！说完就不见了，乌兰巴布突然知道了怎样从草原深处走出来，他就一直走进了拉嘎老古庙，成了沉默的守庙人。就是从那个时候起，他就一直不咋爱说话了。"

"他可真傻呀!乌兰巴布为什么不快活呢?狐仙一定是喜欢上他了,才召唤他的。"季大鼻涕说。

"啥?你还敢说喜欢他?"胡小慧接话说,"哪里的话呀?她哪是喜欢他呀,她就是想吃掉他,狐仙都爱耍这种把戏。"

"要是换上我,一定跟狐仙走一趟,看看她怎么吃我……"季大鼻涕又说。

我知道季大鼻涕这话是故意说给胡小慧听的,就没搭话。

"你就吹吧,快收收你的大鼻涕吧,到时候得哭着喊妈。"胡大宝子拍了季大鼻涕一下。

"乌兰巴布不快活,那到底是为什么呢?"孩子们追问着老胡五奶。

"哪有那么多为什么?小孩子不要啥都问。"老胡五奶站起身来像要找点什么。

"那到底是为什么呢?"孩子们仍在追问着老胡五奶。

"棉裤外面套皮裤,里面必定有缘故;不是棉裤太薄了,就是皮裤掉毛了。我的妈亲啊!对了,还有一个真人真事呢,你们都知道徐大疯子吧?"老胡五奶又转移了话题。

"听人说起过,不就是那个疯疯癫癫、神神道道的红事主持人吗?"胡大宝子抢先说。

"听说他还会唱二人转呢,《回杯记》《大西厢》《月牙五更》《马前泼水》啥的都会唱。"胡二宝子也抢着说。

"对了对了,还有一段叫《老神调》的,什么日落西山呀,什么家雀哺鸽呀,他唱得老好玩了!"季大鼻涕高声说。

我知道他们说的徐大疯子就是徐大草。与孩子们对徐大草东拉西扯不同,我对徐大草的印象并不坏。徐大草还教过我一段语文课呢,记得他给我讲过《农夫和蛇》的故事,好像还讲过《东郭先生》。

"徐大草教我语文课时就疯了吗……"我小声问。

"徐大疯子当年到底是怎么疯的？你们不太知道吧？"老胡五奶又吸了两口大烟袋。

"我们认识他时就是这个样子，难道说他还有别的样子吗？"胡大宝子说。

"徐大疯子原来叫徐大草，外号徐大胆儿。那时他在村小当民办老师，从来不主持红事，而是因为胆子大经常被请去给死人换衣服。我的妈亲啊！当然了，有时也被要求给死人缠上白布，他为了证明自己胆子大专门主持塔头滩上的白事。骨瘦如柴的徐大草一度还想凭借自己超人的胆量破格加入塔头滩冬猎队呢，就处处彰显自己的胆子到底有多大。我的妈亲啊！总之，他没能当上冬猎队队员，却生生地被一个大活人给吓疯了。"

"他不是胆子最大吗？连死人都不怕，怎么会被一个活人给吓疯呢？我才不信呢！"季大鼻涕一脸疑惑地问。

"我的妈亲啊！千真万确，他可真就是被一个大活人给吓疯的呢。徐大草早就看上他的助手老包二姑娘了，只是一直苦于没有机会表白。那天又有一位老人走了，他才又有了一个难得的机会。停尸房可不能放在显要的位置上，一般都把死亡隐藏在黑暗角落，这样比较合理。我的妈亲啊！本来死人就够恐怖了，偏僻更增加了它的阴暗恐怖，再加上月黑风高，更是让常人不敢接近。但徐大草他们因长期的磨炼，胆子本来就大，常常独自在停尸房给死者换衣服、洗身、洗脸都不害怕……当然了，一般情况下都是师徒二人一前一后把尸体抬进去，放在停尸房。"

"他们俩胆子可真够大的了！"胡大宝子说。

"那个女的也不怕死人呀？"胡小慧说。

"徐大草那天有点儿急事儿,死者也是身材小了点儿,所有的事就由老包二姑娘一个人干了。徐大草赶来后,一心想进去大献殷勤,人刚一进去,就啪的把门带上了。我的妈亲啊!徐大草本想好好利用一下那个夜晚呢,却被眼前的一幕吓住了。徐大草'妈呀'一声,惨叫着跑了出来,不顾一切地向家的方位奔逃而去……还一边跑一边喊:老包二姑娘死了!老包二姑娘死了……我的妈亲啊!"

"死者不是一位老人吗?怎么变成老包二姑娘了?"孩子们问得急。

"徐大草他老娘不一会儿就带着众人来了,说她们家徐大草回去一直喊叫着说老包二姑娘死了,还说好像有鬼要抓走他,到现在还躲在墙角里哆嗦呢!我的妈亲啊!"

"不对吧?徐大草不是胆子最大吗?到底出了什么事情呢?"孩子们都好奇起来。

"我的妈亲啊!众人到停尸房一看,死人还躺在那里,尸体上蒙着白布,没啥异样。有人说怎么看着不太对劲儿,不是死了一个人吗?旁边咋还多出来一个呢?众人说着就想撩起白布单子看上一看。突然间,其中的一个死者扑哧一声笑了。我的妈亲啊!有人吓得一屁股坐到地上了。那人这才慢慢地坐了起来,胡乱地抹着画在脸上的红白道子,龇牙笑起来:'大家看看,徐大胆就这么个胆啊?我还等着看他接下来有啥章程呢,没想到他还回家把老娘搬来了,这还想当冬猎队队员呢?做大梦去吧!还是安心当他的小学语文老师吧,我才不嫁给这样的囊货呢!'我的妈亲啊!众人呼啦一下子全都跑了出来。集体回望着黑洞洞的停尸房,好像一股阴风从门里吹出来,随着阴风,老包二姑娘梳洗干净后从从容容地从里面走了出来,清风一样微笑着离去了。我的妈亲啊!"

"老包二姑娘可真有意思啊!她可真能整事呀!"孩子们兴奋地叫

喊着。

"我的妈亲啊！老包二姑娘不过是弄了个恶作剧，却把徐大草给吓疯了。徐大草因惊吓而造成了神经错乱，一直叨咕说老包二姑娘死了。他还四处惹祸，他老娘无奈地将他关进了铁笼子。"

"关进铁笼子咋办红事呢？"季大鼻涕问。

"我的妈亲啊！可把他老娘的心给操碎了。一年以后，他的病情才有所好转，才敢从铁笼子里给放出来，但是已无法彻底治愈了。徐大草再也不肯给死者换衣服了，也不当村小的语文老师了，就开始了他主持红事的新行当。自从徐大草变成了徐大疯子，他的生活也变得比从前简单多了。除了叨咕老包二姑娘死了，托生成美人鱼了，徐大疯子还是整天哼唱着原来就会唱的二人转，日出而行，日落而归。无论有无目标，徐大疯子每天都是步履匆匆地奔走在大草原上。他到处乱走，到处张望，到处寻找着可以操办的红事……只是他想当冬猎队队员的梦想一直没有改变。"

"后来呢？后来呢……"孩子们明显还没听够。

"还后来什么？我的妈亲啊！后来就都回家睡觉去吧。"老胡五奶摇着大烟袋送客了。

老胡五奶还学着徐大疯子哼起了二人转《老神调》：

> 日落西山黑了天，
> 家家户户上门闩。
> 喜鹊老鸹落大树，
> 家雀哺鸽奔房檐……

第十一章　早熟

　　由于我经常认真倾听长辈们的讲述，就比一般孩子知道的事情多一些。同时我不得不承认，我也比草原上其他的同龄孩子早熟一些。我的早熟不仅仅体现在学识和心智上，更体现在对待异性的微妙心理上。这一点，我必须得承认。

　　好像是六岁起，我就偷偷地喜欢上胡小慧了。胡小慧给我留下的印象最深的，也是最吸引我的，就是她那温暖而又孤独的眼神儿。她不仅善解人意，而且恬静沉稳。她的黑色长发有些自来弯，眉毛、睫毛都很浓密，额头圆润，眼窝深陷，乖巧的小鼻子像润玉，皮肤白里透红，滑润细腻。在我眼里，胡小慧哪儿都好。她不仅容貌好看，身材也好看。最摄人魂魄的还是她那黑亮黑亮的眼睛，就像会说话似的。再就是她那泉水般的笑声了，那笑声里常常还带着一种说不清、道不明的幽怨，听上去就很有内容，甜而不腻，响而不噪，似乎就在耳畔，又像回荡于千里之外。

拉马头琴一般情况下都是草原男人的专利，但胡小慧也会拉。她不仅拉得非常好听，而且拉琴的动作还非常好看呢，她经常拉的一首曲子就是《草原家乡》。也就是草原人都喜欢听并经常演唱的那段欢快民歌：骏马奔腾在无边的草原，牛羊游走在辽阔的大地；蓝天高远如后生的胸怀，白云悠悠像少女的心情……

　　用今天的话说，胡小慧就是我心中的小女神。再加上她还拥有着一个潜在魅力——将来草原上最好男人的媳妇。于是，胡小慧本来就好看的小脸上就又笼罩上了另外一道美丽光环。所以，每次一见到胡小慧，表面故作镇静的我心里总会狂跳不止，脸也会不由自主地泛红发烫。但我绝不会像经常在一起玩耍的小伙伴季大鼻涕那样直直白白地示好，跑前跑后地当面大献殷勤。我知道季大鼻涕只不过是一厢情愿的炮灰而已，哪个出色的女孩子身边都会有这类不知深浅的男孩子，他们都是娇艳红花旁边必不可少的平庸绿叶。所以我从来没把季大鼻涕等人当成竞争对手，也从来不把他那拙劣、粗俗的表白当回事儿。其实，我的内心里无数次发出的真实誓言应该是这样的："胡小慧，你最终不是要嫁给草原上最好的男人吗？那你就等着吧。我王龙飞将来一定会是那位草原上最好的男人。你们就等着看吧，最终能娶上漂亮胡小慧的那个男人一定王龙飞！"好在大人们绝不会在意一个小孩子的心事，包括胡小慧本人也不会知道我内心那不可告人的秘密。

　　一起听大人讲瞎话儿也好，共同出去玩闹也罢，我的心理活动一直是与众不同的。孩子们玩是一起玩了，但说实话，我并不喜欢胡大宝子、胡二宝子他们哥儿俩。我尤其不喜欢山燕子一样整天都在咋咋呼呼的胡大宝子，虽然他长得很像胡二勇子，但一点也不见他父亲那样的深沉；我更不喜欢和我同岁的季大鼻涕，他总是死乞白赖、毫无节制地盯着胡小慧傻看；我同样不喜欢比我小很多的刁四虎子和小老疙瘩等脏兮兮的小屁孩儿们。我之所以还总去找胡大宝子他们玩,就是因为我心里揣着一个真正目的,那就是我想借机看到总能让我心跳不止的胡小慧啊。

我和胡小慧的第一次"亲密接触"还是在我九岁那年夏天,那是在一群孩子喊"狼来了"的恶作剧游戏中。在草原上玩耍的孩子们经常会因为一时的枯燥无聊而起事儿,任何一个孩子都可以在风平浪静、随随便便的一个时间节点上来上那么一嗓子:'狼来了!"孩子们从不追究是谁喊的,第一反应就是飞快地向前奔跑。老胡二宝子、刁四虎子等机灵的孩子已于话音未落之时就蹿出去好几米远了。然后,所有的孩子就都煞有介事地、无比疯狂地奔跑起来了……跑在前边的孩子常常会边跑边喊:"大灰狼马上就追上来了,就在身后呢!"跑在后边的孩子就不断地回头张望,越发地相信身后真的有大灰狼,胆小的小老疙瘩就经常"啊啊啊"地发出哭音……

我就是在一次有人喊"狼来了",伴着小老疙瘩的哭声,在狂奔中和胡小慧"亲密接触"的。大家都在疯狂地奔跑时,胡小慧一边娇嗔地喊着"龙飞哥"一边就把她的小手伸向了我。这是我有生以来第一次拉到一个小女孩儿伸过来的小手,竟然就是我最想摸到的胡小慧的小手。那可真是一只柔软而温润的小手啊,软和得就像根本没有骨头,全是细嫩的小鲜肉,难怪她的琴声拉得那么柔美啊!握得我忘记了后面有狼追赶的事儿,但我还是表现出气喘吁吁,面红耳赤,浑身冒汗……我知道这绝对不是因为我的奔跑,而是因为我的心虚。类似的奔跑我以前都经历过无数次了,哪怕是奔跑出更长的距离,奔跑出更快的速度,我也从来没有显现过眼前这种狼狈相。那时的我,好像什么都不顾及了,只是希望拉着那只柔软温洼的小手继续奔跑下去,可是孩子们的恶作剧不久就烟消云散了。我只剩下不断地回头张望,不断地幸福回忆了。

那天回家的路上，我一路还不停地闻着手上的余香，那一定是草原上最美丽、最可爱的小女孩所特有的香味。独特的香味让我兴奋不已，更让我兴奋的是其中还有一个小细节：惊慌中，胡小慧的小手没有伸向她的两个哥哥胡大宝子和胡二宝子，也没有伸向离她最近的季大鼻涕，而是舍近求远地够扯着伸向了我，让我更真实地欣赏到她那温暖而孤独的眼神。

吃晚饭时，我还一直不肯洗手，第二天早晨我也不肯洗脸，不明就里的父亲终于抓住了机会，以我不讲卫生为由给了我一大炮脚。我一点儿都没感觉到疼，好像根本就没有理会煞有介事的父亲。我的小心脏还在愉快地狂跳着，我依然沉浸在无边的幸福中……

我的早熟也许还和草原上随处可见的性启蒙有关：最常见的是公鸡踩蛋和鸭鹅叠罗，此外还偶尔能看见牛羊配种，猫狗发情……最令我心旌荡漾的还要数夏日里看配马了，马这种动物一直给我留有最美好的印象，它们的俊朗，它们的优雅，它们的鸣叫，它们的奔跑……包括它们的野蛮交配行为，除了充满着一种心惊肉跳的神秘，还有一种洪荒力量之美。同样是交配，马的交配就不像猪们和狗们，尤其不像狗交配时那么苟且和猥琐。相比之下，我还是觉得马交配光明磊落，庄严神圣。从始至终，马的交配动作甚至能用长驱直入和气势磅礴来概括，马竟能将人类最难以启齿的隐秘行为做得高贵大方，一点也不会让人联想到丑陋和粗鄙。尤其是英俊高大的公马挺着巨大阳具无限接近俊俏漂亮的母马时，那姿势也是无比绅士的；而高雅的母马们也总是保持着无比神秘、无比圣洁的样子。哪怕一匹俊俏的母马再心仪一匹英武的公马，在公马嗅它时，它也是紧甩马尾，不断扭转着屁股，守护住那方黑色神秘，从来不会去下贱地扬尾劈腿、主动就范。很多时候我都是看到，当公马用头触碰到母马身体任何一个部位时，母马都要触电一样炸着蹶子跑开一段距离，并"咴咴"地鸣叫着跑向远方，这时母马那浑圆的臀部就更显美丽了……有时，要如此反复几十次，公马才有机会完成那最终的腾跃……而且我还发现，无论在哪个群体里，都至少有那么一对出类拔萃者。有时我就不着边际地乱想：那也许就相当于人群中的我和胡小慧吧……

个别时候，我还能碰上驴马配或者是马驴配，那是更另类的视觉冲击，就更加让我心惊肉跳了。我就像看见了现实版的丑男强奸了美女，或者是美男屈尊给了丑女。有了驴马配或马驴配，也就有了最终的马骡、驴骡之分。总之，那好像永远都是一种充满着悲情和耻辱的艰难交配。在崇尚英雄的塔头滩，这种苟且的交配行为当然是被大人们禁止的。无论男人还是女人，每每偶遇到这种丑陋场面，都会抡起手中的木头棒子给予制止。手上没带家伙的人也会就地拾起一个大土拉块将其打散。但驴马们也总有得手的时候，实在情投意合的驴马们只能偷偷摸摸地进行了。慌乱苟且的它们常常是速战速决，就极富人类的偷情意味。等到谁家的马或驴意外地生出小骡子了，总要引发出一阵阵祖宗八辈的怒骂声和耻笑声。

喜欢看热闹的孩子们则不大管那么多的闲事，好不容易遇上惊心动魄的驴马配可得看个够儿。紧张刺激的场面太难得了，常常看得我心猿意马、想入非非，自己的小鸡鸡也不知什么时候不由自主地坚挺了起来……

如果看热闹的孩子们中恰巧还有胡小慧在，她那懵懵懂懂的小红脸儿，就会让我更加兴奋不已，更加蠢蠢欲动。

另外，除了配种场面，秋天里的骟公马和骟公牛，则更能让草原孩子们大开眼界了。而那就不仅仅是性的问题了，好像还有生命的问题，还有很多说不清、道不明的别的东西……

艰难的生存环境造就了草原人超强的生存能力。除了偶尔有一些惊天动地的大事发生，草原人更多的时候还是要面对平淡如水的日常生活。只要是人，谁也逃不过生老病死，有生命的地方就有激烈竞争。出身门第，成长经历，谈情说爱，婚丧嫁娶……无处不争斗，无处不比拼。其实这就是生活的本来面目，也是一切生命正常的存在方式，与人为伴的动物们也不例外。

为了让公牛公马们安静地存活下来并一心一意地为人类效劳，它们必须都要经历一场惊心动魄的净骟程序。

骟公牛、骟公马等日常工作也能分出男人的高低上下。高手只负责把奔跑中的牛马抓住并摔倒，下三烂的活儿就得下三烂的人去做了。

多年来，草原上骟大型雄性牲畜的流程大抵相差不多：先是将它们弄倒，然后再上人加以捆绑，最终目的就是要消灭它们的睾丸。如果是骟公马，多数情况下，都是请兽医用利刃割开它们的阴囊，强行挤出它们的睾丸，再抹上草木灰加以消毒。

由于刀口处会疼痛难忍，公马就暴跳着用尾巴不停地抽打伤处。为了防止感染，主人会将公马尾巴像女人的发髻一样绾起来，细心的主人还先将马尾编成了辫子。

割骟之后就是刻不容缓地遛马了，千万不能让割骟后的公马卧在地上。如果让公马卧着，那可就彻底废了。为了让公马安全渡过难关，主人只好不停地遛来遛去。

骟公马所采取的这种割骟方式，还容易让人接受一些。而骟公牛就不同了，骟公牛往往会采取捶骟方式。因为牛相对来说没有马那么金贵，再说也没有足够的钱请那么多兽医。加上牛不像马那样站着睡觉，伤口更容易感染，所以草原上骟公牛只能采取最古老的土办法——

捶骟。

所谓的捶骟，就是先用木夹子把公牛的大睾丸从根部夹住，再由壮汉用大木棒子猛烈地捶打，将本来就很硕大的牛睾丸捶打得更加硕大，有时就被捶打得像个大气球一样。因为只有把那些活跃的性功能软组织捶打成血水和肉酱，让牛体慢慢去充分吸收，才能算捶骟得彻底，公牛也会免遭二茬罪。有时候，人们看到公牛太痛苦，心就软了，就想少捶几下放过公牛。可是不行，没捶骟干净，公牛就不老实，还得重新捶骟。

对于公牛来说，捶骟这关确实是太难过了，但公牛们只有过了这道难关，才有机会继续苟且着存活下去。

除了春天发情的公牛和呼唤小牛的母牛，一般情况下老牛是很少叫的。哪怕是面对人类的屠刀，老牛也只是默默地流泪。绝不像猪们临死前那样拼命地、毫无理性地嚎叫，猪拼命地叫了，它们也并没有多活上几分钟，还给了屠夫出手更加迅速、更加凶狠的借口或者说理由。

公牛被捶骟时却发出深沉的哀鸣，声音一浪高过一浪，能让所有人感受到活着的沉重和艰难，反倒让人们对生命更加珍惜。给公牛捶骟实在是太残酷了，都说是惨不忍睹，但人们还是能从开头看到结尾。每次，我都能想起祖母讲的当年狼群掏咬老牛裆部的场景……而现在，在没有狼群围攻的情况下，公牛们想活下来也不是一件很容易的事啊。

　　尘世凡间走一趟，
　　酸甜苦辣都得尝；
　　天塌下来当锥子，
　　好死不如赖活着……

99

草原民谣唱的到底对不对呢？谁也说不清楚。

在草原上，正常情况下骟公牛、骟公马时小孩子是禁止围观的，可我和胡大宝子、胡二宝子、季大鼻涕、刁四虎子、小老疙瘩等小伙伴们几乎每次都能看到骟公牛、骟公马的全部过程。

女孩子就更不能靠前了。在我的印象中，胡小慧很少出现在这种场合。胡小慧怎么可以看到这些不雅的场面呢？她早已经是我心中的小女神了，我潜意识里并不想让她看见这些污浊的场面。我觉得胡小慧一定是老天爷特意为我派来的小天使，她绝对是用特殊材料精心制成的。我想象不了她会是粗犷强悍的胡二勇子的亲生女儿，更想象不了凡夫俗子胡大宝子、胡二宝子就是她的至亲哥哥。她那清澈多情的杏核眼里写满了神秘，她那轻柔多情的笑声让人心动。虽然她那纤软的小手我只是偶然中拉过一次，但我就永远不会忘记了。我也永远无法理解，喝着同样的水，吃着同样的饭，在同一片蓝天白云下，在同一块斑驳草地上，呼吸着同样的空气，人与人之间为什么会存在着如此大的差异呢？胡小慧宛若飘在清爽蓝天白云之间，而我们只能站在混浊黑土大地之上。

多亏胡小慧没在我们旁边，每到这时，我就觉得我们王氏家族的男人们真的就像一大群正在被捶骟着的公牛。公牛们是好死不如孬活着，目的单一，就是为了苟且地存活下去……而我们王氏家族的男人们与那些疼痛的公牛们所不同的，只不过是这些男人们的心底还躲藏着一个虚无缥缈的所谓英雄梦想。

我觉得我的性早熟更多的还是来源于巨大的生存压力，是一个人的整体早熟带来的性早熟。似乎在我不太懂事的时候就感觉到那种沉甸甸的生活了，我的童年一直无奈而倔强地晾晒在那猩红的查干淖尔

血色草原

大草原上。那里虽然蒿草丛生,鱼肥水美,但也冬风刺骨,骄阳毒辣。

所以,好像就在那时,我在内心深处一直狂喊着我那稚嫩的誓言:祖母,你就等着看吧,总会有一天,我王龙飞一定会拿下胡小慧的!

每当这时,我耳边总是响起这个半真半假的童谣:

小丫蛋,快快长,
长大嫁给猎队长;
穿绒鞋,披大氅,
粳米干饭可劲馕……

第十二章 食色性也

正当九岁的我暗中喜欢冰清玉洁的胡小慧时，十八岁的老叔竟然公开地爱上了心高气傲的老胡三凤子。老胡三凤子是谁呀？那可是名门望族老胡家的当家花旦呀！老叔这种地位的草原男人相当于草原上最劣等的男人，连想都不该想啊！这可太不自量力、太不现实了吧！就算我偷着喜欢胡小慧，想要她当媳妇也得等我成功以后有了足够的资本啊！可是老叔你凭啥呢？你难道是疯了吗？而事实上，我的老叔并没有疯。我想，一定是因为老叔养的那条大黑狗给了他错误的引领，才导致老叔有了如此畸形的超强信心。

人类的两性关系并不比其他动物复杂多少，其核心都是为了传宗接代。文明点儿说是找配偶，通俗点儿说就是找对象，野蛮点儿或者再往原始点儿说就是寻求交配。说穿了，人和其他动物们一样，都是在争夺交配权。在这个关系到种族存亡的大事件上，我们老王家的男性里面好像没有什么人值得羡慕。如果扩大一下范围，硬要数一数老王家院子里的雄性成功者，在我看来只能是老叔养的那条大黑狗了。

谁也没想到，一个弱民竟然养育出了一条强狗。老叔那条从小并不出色、让人挑剩下的小黑狗竟然长成了查干淖尔大草原上最威武、最雄壮的大公狗。

每年的二八月，狗进入发情期，成群的母狗都被大黑狗身上那股强烈的雄性味道吸引过来了。母狗们欢快地摇晃着靓尾，络绎不绝地纷至沓来，每年的这两个多情季节，老叔的大黑狗都要忙乎得两眼通红。

狗、狼、狐等犬科动物的正常交配时间都很长，也许是为了充分享受性爱，也许是为了保证交配的有效性，有时雌雄两性要锁在一起半个时辰以上。

大黑狗和别的母狗交配时，我只是心惊肉跳地躲在一旁看热闹，有时心里还会乱七八糟地掠过漂亮的胡小慧；但每当发现大黑狗和胡二勇子家那只小花狗交配时，我就要拼命地打它们了，锁在一起的它们就被我追打得非常狼狈。我心里好像莫名地仇恨着不可一世的胡二勇子，我最喜欢听胡二勇子家那只小花狗被老叔的大黑狗拖着跑时发出那"缸缸缸"的惨叫声……

但是，大黑狗并没能展现完它作为雄性的辉煌，最终还是中途毁在了自己辉煌的雄性上了。

这年冬天，查干淖尔大草原多年来一直锐减的草原狼突然多了起来。草原狼多了，兔子就少了。草原狼的绿眼睛就不断地瞄向人畜，狼群也就显得格外嚣张。由于狼多肉少的缘故，草原狼就经常对村里人畜进行大胆冒犯。

这年的雪也超乎寻常地大，查干淖尔大草原简直就成了大雪原了。雪原上密集的梅花狼印和零星的白色狼屎让人毛骨悚然。不只是小猪儿、小羊儿常常被叼走，连二三百斤重的大猪也常常被野狼衔住耳朵从雪原上奔过。老叔的命根子——纯种小红马驹就是这年冬天葬身狼腹的。

老叔对小红马驹的关爱胜过一切，为了防狼，他每天都把马棚的门用粗绳绑得牢牢的，宁可第二天解绳时多费些劲儿。为此，他的指甲都抠出血了。

草原狼虽凶残，但它们并不总是明火执仗地强攻。从它们对待小红马驹这件事上，就足以看出草原狼还有更狡猾、更阴险的一面。

老叔那条大黑狗在村里不仅雄性出名，它的凶猛也同样出名。然而，小红马驹出事那天晚上，大黑狗却销声匿迹了一般。直到事发后第二天凌晨，它才幽灵般地跑了回来。一进院子，它就没命地吼叫并用爪子猛挠着门。老叔闻声风一样奔到马棚，却被眼前的空荡和寂静惊呆了：只见绑棚门的粗绳子都被啃断了，马棚大门洞开，雪地上脚印杂乱，小红马驹不见了踪影！

大黑狗畏罪一样把头紧紧贴在厚厚的积雪上，身体趴靠在老叔的脚下，粗大的尾巴狠命地摇动着……老叔飞起一脚，它竟然没动，也没有叫。它仍然无限忠诚地继续猛摇着大尾巴，顽强地忍耐着疼痛，我都知道，那是大黑狗意识到自己有误之后的一贯表现。

顺着雪地上已不太清晰的狼迹和马迹，大黑狗把老叔一直引到雪野深处。小红马驹粗大一点儿的骨头光溜溜地剩在雪地上，小红马头和四只坚硬的小黑蹄子在白雪中显得格外刺眼。

小红马驹可是老叔的命根子啊，那可是老叔从百里外的一个马场用五十担"米高粱"换回来的啊！老叔还一直梦想着有朝一日骑上它去实现王氏家族的辉煌呢……

当初去马场选马驹子时的情景还让老叔历历在目：那天老叔天没

亮就赶到了马场，他就是要趁着凌晨挑出一匹好马。传说，小马的耳朵越好使，长大了就越聪明。马群在草原上都是站着睡觉的，黎明时分它们睡意正浓。虽然是一大群马簇拥在一起，但仔细看还是很有层次的：小马驹在最中间，然后是大母马，大公马在最外边，画面静谧而和谐。

马的耳朵要比人机警得多，人还没等靠近，马群便一阵躁动。外围的大公马打起了响鼻儿，摇头甩尾，用力蹬踏，在提醒着母马们和小马们危险来了。同时，原本貌似松散的马群，立刻就变得队形紧凑了。老叔的目的是来挑小马驹子，所以他更加留意那些混在马群里的小马驹们。小马驹睡觉通常是卧着的，它们刚才睡得正香呢。有一匹红色小马驹最先清醒过来，只见它在潮湿的草地上打了个滚儿，迅速地站了起来，老叔一眼就相中了它。

老叔一路小心翼翼，像押运珍宝一样，费了好大的劲才把小红马驹弄回家来。他的毡房就成了小红马驹的临时马厩，每到晚上，在草原上野跑了一天的小红马驹，便在柔软温暖的干草上过夜。

老叔精心侍弄这匹小红马驹。白天赶着它到大草原上去吃草，晚上还要起来给它饮水加料……这个小家伙一度消耗了老叔所有精力。几个月后的打羊草季节，小红马驹枣红色的皮毛由卷曲渐渐变得平整了，并且隐隐约约能看到一种类似于丝绸样的光泽。

小红马驹的成长真是一天一个样啊！每天都能让人看到新的希望。小红马驹就像小孩子一样，要在小的时候塑造成型。天生聪明的小红马驹在老叔的全面调理下，出落得四肢健美，体态匀称，目光清澈，善解人意。

到了初冬时节，再看看这匹小红马驹，就更加招人稀罕了。小红马驹站在阳光里，就像披着一身光亮的红色绸缎……

可是，这些美好都于一夜间变成了伤心的回忆。对于老叔来说，这样的现实真是太过于残酷了！

老叔通过检查大黑狗的生殖器断定它刚刚和一只母狼交配过，老叔痛恨引走大黑狗的那只媚狼，更痛恨大黑狗，恨得牙根直痒痒，后悔得在雪地上团团转，还给了自己一记响亮的大耳刮子……

草原人是从来不杀自家爱犬的，但是当天晚上，悲痛欲绝的老叔还是一边哭骂着骚货，一边把大黑狗吊在了大院门前的老黄榆树上了。忠诚的大黑狗就像知道老叔心中的疼痛，居然从始至终没有叫唤出一声……

第二天，冬猎队准备进行该年规模最大的一次出猎。一大清早，冬猎队队员们就会集到老古庙前面的东大岗子上去了。老叔几乎用乞求的语气央求队长胡二勇子给他一次机会，说了好半天，胡二勇子还是铁青着脸对老叔怒吼道："看你那狗熊样儿吧，你给我远点儿扇着，你顶多就有宰杀自家忠狗的能耐！"老叔一向自尊心强，他仰着脸承受胡二勇子的训斥，那神态让目击的我也一阵阵感到窒息，那简直是对我家族尊严的粗暴强奸。

胡二勇子没再正眼看我老叔一眼，领着队员们炫耀般地在东大岗子上兜了两大圈，一边吆喝，一边把烈马勒打得阵阵嘶鸣。最后，每人漓漓拉拉喝下一碗烈性老白干，叫喊着冲向了茫茫雪野。

各色兽皮帽子，各色骏马，在蹚起的茫茫雪烟衬托下，显得无限雄性。

我躲在不远不近的一棵老黄榆树后望着那群望尘莫及的汉子们的背影，心像要爆炸一样："我操你们八辈祖宗！"我用脚使劲儿踢着老黄榆树，厚厚的积雪从树上塌下来，灌满我那磨得有些油亮的小棉袄领子。我是在骂汉子们吗？好像又不是，我真的说不清我到底骂了谁。

我不知道别的十岁的孩子到我这时还有什么更高明的做法。雪在我灼热的小脖颈上融化了,顺着后脊梁骨向下流淌着。

我一直站在那棵老榆树下,直到听老姑喊我:"龙飞子——回家吃饭了——"

当天晚上,胡二勇子又来找二姑拉话了。因为他在这次狩猎中表现出色,争得了迎娶查干淖尔大草原最佳女子的资格。

祖父时代起,胡氏家族一直是草原上的望族,一直是王氏家族头上挥之不散的巨大阴影。伴随着成长中的成败胜负,大人们的强弱之分已经相当明显,就算是从小一起长大的,成年以后,强者和弱者也不能在一起共事了。草原人已经习惯了,小孩子一旦长成了大人,他们之间就可能于某个不经意的早晨或黄昏,突然间开启了泾渭之分,从此老死不相往来了。

心高气盛的老叔比胡二勇子的妹妹老胡三凤子大两岁,从小就喜欢娇生惯养的老胡三凤子。老胡三凤子虽然和老叔青梅竹马地一起长大,但如果老叔当不上草原英雄,她也绝对不会委屈自己嫁给弱民的。从小就有优越感的老胡三凤子对别人都是趾高气扬的,对老叔总是有说不清、道不明的客气成分。用老叔自己的话说,那就是卤水点豆腐,一物降一物。

突然有一天,看到老叔接连几年冬选都是灰头土脸地败下阵来,一向专横的老胡五奶对年轻人的正常交往开始横加干涉了。她坚决不允许她家的二勇子、三凤子再和老叔、二叔们一起玩了,更不允许胡三凤子和王老三单独来往。老胡五奶怎么会同意这样一桩门不当户不对的婚恋呢?她经常说:"别看老王家女子能嫁进老胡家当媳妇,让老胡家女子嫁给老王家当媳妇那可是连门儿都没有。老王家男人哪有个像样的?想都别想,癞蛤蟆想吃天鹅肉啊,做大梦去吧,我的妈

107

亲哪！"

胡二勇子最听老胡五奶的话，也越来越不把老叔当好人看待了，经常蛮横地对待老叔。

老叔气得经常磨刀，扬言要杀了胡二勇子，或者是把他裆下的牛子给割下来。"老胡家，我操你八辈祖宗！就兴你们老胡家男人娶我们老王家女人啊！就你们有种啊？看我都骗了你们！"但老叔一直没有勇气去杀胡二勇子，也没有勇气去割他裆下的牛子。老叔发泄完心中的愤怒也就消停了，只是更加拼命地举石头、练力量……

第十三章　掏捞棒子

塔头滩人不咋习惯叫人大号，总是习惯于叫小名，或者叫外号。比如胡老五、王大铁拐、王大笨、胡二勇子、老胡三凤子、老包二姑娘、徐大疯子、刁四虎子、小老疙瘩等等，都是塔头滩上再熟悉不过的人名了。塔头滩人觉得叫大号不是那么回事，还是这么叫着听着顺溜。好记又实在，亲切又生动，叫的人觉得是那个人，被叫的人也觉得是自己，跟一个土生土长的塔头滩人挺"和卤儿"。也就是塔头滩人常说的："做人做事，你得搭调。"

而实际上，塔头滩人还是有大号的，只是不经常使用而已。除了当上汉哥和把头，把名字往老古庙的黄花梨子大木板上刻，平时根本就没有用上的机会。

有些人一辈子也没出过一回彩儿，直到寿终正寝地走了，也没有被人叫过大号。最后亲人们往老祖宗牌儿上登记时，他的大号才首次被派上用场。有时，连自己的亲人们都觉得那大号有点儿陌生似的：

本来叫了一辈子"孙二驴子",怎么突然变成"孙满堂"了呢?心里虽犯着嘀咕,但还得把"孙满堂"这三个字怯生生地往老祖宗牌儿上写。

塔头滩人还习惯于在称谓后面加个"子"字,不只是在称呼人时这样,称呼动物时也是这样。比如:野兔子、黄羊子、黄鼠子、沙鼠子、旱獭子等。甚至连称呼经常使用的物件时都是这样的,比如:二齿子、粪叉子、操捞子、套马杆子、"掏捞棒子"……塔头滩人一定是觉得这么叫着它们显得格外亲切。

祖父对父亲彻底绝望,同时对二叔和老叔也大失所望那几年里,格外重视我。一天得叫我十好几次"龙飞子,大孙子"。从那时起,我就知道人世间还有一种无可奈何的幸福叫彻底绝望。我从来没想到,连彻底绝望有时都会成为一种幸福。我童年最幸福的时光,就数祖父对父亲彻底绝望那几年了。那几年,我不怎么缠着祖母不放了,我几乎天天和祖父在一起,常坐在祖父的残腿上,听祖父有滋有味地给我讲关于渔猎的故事。

祖父经常绘声绘色地讲:"……龙飞子,狐狸逃跑的时候,常摇起大尾巴,没有经验的猎狗就算能追上也叨不着它。只有那些有经验的好猎狗,才能在飞速疾跑中准确地瞄准机会,一口咬住狐狸的肚子……有的老狐狸猾得很,实在跑不过猎狗时,就开始耍猾。狐狸上坡行,就往坡上跑,然后往下打滚;再往上跑,再滚下来……几次,狗就累了,狐狸就乘机逃走了。"

祖父还经常说:"猎物再狡猾,也会留下痕迹的。猎物会躲在哪里呢?不要急着向远方眺望,低下头来仔细看看脚下的草地也许就会有线索了。好猎人的眼睛都非常尖,甚至能在草地上发现一根钢针。草地总是真实地记录着动物们行走过的印记,提供着一切蛛丝马迹——

黄羊子的脚印像个小鸟窝；狼的脚印就像一朵梅花；野猪的身子重，脚印陷得就要更深一些……此外，还可能有它们遗落下来的毛发、粪便和气味……"

不过，祖父最常讲的还是关于打狼和钓鱼的英雄故事，因为草原上真正的汉子主要是对付野狼和狗鱼的。用今天的话说，就像打狼和钓鱼是汉子的本职专业。祖父讲到的野狼都是又狡猾又狠毒又具有耐性，代表着衡量一个好汉的标准，总有一种惊心动魄的崇高感。

我从小生得壮实，就像个大肉墩子。祖父讲故事的时候又愿意让我坐在膝上，所以祖父常被我压得满头大汗。

也许从我坐在祖父怀里第一天起，祖父就开始极虔诚地把他那神圣的梦想小心翼翼地捧出来了，就开始了对命运的祈祷——让王氏家族像龙一样腾飞起来吧！让他的大孙子王龙飞成为查干淖尔大草原第一流的汉子吧！于是，祖父那饱经风霜的祈祷便以骨血关系的特殊传递方式在第一个压抑的黄昏轰轰烈烈汇入我的大脑深层。在我学会想象后的第一个非现实的场面便是：我骑着一匹红色骏马冲向狼群，一只巨大的野狼在我的驱赶之下，一边求饶一边慌乱地奔逃……

同样是面对挫折与失败，祖母和祖父的态度却截然不同。祖父经常气得破口大骂儿子们不争气，祖母则能耐心十足、语气和缓地说："孩子们可千万不要放弃自己啊，咱们慢慢来，赶明个儿还有机会的……"祖母总是表现出另外一种韧性十足的刚强。

我十二岁这年秋天的一个午后，瘸腿的祖父心血来潮，竟然教起了我骑无鞍马，俗称光腚骑，专业上则叫骠骑。没想到的是，我就像无师自通，学得非常快。

也许我对自家的枣红马太熟悉了，在没有马鞍子的情况下，我也能稳稳地骑在马背上。随着枣红马的速度一点点加快，我的信心就一点点增强。草地潮湿，马蹄落地不起烟尘，只有悦耳的马蹄声和草香味。我心中激情澎湃，只觉得自己就像王氏家族的一面战旗，在广袤无边的大草原上迎风飘扬……

这就是骑无鞍马啊！骑无鞍马的感觉真好啊！让我骨子里的那种征服欲，于一瞬间都爆发出来了。这才叫勇往直前呢！这才叫乘风破浪呢！这是我在光溜溜的马背上抖着马嚼子时的真实体验。

我想我那笨重的父亲为什么不行呢？就是他太笨啊！一上马，身子就往旁边倾斜，口中还直喊"完了完了，就要掉下去了"。不论多老实的马，他都摆弄不了。最终磨烂了裤裆里的肉皮，也没学会骑无鞍马。

那天，我在祖父的赞扬声中骑得疯狂。我不仅学会了骑无鞍马，还尝试使用了祖父的套马杆子和"掏捞棒子"。我还端起祖父那支擦得锃亮的双筒猎枪进行了射击。我好像天生就知道平衡和稳定的重要性，第一枪就打中了，第二枪还是打中了。尽管祖父很心疼他的子弹，但还是让我去管够打。那天下午，祖父也像疯了，兴奋地喊着。我敢肯定，我一度成了他梦想中的全能战士。

那年刚入冬，在祖母的建议下，祖父就为我精心制作了草原人猎狼专用的传统武器——"掏捞棒子"。虽然我距离使用这种武器的年龄至少也得等上五六年，但我没有感到任何惊讶，我很理解祖父祖母为什么要为我制造这个相当于通向"草原汉哥"桥梁的武器。其实，那只由一根榆木棒子和一个大铅疙瘩组合成的武器本身并不复杂，但我却觉得它复杂得如某种精密仪器。当我把它一丝不苟地握在手里时，还生怕它不慎从我手中跌落呢……

我终于有了属于自己的"掏捞棒子"，我知道我手中的"掏捞棒子"绝不是等闲之物。望着棒子顶端那绝妙的弯头，望着那用精皮条缀着的乌铅蛋子，我感到浑身上下有一种沉重的负荷，我感到那乌铅蛋子里凝结着成千上万个"草原汉哥"们货真价实的血汗。

整个冬天，我都在接受祖父的正式训练，都在祖父的指导下练习用"掏捞棒子"在飞奔的马背上击打目标，一遍遍打倒祖父拄着大拐精心摆设的木靶子。我忘不了祖父留在那个季节的眼神，在那双老者的眼睛里，除了慈爱和刚强之外还有一种东西，那就叫不容苟且。

祖父总是不厌其烦地把我击倒的木靶子重新扶起来，然后拄直大拐兴奋地说："来，龙飞子！来，大孙子！再给爷爷打上一趟，让马再跑得更快一点儿。"

"驾——"我的眼睛有些发潮，不忍多看祖父的大拐杖。我狠狠地打了马一鞭子。枣红马就带着风冲了过去，冲向祖父用颤抖双手刚刚立稳的那排木靶子。每当我准确地击中它们中的一个，伴着木靶子倒地时发出的美妙而铿锵的声音，祖父总是那句话："好样的！"

有一次，祖父看我的"掏捞棒子"打得越来越利索而且越来越准确了，竟高兴得把大拐杖扔到雪地上拍起手来，然后他干脆陶醉地倒在雪地上，一遍遍叨咕："龙飞子，行了，今天行了，大孙子，回家喽，咱们今天得回家去喽……"

在祖父给我讲这些英雄故事的时候，已经五十多岁了，他早已经彻底地与英雄绝缘了。由于上前线出担架又患上了严重的风湿症，不仅让他的老伤腿雪上加霜，连他那条原本健康的腿也受到了重创。现在的祖父得依靠一支坚固的大拐杖才能走路。即使是这样，我也没从祖父身上看到过半点弱者无奈于生活的畏缩。祖父除了给我讲述前线战士浴血奋战的英雄故事之外，更多的还给我讲塔头滩历史上最令人振奋的人和事。祖父说人是离不开自己的根的，无论走多远还是得回来。

我从祖父的眼睛里时刻都能看到那种深沉的饱经风霜而又热切十足的期冀，在我很小的时候就能感觉得到，祖父时刻在默默地期待他的儿子或孙子有朝一日传奇般地成为塔头滩上顶天立地的汉子。祖父时常挂着大拐杖、背着鱼钩在夏日里早出晚归，也许就是为给后代做出个奋争不息的样子。

　　我一直固执地认为：如果不是无比英勇的祖父因参加前线担架队又患上严重的风湿症，王氏家族也不会像现在这样无为，祖父会一直英雄一样拼搏在塔头滩上……

　　这年冬天即将过去的时候，胡二勇子终于成了查干淖尔大草原一条名副其实的汉子，粉碎了大草原流行几年的"草原狼一年比一年少，草原汉子一代不如一代"这个沮丧说法。

　　两天两夜的大雪终于停下来了。这时查干淖尔大草原的野狼最狂。塔头滩冬猎队从来不放过这种机会。很多人都是因为紧紧抓住这种机会才变成查干淖尔大草原闻名遐迩的"汉哥"的。

　　我在一种就要出英雄的浓厚气氛中足足关注父亲有一个时辰，可父亲看上去就像根本没听说过有打野狼这回事。直到我突然顿悟到父亲没有那个资格时，我才忍无可忍地提起自己的"掏捞棒子"冲出门去。

　　正在我因找不到马鞭子而急得团团转时，老姑提着马鞭子从屋里跑出来并迅速递到我的手上。

　　我已经抓住马缰绳，一只脚已经挂上马镫，准备跨上枣红马时，祖父怒吼道："王龙飞，你给我站住！我打折你的腿！"

　　祖父一向叫我"龙飞子""大孙子"，顶多叫我"龙飞"，今天却直呼"王龙飞"，还要打折我的腿？祖父一向对父亲和叔叔他们凶，这还是头一次对我这样凶呢，我有生以来第一次感受到了祖父发火时的可怕，终于不敢再继续胡来。

　　祖父依然静静地坐在炕上。窗玻璃厚厚的霜花上被祖父用嘴吹出一个透明的圆圈，祖父正通过那个圆圈凝视着窗外的雪野。我知道祖父已经看见了冬猎队员们在拉嘎老古庙前一字排列的阵势，他们一定正在胡二勇子的指挥下喊着口号，喝壮行酒呢。

　　我备感委屈地依在北墙角上摆弄着自己的"掏捞棒子"，不时地用眼溜着祖父。祖父额头青筋凸起，喉结上下蠕动，腰身笔挺地坐在窗前。我还无意中察觉到了老姑的眼神，那绝对是只有少女才拥有的无奈而失落的眼神。

　　父亲则背对着窗户坐着，手里正翻着一本什么破书。自从祖父对父亲绝望后，父亲看书学习也越来越成为一种有力借口。我望着父亲粗壮的手指不时地翻动书页和他那离书很近的眼睛，火从心底往上烧。我就是从那一刻起，彻彻底底地从内心深处否定了父亲。我发誓不再叫他父亲，这已远远不是从前那种单纯的瞧不起了。

　　祖父一直目不转睛地盯着窗外那毫无遮拦的雪野，盯着一个个如儿子般大小的冬猎队员喊叫着跃马驰骋在苍茫之中……我相信，祖父眼前肯定常有幻觉出现，然后又在心灵深处堆满幻觉轰然破碎后的悲凉。他今生不仅没有文武双全的儿子，连个徒有一身武力勉强能加入冬猎队的儿子都没有！

　　那天从日出到日落，塔头滩雪原都淹没在人吼狼嚎声中，天空似乎也被叫喊声搅得混浊。胡二勇子一直与那个头狼周旋着，其他冬猎队员们也不遗余力地追逐着各自的目标。

　　在太阳要落山的时候，塔头滩的男女老少都汇聚在村头翘首西望，人们感到有一种悲壮正从西边涌来，不是人抬着人，就是人扛着狼。

　　当西方那片最耀眼的红影移到眼前时，人们惊呆了：胡二勇子扛着一只巨大的公狼走来了，他身上的羊皮褂子已经撕成一条条的，并布满斑斑点点的血色。胡二勇子一只手箍在狼的嘴巴上，另一只手钳子一样拧住狼的两条后腿。那公狼根本没死，还眨着绿荧荧的眼睛，是一夜间咬死过村里五头牛的那只大灰狼。胡二勇子身后牵着那匹马本来是纯黑的，却几乎变成了纯白色。马身上盖的不是雪，也不是霜，而是一层热气腾腾的白沫了。

当天晚些时候，胡二勇子就给二姑送订婚聘礼来了。

胡二勇子丰厚的订婚礼物并没有让王氏家族感到任何荣光。除了二姑脸上的笑容略显真实以外，其他人的脸上都写满了不同程度的尴尬。

深冬的塔头滩彻夜哗然，好像所有的人都在讲："胡二勇子比他爹胡老五还要有种……"

我手握掏捞棒子躺在炕上一夜未睡，我的那种想法更加强烈了：我一定要把胡小慧娶到手，一定要让老王家翻翻身！

第十四章　天性

孩子们千奇百怪的草原童谣经常响彻塔头滩——

小皮球，驾脚踢，
马兰开花二十一；
二五六，二五七，
二八二九三十一……

小蝈蝈，两寸长，
走了爹，光剩娘。
五黄六月天天唱，
就怕白露下秋霜……

看见不吉祥的黑老鸹，孩子们就边打弹弓边喊："老鸹老鸹你画圈儿，过年给你苞米尖儿……"

看见吉祥的花喜鹊，孩子们马上就会把弹弓收起来："花喜鹊，叫喳喳；别乱飞，去我家。"

每逢天下大雨不能出去玩时，孩子们就百无聊赖地喊："老天爷，别下雨，包子馒头都给你……"

干喊雨不停，孩子们还会自我解嘲地喊："大雨哗哗下，天庭来电话儿；让我去当官儿，我还不够大儿。"

……

虽然每天唱着童谣，但是我在塔头滩上的生活一直都是沉甸甸的，几乎没有轻松的时候。哪怕是过年过节也是如此，那些不堪回首的往事就像浓重的云雾，总是让我挥之不去。

但是，天性难泯。我毕竟还是一个十几岁的孩子，沉重的生活并不能完全吞噬我的活泼天性。生活中不能都是忧伤，草原上总有小鸟在歌唱。我的幸福时光虽然短暂，但是欢乐之花还是偶尔绽放。

因为我喜欢收养各种小动物，所以我的童年时代一直拥有着各种各样的笼子。它们大小不一，花样繁多。其中包括用秫秆扎成蝈蝈儿笼子、用麦秸编成的蛐蛐儿笼子和用柳条制成的家雀儿笼子等。我最喜欢的就是那只用榆木精雕细刻而成的山雀儿笼子了，那是我花了一年时间才做成的。它不仅结实，而且精美。

我好像很早就有这样的梦想，我要用最好的笼子装上最好的蝈蝈儿、最好的蛐蛐儿和最好的山雀儿。后来，我又有了一个新的梦想：有朝一日，我一定要捉到一只最好看的山雀儿，把最好看的山雀儿装在那只最好看的榆木笼子里，把它养活喽、养大喽、养好喽，然后再把它们送给我心中的女神胡小慧……这一直是我心底的秘密，从来没告诉过任何一个人。

但最好看的山雀儿到底是哪一种呢？为这事我还怀揣着小秘密和祖母多次探讨过呢。我说红麻料好看，祖母就能说出它的学名叫麻料雀，公的叫红料儿，母的叫青料儿；我说烙铁背儿也好看，祖母就能说出它的学名叫黄胸鹀，还有另一个土名叫黄豆瓣儿；我说牛尾巴黄、蓝下颏儿和红下颏儿也都挺好看，祖母同样能说出它们的学名分别叫黄头鹡翎、蓝喉歌鸲和金喉歌鸲，还有人把它们叫成跟牛黄、蓝靛颏儿和红靛颏儿……

祖母知道得可真多啊！祖母不仅知道鸟兽和植物的学名，还知道昆虫的学名呢。又说孩子们常抓的扁担钩学名叫短额负蝗，也叫尖头蚱蜢，南方北方到处都有；沙沙虫的学名则是粗头大蚱蝗，也叫红翅大蚱蜢。沙沙虫飞行时发出"沙沙"的响声，是北方大草原上所特有的物种，南方人见不到它们的身影。

虽然我们最后也没能确定哪一种山雀最好看，但我又从祖母那里知道了一些鸟类和昆虫的学名与别名。

更多的时候，我的快乐时光则是在撞拐子、攻方城、藏猫猫、砸大步、遛靴子、老鹞子叼小鸡等游戏中度过的。孩子们的游戏中，除了一些常规游戏，还有一些是随季节而变化着的非常规游戏，比如：打山雀儿、灌大眼贼儿、挖黄鼠子、抓蝈蝈儿、逮蛐蛐儿、滑冰坡儿等游戏……

在孩子们心目中，游戏还分为危险游戏和安全游戏。孩子们最喜欢玩的当然是危险游戏"撞拐子"了。撞拐子不仅容易组织，而且对抗性极强。孩子们习惯了，总是按个头大小分成两伙儿。通常情况下，是以我和胡二宝子为首的带着一伙儿，以胡大宝子和季大鼻涕为首的领着另外一伙儿。分完伙儿之后，横冲直撞的激烈战斗马上就开始了。每个孩子都像打上了鸡血，熟练地盘起一条腿，单腿跳跃进退，以膝盖为进攻武器冲入阵地。最终，将对方人马全部撞翻者为胜利一方。如果碰上双方主将都足够强壮，战斗就会非常激烈。玩撞拐子游戏的人都有心理准备，破点儿皮，流点儿血，哪怕是撞掉一两颗门牙，都是常见的小事，腿骨折、脑震荡的大事也时有发生。

另一个危险游戏就是"攻方城"。孩子们同样是分成两伙儿，各自画地为城，死守城门。规则规定：踩线者自动"死亡"，在城内可双脚着地，一旦出城只能单腿跳跃。冲入对方城池并拿到对方城池里的"宝"安全返回，或将对方所有成员全部拉入己方城内即为获胜一方。单枪匹马地杀人对方重兵把守的城池拿到"宝"，再安然无恙地杀回来，这几乎是每个人都不可能完成的任务。所以大家常常采取第二种获胜方式，就是全面夺人。攻方城虽然没有撞拐子横冲直撞的正面对抗，但两伙孩子势均力敌的拉锯人肉争夺战也堪称惨烈。有时为了争夺一个关键人物，双方都要拼尽全力去拼命拉扯。为了最终的胜利，两伙孩子会不顾一切地在地上滚作一团。扯胳膊、捞大腿是常规动作，情急之下，抱脑袋、掐脖子也是常有的事，有时还会揪耳朵、薅头发、拽小鸡鸡……很多场面都大有五马分尸的味道。

以石头块子为主要工具的"砸大步"也被大人们视为危险游戏。其实它看似粗陋，实则细腻。游戏主要体现在"砸"的丰富性上。从一大步开始，到十大步结束，都是不同的砸法。手上抛、脚下踢、胳膊拐、大腿架、下巴点、裤裆夹、背大锅……每一个环节都要求孩子们使出高难度的技艺、耐心和胆量。而且每一次晋级之后，局面都有可能发生意想不到的陡转。我一直认为"砸大步"是孩子们发明的最好的游戏，绝对体现着孩子们的智力、耐力和勇气。

因为撞拐子、攻方城和砸大步等游戏危险性都很大，所以，以祖母为代表的家长们每次碰上都会严厉制止我们。

每当这时，一向喜欢玩危险游戏的孩子们只好改玩安全游戏。藏猫猫、遛靴子、团泥球等游戏往往这时才能派上用场。但对于这些安全游戏，孩子们玩一会儿就够，没了兴致的孩子们很快就会散开去。

塔头滩的冬天是最难熬的。一年一度的大雪如期落到查干淖尔大草原上，只是大小不同。北风如刀，把雪花切割成沙子一样的碎渣。正常年景的大草原冬天，几场白毛风雪过后，天立马就变得嘎嘎冷了。什么叫滴水成冰？这才叫滴水成冰啊。难怪常有老人开玩笑说，这天头，小孩子出门尿尿手里得拎个棍儿，到时候得边尿边敲打才行。

村头的老井沿儿边上已结了一大圈儿厚厚的白冰，远远地看上去就像火山一样。走近才发现，凸起的冰环中间还有一个黑洞洞的井口。冰积得太多了，水桶就放不下去了。大人们就用长长的钢钎子往下捅，让冰块掉到井里慢慢融化。

在我的印象中，胡小慧好像天生就不怕冷似的，我经常能看见她把冰块叼在漂亮的小嘴儿上"嘎嘣嘎嘣"地嚼着。但我从来没好意思去讨要，倒是想有机会自己也要尝尝那清凉冰块的味道。

一天傍晚时分，我回家发现父亲正把刚挑回来的水往水缸里倒，我就用舌头去舔铁桶梁子上的冰溜子。让我始料不及的是，我竟然把舌头粘在铁桶梁子上了。我惊恐地挣脱，舌头上粘掉一块皮，顿时鲜血淋漓。我疼了好长一段时间，从那以后，我再也不敢乱碰铁桶梁子上的冰了。

疼痛让我想起了一个更有意思的营生。

井沿儿冰坡旁边的空旷地带当然也是孩子们玩游戏的重要场所，如果想玩老鹞子叼小鸡了，只要一招呼，孩子们很快就会聚到这里来。他们不仅会来，还会心领神会地自动分成两伙儿，大致情况和玩撞拐子、攻方城时差不多。先是一问一答式的平静前奏——

羊草垛，插钐刀。
你的兵马任我挑……

这只不过是疯狂游戏之前的文明幌子。"老九去放枪，挑你们一大帮！"话音刚落，孩子们立马就行动起来了，并伴有鬼哭狼嚎、兴奋无比的叫喊声……

我当然每次都要在前边打头了，身后则是一大串互相搂抱着腰的小伙伴们。

对方打头的往往是胡大宝子。

那一问一答之后，孩子们就开始了激烈的抢兵马大战！双方喊叫着疯狂抢夺对方队伍最后那个人，最后边那个人若是被抓到了，就自动变成了对方的人，补充到对方队伍里。

双方的头领必须要像老抱子护小鸡一样护住自己队伍的尾端，千方百计不让对方的人接近自己的队尾。其实，两支队伍主要是在拼一头一尾。所以，不仅头领重要，当队尾的人也非常重要。我方队尾常常是胡二宝子，对方的队尾则常常是个头高大的季大鼻涕。

恶战中，两个队伍中的孩子们就像组成了两条长龙，各自不断地甩头摆尾，拧着麻花劲儿一样在井沿儿周围摸爬滚打，辗转腾挪……哪怕是有人倒地了，甚至是流血了，孩子们的手也不会松开，倒地者会在同伴儿的拉扯下顽强地挣扎着起来，继续战斗。

月亮升起来了，就算在雪白的月光下，两群孩子仍然紧张地搏斗着，不断地发出尖叫声和咒骂声。有时，孩子们竟能把酣畅留在后半夜，让沉寂的草原冬夜也因嘹亮童声而心旌荡漾。

这回我赢了，下回你赢了，大下回可能又是他赢了。对我来说，这些并不重要，重要的是让我开心了，释放了。喧嚣中，我忘掉了白天的烦恼，这是我童年为数不多的快乐时光。

直到大人们出来管了或者玩累了，孩子们才会改做另一种游戏"滑冰坡"。冬日的井沿儿结着陡峭的冰坡，孩子们经常爬到井边顺着冰坡往下滑，进行滑冰坡比赛。季大鼻涕最皮实，胆子也最大，有时为了取悦旁边看热闹的胡小慧，他竟敢两腿叉开快速冲到井沿儿最边缘再突然停住。因为他达到了冰坡的制高点，也就是冰坡的最高处，加上他本身体重就大，所以在他往下滑的时候，速度就更快，身形也更美。在小伙伴们的一片叫好声中，季大鼻涕的鼻涕早就被忽略掉了，远远地看上去，他真的很像一个超级大英雄啊。

我在这一点上真的比不过季大鼻涕，尤其在我无意中听见胡小慧说"季大哥胆子可真大"以后，我还暗暗较劲儿，还不服输地尝试过几回呢。但我总是在距离井口半米远的地方就小心翼翼地停了下来，每次都是那黑洞洞的井口镇住了我。我怕死，我真的怕死，我更怕死了之后就再也见不到胡小慧了。

季大鼻涕总是暧昧味十足地高声叫嚣着："是骡子是马？得拉出来遛遛！"

表面上看，我好像是风风火火的头儿。而实际上，我玩得心事重重，并不总是看上去那么开心。

也许有人故意在搞恶作剧，经常就有孩子倒在中途，后边滑下来的孩子们躲闪不及，就会重重地砸在倒在地上的人的身上，有时摔倒一大片，叫声、骂声、笑声自然也就响成一片了——

    小丫蛋儿，
    上井沿儿。

打刺溜滑儿，

　　摔屁股蛋儿……

　　每每孩子们玩得忘乎所以时，老姑的喊声总会如约而至："龙飞子——回家睡觉啦——"

　　夜已经很深了，响亮的草原童谣仍高一声低一声地回荡在塔头滩辽远而漫长的寒风里……

第十五章　残酷少年

冬天里，孩子们最不喜欢的是大雪纷飞的恶劣天气，但对我来说，塔头滩上的天冷雪大也不永远都是坏事。这样的天气冷是冷点儿，但是一旦大雪突然停下来时，也正是去打雪雀儿的大好时机啊！我不知道其他孩子怎么想的，反正那是我最难寻的快乐时光。

自从一次偶然间听老胡五奶说胡小慧最爱吃她给烧的家雀儿，尤其喜欢吃她给烧的雪雀儿后，我对打雪雀儿就更加兴趣盎然了。

从那以后，每个下雪的日子都会让我莫名地兴奋起来。雪下得越大，雪雀儿们就会聚得越多。在平时，单兵作战的雪雀儿行踪神秘；大雪后，聚集在一起寻觅食物的雪雀儿就容易被人发现了。雪雀儿是一种比麻雀大一些，颜色也比麻雀深一些的山雀，谁也说不清平时这些雪雀儿躲在哪里，反正只要一下大雪，雪雀儿就一大群一大群铺天盖地地四处乱飞了。它们成群结队地飞翔起来，看上去就像是谁向铅灰色的天空撒着一大把又一大把的黑芝麻，那一大把又一大把的黑芝麻撒上天空之后就会落下来，再撒上去，再落下来……饥饿的雪雀儿们就是这个样子，它们在大雪天里永不停息地飞起又落下，落下又飞起，就像我见到胡小慧时疯狂蹦跳着的小心脏一样。

虽然我并不喜欢胡大宝子和胡二宝子，但我还是别有用心地约他们出去打雪雀儿了。我们用扫把将覆盖田野的厚厚的雪扫开，黑土露出来了，接下来就将放上谷子的夹子错落有致地支在这片新扫出来的黑土地上。那些新扫出来的黑土地，一块又一块，就像在雪地里盛开着的黑色花朵。

黑色花朵对黑芝麻一样的雪雀儿们极具吸引力，整个大草原都被白雪覆盖了，雪雀儿们已经多日不见裸露的黑土地了，它们已经好久找不到吃的了，胃里已经什么东西都没有了。雪雀儿们匆忙无奈地迁徙，却成了我最想看到的景象。

饥饿的雪雀儿群就像失去了理智一样，从天空迅疾飞落下来，落在我们扫出来的黑色花朵上，拼命地抢食夹子上的谷子。半时辰之后，孩子们就可以去黑色花朵处捡拾雪雀儿了……雪雀儿们明知道有诈，还是饥不择食，以一只或几只雪雀儿的伤亡为代价，换取幸存者的一口粮食。因为有时一只雪雀儿啄翻了夹子，身边抢食的雪雀儿也常常被伤害到。在我的记忆里，连活的带死的，我的一盘夹子最多的时候夹到了五只雪雀儿呢。

如果雪太大、天太冷，不想到野外去，孩子们还可以在自家院子厚厚的雪地上扫出一小块黑土，撒上谷子，支起一个大片筐，然后在支棍儿上拴上一根长长的绳子引到屋里去，等饥饿的雪雀儿钻到大片筐下进食，孩子们一拉绳子，就可能扣到活着的雪雀儿……

孩子们还可以架设"别拉棒子"打雪雀儿，前提是得事先有一个能扛住劲儿的立柱儿。有时是一根拴马桩子，有时就是一棵干枯的冬树。孩子们将立柱儿底部的积雪清理干净,露出一大圈黑土来,在黑土圈里上撒满谷粒。同时在立柱儿底部横拴上一根长短适度的木头棒子,用绳子系上巧扣并较上大劲。等黑土圈里落下了足够多的雪雀儿后,孩子们猛劲地拉动绳子,"别拉棒子"就会贴着地面风车一样疾速旋转起来……躲闪不及的雪雀儿们难免就会在飞旋的"别拉棒子"底下有所伤亡。

大雪过后,草原上还有一种小腿上也长满了羽毛的鸟,俗称毛腿鸡。毛腿鸡如鸽子般大小,身上的羽毛挺漂亮。大雪过后,它们也成群地飞来飞去,因为它们体形大,爪子有力气,能够自己刨开积雪找东西吃,因此,捕捉毛腿鸡就不用夹子了,而是用马尾做成套,将这套一个又一个冻在一块大泥巴的周围,在泥巴中间的坑坑处撒上一把高粱,然后将这有马尾套子和高粱的泥巴坨,一坨一坨地放在毛腿鸡飞起落下的地方,毛腿鸡伸缩着脖子去吃泥巴坨里的高粱时,十有八九会被马尾套套住。

捕捉毛腿鸡还有一种方法:天黑前,去田野里观察毛腿鸡落在什么地方,确定毛腿鸡群会在哪个地方过夜之后,半夜起来走向田野,快走到毛腿鸡群睡觉的地方时,突然打开手电筒,在手电筒的强光照射下,毛腿鸡一个个傻傻地发呆,这时,就可以伸出系在长木杆上的网了,把毛腿鸡扣在网里。毛腿鸡可是又肥又大,绝不是小雪雀儿能比的。

毛腿鸡又傻又笨重,在田野里飞行时,有时会看不见原野上偶尔出现的高大树干,就傻愣愣地撞上去了,有的当时就被撞死,有的撞伤后掉落到雪地里。在路上,孩子们如果贴着树干走,有时就能捡到毛腿鸡……

到了深冬,无边无际的查干淖尔大草原就变成了大雪原。不仅经常能见到獐子、狍子、野兔子在原野上奔跑，还能见到灰野鸡、老鹞鹰在天空中飞翔。

我还跟老叔撵过灰野鸡呢。老叔肩扛着六七尺长的钐刀杆子，带着我跋涉在半尺多深的雪地里，我小跑着才能紧跟上老叔。看到了灰野鸡，我们就高声呼喊，把灰野鸡轰起来。灰野鸡飞得挺快，但是它一气儿飞不了多远。等它刚刚落下，我们再呼喊，受到惊吓的灰野鸡就得再飞起来。这样飞起落下五六次之后，又饥又渴的灰野鸡就飞不动了，它只好在雪地上快跑了。老叔不停地呼喊着追赶，灰野鸡被撵急了，就顾头不顾腚地把头扎进了雪壳子里，两只翅膀挓着，整个身子都露在外面，任凭我们捕捉了。

有时，我们还能捉到翎毛华丽的雄野鸡，在冬雪的映衬下，雄野鸡显得格外美丽。

也许打雀儿体现着儿童的天性，也能培养和训练儿童的心智，祖母从来不反对我去打雀儿，但是她坚决不让我去掏雀儿窝里的蛋和小雀儿。

只要一提到打雀儿，孩子们会顿时兴奋起来。他们起早贪黑，东奔西走，全神贯注，乐此不疲。打雀儿似乎已经是那个时代的标签了。冬天打雪雀儿，春天打山雀儿，平时打家雀儿……

说到打家雀儿，还真有说不完的故事。人们所说家雀儿，不过就是麻雀。那时候，塔头滩的语言环境中还没有"麻雀"这个学名，人们只知道家雀儿。

由于家雀儿一年四季都和人们生活在一起，就比那些随季节而来的山雀儿机灵多了。家雀儿虽然总是近在眼前，但孩子们要想抓到它们并不容易。实在抓不到手，有的孩子就急眼了，就恶狠狠地称呼它们"老家贼"。

家雀儿虽然和人类朝夕共处，但它们决不接受人类的豢养。不幸被活捉的成年家雀儿拒绝进食，在笼子里横冲直撞，有时竟能撞得头破血流，最后的结局基本都是气绝身亡（从小被人工养大的家雀儿例外）。由于多少崇敬它们这种倔强不屈的骨气，我对家雀儿的印象一直不坏。

但不论是家雀儿，还是山雀儿，都一直充当着草原孩子们野蛮娱乐的理想对象。世世代代，家雀儿和山雀儿一直陪伴着每个草原孩子，打雀儿几乎是每个草原孩子成长过程中无法抹去的生命记忆。

春天，打山雀儿几乎是每个塔头滩男孩子的最爱。我最喜欢沐浴在春风里打山雀儿了，每年的小满前后那几天都是我为数不多的快乐时光。

草原的春夏之交，各种山雀儿进入恋爱季节，山雀儿本来就相对单纯，恋爱中的它们就更显愚钝，所以容易得手的山雀儿就立刻成了孩子们的首选猎物……山雀儿们一来，孩子们手中的土弹弓和腰间的雀夹子就都能派上用场了，接下来便是一场以"诱惑"为核心的杀戮游戏。

每年谷雨过后，原野上就开始飞舞着各种山雀儿了。它们不仅种类繁多，而且数量庞大。孩子们白天战斗在原野，夜晚的睡梦中都是飞翔的雀儿。小满前后是杀戮游戏的最高峰，大人们忙着耕地时，孩子们就一边跟着父亲的铁犁杖，一边下着半公开的雀夹子，这样就能把五颜六色的山雀儿尸体像战利品一样拿到手里了……偶尔得到一只活的，孩子们就要像过大年似的在原野里奔跑，挥舞着一阵子……

到了炎热的中午，孩子们还会集合起所有的雀夹子把鸡爪壕外一个稀缺而独立的小水坑团团包围起来……同样可以捕获到因口渴而前来饮水的山雀儿们。

这年的小满正赶上是个好天气,我已经瞄这个日子好久了。可是在我终于盼来了这个好日子时,祖母却让我待在家里背诵古文。那时的我就会背很多古典诗词名句了,比如"锄禾日当午,汗滴禾下土""少壮不努力,老大徒伤悲""欲穷千里目,更上一层楼",还有"万般皆下品,唯有读书高""书中自有颜如玉,书中自有黄金屋""问渠那得清如许,为有源头活水来"等等,都是祖母教给我的。

整个一上午,我好像随时都能听到山雀儿在远方鸣叫着,那可真是身在曹营心在汉啊。我都急得像屁猴似的了,祖母还在让我背诵新学的古文《学弈》:"弈秋,通国之善弈者也。使弈秋诲二人弈,其一人专心致志,惟弈秋之为听;一人虽听之,一心以为有鸿鹄将至,思援弓缴而射之。虽与之俱学,弗若之矣。为是其智弗若与?曰:非然也。"祖母说半个时辰之后检查。

也许是要出去玩心切,一向不喜欢背诵古文的我竟然不一会儿就把这篇文章给背下来了,而且一字不差。祖母明显高兴了,说她故意选了这篇和意志力有关的文章,就是要考验考验我的定力。接下来,祖母还跟我讲起了她小的时候,竟然说她小的时候也喜欢打山雀儿。那时候山雀儿多,根本没人去搭理柳树叶子和牛粪球子这种小山雀儿。还有好看的红麻料和红靛颏儿,但个头也不算大;个头大的有老铁背和胡巴喇,但容易得手的大雀儿还要数游拉冠子和大麻榨子,因为它们相对来说就不那么机灵了……祖母这次说的都是各种常见山雀儿的土名。

"一般都是男孩子喜欢打雀儿,女孩子也喜欢打雀儿?我咋不信呢。"趁祖母高兴,心急如焚的我故作镇静地用激将法一遍遍询问着她。

"如果你是认真的,我现在就可以带你出去看一看,但你一定得听话。"

"我怎么会不听话呢？真的假的呀？"我以为祖母在开玩笑。

"那就抓紧带上你的装备，咱们这就出发。"

真没想到啊！祖母竟然破天荒地领着我出去打了一次山雀儿。也许是认真的祖母为了证明一种诚信？也许是祖母也想重温一下自己那快乐的童年？总之，小满这天上午，祖母要亲自为我做个示范，还要通过示范告诉我，打山雀儿也和做人做事是一样的，不要总是盯着眼前，一定要静下心来，要能沉住气，把目光放远一点儿，最后才可能有所收获……

那肯定是我有生以来最快乐的一天。祖母亲自带着我跨越了长长的鸡爪壕，走向了辽阔的大草原。

祖母虽然常说好汉不提当年勇，但还是提起了她的当年。一路上，她一铺一节地跟我讲起她童年时打山雀儿的许多趣事，还说打山雀儿几乎是每个塔头滩孩子成长过程中无法抹去的生命标记。祖母说，谷雨过后，乡间就开始飞舞着各种各样的山雀儿了。除了河边上经常出现的灰野鸭、大鸿雁、叼鱼郎、长脖老等、油拉冠子等大型水鸟外，田地里的小型山雀儿也不少，常见的有大麻榨子、牛尾黄、老铁背、红麻料、胡巴喇、白眉子、黄眉子、三道背、青头愣等。还有更小一些的山雀儿，比如柳树叶子、牛粪球子等，就没人肯去搭理它们了。

小满以后，山雀儿们就像突然消失了一样，很少能看见了。其实它们还在，只是分散开了，去过各自的小日子去了……就像人一样，不能总是谈恋爱，终得结婚生子吧。

走路略有蹒跚的祖母打起山雀儿来一点儿都不笨，她从容地选址，沉着地设伏，冷静地观察，耐心地等待……她老人家真是个行家里手啊!

　　那天除了关于山雀儿的常识,我还从祖母身上学到了另外一些东西,不仅仅是表面上的打山雀儿流程,还有对突发事件的判断能力以及对复杂局面的把控能力。好像还有很多很多只可意会不可言传的人生哲学……我近距离地感受到了祖母身上暗藏着那种隐忍执着、沉着淡定的人生态度,那天我们满载而归。

　　足足奔波了大半天,我一点儿都没觉得劳累。回来走在长长的鸡爪壕上时,我没像以前那样感到口渴,也没像以前那样感到燥热,扑面而来的是凉爽的风。我一会儿把湿手巾蒙在脸上,一会儿又把口袋中的死山雀掏出来数一数……后来,我竟然情不自禁地一路大声歌唱起来了……

　　见我唱得没完没了,祖母说:"龙飞啊,唱一会儿就行了,记住,叫唤雀儿没肉吃。"

　　我表面上听话地闭上了嘴巴,但还是忍不住发自内心深处的兴奋,我就改在心里暗自哼唱……

　　第二天,自以为和祖母学到一些招数的我更来劲儿了,一大早就约上胡大宝子和胡二宝子奔赴草原打山雀儿去了。我还一路妄想着:要是胡小慧也和祖母小时候一样,也喜欢打山雀儿该有多好啊!

　　可惜现在的草原女孩儿没有几个喜欢打山雀儿的。好在胡小慧最爱吃烧山雀儿,就当给她打山雀儿吃吧……

　　我想得有些心跳加速,没想到脚步好像也跟着加速了。不知不觉中,我们一行三人就来到了鸡爪壕外。

　　我们幸运地在一片小树林的东头发现了一大群山雀儿,山雀儿们正顶着风向西头边觅食边缓缓行进……我们兴奋极了,谁都希望抓住这个千载难逢的机会。我当即决定:马上后撤五十米,绕大圈儿快速向小树林的西头进发，我们埋地雷一样很快就把三十几盘夹子星罗棋布地埋设在小树林重要结点。怕惊动山雀儿群，我们又绕了很大的圈儿回到小树林的东头，一点一点试探着搜索前进，终于又锁定了那群山雀儿。我们屏住呼吸，控制心跳，小心翼翼地把山雀儿们遛向已经布好夹子阵的小树林西头儿，我们都累得满头大汗。总算成功地实现了最为关键的第一步，谢天谢地！我们来回穿梭奔走数百米，竟然没有惊起山雀儿群啊，山雀儿群果然按照我们的心思在林子里向西缓缓移动了。

半个时辰后，山雀儿群终于进入我们的雀夹子阵了，埋伏在旁边的我心脏"咚咚"地狂跳着，又紧张又欣喜，郭真是一种非常复杂的心情啊，既忐忑不安，又充满期待……就像刚才想着漂亮的胡小慧时的情形。

这时，胡大宝子的一盘扣网扣到了一只外号牛粪球子的小山雀儿，他竟然弹簧一样跳了起来，边武断地低声喊叫着"扣着了，扣着了，这是真格的！"，边利令智昏般地向冲上前去……

别着急呀！山雀儿群并没有起飞，我们还有另外那三十多盘雀夹子呢！我一时被胡大宝子弄得有点儿不知所措。

弯着腰向前奔跑着的胡大宝子并没有停下来的迹象，依然直奔他的扣网跑去。

"龙飞哥，你看我大哥多气人啊，赶快用弹弓射他呀！"连他的亲弟弟胡二宝子都怒不可遏了。

气急败坏的我这才想起手上的弹弓，瞄着胡大宝子的腿拉弓怒射……不偏不倚，弹丸正巧击中了他的脚后跟，奔跑着的胡大宝子立马就被我打停在原地了。

虽然我成功地中止了胡大宝子的愚蠢行为，但我没想到在原地团

133

团打转的胡大宝子会突然号啕大哭起来，他那惊天动地的哭声还是惊飞了树林中所有的山雀儿。祖母还说我"叫唤雀儿没肉吃"，她没看到眼下这个胡大宝子，这才是一只真正的"叫唤雀儿"呢！

我走上前去又狠狠踹了胡大宝子几脚，竟用他父亲胡二勇子训斥叔叔们的话训斥了他："你个狗揍的熊货！给我远点儿趄着！"我还一气之下把他扣网里那只活蹦乱跳的牛粪球子给放飞了。

胡大宝子此时似乎也意识到了自己的不妥之处，极其少见地没做反抗。他只是坐在地上小声抽泣着，不再弄出大的动静，若有所失地不断向天空张望，像要寻回他那到手的牛粪球子……

这么好的机会都没抓住，费了那么半天的劲儿啊。扣到一只牛粪球子还被我给放飞了，胡二宝子也气得不知道说啥好了，狠狠地推了他大哥脑袋一下："活该！就不够你咋呼的了，真是狗肚子装不了二两香油！"

直到夕阳西下了，我们依然一无所获。后来，三个空着手的孩子就疲惫不堪地走在回家的路上了，晚霞映照的塔头滩上没有自由欢乐的对话，更没有凯旋的歌声。鸡爪壕也显得格外高、格外长了。三个孩子走得静悄悄的，连一句话都懒得说。我觉得最对不起的还是在家等着吃烧山雀儿肉的胡小慧，就在路上又踹了胡大宝子好几脚。

可是，孩子们这样的好日子并不长久。短暂的春夏之交很快就会过去的。进入夏至以后，山雀儿们就不再成群结队集体觅食了。它们相继成家，分散到山林里过各自的小日子去了。塔头滩的孩子们好像每年都是突然间再也寻不到山雀儿踪影的，这时，他们才又重新想起老伙伴雀儿来的，才又一次深深认识到这个总是习惯性遗忘的事实：一年四季与自己为邻的家雀儿们，才是随时奉陪孩子们把玩生死游戏的终极角色。

孩子们常常高举着弹弓，眯上一只眼睛，一边瞄准儿一边喊：

老家雀儿大眼贼儿，
花栗鼠子机灵鬼儿；
收收翅膀伸伸腿儿，
老子拿你练练准儿……

第十六章　懵懂之间

塔头滩上的孩子并不是什么雀儿都打。比如，燕子和喜鹊，孩子们是从来不打的。传说打燕子会瞎了眼睛，打喜鹊长大了会说不上媳妇。还有人说花喜鹊肉和黑老鸹肉都不好吃，说它们死后全身的肉马上变臭。但是孩子们的弹丸还是经常射向黑老鸹，再调皮的孩子也不去讨扰花喜鹊。

在没有山雀儿可打的夏天，我时常仰望天空，循着那美丽歌喉，去追寻云雀和凤头百灵子的身影。

云雀和凤头百灵子长相相似，只是云雀比凤头百灵子个头稍大一些，羽毛颜色稍深一些，但是它们之间有着本质上的不同。虽然都是通体长满了大麻籽式的杂羽，但云雀最大的特点并不是它的身型和羽毛，而是它的叫声。尤其是雄云雀，那叫声如歌，歌声或高亢，或婉转，每每从云际飘下，宛若仙乐。

草原上的孩子们都梦想把雄云雀收养到自己的笼子里，好随时能听到它的美丽歌声。但叫声好听的雄云雀和叫声难听的家雀儿在性格上却惊人地相似，它们都天性刚烈，被人活捉之后，它们都表现出视死如归的英雄本色，不吃不喝，不吵不叫，它们不接受被俘之辱，一有机会就狠命地到处乱撞，几天后就会气绝身亡。

凤头百灵子则是大草原上长相最普通、最常见的另一种山雀儿。凤头百灵子比家雀儿略大一些，夏季是凤头百灵子孵卵繁殖的季节，经常在草原放羊的孩子们总能惊喜地发现凤头百灵子和草地同色的巢穴以及里面蛰伏的小崽儿。找到巢穴之后，孩子们并不急于动手抓小崽儿，而是迅速地把一个马尾套巧妙地架设在巢穴门口。

凤头百灵子虽然机灵，但它也有一个并不高明的习惯，它的巢穴总是留有个固定出入的门，而它永远只走这个固定的门。只要找到凤头百灵子的巢穴，孩子们就能轻松判断出门的位置。

马尾套架设一个时辰之内，一雌一雄的凤头百灵子肯定会全部被俘。先是一只被套住，接着另一只也会被套住。哪怕后边那只亲眼看见前面那只被捉住的全过程，它也不会选择独自逃走。有时凤头百灵子为了哺育自己的孩子，明知道门口有圈套，仍会奋不顾身地往巢穴里钻。

正因为是这样，孩子们总是能把绝望的大凤头百灵子们和稚嫩的小凤头百灵子们一起拿到手里把玩儿。

都说凤头百灵子的雏鸟能被驯化，但活在笼子里的凤头百灵子在草原上也并不常见。因为不好养活，所以成年的凤头百灵子在没死之前则成了孩子们最生动、最悲情的玩具。

祖母虽然允许我打雀儿，但她坚决不允许我去掏雀儿窝。可我还是忍不住，经常偷偷地和小伙伴儿们去掏雀儿窝。

炎热的夏天，广阔的原野上打不到山雀儿了，淘气的孩子们就爬到房檐下面去掏家雀儿窝。有时，孩子们竟然把小家雀儿连窝端下来玩耍。孩子们明知道小家雀儿人工养活几乎不可能，但还要坚持饲养上几天，期待着奇迹发生。直至小家雀儿最终凌乱不堪地死去，孩子们才肯面对无奈的现实，去寻求下一个鲜活的目标……那时孩子们还没有学会顾及家雀儿的感受，只希望家雀儿能活在自己的手中，任由自己拥有和把玩。孩子们从来不去设想，如果没有他们的"关心"和"爱护"，家雀儿们会活得很好。

有一次，我在生产队的天棚上掏出了一窝还没长出毛的小家雀儿，嫌太小又放了回去，十几天之后我再去掏时，小家雀儿们却都飞走了。虽然我因失去了一窝小家雀儿而恼火了好几天，但我也从中获得了重要知识。从那以后，我知道了家雀儿从出壳到初飞到底需要多少天了——仅仅需要半个月的时间。

有时，孩子们还恶作剧地把刚刚到手的小家雀儿拴上尺余长的线绳钉在地上，周围支上一圈夹子，就能打到前来探望孩子的家雀儿妈妈和家雀儿爸爸。小家雀儿稚嫩的声声呼唤，能让平时聪明的大家雀儿智商急剧下降，面对可怜饥饿的孩子，大家雀儿们只能看到夹子上肥硕的虫子，竟然无视巨大的阴谋和致命的危险了……

实在没啥玩儿的了，孩子们就寻找各种机会搞其他的恶作剧。

看见又瘦又小的草原弱民赵干巴赶着驴车经过，孩子们就会喊：

赶车老板儿不大点儿，
吃完馒头吃花卷儿。
吃了多少都没够儿，
再吃麻花儿油腚眼儿。

一向老实巴交的赵干巴已习惯于逆来顺受，假装没听见，赶着驴车继续往前走。孩子们哪会就此罢休，他们很容易就能想起赵干巴那件著名糗事：有一天，赵干巴正赶着自家的驴车走在村路上，驾辕的大公驴没抵挡住路边自家发情小骒马的吸引，就连车带驴一起竖了上去。坐在车辕板子上嚼着黄瓜的赵干巴毫无准备，一下子就被甩到路边的草沟里去了。赵干巴嘴里的黄瓜还没嚼完，有些发黄的头发让泥水弄得耷拉下来，一脸的草末子和泥汤子，样子十分狼狈。好半天，光棍汉才明白过来到底发生了什么事情，赵干巴弹簧一样从草地上爬了起来，狠命地用大马鞭子抽打起大公驴来。已经艰难得手的大公驴哪肯轻易放弃，缩头闭眼，根本没有工夫把皮肉之苦当回事了。眼看着它们就要做成好事了，赵干巴就更着急了，他干脆就用大马鞭杆子头胡乱地捅向那两个牲口的私处。可气的是，小骒马疼得只是剧烈地跳动着两条前腿，两条后腿却纹丝不动，它竟然也选择了硬挺着。赵干巴气得浑身乱颤，一边骂小骒马太他妈低贱，骂大公驴太他妈骚性，一边把大马鞭子撅成两截。最后，他愣是用大鞭杆子把两个牲口给硬生生地别开了。由于驾辕的大公驴没有最后得逞，就气急败坏地又狂蹦乱跳了好一阵子，有好几次差点儿就把赵干巴压到车轱辘底下去……当时，旁观的村民们看不出赵干巴是出于对自家小骒马的保护心理，还是出于对大公驴的嫉妒心理，只是觉得太招笑了。后来，村民们才知道赵干巴的真实用意：他不想让自家小骒马生出傻骡子，他一心想要的是高头大马的好后代。但那毕竟是后来的事了，风一阵、雨一阵的孩子们才不管那么多鸡毛蒜皮的杂碎事呢。

　　接下来，孩子们又声音高了八度地齐声高喊：

> 赶车老板儿架鸡鸡，
> 拿着大鞭捅马尻。
> 马毛了，车翻了，
> 老板儿的鸡鸡轧弯了……

赵干巴实在听不得孩子们这般侮辱自己的脏话，终于停下车来破口大骂上一阵子。"小兔崽子们，有种你们过来呀，信不信？卵子籽儿都给你们挤出来！我操你们个八辈祖宗滴……"

也许生活给了赵干巴太多的压抑，终于有机会破口大骂的赵干巴还骂出了许多花样儿来，他的回击竟然比孩子们喊的还要肮脏、还要露骨。

赵干巴还扬言要去捅孩子们祖宗八辈所有亲人的生殖器，最后还气急败坏地高举着大马鞭子冲孩子们跑了过来。

孩子们并不是害怕从来大气都不敢出的赵干巴，只是觉得并没有占到任何便宜，就坏笑着四处跑开了。远远地望着原地拄着大马鞭子喘着粗气的赵干巴，孩子们才又喊起了另一段更加恶毒的顺口溜："赵干巴，光棍汉，只有机枪没子弹；赵干巴，夹空蛋，断子绝孙到处串……"

赵干巴跺着脚骂："我操你们个血奶奶的，老子有的是子弹，信不信……"赵干巴都要气疯了，恨不能把孩子们的祖宗八辈都扫射一遍……

这时的孩子们往往不会去计较谁的奶奶有所损失，也不会重新聚集回来和赵干巴继续较真，孩子们知道，一个弱民没有多大能水，再大的火气终会烟消云散的。

在和孩子们一起淘气之余，我仍有大把大把的独处时间。在无事可做的夏日清晨，我还经常一个人高喊着到大草原上去奔跑，两只小脚丫让晨露洗得白生生的，上面偶尔挂上几片被踏碎的嫩叶时，则更显得生动。我闻不够被我荡起的那股股凉爽的清香。而黄昏的草原则更富魅力，似成熟的少妇，时时诱人倾倒。我赶着羊群晚归时，总要在草原上滚一阵，翻几个筋斗。然后，静静地躺在撩人的温馨之中，有种被融化的感觉。

经常单独到草原上冥想的我还真发现了一个好玩地方——鸡爪壕外大西边有一大片格外碧绿的青草地。翠绿翠绿的青草每年都长得那么生动、那么迷人，绝对是我梦中最好的青草地。我还梦想着能有那么一天，我领着心爱的胡小慧单独来到这里，这里一定会成为我和胡小慧的幸福乐园，只有胡小慧才会真正领略到这片青草地的美好。那时，我们会在这块美丽的青草地上尽情奔跑，跑累了我们就四脚着天地躺在这片芳香的青草地上，我们放声歌唱，我们大口呼吸……这里还奇迹般地长着一棵老黄榆树，神秘而清静；这里虽危险，但浪漫。这里有风有雨，有悠悠飘过的白云；这里有蜂有蝶，有悄悄开放的花朵；这里有鸟叫有蛙鸣，还有远处惬意游走的牛羊们的轻声呼唤……这片神奇的青草地就像是为了见证我和胡小慧的相亲相爱而刻意存在着、一直等候着！这里的空旷和荒凉也不同，这里的空旷是为两个人精心准备的空旷，荒凉也是为了谢绝第三者干扰而特制的荒凉……

只是我和胡小慧还一直没有一起来这里的机会啊。在我带胡小慧来这里之前，我绝不会领着别的小朋友来这里的。

但我会带他们去远离这里的另外一个去处。因为在距离这片青草地东边很远的另一个地方，也长着一大片很好的青草。就在一大片高粱地边上，那里的青草也长得油汪汪的，是那种墨绿色的羊草。

有一天，我就把胡大宝子和季大鼻涕带到那里去放了一回羊。在那片墨绿色的青草地上，三个同年龄段的孩子第一次共同领教了草原狼的狡猾和奸诈。

正是高粱开花的季节。

我和胡大宝子、季大鼻涕就把羊赶到了高粱地边上，也就是那片墨绿色青草地的边缘。羊群像好久没见过这么好的青草了，都闷着头吃了起来。我和胡大宝子、季大鼻涕也难得清闲，我们就坐在旁边不远处的草坡上看天上飞着的凤头百灵子。也有人管凤头百灵子叫云雀，因为它们长得很像。但我知道它们之间的微小差别，凤头百灵子是凤头百灵子，云雀是云雀。云雀不仅能直上直下地从高空降落，还能直上直下地飞向天空。云雀的叫声比凤头百灵子更加婉转悠扬，有时还能像直升机一样停在半空中大展歌喉……

胡大宝子就一直在武断地说天上飞着的是百灵子。

季大鼻涕就死拔犟眼子地反驳说那就是一只雄云雀。

我才懒得和两个又犟又蠢的家伙仔细掰扯呢，那还用争吗？难道他们不知道雄云雀后脑勺儿上也长着一小撮缨吗？

他们两个又争论了半天，谁也没说服谁，还是一个喊雄云雀，一个喊百灵子，并且一个劲儿地拉着我给他们当裁判。

我早就看出那是一只凤头百灵子了，但我可没那个闲心去纠正他们，只是组织起了接下来三个人的竞猜游戏。我说："让我们猜猜看，这雀儿最后会落在哪儿呢？"

"它得落下算啊。"季大鼻涕指着天空说。

胡大宝子说："废话！百灵子落哪儿，哪儿就是它的窝呗。"

季大鼻涕说："那可不一定，雄云雀可奸着呢！有时落在草地里出溜老远，才突然钻进极其隐蔽的窝里去。"

他们这才终止了争吵，争相猜测起来："对，咱们猜猜看，这雀儿的窝大致会在哪个方位呢？"

142

三个人不仅猜着雀儿会落哪儿，可能有人还在盘算着下一步如何端掉雀儿的老窝呢……

草原狼就是这个时候悄悄出现的。

其实，草原狼刚刚现身的时候，我们就看到了。只是我们谁也没把它当草原狼看。因为草原狼是从高粱地里钻出来的，在这个高粱开花的季节，怎么会有草原狼呢？人们都说草原狼最怕高粱开花了，说高粱花子要是落到草原狼身上，草原狼的身子就得溃烂。所以，草原人都认为这个季节高粱地里是绝对不会有草原狼的。如果不是草原狼，那就肯定是个家狗了。

我还一度跟他俩说："你们看，那边来了一只大狗。你们快看哪，它还向我们晃着尾巴呢。"

他俩谁也没当回事，胡大宝子一直盯着他的百灵子，季大鼻涕一直盯着他的雄云雀。只是季大鼻涕回头张望了一下，还心不在焉地说："可不是狗咋的，狗和草原狼可不一样，狗见了人都会摇晃几下尾巴的。"

三个人接下来都没太在意那只"狗"，都在盯着天上的雀儿在看，都想看看它最终会落在哪里……

可恨的雀儿干等也不落下来，一直悬在半空中鸣叫着。就算它叫得再好听，等待着的我们也是觉得它很烦人。后来，季大鼻涕就拔下身边的一根节骨草，指着那一凸一凹的断茬儿，问我和胡大宝子："你们知不知道这节骨草还有个别名？它还叫什么萛？"

我当然知道节骨草那不雅的民间称谓，但我没好意思说，就晃晃头说："不知道。"

胡大宝子还在死死地盯着他那只百灵子呢，就不耐烦地说："我才不管它叫什么草呢，知道它叫什么草又能咋的？能当吃，能当喝？"

季大鼻涕就没好声地笑，笑话我并不比他知道得多。还说："我说龙飞子呀，谁说你比别人知道得多呀？你也是小孩子一个，连这个都不知道啊？"

我更没心思和季大鼻涕争辩那些无聊的称谓了，继续盯着看那只一直不肯落下的雄云雀。我心里在想，要是能把这只会叫的雄云雀逮住送给胡小慧该有多好啊！

季大鼻涕就抱着胡大宝子的脑袋和他耳语起来。虽然看上去是耳语，但我也能听见他在声音不小地说："告诉你吧，那草的别名就叫操屄草，哈哈哈哈……"

胡大宝子不高兴地擦着季大鼻涕蹭到脸上的鼻涕说："哎呀我操，谁不知道啊？你就以为你自己知道啊？快滚一边拉去吧！"

季大鼻涕笑嘻嘻地给自己下台阶，又卖弄了一阵他知道的"四大黑""四大白""四大累""四大别扭"等民间荤素段子，还放了一个很难听的、夹带着水音的长屁。

季大鼻涕在胡小慧面前总是能装出很文明、很勇敢的样子，胡小慧可能从来没见过季大鼻涕这种真实的状态吧？正这么想着时，我无意间向羊群看了一眼，只见那"狗"径直向羊群蹿了过去，非常熟练地一口就咬住了一只小山羊的脖子，接着往后背上一甩，飞快地转身，眨眼间又钻进高粱地里去了……

"那'狗'竟然是一只狡猾的草原狼！我咋没看出来呢？"我惊慌失措地喊。

季大鼻涕擤了一把鼻涕："可是不咋的！那可不真是一只草原狼咋的！哎呀，羊，小羊！那是我家的小山羊啊！"季大鼻涕边喊边追了上去……

"谁说它是狗了，一开始我就看出来了，那是一只奸诈的老草原狼！我在专心看百灵子呢，根本就没工夫尿它，那是真格的！"胡大宝子故作镇静地说……

当然了，玩归玩，闹归闹，孩子们也在玩闹中增长着各自的见识和技艺。孩子们还经常到大人们钓大狗鱼的查干湖入水口处去下撒钩。所谓下撒钩就是把前头系有一定分量铅坠子的钓绳抡圆了撒向远方的湖底，也有人叫下底钩。一般情况下，人们会在钓绳前一米处均匀地系上三到五个带倒须儿的锋利钢钩，然后在钢钩上放上小青蛙或大蚯蚓当诱饵。下撒钩的人要握住钓绳的前部，使一米多长的绳头子像风车一样飞速旋转起来，瞧准时机一松手，撒钩就带着地上那一堆钓绳一圈一圈地跃入水中了。抢撒钩的人旋转得越快，撒钩就会抛得越远……

看上去容易的事，却也充满着各种风险。经常有人挫了手指，闪了腰身，甚至还有人由于操作不慎而付出血的代价。

有一回，季大鼻涕为了在胡小慧面前逞能，就上演了一幕可怕的悲剧。只见他把系满钢钩的钓绳抡得像风车一样，发出吓人的响声，可他又迟迟不肯撒手。为了证明他很有力气，要比我们都抛得远，他又继续加了半天蛮力，才极其夸张地把钓绳猛甩了出去……

意外就是在这时候出现的——由于季大鼻涕用力过猛。其中一个钢钩上的诱饵在轮转中脱落了，那个裸露出来的钢钩正好挂在了他粗壮的胳膊上，在巨大力量的作用下，钢钩发出"吱啦吱啦"的闷响，硬是生生地将季大鼻涕的半条胳膊划开了一条深深的大口子，白花花的肉瞬间就翻翻着了。带倒须儿的钢钩一直划到季大鼻涕的右手食指尖上，才勉强停了下来……孩子们费了很大的劲儿才帮着季大鼻涕把钢钩从他的手上薅下来，还带着好大一块血肉呢。奇怪的是，季大鼻涕的血并没有第一时间流出来，直到这时才奔涌而出……

季大鼻涕惨痛的叫声竟然把胡小慧吓得满脸煞白，说这可和她没关系，后来就惊慌失措着独自跑回家去了。

第十七章　打羊草

到了秋天，好玩的东西才重新多了起来。初秋的草原，处处花团锦簇，草香浓郁。各种各样的蒿草都长熟了，有开花的，也有不开花的；有带豆荚的，还有带芒刺的。最常见的蒿草有柳叶蒿、小叶章、星星草、节骨草、止血草、山马兰和百里香等，其间还零星夹杂着蒲公英、狼毒花、苦马豆、歪头菜、白头葱、车轱辘菜等，扑鼻的花香草香，从早到晚香遍了整个查干淖尔大草原。进入了这个季节，草原人就开始了一年一度的打羊草。草原人把碱草叫羊草，把采碱草叫打羊草，也有人叫打秋草。就是用大钐刀将羊草成片成片地割倒喽，晾干后码成垛，再用马车拉回家去……无论哪个环节，绝对都是个力气活儿。

为了给寒冷的冬天备上足够的草料，打羊草是塔头滩人秋季必须做好的一件大事。什么时候打羊草，什么时候打小叶章草，什么时候打蒿秆儿……塔头滩人都是很有讲究的。更多的说道，我并不关心。

但不知从什么时候起，大人们用来养家活口的打羊草渐渐成了我格外关心的趣事。所以我除了喜欢和孩子们去打山雀儿、抓蝈蝈儿、挖黄鼠子、灌大眼贼儿之外，我还特别喜欢跟着大人们一起去草原深处打羊草。我此时的兴趣当然不在打羊草上了，我迷恋的好像是打羊草的某个节点，而某个节点事先并不确定，它可能出现在整个打草过程的任何一个时段。这也导致我必须得去全程关注。说来也怪，每次和大人们出去打羊草我似乎都有意外的收获，有时甚至还有惊喜。比如打着打着，就出现了一个黑乎乎的洞口；比如打着打着，就出现了一窝刚长出毛的鹌鹑崽儿；再比如打着打着，就蹿出了一只活蹦乱跳的小野兔子……这对于一个十余岁的孩子来说已经非常非常足够了。

打羊草一般要持续半个月左右。由于打羊草要消耗大量的体力，这段时间家家户户都要杀羊改善伙食。吃完了可口的羊肉，我就提出要跟大人们一起去看打羊草。祖父祖母对我的要求从来没有过多的反对，只是说打羊草并不是什么好看和好玩的，你可未必能坚持住呢。

凌晨三点钟，祖母准时起床为要出征的家人准备早饭和要带着的午饭。没有力气是抡不动大钐刀的，所以父亲和叔叔们都得尽量多吃，明明肚子已经饱了，还得要再多吃一点。只有吃得够饱，才能保证一上午的体能。

半个时辰后，我才咬着牙从被窝里爬起来，穿衣服，吃饭。对于一个还在睡梦中的、还一点儿都不饿的人来讲，再好吃的饭也是难以下咽的，但我也得硬着头皮吃。

走出家门的时候，天色还是黑黑的，勉强能看见道路，在路上也能听得见马蹄声和鞍鞯銮铃的响声。按照惯例，这个时候一般都是父亲赶着车，我和两个叔叔还可以裹着大衣再睡个回笼觉的。

天终于亮透了，我和两个叔叔也相继醒来。这时，不断有鹞鹰从路边飞起来，偶尔还有黄鼠子和野兔子从马车前面横穿而过，眨眼之间就消失在道路另一边的草丛中了。毫无疑问，它们每一次行动，都在强烈地吸引着我的注意力。

到达目的地时，太阳已经有一竿子高了。

而实际上，打羊草绝对是草原上最辛苦的一项劳作。且不说打羊草有多累了，单就是抡大钐刀也是一项费体力的技术活。大钐刀的样子与镰刀几乎一致，只是比镰刀大了许多。大钐刀的刀头长一尺半左右，三寸宽，刀杆长度因人而异，通常也都在两米以上。打羊草的时候，一手在前，一手在后，还要将后手以下的刀杆夹在腋下，用身体和双手稳稳地固定住大钐刀杆，然后在身前用力一挥，一大片羊草就被整齐地打到一块，再用力一挥，又一大片羊草就被整齐地压在前面那堆羊草上了……

简直是太神奇了！就这样一刀接着一刀向前挥舞着，直到一片草地到头，这叫开趟子。一趟子到头，再返回来，将刀杆夹到另一边腋下，打草趟子的另一面，这叫背趟子。一开一背，一趟子草才算完活儿。如果是两个人一起打草，一个人在前面开趟子，一个人在后边背趟子，一次就能完成一趟子草。但是后边背趟子的不能跟得太近，跟得太近了容易伤到前边人的脚后跟。

草趟子有长有短，有时候一片草场子很大，一趟子草就能长达三五十米。说起来简单，操作起来却并非易事。抡大钐刀时最难掌握的就是平衡了，稍不留意，大钐刀面就会走偏。有时，刀面就会斜着向上或向下走。向上走还好一点儿，如果向下走，钐刀头就会扎进泥土里。向下用力越大，损伤越大，许多新手都出现过把钐刀扎弯或扭伤手腕子的现象。我想，抡大钐刀的技能父亲他们应该早就掌握了，操作起来不会有什么问题的。

过了十点钟，阳光渐渐毒辣起来。我还没干啥活儿呢，身上的汗水就不停地往外流淌了。咸滋滋的汗水很快就把衣服湿透了，黏黏糊糊的，泛白的汗渍杀得肉皮子针扎的一样。实在热得受不了，我干脆就只穿一条裤子和一件上衣。连里面的内裤都脱下来了，可我还是觉得闷热难忍。又不敢频繁地去喝水，因为从家里带来的水是有限的。所有的人都很少去小便，即便有了尿，也只是一点点。体内的水分绝大多数都是从汗毛孔流出并蒸发掉的。

由于紧贴身上的衬衫始终是热乎乎、湿漉漉的，干活儿的人就会更不舒服。但即便是这样，父亲和叔叔们也不敢再往下脱衣服了，因为毒辣的阳光会把他们的皮肤晒暴皮的。

无边的大草原上，我偶尔还能远远地望见一些弯曲的人影，冷眼看上去他们就像漂在流动的水里，实则是抖动的气浪扭曲了他们的本来面目。望着同样挥舞着大钐刀的他们，我就常常产生幻觉，仿佛天地间架起了一个巨大的火炉，太阳就是那炙热的炉火，草地上的芸芸众生们都变成被炙烤着的肉干了。

本以为赶上水洼会凉快一些，其实却更遭罪。在水里站得久了，脚底板会被泡得又白又硬，用手摸上去一点儿感觉也没有。水洼干净清澈还好些，要是碰上一个烂泥塘就倒霉了，水里面含有大量的毒素，在水里泡着的时候还不觉得怎样，由水里出来经阳光一晒，腿肚子就会奇痒无比，越挠越痒……

另外，在水里打草还格外吃力，就像负着重物越野跑一样。由于水的浮力作用，稍不留神大钐刀就会浮上水面，羊草就会留一半长在水下，而打下的草梢也会散乱地漂在水面上，不容易收集。在水下打草就得不急不躁，要始终绷着一股劲儿，让大钐刀一直保持平衡。

一大片水羊草打完，就要赶紧套上马车把水草运到旱地上去。不然，时间长了，费尽力气打完的羊草就会烂在水里了。

打羊草本身看上去也确实是很壮观：父亲和叔叔们光着膀子，汗流浃背地抡着大钐刀，巨大的利刃将蒿草集体拦腰斩断，三个人一字排开，每人身后都留下了三米多宽的草趟子，三个人合在一起就将近有一丈宽了。三个男人一起挥舞着大钐刀支撑着一丈宽的草趟子向草原深处无限延伸下去，还是很壮观的。伴随着悦耳的"唰唰"声，生机勃勃、亭亭玉立的蒿草瞬间变成了整齐划一的死草，它们沉静、柔顺地以尸体的形式卧倒在了草原上，没有机会做任何的挣扎，同时释放出无比浓烈清新的草香味……这种景象总能让我激动不已。我觉得，那浓烈清新的草香味其实就是蒿草们血液的味道，那"唰唰"声也是极具征服意味的声音，那分明就是一种很男人的行为和很雄性的声音……我只是有些不敢确信，如此阳刚场景的制造者们竟然是我的父亲和叔叔们，我有时还能很善意地产生错觉：他们也行啊，谁说他们不行啊？他们这不是也挺男人、挺爷们儿的吗？就多多少少习惯性地看到了一点儿老王家的希望……我也就从他们身上耳濡目染地学到了很多基本技能。

但总体来说，打羊草毕竟是一项枯燥、乏味、艰苦的劳作。唯一的乐趣就是盼望着中午的到来，好能用上带来的可口饭菜和那壶浓郁的老酒，那时就可以坐在自家的马车篷子底下开心地野餐一顿了。因为打草一出去就是一大天，起大早走，贪大黑归。大人们要准备好干粮、咸菜和水，有时还要带上鲜瓜、黄瓜和大葱、大酱等。最最重要的，一定要带上磨石，大钐刀卷刃了就威力大减了，那时就要停下来磨一磨。但我对磨石兴趣不大，我好像对那些吃的更感兴趣，就跟着大人跑前跑后地忙活着。我当然知道，只有到了中午时分，又渴又饿的老少爷们儿们才会进行那场难得的盛宴。那个时候，气氛总是和谐的，每个人的脸上都是微笑着的，彼此间也有了最大限度的宽容和耐心。

劳累了一个上午，在最炎热的中午时分，吃饱喝足之后再美美地睡上一觉，绝对是件幸福的事儿。酒能解乏，下午就又可以精神百倍地打草了。

为了下午的活儿能干好，吃饱喝足，又睡了一觉后，二叔起身把磨石拿了出来，他把兄弟们所有的大钐刀通通都磨了一遍。我就蹲在一旁看着，那大钐刀可真是够锋利的啊。

八月的草原，炎热是出了名的，尤其是午后的草原，炎热更是难以忍受。广袤的大草原上只有没膝深的蒿草，有时方圆几十里没有一棵可乘凉的大树，打草的人只好毫无遮拦地置身于烈烈骄阳之下……由于紫外线的存在，打草的人并不是永远都可以光着膀子的，更多的时候必须得穿上长袖的外衣，热的乎的浸透了酸汗的棉布衣服裹在身上要多难受有多难受。皮糙肉厚的叔叔们早已习惯了风吹雨打太阳晒，我毕竟还是个皮薄肉嫩的孩子，毒太阳无情地把汗水从我的身体里蒸发出来，汗水在被烘干之前还要死命地抓住脸和后脖颈儿不放，直杀得小脸和后脖颈儿火辣辣地疼。用不了多久，小脸就被晒冒油了，后脖颈儿就被晒爆皮了……每到这时，就又有些后悔来了，心里说明天打死也不来了，但到了明天还是火燎腚似的要跟着来……

有一天，老叔打草时意外地抓到了一只小野兔子，毛茸茸的，可爱极了。大钐刀差一点儿就割断了小野兔的一条后腿，我小心地把它抱回家，让祖母为它敷上最好的刀口药，我想等它伤养好了再去送给胡小慧。胡小慧肯定会高兴得跳起来的，因为属兔子的胡小慧最喜欢的小动物就是小兔子。

可是，那只小野兔子却在我一不留神的时候带着重伤跑掉了。

还有一天，二叔发现了一个鹌鹑窝，里面的五个小鹌鹑已经毛茸茸的了，只是还没睁开眼睛，听到我的声音，以为是爸爸妈妈送好吃的来了，纷纷张大了嫩黄的小嘴。打羊草的时候也正是鹌鹑孵蛋的时候。鹌鹑孵卵有个习性，人不走到窝边它是不肯飞的。这样它的窝就被人发现了。曾听说有鹌鹑飞得太晚，结果被打草的钐刀削掉了半个身子。多数的时候是人走到鹌鹑窝边了，鹌鹑才陡然飞走，把行人也吓一大跳。行人当时不会动窝里的蛋，只会在窝的上边盖上一堆草，鹌鹑再回来孵蛋就以为自己上面的草会掩藏自己的踪迹，即使是人走到窝边也不肯飞走。第二天，人因为有了那堆草做记号会更加容易找到鹌鹑窝。人就径直大步走到窝边，迅速弯腰按住鹌鹑。这样，鹌鹑以及鹌鹑蛋就全部落到了人的手上。到了晚上，鹌鹑以及鹌鹑蛋就会成为一盘美味佳肴被端到人们的餐桌上。我曾经嘲笑过鹌鹑的愚蠢，后来才渐渐明白那是鹌鹑舍不得自己的孩子。鹌鹑知道，自己过早地飞走，只会更早地让人们发现自己的窝、自己的孩子，而坚持原地不动，在茫茫野草的掩护下，被发现的概率就会小得多。除非再不飞就会葬身在人类的脚下时，鹌鹑才会独自飞走。为了孩子，不到万不得已鹌鹑是不肯独自逃走的。这一点，只怕是人类也未必比鹌鹑强呢。我突然想起了祖母说过的"三不抓、四不打"，最终没有动那几个小鹌鹑，我绕过了那片草地，我把那片草地作为我最后的战场。对于鹌鹑来说，这是它们的家园，是人类侵占了它们的家园。作为人类的一员，而我所能做的，也只能这样。七天后，我又回到了鹌鹑窝，果然已经鸟去窝空，但愿在这个充满杀戮而又无限美好的草原上，小鹌鹑能够平安长大，一直到老。这也应该算是我这些天里的另一个收获吧。

打完草就要码垛。要先把三五个或三五十个不等的草堂子堆成草码子，再把草码子集中到一处，形成一个草垛，一年一度的打草就宣告结束了。

直到最后一天近距离地观看到了胡二勇子打草,我才重新定义了什么叫打草,才知道了草原人真正意义上的打草。

那天中午,父亲带着两个叔叔码草垛,正在我热得百无聊赖时,突然传来胡大宝子的喊声:"龙——飞——子——我们在这儿呢——"

循着喊声,我看到了不远处的胡大宝子和胡二宝子,还有更远处挥动着大钐刀打草的胡二勇子。

后来我发现两个细节,改变了我骨子里幼稚的善良。

第一个细节是:我发现胡二勇子就一个人,他一个人打的草趟子就足足有一丈多宽,比父亲和叔叔三个人合一起的草趟子还要宽上许多。

另一个细节是:虽然他们手中的大钐刀都是一样的大钐刀,大小、长短都差不太多。但是,胡二勇子手中的大钐刀发出的声音和父亲他们的并不相同。与父亲他们的"唰唰"声不同,胡二勇子发出的是"嚯嚯"声,那是一种更深沉、更结实的声音。

那沉重的"嚯嚯"声才更富有征服意味,那才是草原上最极致的雄性声音。如果说我先前在父亲他们那儿体验到的是一场以多胜少的常规围剿,那么在胡二勇子脚下的草地上我分明是领略到了一场波澜壮阔的伟大战役——在前赴后继的千军万马中,我似乎嗅到了浓烈的血腥,我看见了血流成河,我听到了跪地求饶……

从那一刻起,我好像不如以前那么仇恨胡二勇子了,我从内心深处认可了他,胡二勇子确实有充分的理由不把父亲、叔叔他们放在眼里。

第十八章　湖妖

秋日的草原，清爽洁净，黄褐交错替代了茫茫绿野。已过汛期的霍林河温和了许多，缓慢而蜿蜒地流淌着，就像渐渐减弱下去的蒙古族长调。往日绿草茵茵的温柔原野，变成了西北风横行的通道，空旷的苍茫大野尽收眼底，不知不觉，我已长成了十二岁的惆怅少年……

祖父虽然从来不说，但我知道祖父并不喜欢我经常去老胡家。我何尝不想遵从祖父的意愿啊？可我又实在无法抵挡胡小慧的吸引力。偶尔，我还是去听老胡五奶讲瞎话儿。那不只是我习惯性地打发漫长无聊时光的一种方式，更重要的是，我还能在夜晚降临的时候偷偷地看上几眼心爱的胡小慧。

这天晚上有些闷热，老胡五奶让孩子们围坐在院子里。孩子们点上一大堆香蒿篝火，不光是为了熏走身边的蚊子，还有一个重要用处是大家能就着灰火烤上点儿好吃的。

老胡五奶抱了一大抱青苞米过来，她就一边给大家烤着青苞米，一边又一次讲起了湖妖的故事……

伴着远处悠扬的马头琴声，大家边吃边听老胡五奶讲瞎话儿，偶尔抬起头来，还能隐约望见不远处的查干湖水……这可是草原上再惬意不过的晚上了。

"五奶呀，在很早以前，查干湖里就有湖妖吗？"讲到吓人处时，小伙伴中号称胆子最大的季大鼻涕问。

"那可不是。"老胡五奶回答着，"在早，这里可是一大片清静开阔的大野地。那时还没有湖妖呢，湖妖还藏在人们的肚子里。"

"湖妖还能藏在人的肚子里？"大家面面相觑，一时不再有人说话。

这时，没有了马头琴声，远处的湖边传来一阵冗长的声音。就像谁在呻吟一般，那是一种不可名状的声音。尤其是在这万籁俱寂的时候，那声音就更加阴森可怕。慢慢地，声音又散布开了，再仔细倾听，好像又什么声音也没有了。然而过了一会儿，好像还是在远处响着。有时，就像有一个人在湖边不断地喊着话，而另一个人正躲在远处的苇塘里轻声回应着。当一阵强劲的草原风从湖面掠过之后，呻吟声就又安静下来了……

"这就是湖妖吧？"小老疙瘩小声问。

"吓尿了吧？你个胆小鬼！"季大鼻涕喊了起来，"怕有什么用？看呀，苞米都烤熟了。"说着就给胡小慧挑了一穗最大的。

季大鼻涕的做法正合我的心意，我也早就想把那穗大苞米拿给胡小慧，但是我没好意思那么做。

胡小慧一边接过苞米，一边说："大家都吃吧。"

大家就开始吃起了热乎乎的烤苞米。只有老胡五奶一动也不动。

"这么香甜的烤苞米，奶你咋不吃呢？"胡小慧说着给老胡五奶掰了一半。

"孩子们，你们可别害怕。"老胡五奶把苞米放在一边又要开始讲了，"你们听说过前段时间在查干湖边发生的淹死人事件吗？"

"不就是在湖边的大苇塘子里吗？徐大疯子不小心掉下去了，就淹死在里面了。"季大鼻涕抢先说。

"对，对，就是在大苇塘子里。那里从来就不是一个太平的地方。表面杂草丛生的大苇塘子里到处都是大泥窝子，那些大泥窝子里可啥都有啊。"胡大宝子补充说。

"徐大疯子哪是淹死的呢？他明明是被湖妖给收走了。我的妈亲啊！那个地方从前经常淹死人畜，但是已经很久没有人畜淹死在那里了。后来还有个女人葬在了那里，只是过去的坟座子现在看不清楚了，已经变成一个小土包了……就在前段时间，还有人看见徐大疯子边走边唱呢，唱完了还说：老包二姑娘死了，变成美人鱼了，我已经当上冬猎队队员了，可是没有用了。我马上得到邻村去一趟，那里有个好姑娘，我倒不想要她，我得给那姑娘说个好人家。回来的时候，徐大疯子好像是喝醉了，一直在哼唱着最拿手的那几段二人转。哼唱完了《回杯记》哼唱《大西厢》，哼唱完发《月牙五更》又哼唱起了《老神调》……我的妈亲啊！"老胡五奶正式讲起瞎话儿来。

"那里到底发生了什么事呢？"胡小慧正嚼着苞米粒儿的小嘴也停下了。

"我的妈亲啊！那天是个大月亮地儿，徐大疯子经过查干湖边时，借着明晃晃的月光，他看见老坟座子里趴着一条红色的大鲤鱼，样子可爱极了。徐大疯子心里一定在想：这是天意啊，这一定是老天爷给他的奖赏，谁让他做了那么多好事呢。想着想着他就恢复了从前的胆量，竟然跳进了大苇塘里去了。让我把你带回家去吧，不要在这里趴着了。他就把红色的大鲤鱼抱在了怀里。那条红色的大鲤鱼温顺极了,没做任何反抗。徐大疯子只是觉得大苇塘子里好像还有个妇人正在喊着他的名字:'徐大草,徐大草……'我的妈亲啊!"

"大晚上的咋能有人呢?是鬼吧?"刁四虎子问。

"我的妈亲啊!可是他又看不到喊着他的妇人。徐大疯子就好奇地抱着大鲤鱼坐在老坟座子旁边等着那个妇人的出现。等得无聊的徐大疯子把大鲤鱼放在自己眼前仔细端详起来,他盯着大鲤鱼看,大鲤鱼也盯着他看。看着看着,徐大疯子突然感到害怕起来,他这回终于清清楚楚地听见了,原来是那条大鲤鱼在叫着他的名字:'徐大草,徐大草……'我的妈亲啊!徐大疯子这才放弃了那条大鲤鱼,喊了起来:'救命啊……'"

老胡五奶正讲着,远处传来马的嘶鸣声。一直在旁边趴着的大黑狗突然站了起来,狂吠着向着查干湖边冲去,瞬间就消失在黑暗中了。

大家都沉浸在老胡五奶的瞎话儿中,都显得很害怕。只有胡大宝子大声喊着,威武地紧跟着大黑狗奔了出去。吠叫声越来越远了,偶尔还能听到胡大宝子的喊声:"黑子!黑子……"过了一会儿,狗的吠叫声和人的呼喊声就回荡在更远的地方了。

孩子们惊恐地面面相觑着,似乎在等候着什么事情发生,连一向在胡小慧面前逞着英豪的季大鼻涕也变得文静起来……

过了好半天,伴着一阵清脆的马蹄子声,一匹大白马就站定在火堆旁了。胡大宝子敏捷地从马背上跳下来,就像什么事都没发生,继续听老胡五奶讲瞎话儿。大黑狗也悄无声息地重新趴在了火堆旁,与先前不同的是,这回它一直吐着汗淋淋的红舌头。

"湖边到底发生了什么?咋不让我跟你一起去呢?"季大鼻涕急切地问。

"你可别马后炮了,谁也没拦着你呀!还是我大哥胆子大。"胡二宝子说。

"没发生什么。"胡大宝子指了指大白马,"一定是大白马需要帮忙,大黑狗就跑过去了。"

"我想一定是草原狼来了吧?"季大鼻涕说。

我偷偷地欣赏着胡小慧。她在这种时候又有着另外一种可爱。她那漂亮的脸蛋儿由于害怕而变得红润,还有一种小鸟依人的味道。她手里还拿着一根没吃完的苞米棒子,夜色里,忽闪着明亮的眼睛。"可真吓人啊!"

"大宝哥,你看到草原狼了吗?"刁四虎子怯生生地问。

"依我看,关键时刻还是我大哥胆子最大啊。"胡小慧说。

孩子们说笑了一会儿,接着又沉默了,这是听讲瞎话儿时常有的情形。我望望四周:夜色浓重而深沉……

这时,湖面方向又传来怪异的声音,已经接连好几次了,过了一会儿,声音又在远方反复响着……

小老疙瘩哆嗦着问:"这又是什么呢?"

"这是长脖老等的叫声。"老胡五奶回答。

"这么晚了,长脖老等还在叫吗?"小老疙瘩重复了一遍。

"也许是大蛇偷袭了它们的巢穴吧?"老胡五奶略停了一会儿又说,"咱们还是接着说说徐大疯子吧。"

"那么,湖妖为什么偏偏要收走徐大疯子呢?他不是正哼着欢快的二人转吗?"我问。

"湖妖实在看不下去了,徐大疯子认定老包二姑娘死了,活得太累了,让他早托生。徐大疯子那是悲剧喜唱,湖妖听出了他心底的悲声。"老胡五奶点上了大烟袋,"后来我又听说的是这样。徐大疯子从邻村回来后，起初一直在草地里走，后来才走到了苇塘边——就是有一个大拐弯的地方，那儿有一个水坑子，水坑子里还长满了芦苇；他就是从这水坑子上走过的，我的妈亲啊！这时他忽然听见这水坑子里有个妇人在叫他，声音悲哀得很：徐大草，徐大草！他开始时吓坏了，我的妈亲啊！后来越听越亲切……根本就没有什么大红鲤鱼之说。"

"很多年前的夏天，一个不守规矩的女人就是淹死在这个水坑里的。"老胡五奶说，"直到现在她的魂灵还在那里后悔呢。肯定没托生成红鲤鱼，也不知道托生成啥了，我的妈亲啊！"

"原来是这样，我的妈亲啊！"胡小慧睁大了她那双本来就很大的眼睛，也学着老胡五奶的口气说。"我原先不知道徐大疯子是死在那个水坑子里，我要是知道了，我才不会再和他们去那里抓青蛙和小鱼呢。"

"不过，那里的青蛙确实多。"季大鼻涕说，"怪不得那些青蛙叫起来都显得有气无力呢。"

有水鸟又在远方的湖面上叫了一声。小老疙瘩不安地说："好像是湖妖在叫啊。"

"湖妖不会叫，湖妖是哑巴。"老胡五奶接着说，"湖妖只会拍手，拍得啪啪地响……"

"五奶，你看见过湖妖吗？"我笑着打断了她的话。

"没有，我可没有看见过，千万别让我看见她。可是别人看见过，守庙人乌兰巴布就看见过。"老胡五奶狠狠地抽了一口旱烟。

"乌兰巴布真的看见了湖妖了？"刁四虎子问。

"肯定看见了。他说过湖妖很大很大、很美很美，有时是白的，有时是黑的，总是半遮蔽着身子，大部分藏在水里，让人看得不大清楚，而且好像喜欢月光，一双大眼睛总是一眨一眨的……"老胡五奶声音越来越低。

"乌兰巴布还说过，有一个白天，一条凶恶的草原狼把一只母羊和一只小羊逼到查干湖边上了。它们周旋了很久很久，最后，母羊竟然带着小羊奇迹般地生还了，是湖妖动了恻隐之心，强行带走了那只草原狼……我的妈亲啊！"

火堆里，没燃尽的秫秆正烧得变了形体，它们在变成灰烬之前也不停地扭动着、抽搐着，那绝对是一场热烈的死亡群舞，比我曾经看到那根蒿草的死亡独舞更加生动……

"我咋这么渴啊？现在有谁敢去湖边取点水来喝呢？"胡小慧笑着说，也不知道是不是在开玩笑。

突然间，季大鼻涕站起身来，径直向着湖边方向走去。

"喂，你要干啥去？"胡二宝子问。

"我敢到湖边去取水，我去给小慧打点儿最清凉的水喝。"季大鼻涕一反常态地深沉。

刚刚趴在火堆旁边那只大黑狗也站了起来，但它只是朝湖边方向嗅了嗅，并没有跟着季大鼻涕去的意思。

"我的妈亲啊！你给我回来，黑灯瞎火的，当心让湖妖给抓去！"老胡五奶喊住了季大鼻涕。

"湖妖不会抓我季大哥的。"胡小慧一本正经地说，"我季大哥胆子大着呢。"

"对，我会留神的。不过事情很难说，我俯下身取水的时候，湖妖可能就会抓住我的手，但是我有力气啊，湖妖要是真抓我，我一定会把她拉到岸上来的。"季大鼻涕笑了起来，"这个时候我可不敢去，我是在和你们闹着玩呢。"

老胡五奶继续说："湖妖收人只是一个方面，实际上，徐大疯子主要还是因为无法实现自己的念想，又想起了自己那没有着落的女人，他是把自己彻底欺骗完了才走进大苇塘里去的。肯定是他主动去拉住了湖妖的手……我的妈亲啊！"

"原来是这样啊！"孩子们重新悲哀起来。

"咱们不说徐大疯子了。"老胡五奶说，"咱们看看小伙子们还敢不敢走夜路回家去吧。我的妈亲啊！"说完，老胡五奶使劲儿地往鞋底上磕起了大烟袋，这是她送客的几个常规动作之一。

小伙伴们只好忐忑着各自散去了，毕竟谁也不想在胡小慧面前露怯。

回来的路上，我望着满天的星斗，心想：在这个宁静的夏夜，要是只有我和胡小慧两个人多好啊！她会不会继续和我坐在那堆篝火旁边，寻找远处的马头琴声呢？就算一起听听湖妖的拍手声也行啊。那时，我会什么也不怕的……

可现实是，我正孤单地走在草原漆黑的夜路上。

每次听过老胡五奶讲起湖妖之后，我都要远离查干湖一阵子，更是很少一个人去湖边玩了。我经常百思不得其解地想，也许有了生死传说的地方都是显得神秘而怪异的吧。

但是，有时越是神秘而怪异的地方就越是有着无穷无尽的诱惑力量。心有余悸一段时间之后，我还是去湖边走走。我耳畔除了塔头滩上旷野的大风声，好像还响着徐大疯子那欢快的小调《月牙五更》，我竟然还真的听到了欢快背后的悲声：

  一更里呀月牙出正东，
  梁山泊呀懒得读诗经。
  念起十载同窗祝九红，
  情谊重呀离别在长亭……

没事的时候我常想：徐大草绝不是被一个一般的死人吓疯的，而是被一个特殊的"死人"吓疯的。一向胆大的徐大草经常和死人打交道，怎么会被死人吓疯呢？他真正害怕的是老包二姑娘的死，因为他太爱老包二姑娘了，他当时肯定认为装死的老包二姑娘真的死了，他才绝望至极地疯掉的，他其实是疯于一场爱情……

已经是秋天了，为了一个遥远而执着的梦想，多日没敢靠近查干湖边的我终于壮起胆子，独自带上雀夹子又来了。因为查干湖边不仅经常飞落着水鸡子和打鱼郎，偶尔也会飞来一两只口渴难忍的山雀儿和家雀儿。

以前用雀夹子很难打到活雀儿，这次，我冒着打飞的危险，把一根粗蒿秆儿横在夹子的底口处。接下来，我还精心挑选了一只又大又白又胖的虫子来充当诱饵。

我想，水鸡子和打鱼郎的嘴都很长，这种小夹子根本打不着；家雀儿太狡猾，明目张胆的活夹子它从来不叼，想用活夹子打家雀儿？想都别想；下活夹子顶多也就是打打山雀儿了，就当碰一碰运气，唬一唬匆忙前来饮水的山雀儿吧。

没想到，这回我竟然真的打到了一只山雀儿。更让我感到意外的是，我居然在查干湖边打到了一只活着的红靛颏儿！也就是孩子们常说的红下颏儿，我当然清楚地记着，红靛颏儿可是胡小慧曾经说过的草原上最好看的一种山雀儿啊！

自从这只红靛颏儿刚一落到湖边，我就开始心潮起伏了——它肯定是从草原深处出发，经过漫长的空中飞行悠然飘落在这里的。那一刻，它真的就像一片美丽的叶子。在红靛颏儿落地之后一步一步靠近水边的时候，我的心就更加无法控制地狂跳起来了。等到红靛颏儿发现夹子上的大胖虫子并准备啄食的时候，我的心脏就跳到嗓子眼儿了。不知为什么，也许是因为在这怪异的湖边？我同时还有另一种怪异的感叹：我得到这么美丽圣洁的山雀儿竟然是动用了最低级下流的手段，难道说这么高贵傲慢的山雀儿也难逃"雀儿为食亡"的宿命吗？

红靛颏儿不同于其他山雀儿，它实在是太难得了。既有漂亮迷人的羽毛，又有美丽动人的歌喉；既吃虫子，也吃谷粒——也就是人们常说的软食硬食都能吃、能人工养活的雀儿。据祖母说，红靛颏儿性情温顺，不像胡巴喇（食肉小猛禽，祖母叫它伯劳鸟）和家雀儿那么气性大，绝大多数的野生成年红靛颏儿都可以在笼子里养活。

只是我说不准红靛颏儿什么时候会出现在湖边。有人说是春天，也有人说是夏天，而在这个秋天，我不是也意外地发现它了吗？这回知道了，好像除了冬天，另外三个季节都出现过红靛颏儿的美丽身影啊。曾经有那么一段时间，红靛颏儿一度成了我魂牵梦绕的念想儿。可我万万没想到，我会在这个深秋的湖边和梦寐以求的红靛颏儿不期而遇。

我要立即把这只得来不易的红靛颏儿带回家去，我要把它装进我为胡小慧专门打造的那只精美的黄榆木鸟笼子里。把它养活喽，把它喂胖喽……然后，再寻找一个最恰当的时机，把精美的笼子连同漂亮的红靛颏儿一起送给心爱的胡小慧，最好能给她送出一个大大的惊喜！

也许我还没有经历太多的生离死别，我还无法领会一只山雀儿被装进笼子时的痛苦。我只有本能的兴奋，在我眼里，红靛颏儿已不再是活生生的命，在我手里，它只是一个美妙无比的战利品。我紧握着温乎乎红靛颏儿一路疯狂奔跑，还一边奔跑一边畅想：幸亏这只红靛颏儿没落到别的孩子手里呀，幸亏我在夹子底口处垫上一根粗蒿秆儿呀……好像红靛颏儿只有落入我的手里，才会被装进一只漂亮的笼子无比幸福地存活下去……好像只有我给胡小慧的这只笼子是天堂，其他孩子的笼子都是地狱。

但是，我手中的红靛颏儿并不晓得我有多么喜欢它、多么珍爱它，突然间，红靛颏儿猛地抖动起翅膀来，同时，尖尖的小嘴也在用力地叩啄着我的手背。

红靛颏儿的拼命挣扎，引发了我的恐慌。它越是不安生，我越是担心它会飞走，我的手就越是不由自主地越攥越紧。在巨大的精神压力下，我的手指瞬间失去了对轻重的把控。快跑到家时，红靛颏儿虽然仍牢牢地握在我的手心里，但是它再也没有飞走的能力了。

我一直以为手心里攥着的是一只活着的红靛颏儿，其实那只红靛颏儿早已经窒息身亡了，只是红靛颏儿那温乎乎的尸首还没凉。后来我才发现，红靛颏儿美丽的头颅已经软绵绵地在随风摇晃着了。

手捧着红靛颏儿温软的尸首，我百思不得其解。那空旷的天空有什么值得向往的呢？连一只健康的飞虫都难寻；那纵深的草原有什么值得留恋的呢？连一颗的饱满的谷粒都难找！你这只没有福气的红靛颏儿啊，你根本就没有必要再去为口中食拼命飞奔、终日忙碌了，我那精美的黄榆木笼子里什么东西没有啊？你根本就没有必要再去冒死寻找虫子、谷粒和污水了呀……我还一度陷入了迷信，也许又是湖妖带走了红靛颏儿？

那天，我实在是太失望了。我破例没有将这只可怜而美丽的山雀儿烧了吃肉，也不肯退而求其次地把它送给爱吃烧山雀儿的胡小慧。我又按原路跑回了湖边，我抻开了红靛颏儿那双美丽动人的翅膀，尽量让它保持着活着时自由飞翔的姿势，我把它水葬在查干湖边上了。

记得我一直泪流满面地目送着它,看着它被波光粼粼的查干湖水一点一点地带向了远方……

半个月后,我又在湖边打到了一只活着的山雀儿,这回是一只凶猛无比的胡巴喇。打雀儿,只要到手时是活着的,我觉得胡巴喇也是非常不错的。看哪,这只外号叫"屠夫"的山雀儿多像一只威风八面的小鹰啊!我十分珍爱地把胡巴喇带回家,欣喜地把它装进了我那一直空放着的黄榆木鸟笼子里。

果然像祖母说的,胡巴喇和云雀儿、家雀儿一样,不接受人类的豢养。从胡巴喇进入笼子那一刻起,一直在用它那锋利的弯钩喙拧咬着坚硬的藤条,用它那倔强的银灰头冲撞着牢固的栏杆。不同的是,胡巴喇比云雀儿和家雀儿的反抗还要更加凶猛……

没想到仅仅过了两天,那只强悍的胡巴喇就不吃不喝地气绝身亡了。这回我终于亲眼见识到了,这只小鹰一样的胡巴喇性情实在是太刚烈了,这只习惯了在荒野大风中自由飞翔的烈鸟绝不接受人类的虚假温情。

我一直没能把装上一只漂亮山雀儿的精美笼子献给心爱的胡小慧,这一定是我少年时代最大的一件憾事,就如同塔头滩上漫长而寒冷的冬天。

第十九章　红老鸹瓢儿

　　男孩子们还是经常来到老胡家，除了喜欢听老胡五奶讲的瞎话儿，还有一个更强烈的引力就应该是美丽的胡小慧。我知道，包括我在内，很多男孩子都在悄悄暗恋着胡小慧。但是没有一个人敢对她说出"捅破窗户纸"的话，如果说出来，那不只是破坏，而更像是亵渎。我也不能例外，因为胡小慧太美丽、太圣洁、太优秀了。

　　初夏的一天晚上，胡小慧过生日，我、季大鼻涕、刁四虎子、小老疙瘩等小伙伴儿们怀着各自不同的心情，打着各自不同的幌子去她家祝贺。其实就是为了和她拉近距离，尽量多地表现自己。老胡五奶心情大好，高兴地给孩子们做了一大桌子好吃的，还破例让孩子们喝了马奶酒。

　　查干淖尔大草原一年四季只有五六个月无霜期，冬天平均温度多在零下三十摄氏度左右。在那个物质生活极端贫乏的时代，孩子们最渴望的就是吃到糖和水果。可是见到糖和吃上水果的机会并不多。草原不产水果，所以孩子们很少能见到水果。只有恰当时节，偶尔能从货郎手里见到远道而来的苹果，但那种机会并不多。平日里，孩子们经常看到的"水果"就是榆树钱儿和老鸹瓢儿（学名地梢瓜，也叫羊角奶）了。但是榆树钱儿和老鸹瓢儿也并不常有，它们只生长在春夏之交。进入仲夏以后，孩子们才能先后吃到水黄瓜、西红柿、黄菇茑和黑天天等果蔬；直到立秋时节，孩子们才有机会吃到香瓜、西瓜和沙果；而在草原青黄不接的夏初，孩子们更多的时候只能看着别人吃着水黄瓜，自己暗暗咽着咸口水。

　　酒意酣浓，季大鼻涕就壮着胆子向胡小慧要水黄瓜吃，理由是喝多了，解解酒。胡小慧先给大家每个人分了一根刚下来的水黄瓜，另外又给季大鼻涕拿来半碗米醋，唯独没有给我任何东西，我也没好意思索要。大家兴奋地喊着干杯，气氛异常热烈，我不胜酒力，两杯马奶酒下肚，面红耳赤，多少觉得受到冷落的我坐在桌边默不作声。这时，胡小慧偷偷看了我一眼，接着嫣然一笑，转过身去在靠墙的老黄榆木箱子里，很认真地翻找了半天，竟然掏出一个红彤彤的大老鸹瓢儿来！众人的目光"唰"地集中到她手中的大老鸹瓢儿上，尤其是季大鼻涕那惊奇的神情中，饱含着渴望，又充满着焦虑……

　　没想到，在众目睽睽之下，胡小慧竟然把那个又大又粗、熟得发红的老鸹瓢儿递给了我。她还故意找理由似的说道："正好没有水黄瓜了，再说了，我龙飞哥酒量小，他不同于你们，这个红老鸹瓢儿就得给他吃了。"

　　以季大鼻涕为首的孩子们立刻嫉妒起来，他们狼一般的目光烈火似的燃烧着、跳动着，先是转跳到我手里的红老鸹瓢儿上，旋即又跳到胡小慧的小红脸儿上。胡小慧那张秀气的小红脸儿瞬间就变成了一大块红绸子，羞涩伴着喜悦，尴尬伴着神秘，率真伴着纯情，如春风般妩媚动人……我手上的大老鸹瓢儿,又嫩又红,美得让人心猿意马,红得让人惊心动魄!我捧着大老鸹瓢儿,宛如捧着一轮正在升起的红太阳……十三岁的我,第一次为美丽姑娘的真情怦然心动。那一刻,我真的有了醉酒的感觉,似乎大草原的夏夜也在助长着我热血涌动……

我本来是不舍得吃那个红老鸹瓢儿的,可是胡小慧执意让我马上就吃。再加上旁边还有一群以季大鼻涕为首的虎视眈眈的孩子,我只好万分心疼地把那个红老鸹瓢儿囫囵吞枣般地吃了下去。

虽然我没怎么咀嚼,但我还是充分地品味到了香甜:这是我有生以来吃到的世界上最芳香、最甜蜜的水果,也是我有生以来尝到的世界上最纯洁、最美好的感情。我永远不会忘记,今天我在胡小慧这里有了与众不同的待遇,胡小慧亲手捧给了我一个她自己都没舍得吃的又嫩又红的大老鸹瓢儿啊!

胡小慧能这样对待我,是我连做梦都没敢想过的。以前我总是在心里发着不着边际的幼稚誓言,而这一天,我隐隐约约地意识到了另外更现实的一些什么,我好像一下子就成熟了很多很多……

胡小慧那个红透的大老鸹瓢儿着实让我兴奋了一阵子,也更加让我心事重重了。有一段时间,我就像着了魔,一心想送给胡小慧一个又红又大的苹果。草原上为什么就没有苹果树呢?我想改变这个现状。

查干淖尔大草原水草丰盈,一岁一枯荣的草本植物不少,但多年生的木本植物(也就是树木)确实不多。只是河滩地带零星地生长着一小片一小片的黄榆树和红柳树,再就是耐干旱、耐高寒的白杨树了。可这些树都不结果,要说结果的树嘛,只是偶尔能看到几棵个头不高的沙果树和山丁子树,其他的果树都难得一见。

我从小就喜欢各种树木,无论杨树、柳树,还是榆树,只要是树,我都喜欢。我常常从遥远的野外将一棵小黄榆树或者一棵小白杨树挖回家来，精心地栽在自家的院子里，梦想着它们都能长成参天大树……

有一天，我就突发奇想，反正都是种树，为啥不种上一棵苹果树呢？对，我一定要在院子里种上一棵苹果树，等苹果树长大了，第一个果实就送给胡小慧。

"王龙飞啊王龙飞，你看看整个塔头滩上，谁家院子里长出果树来了？别说是果树，连最普通的杨柳榆都没有一棵！说出大天来我都不信你能种出苹果树来！"父亲终于看不下去了。

"这个我知道，一开始整个地球上连一个人都没有呢。"我当然不会听父亲的。

于是，我从搜寻苹果树苗开始，接着再不断地改变土壤成分，一步一步地向着心中的梦想进发……

我一有空儿就动员老胡大宝子、二宝子他们帮我在自家庭院里换土，从家门口开始，一尺一尺地向大门口推进……我把原有的黑土挖出来，成车成车地拉到河滩上去，再从河滩上把有机沙土拉回来。历时大半年，我终于在自家的院子里建成了一个梦想中的果园子。其实，这也就相当于在院子里制造了一个巨大的沙土花盆儿。沙土花盆儿里当然就能种活苹果树了。

第二年一开春，我终于把一棵苹果苗子栽到了大花盆里了，那可是我意外地从一个过路货郎手里高价买来的呀。苹果苗子入土之初，无论我怎么浇水，它都是蔫头耷拉脑的样子，一度让我失望极了。但是经过半个月缓苗之后，那棵苹果苗子才一点一点地有了一些生机。直到一个多月后，我终于发现它长出了一个小小的新芽儿，我这才确信，苹果苗子真的活了！

苹果苗子活了以后，我就天天站在院子里看苹果苗子的生长，一看就是一两个小时，有时还能看上小半天。

父亲见我不去练功，也不去学习，就训斥我："王龙飞，就算你不天天看它，它也会照长不误的！"

我怎么会听一个懦夫的吆喝呢？就嘲讽着父亲说："我的目光对于苹果苗子非常重要。你以为它的生长靠的是阳光吗？不是，那是因为有我的目光在照耀，它才会起死回生，它才会茁壮成长。"

"你就和我穷对付嘴吧，看我不削你！信不信我现在就可以把苹果苗子给你拔掉？"父亲举起手来要打我并走向了苹果苗子。

父亲毕竟有一身的蛮力，我怎么会是他的对手呢？看来，我只好先忍一忍了，和父亲打游击战我很在行："我这就练功去，行了吧？"

我还是了解父亲的，这时，鲜有得胜记录的他也该见好就收了。

更多的时候，则是祖母为我解围。她常对父亲说："小孩子多些尝试也是好事，大人不必啥都去管。"

终于熬到了夏初，稚嫩的苹果苗子慢慢长成了结实的苹果树了，谁还能忍心去拔掉它呢？王家院子里竟然长出一棵生机勃勃的苹果树来，这让过往的塔头滩人惊羡不已。连一向不苟言笑的父亲也含蓄地向人们表达了喜悦之情："一直以为王龙飞是扯淡呢，没想到小兔崽子真就把苹果苗子给整活了。"

由于此战告捷，我就对父亲就更加有了底气。在很多事情上我就更敢和父亲顶嘴了，我就时常拿着苹果树的成功种植说事儿。我说："以后吃苹果的时候可别忘了，想想你当初恶狠狠阻拦时的样子吧，呵呵……"

父亲也只好装着没太听清的样子，背过身去咬了咬牙。

日复一日，月复一月，祖母一直没有中断教诲我如何成为大草原真正的男子汉。祖母还是常常强调，除了能够出色地猎狼和钓鱼之外，套马、杀牛、宰羊、打草等也应该干得麻溜利索，那才行。

一晃，我已经年满十三周岁了，到了草原上男孩向男子汉过渡的关键年龄。祖母选择了吉日良辰，让祖父带我去见胡二勇子。祖父就郑重地拄起大拐杖领着我来到了胡二勇子的马场。塔头滩人的规矩，长大以后要想成为"汉哥"，十五周岁前必须先得到真正"汉哥"的亲自指教，就像许多兄弟民族中的某些男人礼节。

胡二勇子已是方圆几百里最富有的"汉哥"了，他已拥有上百匹好马。胡二勇子一般不说话，说话就带着很大的火气。虽然按理我应该叫他二姑父了，但在查干淖尔大草原强者与弱者之间的亲属关系绝对是另外一回事。

胡二勇子和已往的草原"汉哥"一样，向来说话尖刻，但并不妨碍草原人对他的崇敬。对于他的粗暴脾气，所有的塔头滩人也都认可，好像草原上第一流的"汉哥"就应该是这样的。我想，祖父此次带我来见胡二勇子，一定也做好了自尊心受挫的思想准备。

胡二勇子接待我的手续极简单。首先，就是让他的一个马倌儿程四胖子示范一次如何套散马。

我的心跳和呼吸还没调整好呢，程四胖子就跨上了一匹长鬃大栗马，眨眼之间就冲向了马群。百十来匹骏马一下子炸锅了，一个个鬃毛飘洒，身姿矫健，肉浪滚滚地奔跑起来。刹那间，草原上烟尘四起，群马嘶鸣。

在程四胖子那长长的套马杆子的指引下，大栗马向已经闪出一块巨大空地的马群冲去。程四胖子盯住了飘在马群外缘的一匹白马，紧紧地跟进。他手持套马杆子，瞄准机会，迅速抛出。那白马很是机警，突然把身子往左一倾，斜着身子前行，左侧肚皮几乎蹭到了草尖，大栗马前冲扑了个空，来了个急转弯，程四胖子险些栽下马去。他反应很快，将身体重心也调到左侧，同时伸出套马杆子歪打正着地套住了白马的脖子。本来是一个意外，竟然转化成一出精彩的好戏。

"好样的！好样的！"旁边看着的胡二勇子和祖父等人都在为程四胖子叫好。

本来程四胖子不过是给胡二勇子打打场子，却意外弄出个喧宾夺主的精彩场面，只好尴尬着憨笑下场。因为接下来，还是得由高手胡二勇子亲自示范呢。

胡二勇子并没受到程四胖子精彩演出的影响，不慌不忙地出场了。他放弃了平时最常用的长颈雪花快马，而是有意选择了一匹没有备鞍子的杂色蒙古马。我不由得心里一惊：难道胡二勇子这是要骠骑套马！草原人都知道，无鞍骑马，虽然更多靠的是骑手两条腿的力量，但毕竟还有笼头绳在手，关键时刻还可以配合两条腿控制马匹。而胡二勇子要是无鞍骑马加套马，他的双手举起套马杆子时，就得全靠两条腿了。在我眼里，这不是冒险，简直就是拼命啊！我还没有资格去怀疑一位著名"汉哥"，只好故作深沉地等着看结果了。

胡二勇子的马群对主人当然熟悉，马群就像能嗅到主人身上那强悍的气息，显得有些不安，都在躲躲闪闪。胡二勇子骑着那匹其貌不扬的蒙古马，不慌不忙地走向马群。他轻轻拍着蒙古马的脖子，马群肯定还没弄清他的意图，只见他猛地一夹马肚子，蒙古马就箭一般地蹿了出去。胡二勇子在马背上不断地调整着身体重心，飞奔中将提在手中的套马杆子反复掂量着。不一会儿，胡二勇子就紧紧盯上了一匹身高体壮、四蹄生风的大黑儿马子，对它穷追不舍起来。追了四五个来回，直到蒙古马显现出了十足的耐力，在和大黑儿马子并驾齐驱时，胡二勇子甩出了套马杆子。皮绳虽然精准地套住了马脖子，但大黑儿马子却拒绝就范，继续向前横冲直撞。只见胡二勇子将大长腿紧紧箍在马肚子上，身体全力后仰。同时，他胯下的蒙古马也心领神会地前腿扬起,后腿铁钉一样钉在地上。胡二勇子过人的臂力和套马杆子的韧性融为一体,紧紧地勒住了大黑马脖子。桀骜不驯的大黑儿马子又原地蹦了好一阵子,直到它再也蹦不动了,才疲惫地打着"突突突"的响鼻儿悻悻臣服。

胡二勇子惊心动魄的无鞍套马把在场的所有人都看得目瞪口呆。

示范完毕,胡二勇子也不多说一句话,他把一根套马杆子扔给我:"骑上那匹红马,去把小花骒马套住。"他用长满胡须的下巴示意我一下。

我知道,他的意思是让我骑上旁边拴着的那匹红儿马子,那是一匹上着马鞍子的骏马。我看了一眼祖父,抱着套马杆子怯生生地向那匹大红马走去。

正好这时候胡小慧也来到了现场,本来就有些紧张的我,此时的心跳就更加急促了。

我费了很大劲儿才爬上那匹认生的红儿马子,我还头一回正式地用套马杆子来套奔跑躲闪中的散马呢。本来飘在群外的那匹小花骒马就像知道了我的意图,没等我靠近,它就一下子钻到马群中央去了。我也只好咬着牙冲入马群,马群立刻惊慌奔跑,波浪一样涌动起来。顿时,一股泥土、鲜草和汗渍被马蹄搅拌在一起的气味扑面而来……马群由松散变得密集,由平静变得紧张,警觉地将我这个不速之客排斥在外。

"王龙飞,你笨蛋啊,你个孬种倒是往里冲啊!还赶不上我们家的三丫头呢!"胡二勇子喊起来的时候,祖父就立在他身边,我不知道祖父是如何忍辱负重的。更重要的是,不远处还站着我心中的小女神胡小慧啊!

我真的紧张极了,牙齿深深陷入下唇,嘴里已有股咸滋滋的血味。在我义无反顾地向马群中间猛冲的同时,我感到胡二勇子仍在骂我

173

"笨蛋"和"孬种",我感到祖父在遥远的草地上试图要跑过来,胡小慧也在紧张地盯着我……我又突然想到父亲,父亲没有给我家族创造出任何尊严,却增添了无数的耻辱。这些本该是父亲早就该完成的,如今却加倍地落到了我的身上……

我几乎是闭着眼睛冲进马群的。我感到几匹马的肋骨挤到了我的小腿,我就像浮在一大片汗津津的肉浪之上,时刻都有可能被灼热的气息淹没,时刻都有可能被涌动的肉身挤扁,时刻都有可能被翻飞的铁蹄踏碎……

终于,我在混乱中找到了那匹小花骒马。我不顾一切地尾随着它,任凭马群掀起的黑色泥巴和绿草末子砸到我的脸上,直到把它和马群彻底分开。小花骒马磁石一样牵引着我,在广袤的大草原上大型史诗般地焦灼驰骋……

几次投出套马杆子之后,我终于把绳子套在小花骒马的脖子上了。可是任凭我怎么调整角度,就是用不上力量把小花骒马拉住。有两次,我还险些从大红马的脖子前方折下去。我急出一头大汗,只好让大红马快跑,紧紧跟住小花骒马在大草原上漫无边际地飞奔。我觉得整个天地都在旋转、都在轰鸣……远处,胡二勇子仍在凶凶地喊骂着。我已无法听清他在喊什么,但我知道他在喊着什么。我只是在心中真诚地祈祷:"胡二勇子,你可不要再喊下去了,你不用看在胡小慧的面上,你看在我祖父那沉重的大拐杖面上,你就行行好吧!"

草浪在翻滚,小花骒马"唔咴咴、唔咴咴"地嘶鸣着,像在嘲笑着我。时间好像也在夸张地表现着自己的宽容,每一秒都慢得像似一年。我不能再让祖父延续耻辱的心痛了,我狠狠打了大红马一鞭子,在两匹马趋于并列飞驰那一瞬,我的胆子惊人地大了起来,我竟冒着挂镫子的危险不由自主地从大红马身上跃到小花骒马光滑的脊背上。我一只手死死抓住它高高扬起的鬃毛,另一只手抓住套在它脖子上的套绳。大红马被我突如其来的行动弄得不知所措。原地打了半天转转,才长长地嘶鸣着跑向一边。小花骒马似乎从来没被人骑过,上蹿下跳地跑了一会儿又突然停下来,暴躁地尥起了蹶子……我被抛向天空,再被大地拉回,我被天地反复地拉扯着……我几乎连一秒钟都无法再坐在马背上了……最后,手里攥着一绺马鬃的我还是被重重地抛在了草地上。

小花骒马打着更加夸张的响鼻儿,以胜利者的姿态跑向马群。"唔咴咴、唔咴咴……唔咴咴咴、唔咴咴咴……"

我记不清胡二勇子铁青着脸冲过来吼了些什么。当我清醒过来时,第一眼看到的就是胡小慧。她正焦急地向我奔跑过来,黑亮的眼睛里闪着泪花。后来,我就躺到稍后赶来的祖父的怀里了。"龙飞子,不怪你,是胡二勇子忘记调整马镫子长度了!"祖父迫不及待地告诉我,就像我获得了一场久违的胜利。我从祖父的眼睛里看到那不容苟且的目光得到满足时不易察觉的喜悦,那不容苟且的目光里好像也闪烁着没来得及掩饰的泪花……

那天,胡小慧一直陪伴在我的左右。直到她确认我真的没事了,才重新发出泉水般的笑声跑回家去了。

真是太惊险了,但我一点儿都不后悔。意外让我幸运地收获了胡小慧为我担心的泪水,我的首次套马成人礼竟然是在胡小慧的泪目下宣告尘埃落定的。

归途中,望着晚霞夕照中的查干淖尔大草原,我觉得她格外美丽……

也就是在老叔和二叔做最后挣扎的那几年里,我真切地感受到了塔头滩上关于女人公正而无情的分配原则。我家的俊秀女子们被一个一个地娶走,先后成为强者的媳妇。却不见有别人家的女人嫁到我们家来。老叔已经二十多岁了,远远超出了塔头滩男子十八岁婚娶的正常婚龄。二叔也一步步走成了烂在家里的老童男。虽然叔叔们在长相上都很高大英俊，却连塔头滩上最丑的女人都无法得到。原因只有一个——他们是塔头滩上的无能弱民。

祖父在两个儿子屡战屡败又讨不上媳妇的极度悲伤中日渐衰老了。祖父晚年最后那些日子的焦灼神态给我留下的印象极为深刻。每当冬猎队队员在村头威风凛凛地拉开阵势，豪饮壮行烈酒时，我那卧在床上的祖父无论如何也要挣扎着坐起来，他总是透过布满霜花的玻璃窗缝隙向外面贪婪地扫描着。直到那些剽悍的汉子们的身影及喊声消失在苍茫雪野深处，祖父才更加沉痛地从窗前坐回来。然后匆匆地装上一烟袋锅蛤蟆头旱烟，颤抖着点燃，狠狠地吸上几口，接着便一阵紧似一阵地咳嗽……

那几年塔头滩的雪都格外大，冬猎队的活动也格外频繁，好像在故意刺激我自尊心极强的祖父。我相信祖父每次都承受了一整套的从美好幻想到残酷现实的回归过程。在他抻着瘦骨嶙峋的脖子向窗外看时，一定觉得他的儿子或孙子也在嘶鸣的马队之列；等到他坐回原位狠吸蛤蟆头旱烟时，则又不得不接受来自现实的一种巨大侮辱。每至这时，死神便又狰狞地向祖父逼近一步。

祖父晚年对我的极端重视，说明祖父对自己的三个儿子已经彻底绝望了。他已经无奈地把希望战略转移般地寄托到他年仅十三岁的大孙子身上了，好像我真的能如我的名字那样让王氏家族重新像龙一样飞翔起来。祖父临终时那双浑浊不堪的眼睛让我永远都不会忘记。那是一个人一生都想做强者而一直未能如愿的无限凄凉的眼睛，那是一双苦难深重的不再有任何机会的垂暮老人的眼睛。那眼神已不再顾及什么是一位老者的慈祥和深沉。直到今天，我一回忆起祖父那眼神就顿感浑身坠满重荷。

第二十章　同为弱民

父亲而立之年，终于被塔头滩人命名为仅次于赵干巴的塔头滩上第二号大草包。同时，也得到了一个响亮的外号：王大笨。以霍林河的支流小清河为界，我家住在小清河的西岸，赵干巴家住在小清河的东岸。父亲和赵干巴遥相呼应，连刚学会说话的小孩儿都会喊：

　　河东有个赵干巴，
　　河西有个王大笨。
　　赵干巴，人蔫巴，
　　王大笨，吃大粪……

机会总是均等的，王氏家族的运气也是有的。父亲三十岁这年夏天，霍林河确实给了他一次千载难逢的改变王氏家族形象的好机会。

胡老五时代以后，平淡多年的查干淖尔大草原奇迹般地飞来一个

177

传说。说霍林河涨水了，从上游来了众多杂鱼群，同时也跟来了一群大狗鱼，说狗鱼群为首的是一条百年不遇的巨型狗鱼，说又到了查干淖尔大草原再出大"把头"的时代……整个查干淖尔大草原都被这一半真半假的传说搞得骚动不安。

胡二勇子早已是最受崇敬的"汉哥"了，但他还一直没有机会当上"把头"。胡二勇子面对这样一个难得的机会怎么肯轻易放过？春天还没到头，胡二勇子就和一群汉子到河边吆喝，使原本缥缈的传说更增添了一些现实色彩。

美好的传说连同河上后生们一阵紧于一阵的吆喝声又唤起祖父对儿子们沉寂多年的希望：大儿子毕竟长着一身力气呢，近视眼打狼不行，钓鱼没准还行呢。汉子们已经在河边上守了近两个多月了，进入最有可能出现大鱼的七月后，祖父终于忍不住了，一直卧床的祖父竟然能站起来走动了，并用极威严的目光把他的三个儿子都赶到霍林河边上去了。

在鸡爪壕上，手拄大拐的祖父一边走还在一边临阵磨枪似的培训着三个儿子。苦口婆心地告诉他们："万一大狗鱼咬钩了，一定不要急着用力往上拉，得像当年胡老五一样沉着冷静……"正说着，碰巧迎面真就走来了好久不见的胡老五，风一样的胡老五很快就来到了近前。

胡老五肯定听到了祖父在夸他，也并没高兴多少，依旧吹胡子瞪眼睛的样子："哼！王大铁拐，你也不搬块豆饼照一照？老王家人有那个种儿吗？不是我说话难听，就算大狗鱼把你仨儿子的钩都咬上一遍，咱看看哪个有能力把大狗鱼拽上来？那是真格的！"

胡老五说的虽然是实话，但我还是不愿意听。我就扭过脸去不再看他，宁可去看鸡爪壕边的蒿草和壕上无影的大风。我心里暗骂着胡老五："父亲和两个叔叔确实没那能力，但也轮不到你说呀？就你们老胡家人有种啊!"

面对强者的羞辱,身为弱民的祖父又能说什么呢?祖父只好无奈地"哼"了一声,继续往前走。

祖父沉默地走了半天,才回头望了望胡老五的背影,恨铁不成钢地咬了咬牙,接着对三个儿子说:"都给我听好喽,这可是个千载难逢的机会!"

那天我记得真切,老王家祖孙三代、一行五人缓慢而沉重地走在鸡爪壕上的大风里,大风不是好声地刮着,想淹没掉所有的声音,却无法淹没祖父那支沉重的黄榆拐杖撞击地面的声音……

我一度感觉,祖父那沉重的拐杖就像每一下都杵在了我的心上。

其实,我早就观察到了,父亲是偷着揣了两本很厚的书才例行公事般地走向霍林河的。父亲并无心钓鱼,父亲的这些表现,早被心急如焚的我看在眼里了。也许是因为我害怕父亲的怒视,或者是我压根就不再对父亲抱有任何幻想了,才没把我看到的一切及时地向祖父举报,我实在不忍心让祖父再因为不可能的事情生大气、上大火了。

不过,我还是执着地要跟着父亲和叔叔们同去河边。父亲没说行,也没说不行。我虽然绝望,但还是习惯性地不死心,就怀着一种不可告人的监视心理一路跟在他们身后。

要么说钓到巨型狗鱼不容易呢,你得夜以继日地在河边苦苦坚守,等待那稍纵即逝的机会降临。守候没有时限,有时近在眼前,有时遥遥无期。

草原的七月是一年里最热的季节。白天,热浪滚滚,让人难以忍受。芦苇里的粪便散发出巨大味道,浓烈烈的,热乎乎的,臭气熏天。傍晚时分,虽然不像白天那么热了,但蚊子、小咬又开始横行了,更需要雄心壮志和顽强意志。到了夜晚,走到深草处解手,一脚就能踢出好几千只蚊子来。

盯梢儿的我从父亲身后小心地跑过,竟然也能轰起云雾一样的蚊阵。瞬间父亲的后背就让蚊子覆盖住了。父亲被咬得把书都丢在了草地上,老虎一样跳了起来。发现是我轰起了蚊子,就大骂道:"你个小兔崽子,赶紧给我滚回家去!"

我只好像游击队员一样和父亲若即若离,如果不想喂蚊子,那就回家睡上一觉,等天亮了再偷偷地杀回来。

我的发现和我事先的判断一样,父亲的心思果然不在钓鱼上。他几天才给大钢钩换一次鱼饵,大钢钩上的青蛙常常已腐臭或已被小鱼啃光,他却仍歪在岸上有滋有味地看着书。

有一天,我实在看不下去了,就夸着胆子提醒父亲:"现在的首要任务是钓大鱼,你这样做,就不怕我去举报吗?祖父知道了会狠狠收拾你的。"

父亲则立刻又对我大骂道:"你个小兔崽子,怎么还在这儿呢?赶紧给我滚回家去,小心我踢折你的腿!"

其实,我早就应该明白,父亲只是为应付祖父才在他觉得祖父可能光临的时候换上一只新鲜大青蛙。父亲有父亲的想法,父亲觉得就算那巨型狗鱼赏脸咬了他的大钢钩,他也没有能力最终把巨型狗鱼拉到岸上来。从前父亲已为这种事丢尽了面子,所以对父亲来说,还是没有大鱼咬钩为好,最好能平平静静地混过这个该死的夏天。

我充分断定父亲怀有这种无能的心理后,气愤也渐渐消退了许多。我也不想让祖父再生这没用的大气,再上这没用的大火,所以我觉得当初没向祖父举报父亲也是对的。我事后也不会将这一切告诉祖父的,不能再让祖父承受更多无济于事的苦难了。

夏天终于就要过去了,热情满怀的钓手们熬红的眼睛里多多少少流露出些许遗憾的时候,那条巨型狗鱼福音般地给了查干淖尔大草原人一次难得的机会。它终于看好了数以百计的大钢钩中的一个,它竟然吞下了父亲那柄最无精打采的销着腐烂死饵的锈钩!这简直就是命运在和我们王氏家族开着玩笑啊!

巨型狗鱼咬钩半天了,父亲才半懂不懂地感到一些什么。还是因为听见周围汉子们狼一样的喊叫:"狗鸟!你的大钩,你的大钩,狗日的!"喊声激动而气愤。胡二勇子急得直跺脚,眼睛瞪得像要冒出火来。但他不能过来接手,那样就破了塔头滩上的规矩。

汉子们不知不觉中已扔下自己手中的钓绳,他们紧紧盯住父亲,眼睛里也都在燃烧着。汉子们在准备痛心地接受一次莫大的悲凉,痛心疾首地看着父亲这个草包将如何葬送这个天大的好机会……

我和祖父也只能焦灼地站在一旁观看着,祖父拉着我的手依然攥得极紧极紧,疼得我如上刑一般。

父亲犯了几次汉子们看来是钓鱼大忌的明显错误,但大鱼竟然没有脱钩。我想,要不是巨型狗鱼吞下的死钩牢牢地钩在了它那最结实处,应该早就脱钩了。父亲哆哆嗦嗦放完地上的钓绳,巨型狗鱼仍飞速向前冲刺。父亲本来就没有能力熟练而迅速地接上备用钓绳,更别说他的备用钓绳早已坐在屁股下乱成一团了。无奈中,父亲只好学着以往钓鱼"把头"那样:他叼着钓绳末端的铗圈匆忙地跟着巨型狗鱼向水里跑去……

可是父亲远没有以往钓鱼"把头"的水性好,游水速度也远没有人家那样快,再加上巨型狗鱼体力正盛,父亲一度就被大鱼拖拽着向前扑腾……坚持了不一会儿,人们就见父亲慢慢地往回游了。父亲游得很慢,也很吃力,很多人以为他身后仍然拉着那条巨型狗鱼呢。可是,待父亲爬上岸时,人们才发现他手中根本就没有那根钓绳了!父亲伏在岸边紧着咳嗽,一定是让河水给呛着了。

"父亲,你平时对我的威武劲儿哪里去了呢?父亲啊父亲,只要你能为老王家争口气,哪怕回家打死我,我也高兴啊!"祖父和我都被父亲的丑陋行为气得浑身颤抖。

一片悲凉过后,人群死气沉沉地向归途挪去,人们沮丧得连一句最恶毒的评语也不想说了。我扶着祖父麻木地走在人群的最后面,我们没再回头看仍仰在河岸上大口喘着粗气的父亲。又过了好半天,我才在心里咒骂起父亲来:"王大笨啊王大笨,你咋还有脸游上岸来呢?你咋不直接淹死在霍林河里呢……"我没想到一个十几岁的孩子会把自己的亲生父亲骂得那样难听,骂得那样真实……

哗啦啦的霍林河水依然流得铿锵悦耳,像在郑重地对失望到了极点的人群宣布:今年塔头滩的钓鱼大业到此为止了,只能明年再见了。

父亲又一次在塔头滩上出了大名,我家的声誉在河里河外更加显得狼狈不堪。好不容易重新站起来的祖父当天下午就不能下地了,日夜不断地吐血……

那些天,本应伴有祖父最忧伤的琴声,可是没有了。

父亲一声不响地陪在祖父身边,是我看到的所有无奈形象中最无奈的那一种。父亲的无奈表情和他硕大的身体对比起来极不和谐,那种可耻的无奈不该就这么赤裸裸地写在如此高大的男人脸上啊。我不知道天底下还有没有更可恨的儿子,我眼前这个儿子一定是天底下最不堪、最不孝的儿子了!

在此后的无数个清晨和黄昏,祖父的马头琴不知什么时候已经紧紧握在了我的手里,我常一个人孤独地来到霍林河岸边上拉马头琴。我从前也喜欢像胡小慧那样拉《草原家乡》,但现在我的琴声却和祖父拉得一样低沉。不知从什么时候起,我的琴声也变得复杂了,变得忧伤了。在缓缓流淌的河水里，我看见了天空如何从亮丽走向昏暗，云朵如何从轻盈变得厚重……夏日那青青的水草、肥绿的河水已在北方深秋的大风里消失殆尽了。蔫黄的草丛中，一只蛤蟆举步维艰的爬行正如我沉重难耐的少年时代。

  小蛤蟆呀，半拃长啊，
  没长大呀，怨爹娘啊！
  春天夏天还好过呀，
  秋天冬天有冰霜啊……

  生活需要每个人去为之奋斗，可是父亲你每天都干了些什么呢？我多想没有你这个父亲啊，可是你已经是我的父亲了！你让我怎么去面对胡小慧啊！怎么去面对乡亲们啊？父亲啊父亲，我不想借你的光，但你也不能让我抬不起头来呀！我压抑的心灵已经不知多少次在塔头滩最荒凉处如此怒吼了。

  在塔头滩秋日的清晨，除了呼号的大风天，还有浓浓的大雾天。原野上一片宁静，空气中弥漫着咸滋滋的水汽。

  不知道一场大雾起自何时，又何时才能散去。这一切都要看塔头滩上何时再刮起大风了，如果长驱直入的大风从查干湖面源源不断地吹过来，就会将大雾狠狠地撕开。那时，我们就能听到大鸿雁、老鹞鹰和长脖老等深沉而高远的鸣叫声了。在这个季节，野鸭子们从不成群结队，顶多三五只地打着游击战。它们从大苇塘中被大风惊起，惊慌得翅膀拍打着秋叶漫天飞扬，仿佛整个塔头滩都惊慌起来了。

  其实鸟们才是这个秋天和这片查干湖水的真正主人，人类什么也看不见，鸟们其实早就看清了一切。查干湖里发生的和即将发生的一切，鸟们都能看得清清楚楚。

就在当年的深秋时节，塔头滩人都不再幻想那条大鱼，都话里话外蔑视父亲，衡量王大笨和赵干巴谁比谁更恶劣的时候，赵干巴经常一个人出现在霍林河畔。

人们看到赵干巴手里拿着一根长长的竹竿子和一捆破旧的麻绳子，在冰凉的秋日河水里游来游去，就像很不甘心王大笨就那么轻易地放走了那条大鱼，也像很不甘心王大笨就那么轻易地丢掉了一次做人上人的机会。还有人听他一遍遍地自言自语："谁说我没子弹？我有的是子弹！谁说我不行？我行！我怎么就不行？我行着呢……"

人们从来不很重视弱者。有人说赵干巴的精神可能有点儿不正常了，于是，他的不正常行为就显得正常了。人们渐渐习惯了，也就不再留意这个无聊的弱者。

由于我经常一个人到河边溜达，所以经常能看到赵干巴干柴一样的身影。不知为什么，我突然间不再把他和那些不雅的童谣联系在一起了。从前我也看不起赵干巴那个熊样，而现在我却觉得他比父亲王大笨更像一个男人。最起码，他的心底还深藏着梦想啊。渐渐地，我竟然还有些敬慕他了。望着赵干巴顽强而执着地跋涉在霍林河边的背影，我眼前常常出现一种幻觉：手中经常拿着大马鞭子的赵干巴此时则高高地举着一面血色战旗，正率领着苦难的赵氏家族顶着枪林弹雨，跨越艰难险阻，冲向硝烟弥漫的决胜战场……那场面一度极其宏伟、极其壮美。

已经是初冬了，塔头滩夏日的风波渐渐平息下来的时候，鸡爪壕外突然传来一声悠长的叫喊声。不，确切地说那应该是号叫声。那号叫声说不上是喜悦还是悲痛，号叫声揪紧了塔头滩人的心，立刻，一大群塔头滩人就让那号叫声扯到霍林河边上去了。

霍林河边上,赵干巴一边号叫着一边从河里往外拉着绳子。那绳子竟然就是父亲当初脱手的那根!人们极其惊奇:赵干巴是如何重新抓到那根绳子的呢?人们观看奇迹一样呆呆地注视着眼前的景象——头发胡乱耷拉在额头上的赵干巴浑身泥水,摇摇晃晃地用尽全力拉着绳子,大鱼不久就在浅滩上翻滚着凸现出来了……那真是一条百年不遇的巨型狗鱼啊!只有借助滑润的黑泥浆,赵干巴才能勉强拉动它。

眼看巨型狗鱼就要上岸了,突然"嘣"的一声,破旧的钓绳崩断了,赵干巴四仰八叉地摔在地上。几乎同时,他又出人预料地弹了起来,不顾一切地向在水中滚动的巨型狗鱼扑了上去。赵干巴张开双臂紧紧地抱住大鱼,大鱼竟带着他,掀起一溜黑色泥浪,冲入了霍林河……

看上去,眼前这个赵干巴虽然比当年翻在草沟里那个赵干巴还要狼狈,但人们并不觉得他招笑了。所有围观的人都被他的举动震惊了,半天才反应过来到底发生了什么。人们焦急地等待河面上立刻漂出一个人来,漂出那个干瘪的赵干巴,可是河面一直静悄悄的。

五分钟过去了……

十分钟过去了……

二十分钟过去了……

半个时辰过去了……

人们终于不能再等了,于是所有的船一齐驶向霍林河深处,所有的人都开始了声嘶力竭的呼唤……

晚上,众多船上都点起了火把,加上此起彼伏的呼唤声,霍林河宛如一个喧嚣的夜市。初冬的空气好像也让火把熏得灼热,霍林河水让火光映照得如同沸腾的红色铁水。

塔头滩人怀着肃然起敬的心情一连找了十几天,找遍了霍林河上中下游全程水域，也没能发现赵干巴和那条巨型狗鱼的任何踪迹……

后来，在霍林河边上早晚有很厚冰碴儿的时候，有一天，橘红色的日出下慢慢悠悠地漂起了一座黑色小山。一路惊奇的人们来到近前才看清楚：原来，那座小山就是那条巨大无比的巨型狗鱼，已经死去多时了。人们把巨型狗鱼拖到岸上时，竟意外而惊恐地发现：在巨型狗鱼身底下还有一具僵硬的，已经泡得有些浮囊了的男尸！即使都有些浮囊了，男人那双手臂也并不粗壮，却如钢筋一样从巨型狗鱼的两鳃间交叉穿过，再紧紧扣住，牢固得几乎无法让身体和大鱼分开。有人发现了死者额头上标志性的轻散发黄的头发和一处暗红色胎记，辨认出这个僵硬而浮囊的男人正是赵干巴。

赵干巴抓到的这条巨型狗鱼是霍林河里几十年未见的极品大鱼，塔头滩上终于又出现了一位能钓上极品巨型狗鱼的悲情"把头"。不久，赵干巴的大号——赵福强连同一根巨大无比的狗鱼骨架就出现在了拉嘎老古庙里。举行仪式那天，赵干巴的老父亲赵罗锅子和他那有点儿缺心眼儿的弟弟赵小眼睛并没有表现出多少悲痛和伤心，表现出更多的则是赵氏家族压抑多年后得到彻底解脱的狂喜和振奋。不大会写字的赵罗锅子颤抖着布满青筋的老手极其郑重地把"赵福强"三个字写在了大红纸上，再由守庙的乌兰巴布老人用刻刀子深深地刻进厚重如铁的黄花梨子牌匾上。

从那一刻起，老赵家历史上的弱民形象终于以赵干巴的英勇悲壮而宣告结束了，拉嘎老古庙里从此也有了老赵家的一席之地。就像赵干巴成就了赵氏家族所有老少爷们儿的人生伟业，赵罗锅子喜极而泣，仰天长叹……老泪纵横的赵罗锅子孩子一样哭着，哭出了多年的压抑和梦想实现的狂喜。长久的哭号之后，赵罗锅子竟当场激动得昏死在老古庙前，好久好久不省人事……他的半傻儿子赵小眼睛根本就没顾得上老爹赵罗锅子的死活，一直高举着酒壶闭着小眼睛亢奋地手舞足蹈着，不厌其烦地号叫着："行了！这回行了！杂种操的，我们老赵家人终于行了！"

祖父已经不能起床了。听到外面不是好动静的人号马嘶，他瞪圆了那双绝望而悲凉的眼睛。

父亲那天没敢到拉嘎老古庙去，他一直在家里深深地低着头，就像一直在寻找着地缝……

我触电一样从老古庙跑回家后还格外仔细地观察了父亲，他比以往任何时候都显得狼狈不堪，脸色苍白得吓人。二叔和老叔也恶狠狠地盯住他们的大哥看着，就像是他们的大哥剥夺了他们重新做人的机会……

第二十一章　祖父静悄悄地走了

　　当年冬天，刚进腊月就有成群的草原狼出现在雪野上了。当所有的血性汉子都杀向旷野，誓与群狼拼个你死我活，争当塔头滩新一代汉哥时，无缘前往的父亲实在抬不起头来了，他竟然想出了一个最见不得人的主意。父亲把王氏先人传下来打老鼠用的踩夹子偷了出来，带到狼脚印最密集的地方。也许父亲实在经受不住祖父的痛骂和家人的白眼了，不再考虑动用什么手段，就是想亲手摸一摸查干淖尔大草原上的野狼？

　　父亲并没敢在第一时间到雪原深处去下夹子，他偷出夹子很多天，才于一个寂静黄昏身背火枪走向鸡爪壕里的近埠雪原。我本来是很善于观察的，但我早就对父亲大失所望了，我对这个叫王耀祖的父亲的一切行动早已经视而不见了。

　　父亲头一天晚上埋好的夹子，他肯定以为第二天一早就可以收获到夹子上的战利品。可是事情远非他想象的那么简单，草原野狼集凶狼和狡诈于一身，平时雪地上的足迹看上去好像非常随意，可父亲埋了夹子的地方却不再有一只狼蹄印了。父亲在那几天中看上去总是抓耳挠腮的样子。

虽然后来我发现了父亲这与塔头滩汉子水火不容的行为，但我仍不想去干涉。不知为什么，我一点也不想阻止他。我似乎想看看他到底能熊到什么程度，似乎也想看看他万一夹住狼腿时能否将活狼抓到手……所以，我极耐心地等待着。

五天后的子夜时分，从父亲埋夹子的地方传来一阵阵极其惨痛的狼嚎。整个查干淖尔大草原都被那嚎叫声所震颤。那不是一般的叫声，是狼在极度痛苦时才会发出的绝望叫声。

父亲显然知道是怎么回事，可他竭力装出若无其事的样子。他也许在想，等到天亮，狼群散去之后，他就去把那只倒霉的活狼绑回来，扛着它在村里走上一圈……我隐隐约约能感觉到父亲那种小心而胆怯的兴奋。

可是，谁也没料到，胡二勇子率冬猎队队员们连夜赶去察看了。

他们找了半天才在灰白色的深雪窠子里找到一只带着大铁夹子的狼腿。铁夹子深深嵌入狼腿的膝骨处，中间只有夹得扁扁的筋连着。而狼腿的断点却是在远离夹子铡口的股骨中部。胡二勇子点亮火把才看清楚，那狼腿的横断面让人看了直起鸡皮疙瘩，那哪是折断或夹断的？狼腿上的肌肉连同股骨都是经过一点点啃断的！在场的所有人都回忆起不久前那惨绝人寰的叫声……众人不禁为这只伟大的狼默然肃立。有人猜测：肯定是一只母狼，为了哺乳期的狼崽子，才硬生生地一点点啃断了自己那条粗壮的后腿……

胡二勇子后来发现了踩夹子上刻着"王"字，就什么都明白了。他极崇敬地双手擎着那条狼腿率众人沉默地回来了，他把那只铁夹子和狼腿摆在祖父面前，什么也没说就走了。

祖父直直地盯着那条狼腿和夹在狼腿上的铁夹子，什么话也说不出来。祖父苍白着脸，把牙咬得咔咔直响……

父亲耷拉着脑袋坐在角落里，不敢正眼看人，连我的目光他也得回避着。

两个叔叔也铁青着脸，恨不能上前给他们的兄长几记大耳刮子。我也无奈至极，恨从心中起，恶向胆边生：父亲啊父亲，你自己可以不要脸面，但你能不能为我着想着想啊？你让我今后还怎么去面对胡小慧啊？

王氏家族的脸面被父亲的愚昧举动彻底丢尽了。祖父当天晚上就大口大口地吐血，几日后就无限绝望地与世长辞了。

祖父临终遗嘱：丧事从简，要带就只带上那把旧马头琴吧。祖父说他只配悄悄地离开，没有脸面走出动静。

祖父虽然悄悄地走了，但关于狼腿和父亲的故事仍雷电般地轰鸣着，很快就传遍了整个查干淖尔大草原。连三岁小孩的童谣里都有对父亲的精准评价："王大笨，大囊瓜；打狼腿，下踩夹……"

几个月后，一只三条腿的狼带领狼群对村民进行了一次报复性袭击，一位少妇和怀抱着的一个小孩儿葬身于群狼之腹。

胡二勇子率冬猎队追剿群狼时活捉了那只三条腿的狼，那果然是一只哺乳期的母狼。杀红了眼的胡二勇子并没忍心杀死这位三条腿的狼母亲，最终还是把这只可恨至极的凶狼放生了。

没过几天，那只三条腿的母狼就又家狗一样出现在村头，走路仍然一瘸一拐的。这回，它没有再伤害人畜，人们也就没有再去伤害它……

一年后，人们又看到那只三条腿的母狼带着五只小狼同时出现在了村头。第一次，还有人惊慌失措地大喊大叫．快看哪，狼群！但三条腿的母狼并不为所动，依旧不慌不忙地带着它的孩子们平静地走着。直到人们看清了还是那只三条腿的母狼时，才重新放下心来。因为那个由六只狼组成的狼群中，只有一只三条腿的大狼，另外五只则是正在吃奶的小狼……

以后的日子里，三条腿的母狼经常家狗一样出现在村头，它越来越老迈了，它那艰难的行走更像是一种无声的抗议，在用铁的事实对父亲乃至王氏家族进行着另类的嘲讽和羞辱。人们一看到那只悲惨的老年母狼，就会想起老王家的大踩夹子，就会想起我的父亲王耀祖，连同他那些不咋好听的外号：王大笨、王大眼镜、王大囊瓜……

我亲爱的父亲为了证明自己，做的这件极其见不得人的蠢事，让王氏家族在查干淖尔大草原几近身败名裂。

就是从天起，我觉得自己已经不再是草原上的肆意孩童，我在心里郑重发誓：从今以后绝不再使用夹子，包括用夹子打山雀儿。

第二十二章 为丑香子而战

　　就在祖父去世的这年冬天，二叔单枪匹马走进了白色原野深处。那是在一连几天大雪初停的早晨，二叔向着塔头滩冬猎队出发的反方向挺进了。

　　这一点儿都不难解释，王氏家族成员急需证明自己有种。另外，当时英俊的二叔正偷偷地打着老季头的五姑娘季丑香子的主意。虽然小时候在一起玩过，但长大后身为弱民的二叔就很少能正面接触到同村女人了。二叔是在一年前的查干湖冬捕现场看热闹的人群中重新接触上丑香子的。那天二叔通过反复观察，发现特别爱笑的丑香子还是小时候那样子，二叔是在确认丑香子有足够的恻隐之心之后才斗胆表示了自己那见不得人的意图。查干淖尔大草原的女人属于强者，弱者绝对不敢公开找什么女人，哪怕是个丑女也不被允许。在查干淖尔大草原，只要女人愿意，强者可以随便搂抱任何一位单身女人，无可厚非。而弱者从来就不存在什么艳遇，大多数弱者连媳妇都娶不上。关于弱者的两性关系只有几段半真半假的传说，基本都是弱者偷腥被打折腿或剜瞎眼的真名实姓的案例。传说远比今天的婚姻法有威慑力，足以令想越雷池者望而生畏。

丑香子从小就是个出了名的善良姑娘，她虽叫丑香子，但长得并不丑，反倒有些姿色呢。当她明白了二叔的意思后，没说行也没说不行，只是笑了笑，说得回家问问她爹，红着原本就挺红的胖脸跑远了。这就足以让二叔激动万分了。从那以后好几个夜晚，二叔都瞪着血红的眼睛陷入冥思苦想状态：自己如何才能去杀死一只大狼呢？自己如何才能像个英雄呢？自己如何才能看上去很强壮呢？

二叔又一次在村头约会丑香子时，丑香子沮丧得都要哭了。说："我爹坚决不同意啊，还骂我是完犊子……操的。我爹还说，除非王老二抓回一只活狼来，在村子里遛上一趟……"

二叔就是一气之下为了证明自己不孬、丑香子嫁他不赔，才不顾生死只身走向雪原深处的。

只是二叔的孤身出行谁也没想到，直到中午父亲让二叔垛马草时，家人才发现二叔连人带马都不见了。

下午四点多钟，仍不见二叔的身影，父亲就厚着脸皮来到冬猎队队长胡二勇子家，哆哆嗦嗦地说："那啥……我二弟不见了。胡队长，你看看，能不能帮我们找找，要是……那啥……可就那啥了……"

胡二勇子刚刚领着冬猎队打狼回来，气还没喘匀，耷拉着眼皮，看也没看父亲一眼："真是狗揍的熊货，你们老王家咋净这些破事儿呢？"说着不耐烦地走出门，不紧不慢地吆喝一些队员重新奔向雪野。人家这算给了大面子了，父亲和老叔龟孙子似的跟在后面。

傍晚时分，人们才找到二叔出事的现场。很远就能看到灰暗的雪地上零零乱乱、乌七八糟地散落着一大片杂物，很明显是人狼相搏后

193

狼胜人亡的残迹。被丢在雪地上的二叔尸体血肉模糊，身边卧着一只死狼，狼头上有红色弹孔和血迹。离他两丈开外的地方躺着他常骑的那匹红马，只剩一个壳了。周围斑斑点点都是暗红的血迹，二叔那杆摔弯的双筒猎枪半隐半现，遗落在雪窝子里。

胡二勇子下马后正好踩在那杆猎枪上，他飞起一脚把那枪踢出老远，面部表情透出毫不掩饰的轻蔑。塔头滩冬猎队最忌讳用猎枪，更看不起用猎枪对付草原狼的男人。胡二勇子飞起一脚那形体动作，就代表人们对死者的精确评价了。

"就地埋了吧。"胡二勇子像是征求我父亲的意见，又像命令我父亲就这么定了。这也是塔头滩的丧葬禁忌——在野外过世的人，尸体就在野外埋葬，是绝不允许运回家里的。塔头滩人不叫软埋，而是叫生埋，是塔头滩上最低等人最低级的丧葬方式。

于是大伙儿就赏光一样下了马，帮着我们埋二叔。塔头滩上的强者们从前还不曾给弱者亲手送过葬，眼前破天荒的不同寻常使父亲和老叔有些不知所措，忘了去想他们的兄弟死得是否悲壮。

坑挖得差不多的时候，一直没有动静的二叔突然动了一下胳膊，还奇怪地哼出了一声，把所有的人都吓了一跳。

这时，父亲和老叔也惊喜地发现他们的二兄弟还没有死透。父亲让大家停下来，赔着卑微的笑脸，只好又厚着脸皮央求胡二勇子帮着把他二弟运回家里去抢救。

"回光返照吧？他还有抢救的价值吗？为了这样的一个十足的废物，还让我的兄弟们跟着受这么多罪！哪有老猫给耗子抬轿的道理？给我远点儿赳着去吧！"胡二勇子一脸的不高兴。说着，就带着大家打马而去了。

最后，父亲和老叔连抬带背，总算连夜把二叔运回了家。医术高超的祖母使尽了全身解数，竟然奇迹般地把她可怜的二儿子给救活了，让二叔意外地从死神手里挣脱了回来。

我想，那肯定也有爱情的力量，毕竟二叔心中一直有一个叫丑香子的女人呢。

只是二叔到死时还不知道，丑香子早已经让她爹许配给赵干巴的傻弟弟赵小眼睛了。因赵干巴的英雄壮举之后，"翻身得解放"的赵家也成了塔头滩上有头有脸的人家。赵干巴虽然生前没有享受到"把头"的待遇，但他的家人却得到了强悍无比的马太福音。

就在二叔起死回生的两个月后，赵罗锅子给赵小眼睛和丑香子举办了还算隆重的婚礼。长着一双小眼睛的赵小眼睛苦尽甘来，终于娶到了比自己大三岁的漂亮媳妇。更让他喜出望外的是，第二年漂亮媳妇就给他生了个大胖儿子。赵小眼睛真是乐坏了，还亲自给儿子起了个小名叫赵三尿子。村人就不能理解了：这不头一个孩子吗？排行又不是老三，为啥叫赵三尿子呢？赵小眼睛一开始咋问也不说，一次醉酒后才瞪着红红的小眼睛大着舌头说出了实情："俺媳妇可是块肥田，圆房那天晚上我往肥田里尿了三次呢，不叫三尿子叫啥呢？将来比他爹还得尿、尿性！"

二叔知道这事后，一度都要疯了。以前二叔不咋关心田地，打那以后，二叔却常常直盯盯地瞅着田地发呆……

随着我年龄的增长，我越来越受到家族的重视。父亲没有辜负祖父临终时的眼神，常常带着我到草原上去练马术，到很远的采石场去搬石头长力气。十三岁的我比祖辈和父辈当年都要强壮得多，全家人的希望一齐向我涌来，我常能感到扛着沉重的希望向前行进时那种浩荡的声响。

肩负着沉重的希望，我于童年晚期开始了拯救家族的史诗性创业。

我苦难的自觉性没有让祖母太着急，总是有空儿就练骑马举石头。每个人都知道以塔头滩崇尚的方式对付草原狼群需要的是些什么，生在塔头滩的每个生命都知道，草原狼集凶残、狡猾和耐性于一身，哪怕你是战胜过它们的人，你也不敢妄言轻松。

第二十三章　颤抖的儿歌

　　除了草原常常闻到那种别样芬芳，我还经常能闻到另一种真实而又缥缈的味道，那是由阳光做酵母，将绿色蒿草和斑驳野花的幽香搅拌在一起，再加上黑色腐殖土的浓腥，共同酿造出来的更为踏实、更为亲切的味道。

　　这天也许是七月里最惬意的一天了。蓝天白云，只有气压极其稳定的时候，草原上才会有这样的好天气。从清早起来天色就十分明朗，朝霞似火，但又不像火那样燃烧，而是散布着柔和清爽的红潮。太阳也不像往日那样热辣辣的，不是暴风雨来临前的那样暗淡无光，而是一眼就能望到底的明净清澈。此时，阳光正从一片棉花样的云下安静地透出来，穿越于淡紫色的薄云中。而远方蓝天上舒展着的朵朵白云，则更像慢跑着的没有尽头的羊群……

　　夏日的草原就像一个成熟而茁壮的母性。肥沃的黑土地上，蒿草密集得无暇闲散，只好齐刷刷地往上挤着生长。似乎每一阵微风吹过，蒿草都能抻长一大截儿。踏在柔软而富有弹性的茂密蒿草上，复合的草香味能让人一阵阵感到心神迷醉，只想长时间地趴伏在上面。

在鸡爪壕外，碧绿的河湾草地上有一大片五颜六色的花海。花海里，有红色的鸡冠花，紫色的打碗花，蓝色的羊耳朵，粉色的牵牛花，黄色的狼毒花，白色的曼陀罗……它们总是争奇斗妍；而低调的含羞草，优雅的满天星则总是静静绽放；当然还有更平凡的狗尾花和扫帚草们，它们的花朵虽然不大，也不鲜艳，但是它们会搔首弄姿，会随风摇曳……在花海，还有美丽的蝴蝶在飞舞，有辛勤的蜜蜂在采蜜……

花海后边广阔的沼泽地带生长着各种蒿草，我给它起了一个独特的名字叫百草汇。我对这里生长的每一种蒿草都如数家珍：婆婆丁、苣荬菜、麻果、天天、徽菜、毛毛狗、谷莠子、水稗草、芦苇草、蒲棒草、蛤蟆退子……百草汇的边缘生长着七零八落的蒙古黄榆。它们将并不浓密的树冠弱弱地伸向天空，试图用稀疏的绿叶覆盖大地。但是草原似乎并不需要它们的庇护，花花草草一直在无所顾忌地茁壮成长……

大草原诱惑着每个成年人，也诱惑着所有的孩子。我常跟着老姑去河湾挖野菜，目的就是想去趟那片必经的长开满了各色花朵的河湾草地。我尤其喜欢花海中那些为数不多的高棵的小白花，觉得那些随风摇曳的小白花就像老姑似的，不仅亭亭玉立，而且纯洁美丽……

我过十三周岁生日那天，风和日丽。本来祖母不打算让我跟老姑去河湾草地挖菜，祖母想让我在家帮她倒缠羊毛线。就是人们常见的那样小孩双手撑着大线套子，老太太不厌其烦地把线套子缠成巨大的线团子。祖母说她要给我织一双又好看又保温的羊毛袜子，预备冬天到来的时候穿。

而我却执意要跟着老姑出去玩儿，一门心思要跟老姑上河湾草地。后来，祖母看实在无法把我留住了，就在我走出大门后喊着叮嘱："可得加小心啊，早点儿回来！"我拐过房山头才敷衍着答应了祖母："嗯——哪——"

我记得那天去河湾草地的路上，长得越来越像祖母的老姑一直在教训我，让我以后要如何如何听话，不仅要听祖母的话，还要听她的话……我说："听祖母的话没得说，听你的话就不一定了……"我拐弯抹角地一路上和老姑顶着嘴。后来，老姑为了治治我的任性就喊"狼来了"吓唬我。我知道夏天狼群早就散开了，不容易碰上狼。我虽然装作不害怕，但心里也在直哆嗦。开始时，我还装出英雄的样子说："狼来了好啊，我就徒手活捉了它！"后来，等老姑稍稍离我远一点儿了，我就露出了本来面目，哭着喊叫着跑向老姑，并跟在老姑身后拼命往前跑。老姑跑得比我快多了，把我甩在身后三五十米开外，逗得我只好在她身后像狼一样地号叫……

"龙飞子，你说，以后听不听祖母的话？"老姑在前边问。

"啊，听——哎——等我一会儿。"跑在后面的我比平时驯服多了。

"龙飞子，以后听不听我的话？"老姑又问。

"不，啊，听、听——噢——"见老姑越跑越快，我只好改口，并没好声地叫着答。

"龙飞子，到底是听还是不听？狼就在你身后呢。"老姑说。

"听，听听——噢——"我真以为狼就在身后了。

老姑说："胆小鬼，就你这样长大了还能入冬猎队，还想娶人家胡小慧？"老姑终于停了下来。

我抓住老姑的手后又不害怕了，眼泪没干就笑了。于是又在行动上表现出故意不听话，我一边走一边踢草原上盛开着的白色小野花，很多好看的花让我踢得香消玉殒、落叶纷飞。我知道这是老姑一向反对的，我在故意挑衅。老姑虽然心疼，但她装作没看见，她还是了解我的犟脾气的，我的挑衅过一会儿也就自消自灭了。

走了一会儿，我突然有些肚子疼，就喊老姑："停一下，我要上厕所！"

老姑知道我这从小就有的臭毛病，无论大便小便，必须得到没人能看见的地方，还得有人远远地守护着。过去的无数个春夏秋冬，除了祖母，基本上都是老姑来充当这个守护者的角色。老姑就说："龙飞子，常言是怎么说的啦？懒驴上磨……什么来着？"

我"哼"了一声，匆匆向一片长着高草的地方走去，还不忘回头吩咐着老姑："你不能离我太近，不得看见我脑袋以下；你也不许离我太远，我得能随时看见你身影！听见没有？"

"你还说道不少呢，我还不了解你呀？一个胆小鬼，还死要面子。不就解个手嘛，旁边也没人呀，毛病还不少。"

"你不是人啊？必须距我百米开外！"我肚子又一阵生疼，就紧走起来。

"看见没？都'屎'到临头了，还跟我装横呢？"老姑说完，哈哈大笑起来。

我只好忍了，继续向远离老姑视线的高草丛走去。这一点上，我从来不像季大鼻涕和胡大宝子他们那样，转过身找个草窠子就尿，低着头寻个背旮旯就屙。我必须得走出所有人的视线范围，得来到绝对的"无人区"。

虽然肚子很疼，我还是尽量走得远一点。终于在只能遥望到老姑的小身影时，我才像个小偷一样蹲了下来……

在夏日的草原上蹲着并不舒服，除了有蒿草扎着屁股，还有蚊虫的疯狂叮咬，更要接受来自大草地热烘烘的蒸烤……

由于肚子疼，我就多蹲了一会儿。果然，老姑等得不耐烦了，就在远处喊起来："龙飞子——快点屙——狼来了——"

这在我的预料之中，老姑经常会这么干。记得有一个冬天的夜晚，她也是这么干的。那次我是想多看几眼夜空上冷飕飕的星星，我不明白冻得直眨眼睛的星星为啥还是那么亮呢？就算它们是燃烧的火，那也得有熄灭的时候吧……胡思乱想着，我就多蹲了一会儿。没想到老姑穿得太少，冻得实在挺不住了，就用狼把我吓了起来。我是一边往家走，一边心跳着回头仰望着满天亮星星的……

老姑又来这一套，我才不信呢。但我还是不由自主地加快了速度。我一边往回走着，一边声音不小地说："狼有什么可怕的，来了我正好活捉了它。"我嘴上是从来不会输给老姑的。

"你厉害，你就吹吧。"老姑挥舞着手，示意我们要继续赶路了。

到了正午的时候，云块渐渐消失了，天气有时热得厉害，有时田野的斜坡上甚至闷热；但是偶尔又有微风能把郁积的热气吹散一些——这是天气稳定不变的征兆——蓝天白云。河水穿行于原野间，匆匆奔流着。在干热的空气中，散布着苦麻菜、艾蒿子和收割后麦田的气味。毫无疑问，这种天气正是塔头滩人所盼望的好天气。

多才多艺的老姑平时就喜欢唱歌，好天气也让老姑有了好心情。老姑一边干活一边哼唱着她平时最喜欢唱的那几首民歌……

下午，采完野菜往回走的时候，我仍不忘老姑吓唬我的事，就故意惹老姑生气。老姑背着一大筐野菜，我则跟在后面揪了一大把老姑最爱惜的白色小野花。

老姑装作没看见，继续哼唱着民歌，我就跑到她前面去了，向天空抛撒起白色野花……

突然，老姑停止了哼唱，回头张望着，像喊又像说："大侄儿，狼！"但老姑的声音不是很高，只是"狼"这个字眼儿对于我来说实在是太有威慑力了。

我正好走在老姑前面，撒腿就跑。因为老姑总是跑得比我快，我必须得先跑，好在老姑就要超越我的时候抓住她的衣服或者头发。

而这回，老姑却一直没有追赶上来。断断续续地，她好像又在哼唱起一首老掉牙的童谣："小兔子乖乖，把门开开……"

我以为，老姑这回一定是因为背着大菜筐跑不动了。当我回头看时，老姑背上的大菜筐已经不见了，却仍不远不近地落在我后边。后来我才发现，老姑并没有跑，而是一边快速走着，一边慌张地回头张望着。老姑见我回头看她，便又低声喊道："大侄儿快跑！狼来了！"接着还是故作镇静地哼唱着那首童谣。

老姑还是亲切地叫着"大侄儿"，没再叫"龙飞子"，总觉得语气有点儿怪怪的呢？我这时才发现，在老姑身后五六十米处真的跟着两只大狼，那两只大狼跟蒿草一个颜色，几乎是黄绿色的。狼很大，能看见深色的脊背和尖尖的耳朵在草浪间隐约闪现……我"哇"的一声哭起来，两条腿好像不听使唤了似的。我真的跑不动了，我是被吓的。我绝不是怕老姑让狼吃了才不肯跑，绝不是。

我看见狼开始跑向老姑了。这时，又传来老姑声嘶力竭的喊声："大侄儿，快跑！快跑啊，大侄儿！"我看到那两只大狼已被老姑拦住，她就要以自己的血肉之躯与狼周旋而为我创造逃生的时间，可我只能号叫着爬行了。

接下来，老姑还不停地往地上吐唾沫，草原人对那些给自己带来厄运的事物产生厌恶心理时，经常表现出这种无可奈何的行为。

而狡猾的草原狼还是识破了老姑那故作镇静的歌声，老姑的唾沫也没阻止它们的险恶用心，两只大狼还是扑向了苗条而美丽的老姑……

一阵响亮的马蹄声中止了我身后那场悲剧的进一步发展。一个骑马的汉子正好从这里经过，他也听到了老姑的歌声，是他将那两只大狼追向了草原深处。

浑身是血的老姑不顾一切地从后面追过来，紧紧地抱住我，连声呼唤："大侄儿！你没事吧？大侄儿！我的大侄儿啊……"

我感受到一种不是母爱但又胜似母爱的亲情，我把脸紧紧贴在老姑二十四岁的胸脯上，我有生以来第一次学会默默地哭泣，这种哭泣远比哭天喊地来得真实。我觉得我正依附着的身体就在几分钟之前曾从容地决定为我而毁灭，而现在侥幸地生存下来，仍然满载着亲情，满载着草原，满载着天空……老姑疯狂的心跳让我眩晕，让我颤抖，让我轰鸣。

在这片令我痴迷的河湾草地里，我体验到了一次真实的生命接受抚摸、接受拯救以及以生命置换生命的惊魂感受。

以后的日子中，我不知多少次认真地想象：如果那天不是碰巧遇上那个骑马的汉子，老姑注定要与狼周旋，她定会不遗余力地挣扎到生命的最后一息，好让她的大侄儿跑得更远，直至脱险……

老姑因为救我身上多处负伤，最严重的地方是在左侧的胸口处，该死的恶狼几乎咬掉了老姑大半个美丽的乳房。

从小到大，我从来没觉得"狼来了"是件什么好事。除了无名的紧张和恐慌之外，再就是无限的没有着落的惊悸和怅惘。

美丽的老姑因此而打了折扣，她没能嫁给她最心仪的冬猎队员孙四愣子。一年以后，老姑委身给了那个救了她和她大侄儿命的普通男人——满仓子。但老姑还是笑着出嫁的，笑得格外灿烂。

第二年，老姑就给满仓子生了个大胖小子，乳名叫石头。

从那以后，我更加承担不动自己的价值，生活更加沉重。我常用心苦想，难道我也不能为王氏家族争一口气吗？我苦苦地练着，苦苦地期待着十八岁的到来，我一定会战胜那个不可一世的胡大宝子的，将来我一定要当上塔头滩冬猎队的队长。

在老姑舍命救我之后，我好像一下子成熟了不少。我不再和同龄的孩子们玩那些简单的游戏了，也不再去打山雀儿了。除了仍然想看见胡小慧，我更喜欢一个人独处。没有了祖父的马头琴，我就在内心深处哼唱着那些古老的曲调……

冬天来了，我也不再去打雪雀儿了，我宁愿看以前并不怎么喜欢看的给马挂掌子、给牛拴套子、给羊剔皮子……

初冬的草原，清爽洁净，皑皑白雪替代了绿色植被。尚未完全结冰的霍林河蜿蜒流过，就像渐渐减弱下去的蒙古族长调。往日绿草茵茵的原野，变成了白毛风的通道，空旷的苍茫大野尽收眼底，不知不觉，我已长成惆怅少年。

第二十四章　坐牛

　　上马走哇，那边的草地上牛羊肥硕呀！
　　上马走哇，那边的草地上酒肉满桌呀！
　　上马走哇，那边的草地上有少年唱歌牙！
　　上马走哇，那边的草地上有茨仁娜索（美丽的姑娘）呀！

　　草原民谣似乎永远都是唱给别人的。从我记事起，就没见王氏家族辉煌过。王氏家族一直生活在查干淖尔大草原沉甸甸的苦难之中和黑乎乎的阴影之下。
　　在王氏家族最黑暗的漫长岁月里，总是乐观的祖母能给我们带来一丝光亮。每到最难的时候，祖母还是经常念叨："王家男人弱是弱了点儿，但是王家男人还是有种的……"
　　王氏家族遗传的羸弱使我们一直与塔头滩冬猎队无缘。自从祖母嫁过来那天起,她看到的王家所有的男人几乎都是一个形象。那就是他们每个人都时刻不遗余力地处于苦难挣扎状态,妄图改写家族的弱民历史,但所有的努力又均以惨败告终。祖母说,在强者看来,我们不过是一群奄奄一息的可怜蚂蚱,在秋天里毫无希望地挣扎着。而那暗无天日的苦难,也只有我们自己才能真切地体验得到。

那么问题又来了,当年天生丽质的祖母为啥能义无反顾地下嫁给一条腿已经残疾的祖父,并无怨无悔地为王氏家族日夜操劳坚守呢?这一直是王氏家族史上的一个巨大谜团。

嫁给强者,可是那个时代每一位美丽女人最在乎的门面问题啊!而祖母为啥选择了身为弱民的祖父呢?祖母给我讲了那么多家族往事,但她总是有意错过这个重要环节。

我真的无法想象漂亮的祖母当年是在何等境况才肯下嫁给我祖父的。但事情就是那样发生了,就在某一个风和日丽的早上,中医世家的祖母伴着她老父亲杨大算计恶毒的咒骂声,毅然决然地嫁到了王家,她就那么淡定地来了,是背着一个大大的中药箱子来的。她心中肯定有一个无比美丽的梦想在支撑着她,她要让王氏家族的男人从此健壮起来,走向辉煌……

从老年祖母的脸上,我依然能看出她当年的美丽来。祖母慈眉善目,秀外慧中。祖母年轻时一定是个非常漂亮、天生丽质的美人。我的三个漂亮姑姑长得都很像她。

在我童年的印象中,祖母一生都在真心实意地为王氏家族操心、上火。她为王氏家族分担着一切能够承担和不能够承担的沉重。祖母常说,王家男人身体是弱了点儿,但一点儿也不熊。也许就是因为我祖父那代王氏男人的强烈抗争意识于某个暗蓝色的不眠之夜打动了我祖母,她才大逆不道、赴汤蹈火般地委身于一个弱者,才没去计较那个时代一个漂亮女人最应该计较而且唯一应该计较的事情吧？这是我一直以来的无据猜想。祖母的终身大事就这样被她自己从容地决定了。她从来没说过后悔，乐观的祖母从来没说过沮丧的话。

祖母嫁给祖父时，祖父就是半个残疾人了，祖母说她一直在全力帮助祖父增加体能。

祖母总是任劳任怨的样子，天生干净利索，里里外外都让她打理得井井有条。

年轻的祖母精力充沛，除了管理好自己家里，她还背着药箱走家串户为乡亲们义务看病。

就算祖母那双美丽的小脚走起来非常好看，但也不能用来长途跋涉。由于有的人家实在太远了，后来祖母竟学会了骑老牛。

说起祖母骑牛还有一段骑牛救命的故事呢——

祖母嫁到王家时带来了不少秘方，尤其是小儿脐劳风的小红药丸，更是药到病除，救了很多小孩儿的命，被誉为"救命奶奶"。祖母救治小孩儿，从不收费，随请随到。记得有一年冬天的半夜时分，忽然有人叫门："大太太，救命的了，救命的了！"祖母急忙起来穿衣，奔出门去。只见一个三十多岁的蒙古族汉子牵着一头牛连声说："孩子要不行了，上牛吧，快上牛吧，大太太！"祖母傻眼了，她从来没骑过牛。汉子见祖母犯难，又连声叫："孩子不行了，孩子真的不行了，救救命吧！"祖母一狠心说："那你就把我抱到牛背上去！"祖母骑到牛身上，没走两步，就滑落到地上。因为牛背是活的，没有经验是根本骑不住的。没办法，汉子说："我背你吧！"祖母说："不行，四五里地远呢，那怎么行？我不怕，我再试试！"就这样，祖母硬是在蒙古族汉子的搀扶下学会了骑牛。最终，孩子得救了，祖母的腿上却留下了多处青一块、紫一块的跌伤。

那天深夜，祖母是"骑牛"去的，但后来祖母硬是学会了"坐牛"。

老牛的肉皮子是活的，谁上去都不好骑。尤其是祖母，她毕竟还是个年轻漂亮的女人啊，又不好像个男人那样大跨在牛背上。祖母后来的"坐牛"则是将两条腿放在同一侧坐在牛背上，能那样坐住可就更难了，但祖母愣是给坐住了。

从那以后，祖母竟然真的练起了骑老牛。老牛肉皮子活，祖母根本就无法在抖动的牛背上坐住。从左侧上去就会从右侧掉下来，从右侧上去就会从左侧掉下来……刚刚控制了一点儿左右，前后又无法控制了。

祖母办啥事都有个锲而不舍的韧劲儿，经过半年多的努力，她竟然能稳稳地在牛背上坐住了，有时还能腾出一只手拿着医书看呢。所有见过的人，都说祖母太神奇了。

坐在牛背上四处给人看病的祖母一度成了草原上的一道亮丽风景——黄昏里或是朝阳下，一个美丽少妇背着一个巨大药箱优雅地坐在牛背上。风里来，雨里去，祖母大有一种悬壶济世之气度，春暖杏林之风骨。

我很小的时候就知道"杏林"是中医的代名词。很多和中医有关的知识是祖母教给我的。祖母还给我讲过关于"悬壶"和"杏林"由来的故事呢。

关于"悬壶"，祖母是这么说的——东汉有个叫费长房的人。有一天，他在酒楼喝酒解闷时，看见街上有一个卖药的老翁，悬挂着一个药葫芦。卖了一阵子，街上行人渐渐散去时，老翁就悄悄钻入了葫芦里。费长房看得真切，断定老翁绝非等闲之辈。他就提着酒肉，恭恭敬敬地前去拜见老翁。老翁见他心诚，就领着他一同钻进了葫芦。只见葫芦里富丽堂皇，遍布奇花异草，宛若仙境。后来，费长房随老翁十余日，学得了独门医术。临别前，老翁送给费长房一根竹杖，他骑在上面奔走如飞。返回故里时，家人都以为费长房早已经死了，原来时间已过去了十余年。从此，费长房医治百病，祛除瘟疫，有时还能让人起死回生。后来，民间的郎中为了纪念这个传奇神医，就在自己的药铺门口挂一个葫芦作为行医的标志。如今，虽然"悬壶"已经很少见到，但"悬壶"这一说法却保留了下来。

而关于"杏林"，祖母是这么说的——在三国时代，庐山有位名医叫董奉，他医道高明，技术精湛，据传有起死回生之术。他看病有一个特点，就是从不收取病人的报酬，但是他对找他看病的人有个要求：凡是重病被治好了，要在他的园子里栽五棵杏树，轻病被治好的则栽种一棵。一年年过去了，经他治愈的病人数不胜数，他园子里的杏树也已聚棵成林，每到杏子成熟的季节，远远望去，一片繁枝绿叶中，累累红杏挂满枝头，煞是好看。后来，董奉又告诉人们，凡是到他的杏林来买杏的人，不要付钱，只要拿一些粮谷放在仓中，就可以去林中取杏。于是，每年董奉用杏换来的粮食堆满了仓库，他又拿这些粮食救济了无数贫民。

祖母常开玩笑地说："我可比不上东汉时期那个费长房的精湛医术，但我能学着做做三国时期的那个董奉。"

而现实中的祖母也真和她讲的故事中的董奉差不多了，祖母从来不收取病人的一分钱。只是偶尔赶上饭时，她才不得不在人家吃顿好饭而已。祖母说："人家已经得了病，本来就很痛苦，很不容易了，怎么忍心再要人家的钱呢？"

闹饥荒那些年，每次祖母出远门给人看病回来，都能令人惊喜地带回一袋饭回来。那一度成了全家人的救命口粮。多日不见米粒的全家人就能幸福地喝上一回米粥。但那并不是祖母吃饱了剩的，而是她只吃了半饱省下来的。

曾经有那么几年，连续不断的灾荒让草原一贫如洗。草皮子一年比一年薄了，动物也一年比一年少了。

即使是春天的草原，也不见了往日的生机。只有生命力最强大的黄鼠子，偶尔在草原上出没。但更多的时候，它们也只是从洞口中小心翼翼地探出个头来，向外张望张望。因为草原人已经饿疯了，有些人竟然做出让他们自己都感到可耻的事情来：一些成年人都去抠黄鼠子的洞了。不仅要抠出黄鼠子一家老小当肉吃，还要把黄鼠子的粮仓掏个老底朝天，捧回家去熬粥喝。

祖母从来不许我们去做这种事，说那可太丧尽天良了。

青黄不接的仲夏时节，只有高粱地里的乌米能充饥，祖母就带着我去地里打乌米。她通常把我放在地头，自己走进高粱地里。一次，突然涨起了大水，我在地头发现了远处呼啸而来的大水，竟然急得说不出话来，把身旁的黑天天秧抓了个稀巴碎。

总算挺到了初秋，一场大水又冲走了就要到手的收成。王家的田地里也没有收获到一粒粮食。据说只有老胡家遥远的一块大岗地的苞米幸存下来了。

一天夜晚，经常四处游走的徐大疯子慌慌张张地来找父亲，和父亲神秘地耳语了几句就匆匆地走了。

后半夜一点多，父亲和徐大疯子在村东头路上会合，悄悄地向遥远的一处高岗苞米地进发了。父亲茫然地跟在徐大疯子身后，风一样地走了将近大半个时辰。终于，他们气喘吁吁地来到一大片苞米地的地头上，这片苞米地太大了，黑暗中，父亲感觉它一望无际，气势磅礴。待他进到苞米地里，就像进了苞米的海洋，没有尽头，没有边缘。

徐大疯子说："要是老包二姑娘不死，这好事就没你的份儿了。你就抓紧掰吧,千万别让人看见啊,活命要紧啊,管不了那么多啦。"

已是深秋时节,时间又是半夜,天空没有月亮,大地笼罩在漆黑的夜色里,地里的庄稼由绿泛黄,沉甸甸的苞米棒子下坠着,似要挣脱曾经孕育拥抱着它的秸秆,饱满的籽粒爆出襁褓。粮食,这可是看着让人垂涎的粮食啊!父亲把一穗稍嫩的苞米掰下来,三下两下撕掉包着的叶子,生着就啃起来,苞米的浆汁顺着他的嘴角往下流。连啃两穗,身体重新又补充了能量,积蓄了力量,父亲这才打开口袋,啪啪地劈着这些苞米棒子,整齐地摆放在口袋里。啪啪的声响被呼呼的风声和摇曳的庄稼淹没了。很快,父亲就把带去的两个大口袋装得满满的,父亲深知这些充满着贼腥味儿的大苞米有多么的珍贵,不管怎么说,它们能救一家人的命啊。

往回背的时候,两个人互相帮忙用细绳把两个口袋嘴扎在一起搭在肩上。开始时以为能背着跑回来,但背了一会儿,父亲就实在背不动了,两个口袋太沉了。徐大疯子反倒有着足够的经验,他带的比较适量,背得也比较轻松。

后来,父亲就彻底走不动了,只好坐在路边歇着。徐大疯子说:"老包二姑娘死了,要不没你份儿。大哥呀,路还远着呢,这样恐怕不行,要累垮的。你干脆都扔点儿吧。扔点儿,扔点儿,老包二姑娘还没吃着呢。"

父亲只好解开袋口,拿出几穗苞米棒子,每一穗都那样饱满结实,父亲舍不得扔掉,挑了好半天,也不忍心扔出去一穗,捡来捡去还是都捡回口袋,一个都没舍得扔。父亲想起家人一张张饿得失去了光泽的脸,一穗苞米对家人来讲是多么重要啊,父亲就冲着等在前边的徐大疯子喊:"你别走那么急呀,快过来帮我重新背起来呀。"

徐大疯子还真走了回来,看到父亲一穗也不肯放弃,又把口袋扎上了,就咧着嘴嘲笑道:"你真是贪财不要命啊,还要走几十里的路呢。这样走是追不上老包二姑娘的。"

父亲说:"问题不大,要不你先走吧,在前边岔路口等着我。"

徐大疯子先走了,父亲由于负荷过重,腰越来越酸,腿也越来越疼。

背着两袋子苞米走几十里,父亲越走越觉得吃力,速度越来越慢,脚步越来越沉。父亲实在走不动了,就停一会儿,但他绝对不敢坐下来歇着。父亲知道,他一旦坐下就起不来了。腰酸背痛,父亲只好咬着牙了。可眼前这条路,怎么越走越长,好像没有尽头。

父亲索性就不去想累,也不再想歇一歇,放慢脚步,就当休息了,加快脚步,就是又较上了力。终于,父亲看到黑暗中有个小红点,那是烟火的光亮,是等在岔路口的徐大疯子。

总算赶上等了半天的徐大疯子,一起抽了一会儿蛤蟆烟,徐大疯子又先走了。如此这般的往复三次,徐大疯子说:"我可先回家了,你照直走,一个弯儿不用拐就能到家。可惜了,老包二姑娘拐弯儿了。"说完,徐大疯子就消失在夜色中了。

和徐大疯子分手是凌晨三点钟,父亲又走了三个小时,早晨六点多才走进自家院子。祖母一夜没睡,就等在院子里,父亲直挺挺地走进来,把两袋子苞米放下,就一头栽在了地上。

父亲并不是昏厥,而是过度劳累,栽在地上是睡过去了,任你怎么喊,就是醒不过来,父亲整整睡了两天两夜。

两口袋苞米救了全家人的命。祖母把苞米粒搓下来,一部分磨成面,缓解全家饥饿;留下一部分晾干,保存起来。

祖母肯定知道父亲这两袋子苞米不是好道来的,但她并没有谴责父亲。在祖母的记忆里,她还是头一次如此宽容。

到了冬天,能吃的几乎都被人找出来吃掉了。实在没什么可吃了。

有一次，祖母在冰冻的马尿窝里意外地发现一粒苞米，竟然费劲儿地抠了出来，回家放到火盆里爆出个爆米花给饿得哇哇直叫的我吃了。

那年饥荒还没过去，又开始闹上了天花。小孩成批地发病，很多人先后夭折。在人们都以为是又发生了什么疫情，惶惶不可终日之时，细心的祖母发现了发病的根本原因，使天花得到了及时有效的控制。

祖母一生中好像有无穷无尽的秘密，总是让人意想不到。祖母光着身子斗狼这件事我也知道了，但这件事绝不是祖母亲自给我讲的。

祖母是查干淖尔大草原黑土白雪里普通的妇人，是查干淖尔大草原里世世代代生生息息繁衍儿孙的平凡一员。她和查干淖尔大草原的很多祖母一样，勤劳、善良、勇敢，生儿育女，养家糊口……祖母唯一与她们不同的是她有文化，争当强者之余，她还竭尽全力地供孩子上学。

祖母属于那种苦命的女人，她嫁给祖父时，祖父的一条腿就已经折断了。从那以后，祖母的性格发生了变化。在那些贫困的岁月，她一个人养活着全家六口人。她凭着上帝赐予的结实身体顽强地与命运抗衡着。她最清楚，另外几条生命都取决于她生命的存在。如果有一天她坚持不住倒下去，那么，以她为支柱的生命群体便会轰然倒塌如废墟。她一直没有倒下去，如今她的儿子们又有了儿子，就足以说明这一点。

祖母常说："宁教身体受苦，不让脸上受热。"她年复一年地操劳着。那时，王家唯一能够维系生命的财富就是一匹瘦弱的大白马。在那饥荒的年代，王家依靠着那匹大白马，走过了无数的坎坷。虽然大白马每走一步都很吃力，但它的步履毕竟蕴藏着一家人的生命源泉。祖母坚信，大白马不会轻易倒下去的，它会帮着她走出浩瀚的荒凉。

一家人全靠着这匹大白马了，生怕它有一天坚持不住了倒下去。

有时为了上一个大坡，大白马使出所有劲了也拉不上去，祖母就帮着大白马拉车。

有一年冬天，为了拯救好不容易才怀上胎的大白马，祖母还和狼战斗过呢。她一定是觉得其中的一个细节不太好，就从来不说这件事，她宁愿没有那次英勇壮举。这件事我还是知道了，是后来一个极偶然的机会，老姑偷着告诉我的。

那年冬雪太厚，狼无处觅食，就常来村子里瞄小孩儿，咬牲口。正赶上家里刚刚失去一条大狗不久，没长大的小狗还没学会看家护院。好几天了，祖母家房前屋后布满了狼的爪印，祖母预感到有一种灾难即将降临，嘱咐孩子不要出去乱跑。她特别放心不下大白马，怎么办呢？总不能把大白马牵到屋里去吧？她每天都检查几遍马圈的栏杆。一天半夜的时候，一只狼终于越过栏杆向大白马发起进攻。狼绕着大白马转，大白马蹒跚地躲闪着，发出沙哑的嘶鸣……祖母没顾上穿衣裳就冲了出来，那时祖母还年轻，白白的月亮照着白白的她。也许狼也被白白的她给惊呆了，一时竟停在了雪地上。祖母趁机冲过栏杆牢牢地抱住大白马的脖子。她知道，狼一直转着，就是伺机咬断大白马的脖子。狼极度愤怒，向毁灭它美梦的祖母扑来……狼是在跳跃之后于半空中丧命的。两只眼睛同时喷出鲜亮的血水，泻在银白的雪地上，枪是瘸腿的祖父从窗口放的。

我并没觉得这件事有什么不光彩。相反，我一直把这件事珍藏在我的记忆深处，它让我更加敬仰祖母了。狼虽然是祖父在悲剧发生之前开枪打死的，但我却总觉得是另一回事，我总觉得是祖母曾经忘我地跟狼搏斗过，才有了王氏家族的今天。

在祖母的精心守护下，第二年夏天，我家那匹老迈的大白马总算胜利地产下了一匹小白马驹。面对这个小白马驹，全家如获至宝。由于没有大狗护院,祖母每天夜里都要亲自上阵,打更防狼。

到了秋天又得割谷子,祖母实在累得不行了。一天半夜,祖母和衣睡着了,突然马圈里传来大白马咴咴的叫声,被惊醒的祖母急忙冲出屋去查看,发现小白马驹不见了。祖母感到事情不妙,上去果断地割断大白马的缰绳,得以解脱的大白马疯了似的向村西方向奔去。祖母跟在大白马后面,跟头把式地往前冲着。

在离家二里多远的谷子地里,祖母发现有四只绿眼睛在不停地晃动着。大白马一边叫着,一边扬起蹄子与两只恶狼搏斗着,不时传来狼的惨叫声和马的响鼻声。野狼虽然受伤了,但还是不肯放弃就要到嘴的小白马驹,仍然用血淋淋的爪子频频扑向小白马驹。小白马驹遍体是伤,浑身流血,都快变成红马驹了。在千钧一发之际,祖母突然点燃了一大捆谷子,她抱着一大捆着火的谷子,一边大喊一边向两只狼冲过去。面对这突如其来的火攻,狼才终于逃窜了,祖母救下了那匹奄奄一息的小白马驹。

我由衷地觉得祖母就是一个传奇。

灾难过后,祖母依旧乐观。从祖母的乐观中我看到了人世间巨大的坚强。是祖母对生活的乐观态度一直支撑着王氏家族成员在苦难中彳亍前行。

记得最饥寒的日子里,祖母经常和我念起这样一个有趣的反讽童谣:

粳米干饭烀猪爪儿,
爹吃一个半娘吃俩;
给小孩儿,剩半拉,
小孩儿躺地一阵耍……

我就会笑着接说下一段:

　　小孩儿起来还生气,
　　拿起锄头去铲地;
　　专铲苗,不铲草,
　　让他爹,踢三脚……

第二十五章　黄狗和花猫

祖母说人想人能想出病来，狗想人也能想出病来，自家的一条大黄狗就是想人想死的。那是祖母刚过门时，祖父家里养着的一条大黄狗。那条狗可是一条聪明的好狗，个头高，力气也大，还特别的机灵勇敢。带它出去狩猎时，无论是追踪草原狼还是其他大型动物，大黄狗总是绕到正确的地点进行拦截，遇到野兽的反击时，它则灵活躲闪，拼死纠缠。既能有效防止猎物逃脱，又能给主人争取时间，同时还大声吼叫，威慑对方，报告方位。困难年景，家里穷得没有东西喂它，它就自己出去找食吃。冬天再冷，大黄狗都是头尾相蜷，趴伏在户外四面透风的狗窝里，忠实地为主人看家护院。北风呼啸的寒夜中，大黄狗发现情况时会发出几声威武的低吼，引来远近一片长长短短的随和声……直至危险解除。

祖母说那条大黄狗肯定有第六感应。人有第六感应，这是人类已察觉却不敢十分肯定的感观，因为不是直观的东西，往往被忽略。每个人的感知和敏锐程度都是有区别的，就像智商，如果上秤称，分量都差很多。有的人敏锐，第六感应就强烈；有的人愚钝，就不强烈，甚至是没有。这就造成了第六感应至今不被承认的结果。

而实际上，微观世界是存在的，只不过看你是否具备发现这个世界的能力。据说狗看人要矮下去一块，所以即使高大威猛的壮汉，狗也敢对着他狂吠。狗有超强的嗅觉、听觉和感觉，就嗅觉来讲，要超出人类几百倍上千倍，那么听觉呢？还有感觉，超出几百倍是什么感觉？就是能感觉到它所关注的生命在某一方位释放出危机信号，循着这个方位它就猛扑过去。

那条大黄狗一个最浅显的行为就很说明它这方面的能力，祖父离家很远的时候，大黄狗就已经感知到了，它蹲在大门口静静等待，待祖父一推门它就猛扑上去，极力表现一日不见的思念。

狗眼看人低，中国古人早就发现了狗的这种生理特性。但狗眼也能看到很多人类看不到的东西，到底都是些什么东西呢？大黄狗死前那年冬天，有好几个晚上，大黄狗都跑到村子西南方向狂吠不止。有时，它还翻滚着好像和什么对手打斗得很激烈。村子里还有好几条狗也都参与其中，它们好像在共同战斗。但绝不是某个雌性狗处于发情阶段，公狗们的争风吃醋。祖母说："这情形绝不是狗起秧子了，狗起秧子不是这么狂吠不止，它们一定是看到了什么不好的东西，怕是那东西来缠人了。"

祖母从来不信鬼神，只不过很多东西是人眼看不到的。但狗为什么就能看到？是因为狗的视觉和嗅觉敏锐，要比人的高出几百倍。狗能看到更加纷繁的世界，却不知道心烦；人看不到更多的真相，也并不是什么坏事。狗看得到，因为它的心智不会多愁善感，多愁善感的人类却看不到很多东西，这是造物主何等精心细致的安排啊。

祖母最喜欢黄狗，王家就一直都有黄狗。黄狗多的时候，还有大黄、二黄、三黄之分。当年徐大疯子死在大苇塘子的前一天，又一代的大黄狗曾竭尽全力纠集来很多狗和对方进行了殊死的搏斗，但对手还是不愿意放弃，实现了自己的愿望。那天的大黄狗很是失落，在家里老老实实地趴了一整天。

每一天，大黄狗都在舍身护卫着家园。只有在早晨主人打开房门后，大黄狗才摇晃着大尾巴，抖搂掉一身的白霜，进屋喝口主人赏给的米汤，并趁机暖和一会儿。相比之下，一贯趴在热炕头上的大花猫就享福多了。

有一天，一只黑色的大疯狗突然闯进了院子，直勾勾地奔着几个正在玩游戏的孩子冲来……关键时刻，大黄狗箭一样扑了上去……它救了好几个孩子，也没向任何人邀功请赏，还是原来的待遇。

那条大黄狗也特别通人性，有一次生病了，祖母喂它骨头都不能吃了。没办法，祖母就给它弄了一剂解毒的药，说："你再不吃，就只能等死了。"大黄狗竟然听懂了，艰难地吃下了苦药，奇迹般地活了下来。

祖母说，早年的那条大黄狗跟我二太爷王振南最亲，天天傍晚都跑到离家几十里地的草场去接他，风雨不误。我二太爷突然离家出走了，大黄狗每天傍晚照例去接。然而并没有见到它的主人，又只好落寞地独自返回。天长日久，有人见它长时间坐在河岸上冲对岸哀号，那声音像哭，其实就是哭。后来那狗越来越瘦，开始不吃不喝，整天蹲在河边嚎叫，最后就死在河边上了。

祖母还讲过大花猫托孤的故事：猫和狗不同，就算是最亲近的主人，猫也常常是心怀戒备的。尤其是生了小崽的大母猫，就更加躲闪着人类。

祖母养的一只大花猫戒备心就极强，怀孕后就开始和人疏远了。后来它就把小崽儿产在房梁子上了，不允许任何人靠近它们。

　　有一天，哺乳期的大花猫可能是误食了毒鼠，一直行为异常地在祖母身边绕着。直到走路已经变得摇摇晃晃的了，它才肯从房梁子上把四只小猫崽儿一个一个叼到祖母面前。大花猫叼到最后一个时已经十分吃力了，但它还是坚持着完成了最后的任务。猫一般是不死在主人家的房屋里的，但大花猫实在没有力气让自己走到外面去死了。接下来，大花猫就把头冲向祖母趴在地上死去了。两只前爪抱在一起，就像在求祖母好好对待它的孩子……

　　祖母说，活着都不容易。狗不容易，猫不容易，她每年都要抱的那窝小鸡崽儿也不容易，查干淖尔上的每个小生命能平安存活下来都不容易。就拿最常见的家禽小鸡来说吧，一窝小鸡，看似平常，它们能活下来也是历尽艰险的，祖母喜欢小鸡，每次都对她的小鸡有说不完的话——

　　每只小鸡来到世上都要面对危机四伏的敌人和深不可测的陷阱。

　　草原人习惯于把孵鸡崽儿的母鸡叫老抱子，老抱子一次最多能孵出三十多只鸡崽儿，由于孩子太多，老抱子总是显得有些顾此失彼。为了让每只小鸡安全成长，老抱子要不断地战斗，它要和别的公鸡母鸡斗，和家猫家狗斗，和野猫野狗斗，有时还要和天灾人祸斗。

　　自家的大花猫并不是十分可怕，它只是在最初时为了自己缺少奶水的孩子们偷吃了几只跑得慢的小鸡。但被祖母及时发现后痛打了花猫一回，之后就再没见花猫有过类似的举动。虽然花猫仍然一副张牙舞爪的样子，但它没再敢对小鸡们动真格的。猫崽儿有时饿得喵喵直叫，花猫也只能边舔着舌头边无奈地望一望肉乎乎的小鸡们。

　　自家的大黄狗也不是十分可怕。大黄狗似乎一开始就很领会祖母的意思，望着一个个散发着血肉气息的小鸡，大黄狗虽然心里很馋，但它从来没有真正叼咬过任何一只。有几次它撒欢式地跑向鸡群，又撒欢式地跑开了，肯定是实在馋急眼了，想象一下，表演一下，是和小鸡们闹着玩的。否则，它那大口一张，是能吞下整只小鸡的。

真正可怕的，是从外面突然造访的野猫野狗们。它们无人经管，可以肆无忌惮、毫不负责地制造各种事端。什么大鸡小鸡，公鸡母鸡的，哪只容易得手就去叼哪只。从来不用担心对后果负责的它们经常把鸡群弄得鸡飞蛋打，魂飞魄散。

而野猫野狗中，最凶的是块头最大的那只黑狗。长着一双邪恶的眼睛，一张臭烘烘的大嘴巴，喘着粗重的浊气，总是以强取豪夺的方式扑向鸡群。它长驱直入，来势汹汹，傻乎乎的从来不知道扭捏造做。有一次，大黑狗一口竟吞下了红公鸡的两个兄弟，真是太可怕了。

不过，大黑狗再凶，它也是明火执仗，来去有踪。灰狸猫则不然，它个头虽小，却是鸡群最恐怖的敌人。它来无影去无踪，行动迅捷而又悄无声息。它的主要进攻方式就是偷袭，幸存者就算这次逃过一劫，下次仍然防不胜防，直到灾难再次突然发生，幸存者只能远远地听见小伙伴死前疼痛的哀鸣声。

在小鸡的成长过程中，老抱子起的作用还是至关重要的。为了保护孩子，老抱子好像谁都不怕。别说是灰狸猫，哪怕面对那只凶恶的大黑狗，老抱子也不示弱。有时，再强大的敌人也没有勇气正面面对老抱子，也只配偷偷摸摸地对小鸡们下手。好在有个勇敢的老抱子在啊，老抱子虽然并不高大，却一直视死如归地充当着小鸡们的保护伞。否则，小鸡们用不了多久就会被众多敌人风卷残云般消灭掉的。

夏季炎热，时常口渴难忍，饮水有时就是小鸡们要面对的天大问题。整天忙忙碌碌的祖母不是总能想得那么周到，加上有时祖母备好的水碗也经常被调皮的伙伴们蹬翻，有的小鸡就飞到祖母喂猪用的泔水缸上去找水喝。泔水缸里的水位当然不一定是小鸡们喝水的理想高度，所以就经常有小鸡掉到泔水缸里去挣扎。这时的老抱子也是无能为力的，只好不停地叫喊，尽快给主人报信；如果主人来迟了，小鸡就可能被活活淹死。每年都有一些小鸡以这种方式和伙伴们告别。

猪槽子附近，也是小鸡们非常喜欢去的地方。每次家猪们吃完大餐，小鸡们都要涌上去吃它们剩在角落和夹缝中的点心，总有意想不到的发现和收获。有时没等家猪们撤离，心急的小鸡们便飞奔了上去，这时就会常伴有危险发生。有一次，一只小鸡就被家猪的大嘴拱折了一只翅膀；还有一次，一只小鸡的腿还被只顾进食的家猪们给挤断了……

对小鸡们来说，诱惑最大的还要数牛粪堆旁边那个危机四伏的老牛圈。那里虽藏着无穷无尽梦境般美味可口的虫子，但也布下了无声无息吞噬生命的陷阱。

雨季的老牛圈积满了泥泞的牛粪水，闷沤发酵，气味浓重，成了蚊蝇们繁殖后代的理想温床。烈日使荡漾的汤水表面看上去更像坚实的大地，实际上底层依旧是大酱缸一样的沼泽。为了梦想中的蛆虫，一些年幼的小鸡会不顾一切地飞跑上去。汤水深浅难料，总有倒霉者因掉以轻心而深陷泥淖……

当然，每当有小鸡死于老牛圈的噩耗传来，我就能吃到香喷喷的柴火烧小鸡。

也许延续了鸟的天性，飞，一直是所有小鸡的梦想。小鸡们似乎总在想方设法飞到更高更远的地方去。

小鸡们每天都在长本领，小翅膀也一天一个样，似乎每天都有新突破。上窗台、上墙头、上栅栏……伙伴们较着劲儿地上蹿下跳，争相展示。

直到有一天，很多小鸡都能飞到那个最难落脚的扣着大铁锅的酱缸上了，才引起了祖母的高度重视。

祖母不希望小鸡们飞得太高，她最讨厌小鸡们经常飞到她那心爱的酱缸上去蹲着。为了控制小鸡们的飞跃能力，祖母只好给小鸡剪下点儿翅膀。

有一个经常飞到酱缸上屙屎的小鸡崽儿背上长有三道杠，让祖母记住了。祖母下剪子时就下得深些，三道杠的翅膀根被剪得鲜血直流，疼得它惨叫不止，祖母也心疼不止。小鸡崽儿们拼命地乱飞乱跑，四处躲藏……鸡妈妈终于看不下眼了，为了保护孩子，勇敢的它竟转过身来直面祖母，摆出了一副拼死也要进攻的架势。致使善良的祖母只好半途而废，心惊肉跳地收场，以后祖母再也不给小鸡剪翅膀了。

祖母给小鸡剪翅膀其实也是为它们的安全着想，但被剪了翅膀的小鸡有时会更不安全——有飞不上窗台掉进水缸里的，有从高处往下跳摔断腿的，还有飞不上墙头被野猫野狗给逮住的……

总之，长出翅膀危险，剪短翅膀同样危险。小鸡们的每一次成长都需要付出非常昂贵的代价。

关于小鸡崽儿，我童年最难忘的一个画面就是——每当小鸡崽儿意外死亡，祖母就会一边痛惜地发出"啧啧"声，一边用她那苍凉的老手从烧熟的小鸡崽儿身上扒下一块小肉来，无限爱怜地塞进我的嘴里。

心灵手巧的祖母还专门会做炖菜。她最拿手的大菜除了号称天下第一鲜的鲇鱼炖羊排，还有江水炖江鲫，手艺独特，味道鲜美。此外还有牛肉炖柿子、红椒焖羊肉、猪肉炖粉条、小鸡炖蘑菇……

每次都吃得我直晃脑袋，有时，人吃着美味食物时就会暂时忘记内心中的一切忧伤。原本平凡单调的苦难生活，竟然也能让祖母打理得有滋有味。

第二十六章　大红公鸡

马群里有儿马子，牛群里有大牤子，羊群里有羊耙子，它们都是各自团队里的雄性首领。在我看来，我们老王家的雄性成功者，除了当年二叔那四条腿的大黑狗，另一个就是祖母养的那只两条腿的大红公鸡了。

祖母一提起那只著名的大红公鸡，总是讲得津津有味，说它可是经历了千难万险，最后作为唯一的种鸡存活下来，而且活得确实足够辉煌。

祖母说，美味的鸡肉不仅吸引着野猫、野狗、黄鼠狼以及老鹞鹰等外在猎手，也成了主人款待客人最实惠、最便利的选择。按照草原上的惯例，新年后、春节前这段时期，是公鸡被大量宰杀的极度危险时期。一般情况下，除了母鸡之外，第二年春天到来之前，只有一只或两只公鸡能够作为种鸡存活下来，其余的公鸡都要被杀掉吃肉。但是最后留下哪一只呢？表面看是主人说了算，实际上还是取决于公鸡自己。主人得看谁最强壮，谁的基因最好啊。

除了逢年过节，有意料之外的喜事发生，或者是主人家突然出现了迎来送往的陌生客人，都有可能是公鸡们无法逃避的灾难时段。有时，哪怕你是鸡群里最后的一只公鸡，也存在被主人杀掉用来待客的危险。所以，对于任何一只公鸡来说，危险都是随时随地存在着的，死亡警报一刻也得不到解除。"警钟长鸣"这个词好像就是为公鸡们创造的，"举步维艰"是每只公鸡生存境况的真实写照。

每当这时，鸡群都会显得高度紧张。这一次主人又要杀谁呢？说实话，谁的心里都没底，就得看看运气了。大红公鸡只是隐隐约约地知道，叫声不要太高，动作也不要太夸张，就算再害怕，也不要没完没了地乱叫。那样做会很烦人，就算这次主人没杀你，下次也极有可能被主人优先选中。

开始时，由于不是所有的公鸡都是同时发育到位，主人总是抓那些体重大、奔跑慢的早熟者。因为它们不仅看上去已不是小鸡雏了，而且身上的肉也要相对多一些。用它们做出的菜肴招待客人也能显得丰盛大方一点。"傻大个儿"就是在彻底战败之后，满脸伤痕尚未痊愈之时被主人杀掉待客的。

后来，随着公鸡数量的减少，而且公鸡们也都相继发育成熟了，主人就不怎么刻意挑选哪只大哪只小了。哪只容易得手，主人就抓哪只来杀，反正最后随便剩下一只公鸡留作种鸡就是了。

每次主人来抓鸡，公鸡们都要各显神通表演一番。那可真是"八仙过海，各显其能"啊，除了反应机敏，还要看谁跳得高，看谁跑得快，看谁飞得远……真有点儿像人类的大型运动会。几乎每次主人抓鸡，鸡群都要把农家小院弄得暴土扬尘、乌烟瘴气，大有世界末日就要来临的味道。

走向成年公鸡和小鸡崽时的公鸡截然不同。公鸡们就像一夜之间突然变成了另外一种生物，对姐妹们越来越客气，对兄弟们却越来越显得六亲不认了。一个个变得生性好斗，火气十足，生死之交的好兄弟也能于一瞬间反目成仇。公鸡们都像喝醉了酒的莽汉，脸色越来越血红，冠子越来越膨胀，随着脖子上长出金光闪闪的剑状颈羽，尾巴也越来越结实、越来越修长，如同佩带上了无数把锐利的弯刀……每天都能看到它们瞪着一双双挑衅的眼睛在你死我活地相互争斗……直到对方永远俯首称臣，终生甘拜下风。

鸡群里并不是所有的公鸡都在同一水平线上，武力出众的公鸡总是能凸显出来的。经过几轮残酷的较量之后，"贼瘸子""黑大腿""银箍头"等率先被淘汰出局，势均力敌的公鸡就剩下为数不多的五六只了。除了大红公鸡之外，有实力竞争鸡群统领的只有"大老白""杂毛儿""金脖子"和"大胡嘴"了。

此外，"傻大个儿"有时仗着一身力气心有不甘，总试图竭尽全力做最后一搏。有一天，呆若木鸡的"傻大个儿"终于鼓足勇气向几个强敌发起了挑战。经过几个回合的厮杀，终因灵活性不够和智慧性不足而被对手啄得鸡毛横飞、满面血糊……最后，"傻大个儿"不得不接受屡战屡败的悲惨结局，无可奈何地低下了它那倔强的头颅，退出了王者之争。

为了让自己能永远立于不败之地，大红公鸡需要不断地完善自己。不仅要有勇气和力量，还要有智慧和定力。大红公鸡渐渐知道了"木鸡养成"和"呆若木鸡"是截然不同的两种境界。勇气从哪里来呢？大红公鸡认为建立自信心非常重要，然后才是技术和战术。没事的时候，大红公鸡经常单腿站立，保持沉思状态。时刻寻找"木鸡养成"境界，潜心修炼"战无不胜"神功。

有那么一段时期，鸡群秩序相当混乱，就像人类历史上的战国时期，大家势均力敌，谁也不想轻易认输。兄弟间不断地产生争端，唇枪舌剑地相互试探，你争我夺地相互挑衅，不知疲倦地相互征讨……那才叫生命不息，战斗不止啊。每天公鸡们都在全方位地、立体交叉式地混战着，从来没有平静过半秒钟。

直到冬天将至，大红公鸡才通过不断的努力拥有了一些"木鸡养成"的良好境界，渐渐脱颖而出并且身体里还蕴藏着巨大的攀升潜力。大红公鸡的头脑总是保持在冷静状态，打斗中经常是后发制人并完成致命一击。能与大红公鸡抗衡的公鸡不多了，大红公鸡真正意义上的竞争对手只剩下"大老白"和"杂毛儿"两个了。只要不被主人提前杀掉，大红公鸡就有望修成正果，登峰造极，成为鸡群最终的统帅……

隔着高高的木栅栏，大红公鸡时常能看见邻居胡二勇子家那只大黑公鸡。它和大红公鸡一样，也统领着一大群母鸡。大黑公鸡天生一对强健的翅膀、一双粗壮的爪子、一柄锋利的尖喙，又黑又亮绸缎一样的羽毛也好像是为它量身定做的。可以说，大黑公鸡就应该没有对手。因为其他的公鸡与它相比，差距实在是太大了。大红公鸡至今仍清晰地记着：大黑公鸡最后那个强劲对手是被它生生啄瞎双眼而毙命的"大金翅"，那是大红公鸡有生以来看到的雄鸡之间最惨烈的肉搏，是大红公鸡隔着高高的木栅栏亲眼看见的。

显而易见，大黑公鸡是大红公鸡目前最强劲的潜在敌人。好在有高高的木栅栏阻挡着啊，如果有一天大黑公鸡能飞越过来，大红公鸡肯定不是大黑公鸡的对手。

果然有一天，大红公鸡一直担心的隐患爆发了。高大威猛的大黑公鸡不知怎么就飞越了那道高高的木栅栏，它太傲慢了，好像根本就无视大红公鸡的存在，落地的第一时间就直接奔着大红公鸡最喜欢的芦花母鸡扑了过去。

芦花母鸡没命地在前面全速奔跑，大黑公鸡威武雄壮地在后面紧追不舍。

眼看着大黑公鸡庞大的身躯就要跳到芦花母鸡那美妙绝伦的后背上了，大红公鸡来不及寻找最佳时机了，只能别无选择地扑向大黑公鸡。

大黑公鸡被突然杀出的大红公鸡惊扰了一下，好半天才缓过神来。大黑公鸡多少还是表现出一些不耐烦来，似在说："原来是一只不自量力的小红公鸡呀，真想找不自在，难道是活够了不成？"

距离大黑公鸡近在咫尺了，这回大红公鸡看得更真切。大黑公鸡真的比自己高大多了，也强壮多了，要比自己整整大上一号。大黑公鸡肌肉发达，行动敏捷，奔跑起来就像一道黑色闪电；就算它站在那里不动，周围似乎都轰鸣着巨大的磁场……那层次分明的颈羽，在阳光的照耀下熠熠生辉、光彩照人；尤其是那错落有致的尾羽，更是在大地的衬托下傲然耸立、剑拔弩张……真是一只矫健无比的巨大雄鸡啊！

大黑公鸡明显没把大红公鸡当成真正的对手。虽然暂时耽搁了到手的好事，但大黑公鸡也还很有大将风度。大黑公鸡回过身来威风十足地站定，居高临下地斜视着大红公鸡。

大红公鸡这才有了思考一下的机会。

可以说，大黑公鸡犯的第一个错误就是给了大红公鸡一个思考的机会。

接着，大黑公鸡试探性地啄了几下大红公鸡的天灵盖，大红公鸡头上的羽毛被啄掉了好几根，好像也出了一些血，但大红公鸡忍住了疼痛，一动没动。

"小样，不过如此罢了。"正当大黑公鸡心里有了这样的结论，多多少少有些麻痹大意之时，大红公鸡发动了突然袭击，它死死地叼住了大黑公鸡咽喉处肥厚"下坠儿"的根部。

这是轻敌的大黑公鸡所犯的第二个错误，也是致命的错误。

大黑公鸡就像一条大蟒蛇被抓住了七寸，任凭它那锋利的尖喙如何转动，都啄不到矫健的大红公鸡。眼看着利喙无法派上用场，大黑公鸡只能拼命地用粗壮的爪子向大红公鸡的身体猛烈弹击了，大红公鸡也只好悬在空中用爪子胡乱地蹬踹抓挠……

四只鸡爪横空出世，令人眼花缭乱，爪到之处，就有带着皮肉的红色和黑色鸡毛纷纷飞落，同时地上不断产生新鲜的血色印迹……

任凭大黑公鸡怎么奋勇蹬踹，任凭大黑公鸡如何凶猛抓挠，孤注一掷的大红公鸡就是坚决不撒口……

这哪里是两只公鸡在战斗？更像是两个摔跤选手在近身缠斗。短兵相接的两只公鸡滚作一团，弄得满地都是沾血的尘土和带肉的鸡毛，大黑公鸡一辈子也没看过、更没打过这么独特的仗。这仗打得也太埋汰了！有点像人类的斯大林格勒保卫战——敌中有我，我中有敌，是一场纠缠不清的艰苦巷战。这里根本用不上机枪和大炮，甚至连刀子都没有，只能徒手肉搏……连大红公鸡自己也觉得太埋汰了，但这是相对弱小的大红公鸡战胜强悍对手的唯一方式。

好像经历了整整一个下午，两只一直合为一体的公鸡终于分开了。它们虽已竭尽全力，但仍然愤怒地对视着，大红公鸡把大黑公鸡的整个"下坠儿"全部撕扯下来了，并且仍然叼在嘴里；大黑公鸡虽高昂着不屈的头颅，但整个喉管都血肉模糊地暴露在外了，鲜血仍然不停地往出流淌着……

为了芦花母鸡，大红公鸡和大黑公鸡真的斗成了你死我活。公鸡咋都这么好斗啊，围观的人们当然无法知道大红公鸡和大黑公鸡是为什么而战，实际上它们为芦花母鸡而战。

大黑公鸡由于失血过多，看上去很难活过当天晚上了。看着实在太遭罪，又正好赶上二虎回来探亲，最后时刻，老胡五奶只好让胡二勇子给大黑公鸡再补上一刀。这样，大黑公鸡就铮铮铁骨地成了胡二勇子当天晚上酒桌上的意外大餐。

大红公鸡也遍体鳞伤，几近丧命。好在祖母看见了它的英勇，也好在家里目前尚没有多余的公鸡，浑身是血的大红公鸡竟然没有被杀掉吃肉……

休养了好久好久，大红公鸡才恢复了一些元气。

祖母说，大黑公鸡的死肯定让大红公鸡复杂的心情持续了很长一段时间。作为公鸡中的骄傲，大黑公鸡应该是所向披靡的，应该是战无不胜的才是啊？任何一只公鸡沦为大黑公鸡的对手都应该是不幸的，战败乃至死亡应该是没有任何悬念的啊？大黑公鸡这样百年不遇的优秀公鸡怎么会死在普普通通的大红公鸡前面呢？世间的事有时真是太奇怪了。深受重创的大红公鸡对大黑公鸡肯定一点也恨不起来，更多的应该是对罹难英雄的惋惜与悲悯……

没有了大黑公鸡，老胡家为了再抱一窝小鸡，就来借大红公鸡了，大红公鸡就又多孕育了一些新的生命……

晚年的大红公鸡经常站在高处看着什么，看得最多的还是自家园子里那些春种秋收的庄稼。从乍暖还寒的春天万物复苏时小芽伸展开始看，再看各种秸秆在夏日骄阳下如何疯狂生长，看生机勃勃的玉米，看墨绿油亮的高粱，看果实饱满的大豆，看顶花带刺的黄瓜……一直看到那些曾经茁壮的秸秆结完各自的果实之后又在秋风中一点点地干枯死去。老迈的它们连呻吟都不会，只能无助地在风中瑟瑟抖动，借助风声漫无目的地翻滚飘落……时间长了，大红公鸡已经养成了每天都要久久注视园内庄稼的生活习惯。好像大红公鸡不去认真凝望，那些玉米、高粱、大豆等就不会顺利地生根、发芽和成长，就不会走完时而辉煌、时而平淡、时而悲凉的一生。

第二十七章　最后的证明

　　我十五岁那年冬天的事，我死也不会忘记的。那天是腊月二十二，过小年的头一天。那天塔头滩上的喊声从早到晚没有间断过。那天是连续几天大雪后的第一个晴天，胡二勇子一大早又把冬猎队极其威武地拉到村头，并高声宣布去追杀一支多年不见的巨大狼群。

　　我家的小青马就是之前的夜里被狼咬成重伤的。小青马的伤情曾让二叔一夜间急出一嘴大火泡，二叔发誓要亲自去杀那些狼，他一大早就备好了老青马候在村头。

　　胡二勇子终于带着冬猎队员们骑马走过来了，二叔忐忑不安地迎了过去。当二叔和当年老叔一样乞丐般请求胡二勇子给他一次机会时，胡二勇子也和从前一样铁青着脸骂道："熊样儿吧，你们老王家有行的吗?！快给我远点儿趔着吧！"

　　常常呆望田地的二叔仍然深浸在失去丑香子的极度痛苦之中，多年苦苦追求着的丑香子嫁给了赵小眼睛，还给他生了孩子……二叔多么希望向丑香子以及她爹证明一下自己不是孬种啊！而胡二勇子却粗暴地拒绝给他机会。

胡二勇子和冬猎队员们在拉嘎老古庙前一字排开，喝下壮行血酒之后，号叫着冲向雪野后，全村人就开始沸腾了。

我那时多想也骑上小青马一同豪放地奔出去，就是被恶狼咬死也心甘啊。但就算小青马没有身负重伤，我也没有资格前往。我们是弱民，我和二叔一样，连上战场被狼咬死的机会都无法得到。我极理解二叔的心情，看见二叔沮丧地站在村头的雪地上。我一直躲在那棵老榆树后面，望着二叔，望着远去的马队朝阳下扬起的红色雪浪……我心里却在怒吼："×——你——妈——"

我这次心里很清楚，我绝对没骂二叔，我应该是在骂一向霸道的胡二勇子。

后来，二叔还是骑上老青马向村外跑去了。他和冬猎队队员的装备一样，这次二叔没有背火枪，腰间只挂着一根两尺来长的"掏捞棒子"。

我无精打采地回到家时，看见父亲和老叔坐在地上编炕席，谁也不说话。突然，我发现席条在老叔手中剧烈地抽动，手缝立刻有鲜血流出来。我装作没看着，仰在炕上望天棚，脚一下一下有节奏地磕炕墙，尽力表现出一种轻松。

下午四点光景，村外传来一阵阵撕心裂肺的喊声，偶然也夹杂着马的嘶鸣和狼的长嚎。经验告诉人们，塔头滩冬猎队队员们已经把狼群赶入死亡之谷——西大洼子。在那里，正进行着一场血性与勇气的较量……

我静静地躺在炕上，屏住呼吸，心脏紧张得狂跳。我突然变得极其残酷，一个孩子能有如此想法至今回忆起来都觉得毛骨悚然。我真的希望或近乎祈祷所有的那些汉子都被群狼咬死，至少要把胡二勇子咬死。后来，我静静不动，就是在企盼听到某种激动人心的惨叫声。

事实完全没有让我的想法得逞。晚上五点多钟，村里村外渐渐喊成一片。我觉得我该到村头看看了，看看冬猎队队员一共死了几个。

太让我失望了，胡二勇子威风凛凛地率领全体队员从西边血淋淋地凯旋。他们用雪爬犁拖着长长的一串死狼和活狼。火红的残阳下，白的雪，褐的狼，红的伤痕把查干淖尔大草原点缀得很有味道。尤其是大姑娘、小媳妇的欢呼声，能让人感到她们身体上层出不穷的热浪。

突然，我发现了一个令人作呕的事实：我二叔?！二叔和他的老青马血肉模糊地蜷曲在一个爬犁上，也在狼的行列中！老青马已经死了，可二叔还没死。但从老青马的惨状可以判断二叔伤得很重。老青马的喉管被狼咬断了，喉头断茬儿白腻腻地支棱出来……

万万没有想到的是，当天晚上，胡二勇子血衣未脱就喜洋洋地来到我家敲定迎娶二姑的具体日期——腊月二十三，也就是第二天小年这天。

小年这天雪后天晴，湛蓝的天空中飘荡着白云，乳白色的蒙古包升起袅袅炊烟。参加婚礼的亲戚朋友们很早就兴高采烈地来了。

草原上传统的婚礼本来就是一部有情节、有故事的套曲，几乎就是一部诗剧。按照刚刚辉煌归来的胡二勇子的要求，还要把婚礼尽量往隆重了办。

伴着悠扬的马头琴声和欢快的马蹄声，胡二勇子的迎亲队伍由伴郎、媒人、主婚人、亲友、祝词家（歌手）等数十人组成，胡家人一路有说有笑地来到我们家。而此时，二姑的亲人们，必须得给胡家的亲友们献哈达、敬酒、问安。接下来，才是胡二勇子在主婚人的陪同下给神佛点香、敬酒、磕头。

敬神仪式结束后，由主婚人赞礼，胡二勇子叩见了我的祖父祖母，又极不情愿叩见老王家唯一年长于他的同辈人——我的父亲。

祖父祖母只好硬着头皮按习俗摆上酒宴，款待胡二勇子和迎亲人员。这毕竟是在女儿出嫁的头道宴，也叫求名问属宴。王家最好由嫂子出来对歌，一向不善言谈的母亲只好上场了。本来是双方通过这种喜剧式的对歌，女方家要以攻为守千方百计难倒对方，男方家再穷追不舍，想尽办法战胜女方，整个过程应该是生动活泼、激烈刺激、诙谐幽默、情趣盎然。在这里，母亲也只能是形式大于内容地走走过场了。

求名问属宴过后进行的是献茶歌。经过献茶盘古，女方家开始装扮新郎。按照女方母亲的吩咐，女方的嫂子手拿银碗，碗内盛满粮米，走到地中央，用粮米画出吉祥图案，之后给新郎换衣服。新郎在女方妹妹们的推拉下走到嫂子跟前，把脚抬起来，嫂子先抢下一只靴子，让新郎一只脚蹦跳，新郎求饶作揖，而嫂子却一把将新郎推倒，让众姐妹抢另一只靴子。好半天才给新郎换上新靴子，接着在给新郎换新衣服扎腰带时，女方的嫂子和姐妹们从两边使劲勒新郎的腰，使新郎气喘吁吁，连连作揖求饶，直到女方的父亲出面喊，装扮新郎的过程才算结束。

整个白天，老王家人都是在强装笑脸……

这天深夜，我二叔不出预料地死了，这一回，二叔没有再幸运地缓过来。在草原，弱民死后基本上是没有什么葬礼的，也没有人声张，大多由家人起大早草草地埋掉了事。

这天是农历腊月二十三，本是二姑引以为傲的喜日，却是王氏家族的耻辱日子。对于没有尊严的我的家族来说，二叔最终只配得上没有仪式的草率葬礼。

二叔死的这个小年之夜，塔头滩人都在过年并为英雄庆祝喜日，没有人在意二叔到底是死是活。父亲和老叔压根儿也没把二叔死的消息透露给任何人。

我们是弱民，在查干淖尔大草原弱民死了跟猪狗死了差不多，不会引起什么悲痛和同情。在人们忘情欢庆的时候，祖母吩咐父亲和老叔找个僻静地方把二叔埋了。

第二天一大早，父亲和老叔用一张破席子草草地卷了二叔的尸体扔上老牛拉着的勒勒车，像怕人看见似的把勒勒车平平淡淡赶出村外。我知道父亲和老叔会把他们的兄弟如何处理，我目送着勒勒车嘎吱嘎吱地向雪原深处走去。

二叔的葬礼注定是草原上最简陋的葬礼了，就是那种仅仅强于生葬（也有的地方叫软埋）的席葬。

冬季的草原土冻三尺，挖个坑是很困难的。为了不让二叔的尸体被狼狐们扒出来，土坑就要挖得足够深，父亲和老叔肯定要费上一番力气。太阳快落山时，父亲和老叔才疲惫不堪、灰头土脸地回来了。

这时的我们家仍和白天一样热闹。我们家正在举行新人的二道宴，也是新娘出嫁宴，又叫离别宴。席间，二姑、胡二勇子、母亲和老姑等人围坐在一个桌子上。先唱《嘎拉哈宴歌》，之后女方祝词家手端一只大木盘，快步上场，盘内装有红布包裹的羊嘎拉哈和一大块肥羊胸脯肉。羊嘎拉哈被弹向桌中，席上众人哄抢嘎拉哈。本来应该归胡二勇子的那块象征着儿女联姻的嘎拉哈，在女方主持人的有意偏袒下，总是被老姑夺得。于是，母亲用刀割下一大块羊肥肉，叫胡二勇子吃，又不许他动手，结果胡二勇子被母亲弄得满脸羊油，连连作揖求饶。此时，男方祝词家唱道："小小的嘎拉哈，连着骨头连着筋，只要嘎拉哈在，大腿小腿不能分。小小的嘎拉哈，连着血肉连着心，只要嘎拉哈在，连着男女两家亲。"边唱边向对方索要嘎拉哈，一直唱到《报时歌》，老姑才能把嘎拉哈交给胡二勇子。终于，启程的时辰到了，二姑与祖母、兄妹们泪眼相望，依依惜别。闹了一晚上的人们骑马赶车，护拥着新娘，踏上了送亲的路程。

送亲队伍启程了，祖母拄着一根棍子站在院中望着远去的二女儿背影，久久不动。老姑一直默不作声，她的眼睛里满含着泪水，不知是为她的二姐高兴，还是为她二姐伤感？

父亲很早就躺下了，我怎么也睡不着，总能听到外面传来过小年的欢笑声和狗叫声，间或还有零星的土爆竹声。

我永远都忘不了二姑那喜悦大于悲痛的咯咯笑声。强者隆重的婚礼淹没了弱者简陋的葬礼……人们只关注强者的喜悦，无视弱者的悲伤。

又一天的清早，独自来到冬日草甸子上的我意外地遇到了老叔。老叔虽然又高又大，但在风吹日晒下依然显得白皙。草原人以白色为圣，以红色为美。小孩子都不会喜欢白色的皮肤，我怎么能例外。老叔一直木桩子一样沉默着，他坐在草地上，失神地凝望着远处。我也不由自主顺着他的目光望过去，到处都是随风起伏的碱草，我并没觉得远处有什么好奇的。

那天我什么也没望到，但就是那天，我学会了用沉默代替悲伤……

第二十八章　走向狼群的怪人

　　王氏家族终于走到了穷途末路,好像随时都有窒息的危险。就在王氏家族最黑暗的日子里,一向崇尚"好汉不提当年勇"的祖母和我一铺一节、津津有味地讲起了王老黑的故事——那是王氏家族绝无仅有的高光历史,也是货真价实的"当年勇"。

　　祖母说,王氏家族苦难的悲剧实际上是由一出意外的喜剧转化而来的,是由我家族的一位先人亲手造就的。确切地说,那位先人就是祖父的祖父王老黑。是他给我家族后代铸造了更加灾难深重的枷锁。王老黑才是塔头滩冬猎队最早的创始人,自从有了塔头滩冬猎队,查干淖尔就更成了强者的天堂,弱者的地狱。

　　王氏家族并不是一开始就降生在查干淖尔大草原塔头滩上,而是来自山东大地的逃荒汉族移民。是王老黑带着家族逃荒来到这里的……王老黑直到死前才发现:塔头滩既是天堂,也是地狱……

　　那年,田野里终于一粒米也找不到了,王老黑才恋恋不舍地带着逃荒的队伍一路向北。贫油的车轴发出凄婉的怪叫，像是在为这一家落魄的人们做着最后的伴奏。谁也不知道此行要走多远的路，谁也不清楚最后的终点会在哪里。大家只知道要一路向北，只知道去另一个有人的地方，梦想着那里的人们会善良地把一群无能的难民收留下来……那可真是一场比老牛赶山还无望的艰难行走啊。沿途的荒山野岭让王老黑和他的家眷们打不起一丁点儿精神，即便是饥肠辘辘，焦渴难忍，一个个仍是无精打采、昏昏欲睡的样子……大家好像是事先约定好了，要共同来分享这无比难耐的浩瀚洪荒……

焦头烂额的王老黑突然感到打头的那挂破马车行走得越来越吃力时，才三心二意地睁开惺忪睡眼，猛然间他发现了前方天堂般的辽阔草原……眼前数百平方公里的草原上，草长莺飞，蓝天白云。除了远方几处为数不多的蒙古包和牲口栏，几乎就是一片绿色滩涂，一片无人大原。

王老黑还发现：脚下这块黑色土地无须耕种，齐腰深的小叶章草里直接就能长出肥硕的牛羊来……王老黑的双腿被脚下这块肥沃的黑土地磁石一样牢牢地吸住了，再也走不动了。

与其说王老黑终于有了落脚之地，不如说他重新拥有了梦幻家园。然而，这个梦幻家园不只是王氏家族的惊艳福地，也是王氏家族的苦难战场，只是此时的王老黑还不知道他脚下那块黑土地就是后来血泪迸溅的塔头滩。

那时，王老黑还不叫王老黑，按照王氏家谱，他那辈犯"贵"，大号叫王贵堂，家人都喊他"大掌柜的"。但到了塔头滩之后，就没有人叫他"大掌柜的"了，也没人叫他大号，人们都叫他王老黑。塔头滩人一向厌恶黑色，认为黑色是不太吉祥的颜色。从这个外号上看，王老黑当时在人们心中的地位并不高。

说实话，王老黑长得也不好看，走起路来还一蹾一蹾的。而且他总是耷拉着脑袋，佝偻着腰，天生就不太精神似的。王老黑的个头儿也不高大，怎么夸张也谈不上高大魁梧，更谈不上英俊潇洒，充其量也就算个中等人吧。就像人们常说的那样，王老黑就是一个比上不足，比下有余的普普通通的塔头滩男人。与众不同的只是王老黑怀揣着一颗永不服输的执着野心。

王老黑再就是天生不怕狗。不管谁的看家狗有多凶猛，王老黑进院就是个低着头往里走。恶狗扑上来，他只是一脚，被踢中要害的恶狗就立马变成了哑巴，家猫一样夹起尾巴溜到一边去了。

在塔头滩，正常的屠宰家畜是绝不允许弄成血雨腥风的，也绝不允许有人在生灵死去之前人为地让它们遭受更多的罪。塔头滩人不仅要尊重动植物的生，更要尊重动植物的死。它们都有美丽的出生，他们也应该有尊严的入死。动植物的死亡，既是它们庄重的告别，也是它们最后的奉献。在收割高棵植物时，塔头滩人尽量在它们的最底部下刀，然后再割成几段。几乎没有人会将植物从头到脚、一刀一刀地往下割。只有这样收割，植物才会免遭二茬罪或者多茬罪。而像那些动不动就把毛驴子、大肥猪杀得到处乱叫乱跑的蠢笨粗人，在塔头滩人眼里无异于无能弱民。

屠宰家畜也是每个草原男人必备的本领。塔头滩对这行有了明确要求，这行就变得不简单，也就有了明显的高低上下之分。

在马兰花众多的追求者里本来显不出王老黑，只因他在宰杀大型牲畜上一直不服胡赛虎，才显得更像一个人物。两个人的矛盾升级，得从一次杀牛说起。塔头滩上杀鸡宰羊的小活儿竞争不大，但杀牛宰驴等大活儿就要高手出场了。平凡日子里，这种做大事的光芒，几乎全归了胡赛虎。

虽然王老黑在塔头滩很少有机会杀到牛马等大牲口，但他杀猪宰羊的屠宰技术还是很有一套的。他右手上除了拎着一把大锓刀，左手上还比别人多了一根木棒子。王老黑就像会点穴一样，出刀之前冷不防就是一下子，力量并不太大，猪羊脖子一挺时，大锓刀跟着就到位了。杀得猪羊没来得及发出太多的声音，猪羊就死得不太遭罪了。有时，那些养猪的汉人杀年猪时也来请王老黑，只要王老黑一出手，正月里的猪叫声都会减少一多半。

村里确实让王老黑杀过一次毛驴子。他天不亮就赶着毛驴子来到村头，将毛驴子拴在一棵大榆树下。又取出一块红布，蒙住了毛驴子的头，看上去，那头毛驴子就好像一个羞答答的新娘子。随后，王老黑拎起一个木头棒子，朝毛驴子的头上猛力砸去，毛驴子哼也没哼，前腿倏地跪倒，王老黑接着又连砸了两下，毛驴子的身子一歪，彻底倒了下去。接下来，王老黑才将那毛驴子扒皮、剔骨……这时，太阳刚升起来，油汪汪的晨光照耀着那一摊了无生气而又鲜艳无比的毛驴子肉，暗暗沉寂的鲜红与任何疼痛都脱离了关系，无非是肉及血迹罢了……这有什么呀……王老黑走出了牛气冲天的样子。

而王老黑更喜欢杀牛，牛临死前会流泪，这样的死亡很悲壮，正合王老黑的心意。假若被杀的牲畜无动于衷的话，平平淡淡地死去，那才让让王老黑觉得毫无趣味可言了。而村里每次杀牛，从来都轮不上王老黑。

七月的草原，打碗花、狗尾巴花和羊奶子花正开得旺盛，到了每年一度的下草甸子打草季节。下草甸子打草前，村里准备杀一头大公牛，为大家壮壮行。当时塔头滩上最有威望的头人是老马倌武元大叔，武元大叔就把杀大公牛的活儿一如既往地交给了他最看好的后生胡赛虎。

王老黑觉得自己在别的方面差了点儿，但在屠杀牲畜这方面绝对不比一般人差，好事都要轮流做，不能总是胡赛虎一个人的呀，就一直跃跃欲试的样子。

　　王老黑还专程去找了武元大叔一回，强烈要求给他一次机会，由他去杀那头大公牛。耿直的武元大叔一脸怀疑地扫了一眼别在王老黑腰里的大镘刀，吸了一口旱烟斗说，查干淖尔的大公牛向来都是由最好的后生来杀。再说，你那小体格也制伏不了那大公牛啊。武元大叔坚决不同意。

　　胡赛虎腰后面别着一把非常小的羊角弯刀，牵着大公牛去井沿喝最后一口水。大公牛一边喝水还一边流着眼泪……

　　饮完水，胡赛虎就把大公牛拴在村头的老榆树下。

　　王老黑一边打着哈欠，心里还一边埋怨胡赛虎，怎么还不赶快杀呀？磨蹭个啥呢，这不是让老牛多遭罪吗？

　　一向唯我独尊的胡赛虎骂道，你懂个屁！

　　王老黑被骂愣住了，平时胡赛虎对他还很尊重的，怎么突然变得如此暴躁了呢。

　　说话间，胡赛虎走近了大公牛，无限温柔地摸了摸牛的鼻梁，口里小声嘀咕着：不怨你，不怨我，只怪大家选了你和我……他好像还说了一些什么，王老黑没听太清楚。

　　大公牛扑闪着大眼睛，安静极了，好似能听懂胡赛虎的话。

　　说话间，胡赛虎自身后取出小刀，手腕一抖，刀尖就点在牛眉心的穴位上，大公牛轰然倒下。随即，胡赛虎一手抓住牛角，往上一抬，另一手反提着小刀，刃朝外，手一扬，就划破了牛的喉管，一股热血顺势喷溅而出。

　　站在一旁的王老黑连忙侧身避开。这时那牛还没来得及断气，同喉管一起割破的还有气管，残余的气流就从断裂的地方泄出来了，还带着丝丝拉拉的白沫子……

胡赛虎蹲下身子，刀尖在牛蹄子上一转。然后，将小刀衔在嘴上，腾出双手抓住牛蹄上的裂口，一点一点地将牛支揭至腋下……转眼功夫，大公牛四条腿的皮都卷到了腋下。这个时候，牛还没死透，身子每隔一会儿抽搐一下。胡赛虎的手片刻不停，抄起小刀，顺着牛的后脊梁，一路割下去，直到牛尾，收刀。一只手抓住切口，往下一用力，就将皮撕开了；另一只手握成拳头，伸到皮下，往下压住。牛皮就顺利地剥离开了，那声音就如撕纸一般，在清晨寂静的小院里，格外刺耳。

也就半袋烟的工夫，整张牛皮全被扒了下来，只剩下一堆冒着热气的鲜肉。胡赛虎回过身，取出一把木柄小斧头，埋下头，手中的斧头上下左右飞舞，微微颤抖的鲜肉从骨头上纷纷脱落，最后露出一副白森森的骨架，上面竟然一丝血肉也不粘。

这时候，王老黑已经看傻眼了，觉得杀牛还真是个技术活儿。胡赛虎确实技艺高超！据说他喜欢每次刀子割破血管的感觉，并且迷恋任何生命弥留之际的眼神，据说他在其间还能获得鲜为人知的乐趣呢……

至于胡赛虎杀牛前到底说了什么，王老黑一直没太弄懂，认为那无非是胡赛虎在装腔作势罢了。

胡赛虎杀什么都是干净利落，自从小刀一闪，大公牛像睡着了一样倒在地上，到五六个壮汉将分解后的牛肉运到大锅里，一共也没用上半个时辰……接下来的活儿就交给那些前来帮忙的大姑娘小媳妇们了。

这会儿，那群跟去看热闹的孩子们便嗷嗷乱叫地去抢牛吹吧，牛吹吧被孩子们轮流着抢到手里，他们鼓起腮帮子把牛吹吧吹成一个大大的气球，然后将它抛向天空，金黄的阳光底下，白蒙蒙的气球上还残留着水粉色的血丝。白气球在空中失魂落魄地飘啊，飘啊，所有孩子都仰起脸来看。白气球的背后是一尘不染的蓝天，蓝得那般不可思议。

王老黑肯定比不上高大威武、一身腱子肉的胡赛虎，因为后者毕竟是那个时代草原上公认最棒的后生。当时草原最有威信的头人——武元大叔也早就预言过，胡赛虎迟早会成为塔头滩下一个头人。

武元大叔的话可从来不是随便说的，他连自己那强壮如牛的大儿子都没看好。正是因为这样，王老黑心里就一直撂着一股暗劲儿。就是那种心里不服可又没有什么具体办法的无奈状——有种你去超过人家呀？不是超不过嘛。两个人都不用到赛场上去见高低了，你就看看胡赛虎那两只大胳膊有多壮吧，你再看看胡赛虎那两条大腿有多粗吧，再加上一身结实的腱子肉，不用比试，王老黑也能看出自身装备的明显不足来。

同时代的后生里，还有一大堆远远超过王老黑这一水平线的，比如传统望族宋氏两兄弟，老包家的包老大、包老二、包老三，现任马倌儿武元大叔的大儿子武大个子等。只有和李小个子等相对较差的后生们相比，王老黑还能显出一些优势来。

像王老黑这种类型的查干淖尔男丁，如果没有啥特殊本领的话，在塔头滩也只能充当一回看客了。允许你和众生们一起活着，活到一定年龄再和众生们一样死去。不会给人们留下太深的印象。但其貌不扬的王老黑却怀揣着一颗不肯服输的大心脏。要说他好高骛远，说他不知深浅，好像也不是；要说他高瞻远瞩，志存高远，好像又有些夸张。总之，那个时期的王老黑的头上还没有什么光环，确实不太好做出确切的评价。

当时塔头滩虽然还没有组建塔头滩冬猎队，但是好汉和孬汉的界定还是有相应的评判准标的。在查干淖尔大草原传统观念中，最好的男人总是要争做马倌儿的。不仅仅是因为马倌儿在人们心目中的地位高，还有另一个重要原因——因为当马倌儿最能考验一个男人是不是一个真正的草原汉子。在所有的"倌"中，马倌儿是最难当的。难，有时也是对男人的一种巨大诱惑。

还有一个潜在的诱惑就更加令人眼红了——塔头滩上常年都保有几百匹上等好马，所有的马，马倌儿都可以随便骑——就像现在大街上奔跑的各种型号的汽车你可以随便开一样。毋庸置疑，所有人对马倌儿都会笑脸相迎的，当然这里也包括所有的美女。草原上就像有个不成文的潜在规定，马倌儿就是"汉哥"，只要马倌儿喜欢，他有权利去迎娶任何人家尚未出嫁的女子。

整个塔头滩一共也就是一到两个马倌，所以马倌一直是最让塔头滩男人红眼的差事。但光眼红没有用，也不是弄虚作假请客送礼走后门就能办到的。（从来没听说过有塔头滩人这么干）当马倌？你真得有货真价实的本事才行啊。那可不是闹着玩儿的，查干淖尔的游戏规则能真实可靠到每个人的骨头缝里去。

一个合格的马倌儿，要求男人不仅身体矫健，还要能吃苦耐劳，更要拥有高超的驯马技艺和顽强的战斗精神。

看上去剽悍浪漫的驯马可不是一件容易的事——用套马杆套马只是一个简单的开始，更重要更复杂的事还在后头呢。当马群里的儿马子长到一岁时，马倌儿就得把儿马子骟掉，必须要在儿马子两岁前驯服它，否则就没有机会了。一个马倌儿要让所有的马匹安然无恙地度过春夏秋冬。

胡赛虎是那个时代塔头滩上最好的男人，理所当然就是马倌儿的最佳人选。当然，就算当上了马倌儿也不是终身制的，除非你始终保持着足够好的状态。如果不断有更优秀后生涌现，再好的老马倌儿也存在让贤的可能性。

这年春天，风光一世的老马倌儿武元大叔终于要宣布退役了，恰好又到了每三年一度的"封倌大赛"（马倌儿、牛倌儿、羊倌儿大选）。为了让查干淖尔上的马、牛、羊群继续有所保障，塔头滩又要例行公事地挑选新的马倌儿、牛倌儿、羊倌儿了。这个消息让塔头滩的后生们心潮起伏、夜不能寐，春天本来就不够安分，这个春天就更加显得骚动不安。

作为有血性的查干淖尔男人，谁会错过这样的大好机会呢？男人们一个个都像想称王的公鸡，成天到晚摩拳擦掌，跃跃欲试的样子。连胡赛虎那未成年的弟弟胡赛豹也上蹿下跳地跟着起哄。

大家比拼的无非是草原男人最基本的几项硬实力，就是比长跑、比射箭、比射击、比摔跤、比马术、比叼羊。

王老黑与胡赛虎相比，无论是力量，还是技术，差距都实在是太大了。经过一番残酷较量之后，王老黑才不得不甘拜下风，只好和另外那些人争当牛倌儿和羊倌儿去了。

第二十九章　马兰花

芝麻开花节节高，
谷子开花压弯腰。
茄子开花头朝下，
苞米开花一嘟噜毛……

马兰花是那个时代全草原家喻户晓的最漂亮、最贤惠的女人，漂亮得让查干淖尔男人过目不忘、朝思暮想。王老黑当然也不会例外。可早在胡赛虎当上马倌儿之前就有人断言了，胡赛虎以后一定能娶到马兰花，他们俩才是塔头滩上天生的一对，地造的一双。

没当上马倌儿本来就是王老黑的一块巨大心病，这个断言，就更成了王老黑的另一块巨大心病。王老黑真是太喜欢马兰花了，多少次的美梦中他都是和马兰花在一起的，可从美梦中醒来时却要面对如此残酷的现实。就目前的形势而言，王老黑得到马兰花的希望几乎是零。

随着婚嫁年龄的逼近，王老黑不得不面对一切了。

塔头滩男人以血性著称，稍有点血性的塔头滩男人都不会眼睁睁地看着心仪的美女轻易让身边男人娶走的。无论这个男人有多么优秀，在他追求美女的过程中，周围的男人们总要有一位像公牛一样站出来挑战的。那个挑战者一定要认认真真地和他比试比试、较量较量的，哪怕最后弄得头破血流，一败涂地，也在所不惜。总之，一个男人要想最后娶到塔头滩人公认最漂亮的女人，你总得凭点儿啥吧？是骡子是马得拿出来遛遛吧？不出来遛遛哪知道你到底是骡子还是马呀？

这就是所谓的争风头，是草原人的婚恋传统，更是塔头滩上千百年传承下来的民间习俗。事后，赢者娶走美人，输者回家喝酒，大家都心悦诚服。被挑战的男人不但不生气，反倒觉得自己很真实，很有面子。如果一个男人想娶哪个美人，没有其他的男人来跟他抢，他反倒会觉得不够真实了，缺少了应有的味道。以后的日子里，两个男人之间该是朋友还是朋友，该办事还办事，从不存在芥蒂之说。

更何况王老黑还是一个很有想法、很有志向的塔头滩男人呢，他又是那样喜爱着他的女神，他当然更不愿意轻易接受那个美丽的传说了。虽然王老黑也深知自己成功的概率不大，但爱情的力量总是给予他足够的勇气。一向自认为是塔头滩男二号的王老黑怎么会将美女拱手相让呢？人生最大的好事怎么能白白地让给胡赛虎呢？王老黑要坚决竞争到底！

于是，两个人约定好了一个风和日丽的日子，让全村的男女老少都出来做证。他们就要当面锣对面鼓、成王败寇地大干一场了。

比什么呢？

既然比啥都不占上风，王老黑就一脸的无所谓。

胡赛虎心里有数，比啥都行，就坚持让王老黑来定。

王老黑在争当马倌儿的过程中已经深刻地了解到了胡赛虎的非凡才能，知道比啥自己都是个输。就想，能不能找个最难的项目让两个人都输呢？如果都输了不是一样分不出胜负吗？想到这些，王老黑阴暗已久的内心深处似乎又泛起了一丝希望之光。说，这回咱们不比马背叼羊了，要比就比更有难度的，就比摔儿马子！王老黑心想，这个是塔头滩男人最难的项目，没准就有浑水摸鱼的机会，万一谁也摔不倒儿马子，马兰花就还得是自由身，就谁也别想娶到手。这样，自己以后兴许就还有别的机会。

一言为定！胜者迎娶马兰花！胡赛虎竟然同意了。

王老黑费尽心机，总算挑到了一匹相对老实不足一岁的白色小儿马子，心中不禁窃喜。

然而，结果却是王老黑不仅没能摔倒小儿马子，还在抱摔过程中顾此失彼，让小儿马子挣脱缰绳跑掉了。

胡赛虎面对的则是一匹一岁半正当年的生性大黑儿马子，他也没多说一句话，就径直向那黑色烈马走去。

胡赛虎不仅成功地把大黑儿马子摔倒在地，还顺手一个人把大黑儿马子给骟了。他表演的这个艰难而复杂的骟马程序，让塔头滩人叹为观止。

"胡赛虎，'汉哥'！胡赛虎，'汉哥'！"围观人群赞誉的呐喊声响彻塔头滩。

比赛就像一场瞬间破碎的噩梦。

眼看着自己心爱的姑娘成了胡赛虎的新娘，王老黑心里真不是滋味。但王老黑着急上火也没用，只能恨自己太无能了。不过从那以后，王老黑除了研究牛头、驴头、羊头、猪头之外，也对狼头产生了浓厚的兴趣。只要有机会，他总是像着了魔似的对着不知哪儿能弄来的狼头骨看个没完。

有一次，一个汉族人家杀菜狗，从来不吃狗肉的王老黑硬是破天荒地把人家的狗脑袋给要来了。在家人不可思议的目光注视下，王老黑把狗脑袋闷在大铁锅里煮了好几天，为的竟是最后得到完整的白色狗头骨。

以后的日子里，王老黑真的就像得到了一块狗头金，整天就是摆弄着这块狗头骨，有时还把它和以前拿到手的狼头骨反复对照，就像要找出它们之间微小的不同来。

本来王老黑天生就不怕狗，面对自家的狗就更不在话下了。有时，王老黑就把家里的大黑狗也招呼过来。也怪，那大黑狗见着谁都凶巴巴的，但只要王老黑一摆手，大黑狗就会立马像个老臣子一样低头摇尾地一路小跑过来，凶猛的大犬瞬间就变成了温顺的羔羊。有时，大黑狗就像死了一样，竟长久地瘫成泥状倒在地上，任由王老黑随意摆弄来摆弄去……很多时候，都是因没有任何声音而让人感到一阵阵莫名的恐慌。

有那么一段时期，王老黑就是风雨无阻地拿着白色的狗头骨和大黑狗玩个不停。王老黑整天就是这么个状态，疯疯癫癫的，行为经常让人觉得有些莫名其妙，大家都以为这是他没娶到马兰花情绪失控的结果，亲人们就很担心王老黑可能真的要疯掉了。

草原狼与人的战斗从来就没有停歇过。战斗不仅改变着狼的命运，同时也改变着人的命运。

塔头滩男人对草原狼的战斗兴趣是有历史渊源的，哪怕死于狼口也是英雄。这与塔头滩上谜一样的女人——马兰花也有着直接关系。

自从马兰花三岁的儿子小胖儿丧身狼腹之后，胡赛虎像疯了一样。

他先是违背族规要放火烧草原，被大家阻止了。之后，他又要带着几个兄弟去掏狼窝，也被阻止了。实在咽不下这口恶气，最后，一心要为儿子报仇的胡赛虎，单枪匹马杀向狼群，杀红了眼睛，杀红了草原，也把自己的身体杀成了红色，而且杀得几乎支离破碎。

胡赛虎真不愧是个倔强的塔头滩汉子，在那么危难的时候，依然是挥舞着手中的木棒。他没有使用猎枪，甚至连身上的腰刀都没使用。

汉子们最后还是把胡赛虎的尸体从狼群的嘴里夺了回来。战斗中被狼群吃掉是一回事，野葬时送给狼群吃则是另外一回事。

马兰花细心地将胡赛虎用白布包裹得像个高级点心。

这个威武的逝者终归不同于那些寿终正寝的老者，也不同于意外夭折的孩童。同样是人类的肉身，他们之间确有着天壤之别。胡赛虎那身最结实、最灵性的肌肉，定会是狼群最庄重、最神圣的夜宴。

马兰花给胡赛虎穿上新衣服、新靴，用白布缠身，把尸体放在勒勒车上，用鞭抽打牲畜，把车赶向固定的野葬地，不用人驾驭，让它任意奔走，任意颠簸。死尸掉在哪里，哪里就是胡赛虎的福地，从此马兰花就说了不算了，就任狐狼吞咽，鹰鸟啄食吧！马兰花只能躲到一边祝心爱的人好运了。

胡赛虎野葬那天，草原人无限神伤，都忍不住流下了泪水。人们不仅仅是觉得惋惜，还有发自内心的疼痛。尤其是心底私藏着他的女人们，更是暗自悲叹不已。

三天后，人们沿着车辙去找胡赛虎的尸体。胡赛虎的尸体已经被野兽吃得一干二净，证明他的灵魂已经升上了天堂，也给后人带来了吉祥之兆。

马兰花回来后大设酒宴，把全村的人都请来了。

马兰花又请来喇嘛念经，竟然念了七七四十九天。

胡赛虎野葬后百日之内,马兰花要求家人不许理发、不许剃须、不许娱乐、不许宴请宾客和参加婚礼,路遇亲朋好友也不许请安,不许打招呼。

马兰花用塔头滩上的最高规格送走了胡赛虎。塔头滩人无不发自内心地感叹:一个男人能这样死去,足矣!

一夜之间失去儿子和丈夫的马兰花也疯了,对草原狼的仇恨瞬间升级。当夜,马兰花就只身住到村头的拉嘎老古庙里来,并公开高声扬言:只要谁打到一只狼,我就跟谁睡一回!以狼头为证,要是打到一只大狼,我肯定陪他睡一夜!

开始时,人们不大相信马兰花放出的狠话。心想,马兰花这么的漂亮女人能说睡就睡上吗?不过是老娘们想儿子和丈夫想疯了,为儿子和丈夫报仇心切,也不过就是实在没招儿的说辞。

男人们虽这么想,但一想到马兰花那无比美好的丰乳肥臀,脑子里就又滋生出一个缥缈而又充满诱惑的想法:万一呢!

马兰花早已经让塔头滩上的男人们尝尽了可望而不可即的苦头儿,男人们叨咕着:"可别扯了,可别扯了!"想敬而远之而又不肯马上离去,当然有人就不会彻底放弃。

狼灾依旧。

马兰花对狼的愤怒依旧。

马兰花的毒誓依旧……

半个月后,宋跐脚非常偶然地捉到了那只一夜间咬死三十只绵羊的大狼,当他兴奋无比地到老古庙用狼牙祭祖时,竟意外地被马兰花给叫住了。

"别扯了,你可别逗我玩了!"宋跐脚开始时不信,直往后躲。

没想到马兰花上前来拉住了宋跐脚:"在塔头滩,男人说话算数,女人说话也是算数的。"

与其说是宋踮脚来找马兰花兑现诺言,不如说是马兰花硬把宋踮脚给留在了身边。那个悲情而寒冷的冬日,一对孤男寡女真的在老古庙里过了惊心动魄的一夜。

宋踮脚自从三年前死了媳妇,就一直也没有再说上新的媳妇。事后,宋踮脚像精神都有些失常了,逢人就显摆"哎呀我,哎呀我,现在我就算死也值了。老娘们和老娘们真是不一样啊!等打着狼你就知道了。胡赛虎太没福气了,娶了这么好的女人,不想法多活几年?谁知道他咋想的啊……留得青山在,才不怕没柴烧啊。"宋踮脚话里话外就惋惜着马兰花的丈夫——胡赛虎。

"照这么说,马兰花的誓言是真的了!"又有一些不安分的塔头滩男人纷纷扣上狐皮帽子或者獭皮帽子,跨上膘壮烈马,提着掏捞棒子,各自为战地杀向了苍茫雪野。

塔头滩上越来越多的老爷们儿雪后就比以前更加不安分了。因为眼下打到狼不仅可以被尊为草原英雄,还能得到魂牵梦绕的美丽女神。

草原狼奸诈狡猾,没那么好打,宋踮脚在草原深处又转了好几天,竟连一根狼毛也没有摸到。

其实,宋踮脚第一次打到那只狼已纯属侥幸,全靠他那匹快马了。那天宋踮脚是撞大运般冲向狼群……宋踮脚甩出套马杆上的套子竟一下子就套在了一只狼的脖子上。毫无思想准备的他没等把狼制伏就忙乱地把狼拉到了马背上,没想到狼四脚离地之后竟傻得和家狗一样任人摆布了,宋踮脚意外地发现了凶恶的草原狼竟有这么一个致命的弱点。

多日来,已经明显有些疯疯癫癫的宋踮脚一心想复制那日的奇迹,可是奇迹怎么可能总是给他一个人准备着呢?

空手而归的宋踮脚还不由自主地去老古庙找马兰花，却遭到马兰花的严厉拒绝。

马兰花连门都不肯开。说："给我滚远点儿，你以为我是什么人啊？除非再打回一头大狼来。"

宋踮脚就站在门口发誓说："你等着，我一定会再打一头大狼回来的！"

好心的人们都在劝说宋踮脚："那次打到狼你是侥幸，是瞎猫碰上了死耗子，再去就是送死。"

宋踮脚已经听不进去劝告了，他还想创造奇迹，愣是一个人义无反顾地奔向了塔头滩的茫茫雪野。"你们就等着我胜利的消息吧！我会是塔头滩上下一个草原红鹰！我一定要把马兰花娶回家！"

整个冬天，执着的宋踮脚怀揣着酒葫芦一直扛着大钐刀奔走在辽阔的雪野里。功夫不负有心人，他竟然幸运地在一个雪窝子里遇上了两只正在交媾的大狼。两只大狼发现手举大钐刀的宋踮脚时正牢牢地锁在一起，它们只能原地打着转转，顶多是大公狼拖着母狼跑上几步，根本就不能正常进攻或撤退。两只大狼龇牙咧嘴"呜呜"地低吼着，看上去挺凶，却不能跳跃起来了……宋踮脚就心惊肉跳地把大钐刀伸到了两只大狼的隐蔽部位，他太想抓到这两只大狼了，利令智昏地闭上了眼睛，双手用力一搂，大钐刀瞬间就割断了两只血脉偾张的狼……

宋踮脚不知是真的疯了，还是喝醉了酒？他居然做出了塔头滩人最不齿的事，犯了塔头滩人"三不抓四不打"之大忌。两只暴毙的大狼发出绝望惨叫时才让宋踮脚猛然清醒过来。宋踮脚这才意识到自己做出了什么损事，他把大钐刀抛出老远，直挺挺地跪在两只大狼尸体面前……

那天，宋踮脚最后就跪死在了雪野里，面前清白的雪地上溅满了暗红的狼血……

后来，马兰花把宋踮脚的尸体敛了回来，像哭自己的男人那样哭了宋踮脚，还为宋踮脚烧了七天纸钱……

马兰花选择了土葬。她亲手将宋踮脚的尸体连同衣帽、鼻烟壶、羊角刀、木碗等物，一起放进坐棺，入土埋葬。

马兰花还为宋踮脚认真地选择了墓址，选择背靠丘陵、面临平川的高处。还在墓穴南侧壁挖方坑，点油灯，意在驱散黑暗。墓坑挖好后，用锹铲平，不留足迹。在放棺材之前，墓坑中放置斧头、镰刀意即防止鬼魂侵占墓穴，埋葬完毕，从供品中取出一部分烧给死者，其余分给送葬者。坟堆的上头埋上用树枝拴以白布做的幡幛。

入殓以后，马兰花又请来喇嘛念经，一连念了七天七夜。

葬礼百日内，没见马兰花笑过，路遇亲朋好友也不打招呼。葬后逢七祭祀一次，直到七七四十九天为最后一个"七"。待到百天时，她还是大行祭祀。

宋踮脚死后，王老黑却越发不安定起来，没想到这个漂亮女人竟然还如此讲义气。王老黑常常在梦中惊醒，因为他又无数次地在梦中见到温柔无比的马兰花。

是美丽女人的力量，最终让王老黑也义无反顾地走向了穷凶极恶的狼群。

第三十章　另类辉煌

　　王老黑是在塔头滩人慌作一团，狼群绕着村子发着吓人的嗥叫声中，伴着月光独自一人走向灰白色雪野的。全村人都紧关了房门，人们从门缝窥视王老黑一蹿一蹿的背影直奔狼群而去。很多人都在想，王老黑会不会是第二个宋跐脚呢？

　　莫名其妙的是，狼群立刻安静下来，注视着王老黑，它们似乎想弄清这个人临死之前到底能做些什么。王老黑像根本就没看见狼，他弯着腰，背着双手，醉汉一样趔趔趄趄往前挪。看王老黑的外部形象，草原狼一定不是很重视，直到他走进狼群，也不见有一只草原狼有躲闪的意思。离那只龇牙咧嘴的头狼只剩下一步远了，头狼犹豫着是否让王老黑踩着自己的爪子时，王老黑猛地将左手的一根小木棒伸向狼头，头狼极机敏地一口咬住。王老黑就和这头狼不慌不忙地拉来扯去……趁头狼大意时，王老黑猛地甩出一直背在身后的右手中的小木棒，铅疙瘩击中狼的要害，头狼就像家狗一样软软地伏在王老黑面前。

狼群像似被眼前突如其来的场面惊呆了，好久，不知哪只也颇有威望的大狼长长地嗥叫一声，狼群竟风一样向雪原的深处逃去。

王老黑把头狼绑结实，活着扛到村里，像国家元首检阅三军仪仗队一样在长长的村路上走了好几个来回。塔头滩人热浪一样的目光投向了王老黑，接着便是货真价实的、地动山摇般的厚爱。

不知是王老黑的胆量真的赢得了群狼的崇敬，还是群狼一时糊涂成全了王老黑的执着。总之，就在当天夜里，王老黑把头狼的血掺在大碗酒里，宣布成立查干淖尔大草原塔头滩冬猎队，自荐担任首届冬猎队队长。从此，王老黑辉煌地当上了塔头滩名正言顺的头人。

一夜之间，王老黑成了塔头滩最耀眼的英雄。紧接着，他又得到了整个大草原人山呼海啸般的崇拜，他的非凡伟业被万家传颂。从那以后，祖父的祖父王老黑就有了这个响彻查干淖尔大草原的名号——草原红鹰王老黑。

祖母说连她也想象不了王老黑能抓住狼。王老黑抓狼的招法也许就是那个血味十足的夜晚一瞬间发明的。从那以后的几十年王老黑再没有在技法上有任何进展，王老黑腰里一直别着那个晚上他用一袋烟工夫拴就的两个带铅蛋的小木棒。其结构极简单，不过是在两个一尺多长的小木棒头上各拴了一个老鸹蛋一样的铅疙瘩。这就是王老黑那个月夜走向狼群时携带的全部武器。

这就是王氏家族史上那出空前绝后的喜剧。

塔头滩冬猎队是在狼群荡来荡去，人畜屡遭撕扯几百年之后的血味冬夜诞生的。这以后，除了塔头滩夏季的人鱼之战，塔头滩空旷恐怖的冬季也有了轰轰烈烈的事业，人们苦难地争当强者，争做英雄。

塔头滩冬猎队队员的选取规则及方法也是王老黑于那个血色夜晚

亲自制定的，绝对符合衡量好汉的标准。除了规定参选者要年满十八岁外，更多的是对个人能力的要求：首先，冬猎队员须要具备一身过硬的骑术，要能在飞速行进中用尺余长的"掏捞棒子"准确地击中坐骑前后两米内的地面目标，枪箭击打移动目标必须百发百中（但冬猎队员绝不允许使用枪箭之类的武器直接对付狼，这是查干淖尔大草原人引以为傲的尊严和仗义）；第二，冬猎队员要有足够的力气，要能赤手空拳摔倒成年公牛；第三，冬猎队员要有查干淖尔大草原野狼般的耐力。这个项目的具体考核办法每年不尽相同。常见的有长跑、攀岩、悬绳等，有时把人浸在热水中，有时把人架在火上烤，冬天临时选人时还选择过用冰冻呢。

这三条规则看上去很简单，可到具体做的时候却表现出其难度的残酷性，是不带任何水分的技术、力量与意志的统一体。哪个后生要是当选上了冬猎队队员，都不亚于现代战争中的全能特种兵，可远比从前当上草原上的大马倌儿要荣耀多少倍。

王老黑娶马兰花是他做梦都没想到的事。他并不觉得自己娶的是个二手媳妇或者三手媳妇，因为在所有塔头滩人的心目中，马兰花从前、现在、永远都是圣洁无比的，她就是塔头滩的女神。所以王老黑和马兰花的婚礼必须要大办。

王老黑得到带着两个儿子的马兰花的时候，一点也没觉得她曾跟过胡赛虎和宋踮脚而嫌弃她，反倒觉得她更加神圣可爱了。宋踮脚就得到过一次，还是用性命换来的。

马兰花的两个儿子一个叫胡大力，一个叫胡二力。那年胡大力六岁，胡二力四岁，他们可能太崇敬自己威武的父亲胡赛虎了，从来没管王老黑叫过一声爹，也坚决不同意改成王姓。王老黑并不在意这些，还是认真地尽着一个父亲的义务。

有那么几年，血气方刚的胡赛豹（胡赛虎的弟弟）长大了，他当然不会服王老黑了，以胡赛豹为首的几个血性汉子为争当查干淖尔大草原塔头滩冬猎队队长，学着王老黑的方法去抓狼。结果，几个兄弟先后与狼群展开肉搏，最后被悲惨地分尸荒野。

而王老黑仍时常从村外把绑上嘴的活狼家狗一样扛回村里来。事实让塔头滩上最有血性的汉子也只好甘拜下风，人们不得不迷信起王老黑来，说王老黑天生就是不怕狼，或者狼天生就是怕王老黑。

也许后代夸张了王老黑的作为。但不管怎么说，能在塔头滩这块生长剽悍的土地上连任冬猎队队长，王老黑至少要算那群塔头滩人中的强者。

王老黑时代，冬猎队对狼群形成了巨大震慑。草原鼠疫就是在王老黑辉煌了三年之后悄然暴发的。

人们对狼过分的仇恨导致狼的减少，黄鼠子却失去了有效控制。最终导致了塔头滩上暴发了一场空前规模的鼠疫。那场鼠疫也是造成王氏家族后代苦难的又一个直接原因。

春天的时候，塔头滩上的黄鼠子明显比往年多。塔头滩上经常能发现死去的黄鼠子，但人们都没太当回事。

旱獭子和黄鼠子的洞口处都有一个土包子，尤其是旱獭子洞口的土包子要大些。旱獭子和黄鼠子泛滥时，整个塔头滩就堆满了大大小小的土包子，很像一堆堆的坟茔，就好像预示着什么。

直至出现了多起死人现象，人们才不得不警觉起来。

先是几个孩子发烧不止，还有的孩子烧着烧着就死去了。

后来，越来越多的人发烧不止，有更多的成年人也死去了。

那时塔头滩人都迷信萨满大神。说天有十七层、地有九层。人住地上国，神住天上国，魔鬼住地下国，统管天、地、人三界的是至高无上的天神。人们有什么祈祷的事都要通过矗立的神杆告诉天神，而天神也通过神杆来到人间，返回天国。由于对天神的崇拜，还引申到了对自然宇宙的崇拜，日月星辰、风雨雷电……世间万物皆有神灵。这就构成了复杂的萨满大神的世界，扑朔迷离，神秘莫测。民间常有神山、神水、神树等传闻，说白了，也就是人们对大自然的一种敬畏。在乡下，经常就能看到人们在所谓的神树上系满了红布啷当，挂上小钱，在其下焚香、讨药、许愿、忏悔……

萨满祭祀的仪式主要是跳神的歌舞，其中又以单鼓舞最为著名。在跳单鼓舞时，萨满边唱边舞，头戴羽翎神帽，腰系金色铜铃，手拿兽皮圆鼓。敲起来，鼓声嘭嘭震天，舞蹈起来，腰铃哗哗作响，撼人心弦。鼓是萨满获得灵感和力量并得以与神灵沟通的媒介，萨满正是通过鼓语来实现人与神的对话。

据说，真正的萨满不仅能说会唱，还都身怀绝技呢。绝活儿有"登刀梯""耍铡刀""挂镰刀""踏炭火""放太位""扣火盆"等。"登刀梯"就是萨满赤足登上插有尖刀做梯的高杆以通神灵；"耍铡刀"更悬，萨满进入状态后将特长的铁钉从自己的肩胛骨穿过，钉子的一头挂上铡刀，边舞边晃动铡刀；"挂镰刀"则是将镰刀头插入额头之中；"跑火池"是赤足在撒满炭火的地上表演；"扣火盆"是将烧得通红的一盆炭火直接扣到头上，而肤发不伤……

并不是每次"跳大神"都会上演这些绝活儿的，只有"邪魔"比较顽固时，大萨满才会更多地展现出来，显示自己的法力以达到吓退邪魔的目的。

那时，塔头滩先人们对萨满及萨满教的认识还非常有限，片面地认为萨满教就是跳大神。表面上看，萨满教与民间巫术有着类似的东西，但实质来讲，二者无论在崇拜对象、祭神方式和所用神器、神具上均不相同，而且各有传统。萨满教有些变异的东西对其本身的发展壮大是极大的冲击。例如"搬杆子""取药""过阴""破关"等进行所谓的"扎咕"病。

到了晚上掌灯时分，祭祀用的东西才准备齐全，跳神仪式就要开始了。萨满请神驱魔的仪式叫"跳神"，又称"扳杆子"。

在村头空地上搭设一座神堂，燃上年息香。神堂正中摆放着神案，神案前是一长条供桌，上面摆满供品。供桌上放着红纸蒙着盛满高粱玉米等杂粮的升斗，中间插着三把高大的节半香，升斗前边横放插一杆大旗的幡旗架子。旗是蓝色的，上面彩绘一只威震山河的雄鹰。近处左右两厢的幡旗架子上分别插有绘着狼、虫、虎、豹、熊、蟒、鹰、雕等八种动物的旗幡，随风猎猎飘扬。

接下来就是生炭火与净脚足，也就是在布设神堂和神案的同时要备好炭火。大概需要千八百斤木炭，预先挑出木炭内的石块铁钉等杂质，防止从炭火中跑过时将脚扎伤，然后将木炭分成几大堆，用木材点燃，用簸箕将一堆堆炭火扇红扇旺，最后将炭火铺成长五六丈，宽六尺，厚半尺的长条，用铁锹拍平拍实，火池就铺成了。这炽热的炭火在十几个簸箕的围扇下，烈焰腾腾，一尺多高的火舌翻卷着淡蓝色的狂浪，发出骇人的响声，炽人的热浪将围观者驱出两米开外。

火池的旁边笔直地立着一架布置好的刀梯，二十余片闪着寒光的铡刀刃口冲上分绑在两棵松木杆子上，不要说爬，就是瞅一眼已经让人心胆俱寒。

在坛场内生炭火架刀梯的同时，大萨满带领众人净脚足，净足必须用无根水，即从井里打上来没有落地的水。据说不将脚洗干净会亵渎神灵和圣火。

大萨满身穿古朴的传统神衣，头戴流苏飘飘的神帽，腰扎饰有野猪牙的绛色神裙,胸挂闪亮的铜镜,稳稳当当盘腿坐在西北角专门位置上,旁边放着他的宝贝单鼓和鼓槌。

大萨满开始最重要的一项——请神。

接下来是一整套烦琐复杂的请神仪式……

子夜时分,清冷的月光下,草原空地上燃起了一堆堆篝火,一阵阵摄人心魄的鼓声顺风飘来,十几个装束怪诞的人围着火堆手舞足蹈,腰坠的铜质腰铃也是随着舞步哗哗作响。尤其一个年长的瘦高白衣老者,头戴缀满流苏的帽子,腰缠哗哗作响的铜铃,敲着单鼓,拉长声音吟唱着一曲曲诡异的歌谣。

大萨满双眼半睁半闭,小萨满们站立两旁以鼓相随,同时按节奏摆动腰玲。此时,神堂内便响起有节奏的抓鼓声和腰铃子的撞击声"嘭嘭嘭,哗哗哗……"。打过三通前奏鼓,大萨满便边唱边舞起来……

大约十分钟左右,众人把抓鼓接去,为大萨满换上扎枪,赤足的大萨满带领众萨满围绕着索罗杆子边舞边唱,音调极其深沉。

鼓声、腰铃声响成一片,年息香烟雾缭绕,红炭火熊熊燃烧,现场气氛怪诞而荒蛮。

鼓声渐紧,大萨满下巴哆嗦,牙齿咬得咯咯作响,双目紧闭,周身摇晃,表现出神灵附体时的痛苦情状。扔掉扎枪,接过单鼓,高频率地敲击起来,"嘭嘭嘭……"大萨满精神大振,身体左右摇摆,腰铃"哗啦啦"直响,高声地边敲鼓边拉长声音吟唱起来。

大萨满唱完,身子一挺,意味着神灵附体了。众萨满一同击鼓,并高声伴唱……

二神拿出一团烧红的火炭,放在大萨满嘴前,相当于为神引路,大萨满鼓声突停,浑身颤抖,若癫若狂,若昏若醉。然后一口吞下通红的火炭,仰天喷出扇子面形火星。随即带领众萨满绕火场跑,边唱边用单鼓扇向熊熊烈焰，众萨满边击鼓边大声喊道："神仙请到了，神仙请到了……"

这时附体的神灵就会借大萨满之口怪声怪气地询问："请我何事？"

众萨满代答："滩民患病，惊动神灵。"

大萨满伸手接过二神递过来的药葫芦，向草地上喷洒神水，驱除邪魔。

大萨满不再吟唱，而是挥舞扎枪，敏捷地跳上红得发白呼呼作响的炭火，众萨满手拿各种兵器也随之跑上炭火。赤足将熊熊烈焰踏得火花四溅……

大萨满请完神后烧掉预先剪好的纸人，预示已将附在病人身上的邪魔转嫁到纸人身上了。祛除邪魔宣告成功，带领众萨满在节奏明快的鼓声中英雄凯旋般回到了灯火通明的神堂。

浑身抖动的大萨满又迅速地用神鼓换掉了扎枪。鼓声中，众萨满齐声吟唱送神调，才算完成了这次跳神使命。

常言道：请神容易送神难。大萨满安静下来，带领众萨满开始焚化冥币纸钱。同时将升斗中的五谷杂粮一把把撒向草地周围，边撒边平静地吟唱起了送神调。意即好好送走各位神仙，有请众神各归各位。

众萨满也敲着单鼓轻声伴唱……

反复吟唱着，大萨满向草原深处走去，众萨满继续击鼓送神，直到大萨满倒地颤动，最后又完全清醒，众萨满才上前帮助去掉腰铃、脱掉神裙，大萨满回归常人，并带领众人跪下向诸神离去的方向虔诚磕头……

直到这时，一整套的请神、跳神、送神仪式才算完全结束。

水一样的月光洒在塔头滩上，鼓息神散，香烟随草原大风飘向远处，一切又都归于沉寂。

可是，塔头滩人仍在不断地被死神带走……

以后的日子里，塔头滩上又来了各种驱邪队伍，演绎着各种请神和送神唱段。但不是所有的唱词都听不懂了，也有能听懂的。比如：

> 系腰铃，戴神帽，
> 紧握神鼓和鼓鞭。
> 绸幡镶在衣服外，
> 扎枪攥在手里边。
> 祈请天地巡游的精灵，
> 召唤夜里行走的神仙……
> 正是神主降临的时辰，
> 正是小神徘徊的时辰，
> 正是犬鹊归窝的时辰，
> 正是牛马入圈的时辰，
> 正是千星闪烁的时辰，
> 正是万民熄灯的时辰啊……

三五成群的民间二人转艺人也在焦虑地喊唱着：

> 日落西山黑了天，
> 家家户户上门闩。
> 十家上了九家锁，
> 只有一家门没关。
> 大路断了停车辆，
> 小路断了行人难。

喜鹊老鸹奔大树,
家雀哺鸽奔房檐。
行路君子奔客栈,
鸟奔山林虎归山。
头顶七星琉璃瓦,
脚踏八棱紫金砖。
脚采地来头顶天,
迈开大步走连环。

双足站稳靠营盘,
摆上香案请神仙……
左手拿着文王鼓,
右手挥着二郎鞭。
文王鼓搭拉八根线,
四根朝北四根朝南。
四根朝北安天下,
四根朝南定江山。
二郎鞭,一尺三,
打一下,颠三颠。
要是赶山山就动,
要是赶海海就干……
只赶得——
王母懒赴蟠桃会,
九天仙女下了天。

农人不把地来种,
商贾不愿去挣钱。
寡妇三更犯了瘾,
两只眼睛泪涟涟……

头顶房巴脚踩橡,
身穿衲袍手拎鞭。
老君炉前走一番,
金翅展,银翅颠,
金翅能跑十万里,
银翅能跑万万千。
那哎咳哎咳哟啊……

先说鼓来后说鞭,
说起鼓来不一般,
木匠师傅选柳木,
锛的砍的刨的圆。
底下拴着八根弦,
还拴上了哪吒闹海金钢圈。
那哎咳哎咳哟啊……
再说说那二郎鞭,
五彩飘带搭拉下边。
打一下,颤三颤,
打三下,颤九颤。
梁山一百单八将,

共打一百单八鞭。

那哎咳哎咳哟啊……

只要孩子的病能够治好,怎么办都无所谓了。人慌不择路,病急乱投医。为了拯救儿子,一向不迷信的王老黑也有些迷信了,一向天不怕、地不怕的王老黑也有些害怕了。

后来,塔头滩上还是无法抗拒地发生了大规模的鼠疫……

王老黑想起了塔头滩上春天那大大小小的土包子,那些不祥之物让王老黑一阵阵心里发毛,一向不崇尚用猎枪对付猎物的王老黑竟然组织冬猎队队员用猎枪大面积射杀旱獭子和黄鼠子等小动物。由于小动物的数量实在太多了,还是无法阻止鼠疫的全面暴发。

为了对付鼠疫,王老黑不顾萨满大神的阻止,破天荒地在塔头滩上燃起了冲天大火。

带领村民把所有患了鼠疫的死者和半死不活者一律烧成骨灰。在是否把奄奄一息的马兰花和我四太爷王振原都望死烧掉时,王老黑在他的媳妇和最后这个儿子身上犹豫了整整四天也不忍心下手,导致查干淖尔大草原又少了二十几条鲜活的生命。其中就包括已经七岁的胡二力。

尤其是亲爱的马兰花也因鼠疫而走上黄泉路,这件事让王老黑悲痛欲绝。

那场鼠疫是查干淖尔大草原人共同的灾难。塔头滩上至今还保留着那座巨坟,那里埋着所有遇难者的骨灰。灾难更增添了塔头滩人为生存而奋争不息的烈性。

遍地黄鼠子之后,换来的是遍地坟茔。鼠疫虽然是一场惨绝人寰的灾难,但沉痛的灾难也让人们进一步明白了一个生活常识——生态平衡，只是那时候还没有这个说法，只有先人留下来的懵懵懂懂的古训。人们重新认识古训，重新认识到草原狼存在的重要性。过去的岁月里由于冬猎队过分地猎杀了草原狼，才使得旱獭子、黄鼠子和野兔子失去了控制。

鼠疫过后，沙哑的萨满神调仍然在塔头滩上随风飘荡……

直到多年以后，人们一看到旱獭子和黄鼠子堆出的大大小小的土包子，都会心有余悸，那一度成了一种不祥之物。就像每个小土包里都埋着一个可怜的孩子……

祖母说，王老黑再神奇，他也不是神，他还是一个人。是人当然就难免犯错，就总会有不足之处。人和狼本是同生共存于草原的，面对灾难时也应该共同承担。闹大雪灾了，狼注定要吃人，而人并没有正确面对这件事，总觉得狼吃人可不行，人不肯付出一些代价来，只想让狼独自承担，这是不对的。灾难是需要人和狼都付出一点儿代价的，才好共同渡过难关。如果当年王老黑征服狼群以后，不是继续穷追不舍，赶尽杀绝，就不会发生后面的鼠疫。但好在王老黑及时地发现了问题并立下了规矩。不久，王老黑就对前人的遗训进行了重新概括和整理："狼可捕不可除，可胜不可强；有狼则有人，无狼则无人；狼凶不及人，人凶过于狼。刀枪于狼者，本族之大忌。"塔头滩的神圣族规就是这时正式诞生的。

祖母还说，假如王老黑也在鼠疫中死去，也就不存在王氏家族了，留下的也许只有别人传颂的辉煌。可是三十四岁的王老黑没有死，他竟是王氏家族男性中唯一一个幸存者。九岁的胡大力也没死，他成了胡家唯一的根苗。

鼠疫流行过后，王老黑继续当塔头滩冬猎队队长，在重整家园的岁月里，王老黑靠自己的独到本事，正经又红火了一阵子。

但胡大力直至结婚成家,出去单过,仍然没叫王老黑一声爹。

王老黑不久就又娶了查干淖尔大草原上另一位人见人爱的女人——春桃姑娘,我家族后来在长相上有所起色就是因为后代更多地继承了春桃的姿色。不仅女孩子个个都很秀气,连男孩子也比早先英俊多了。

王老黑没想到春桃的文弱也同时遗传给了后代,而且正是那可恨的文弱导致我家族后人世世代代的沉痛。

王老黑几乎从大儿子王振东不会走路时就开始他的教诲。可是王振东天生体质瘦弱,七岁时还经常因腿软而摔跤。王老黑明知道王振东与冬猎队无缘,但他还是竭尽一个父亲的全力来培养王振东。直到王振东十八岁那年让老公牛踩在硬蹄下造成严重腰椎骨折为止,王老黑才彻底放弃他在王振东身上的希望。王老黑趁着王振东伤得还不算太严重,家庭荣誉的余温尚未完全散尽之际,为王振东说了个身体健壮、为人厚道、相貌平常的实惠媳妇。

由于春桃在生了一个儿子之后,接二连三地生了四个女儿,王老黑的二儿子王振南就排到了第六位。王老黑疯了一样盼王振南快点长大,常常大骂春桃没用。春桃本来身体就不好,再加上心里觉得对不住王老黑,不久就在郁闷中病逝,死那年刚满四十岁。

王老黑的二儿子王振南同样继承了春桃的基因,外貌俊朗,身体单薄。虽然王振南枪法箭法极准,灵巧机智过人,但是每到关键时刻总是缺少足够的力量。每年比赛,拼尽全力的王振南总是功亏一篑地让王老黑扼腕叹息。从十八岁到二十五岁的八次失败使王老黑看上去衰老了二十年。他在几年的时间里迅速地变成一位白发苍苍的老人。虽然他只有五十四岁,但在查干淖尔大草原,这个年龄的男人很少如他这般苍老。

第三十一章　英雄垂暮

　　祖母说，抗日战争全面爆发以后，查干淖尔大草原的塔头滩也成了日本鬼子扫荡的目标。但英勇善战的草原汉子没让日本鬼子占到什么便宜。以冬猎队队长王老黑为首的草原汉子连凶恶的草原狼群都不怕，怎么会害怕日本鬼子呢？

　　这回，"汉哥"和"把头"们的猎枪终于派上了合适的用场。终于有机会英勇杀敌的神枪手们让日本鬼子尝尽了苦头，日本鬼子被弹无虚发的汉子们打得晕头转向、魂飞魄散。有一天晚上，一大群日本鬼子还被赶进了西大洼子，被草原狼群咬得鬼哭狼嚎。日本鬼子既不是草原狼的对手，更不是草原人的对手，几番斗胆进犯，几番仓皇逃窜……后来，日本鬼子又遭受到东北抗日联军的沉痛打击，就更顾不上回塔头滩来复仇了。

　　有那么一些年，王老黑几乎时刻都在盼望着秋天的到来，因为大选的主要部分通常在秋末进行。尽管每年秋天都能看到儿子从马背上或牛头前跌落，但他还是固执地梦想有一天能看到一个激动人心的场面。每年，王老黑都最先坐到赛场上去，最后总是沮丧地蹒跚而归。后来，王老黑手中又添了一根榆木手杖，那榆木手杖在古老的村路上悲凉地由强到弱地响了好几年……

王老黑最后对王振南也彻底绝望了，就一年年等着他的孙子——王得强快点长大。王得强六岁时看上去就比他父辈人十几岁时有气力。王老黑看在眼里，时常能露出一丝消失多年的笑容。

可是，王得强九岁那年意外地从马背上跌了下来，更意外的是，他竟折断了一条大腿。事情的发生如晴天霹雳，把我们家的梦想击得粉碎。

王老黑像得了魔怔，有空儿就说："遗传基因太重要了，难怪大清皇太极皇帝娶了孝庄皇后，就是为了繁衍出更强悍更优质的子孙后代啊！以后老王家娶媳妇，第一条就是体格强健，第二条还是体格强健，最后才是看看容貌，容貌过得去就中……"

王老黑没能挺过那年冬天，临死时口吐鲜血。与其说王老黑是病死的，不如说他是憋屈死的。他的遗嘱只有一句话："不和春桃葬在一起。"

王老黑大骂春桃毁了整整一个王氏家族，骂自己糊涂，这辈子最大的错误是娶了春桃这么个中看不中用的女人……

两年后，王老黑的大儿子王振东也死了，留下一个十一岁的拄着大木拐的残废大孙子王得强和一岁的还在襁褓中的小孙子王得盛。他们也就是我的祖父和我的老爷。

而王老黑的二儿子王振南已经三十岁了，仍然说不上媳妇。看来，王振南注定要在查干淖尔大草原上打一辈子光棍了。

就这样，祖父王得强的掌门时代过早而沉重地开始了。

有一天，一个送信的抗联战士路过草原。送信的抗联战士是个读过书的人，又见过大世面，他告诉二太爷王振南如今的外面仍然在打仗。塔头滩在草原深处，不论是军阀割据，还是抗日战争，都没有过多地波及到这里。假如送信的战士不说，二太爷还以为全世界都是太平盛世呢。一听到可以出去打仗，一直不能出人头地的二太爷忍不住热血沸腾，大有跃跃欲试的冲动……

在塔头滩难见天日，二太爷早就想去外面闯荡闯荡了。如今听送信的战士这么一说，二太爷就更加认准自己当属那个枪林弹雨的乱世，不能窝在这永无出头之日的塔头滩了。

走出村子的二太爷还是有些不舍，他回头望了望拉嘎老古庙，暮色四合，夕阳的余晖笼罩下的老古庙正安静着。二太爷狠了狠心，向家的方向抱了抱拳："对不起了，大哥！我还是决定暂时告别一下塔头滩，我一定会做成大事回来的。"于是，二太爷迈开了双腿，甩开了双臂，沿着尘土飞扬的草原荒路向远方走去……

二太爷走了好多天，终于找到一队军人，正是他要寻找的队伍。

据说，二太爷王振南后来就正式地加入了抗联队伍……

据说，二太爷王振南作战英勇，屡立战功……

据说，二太爷王振南最后战死在了沙场上，时年三十五岁……

由于二太爷王振南死时什么证件也没留下，只能算无名英雄。他的名字最终也没有得到相关部门的正式确认。这些对于一个死者来说已经不重要了，但是我相信这一切都会是真实的。

总之，王老黑足足辉煌了半世，在属于他的那个时代出尽了风头。可是从他以后，我家族中再没有一个人被选入塔头滩冬猎队。别说当冬猎队队长，就是最普通的冬猎队队员也当不上。好像我家族中的一切美好机缘都随着祖父的祖父一同进入了冥冥天堂，好像祖父的祖父当年的光彩夺目是他身后几代人用血汗和泪水抵押而来的。灾难如一片巨大而浓重的阴云，一直绕在王氏家族的上空，怎么也不肯散去。

如果王老黑当初预料到他的后代如此悲惨，他绝不会兴致勃勃地组建什么塔头滩冬猎队，他会宁肯不要自己的辉煌。王老黑一定认为他的后代必将接连不断地出现更加骁勇的儿孙，儿孙们将紧紧抓住先辈提供的马太福音一样的机会使我家族兴旺发达……可是一切恰恰相反，王老黑以后的日子，我家族史上再没有闪现出任何亮色，一群好胜心极强的弱民无奈地承受着漫长岁月的煎熬……

以后的日子就说什么的都有了——

有人说，老王家的人体质太差了；有人说，老王家的风光都让祖上一个人给占了，后代就不可能再有什么造化了；还有人说，王老黑的成功不过就是冒蒙，瞎猫碰上了死耗子。说到底还是种儿不行，根儿不行，咋拼命也是白扯。

祖母讲的王氏家族史就像一场宿命的轮回，王氏家族几代人的处境竟然有着惊人的相似点，又有着巨大的不同。我觉得祖母这些年内心深处所承受的沉重，远远要比我多得多。

祖母从没直说胡家人缺少一些王家人有的东西，我现在似乎听见了她的真情表达。也许祖母知道自己不久于人世了，也许就是为了鼓励我继续奋争下去，直到她临终前几天，才在一个月黑风高的晚上讲出了埋在她心底的秘密……

至此，尤其是祖母那个看似不经意的小插曲，让我困惑多年的不解之谜终于有了正确答案。其实，这根本就不该是个谜。年轻漂亮的祖母当年为何执着地下嫁给了残疾祖父？我想，就是因为祖父有文化内涵、有奋争精神，这才是女神一样的祖母下嫁给残疾祖父的根本原因。祖母表面上的下嫁与她高深的内在素养有着最直接的关系。她哪里是不在乎啊？她太在乎了！那可是那个时代漂亮女人应该在乎而且唯一需要在乎的人生抉择啊！只不过祖母更在乎的是普通大众表面上看不到的东西。

第三十二章 杨树花

送走所有的同辈人和自己的一个儿子之后，在一个青黄不接的夏日里，祖母也平平静静地走了。

那是五月里的一个早晨，韭菜花、迎春花、马兰花芬芳四溢，草原上的生灵纷纷在追逐季节的盛宴。祖母去河边给新生的小青马驹打清水喝，就一直没有回来。当老叔在河边找到她的时候，祖母已安静地仰卧在湿润的草丛中，全身落满了大花蝴蝶，花蝴蝶的翅膀层层叠叠，使祖母的遗体看上去就像一个美丽的花团。草原人知道盛夏的湿地可以孕育稠密的蝴蝶团队，但没有人说得清的是，那些花蝴蝶为什么会聚集在祖母身上呢？

祖母一生刚强，走得也刚强，她一天也没让人侍候就刚强地走了。祖母吃过早饭，靠在被垛上，只轻轻地说了一句："心口不得劲儿。"

但祖母死前还是有些征兆的，后来家人才一点点发现了一些细节。这些细节证明，祖母已经把她能做的事情都做好了——

祖母的药箱里的药品摆放得有条不紊，有些药品她怕别人看不清楚，还新贴上了纸条。

祖母的新鞋、新袜，甚至是装老衣裳……她也都为自己准备好了。新鞋底上刺绣着荷花，新袜筒上缝着飞燕，装老衣裳由黑白新布缝制，不带扣，用带系……处处体现着祖母生前的细心和精巧。

祖母的去世让我心痛不已。一直陪伴着我童年最亲、最近的人静悄悄地走了。我的童年也许和别人的不一样，不知为什么，我跟母亲在一起的时候并不多。更多的时间里，我好像一直是和祖母在一起的。所以我对祖母的依恋要远远超过我对母亲的依恋，对祖母的感情也远远超过我对母亲的感情。祖母的突然离去，竟让我一度产生一种错觉：我就像一个失去了母亲的孤儿……

生活需要每个人都付出一些什么，安排给祖母的实在是太多了一些，但祖母都出色地承担了。关于祖母的好，我是几天几夜也说不完的。仅仅是只身营救大青马和小青马驹那件事，就足以让我深深地敬仰我的祖母了。

祖母死得也刚强，她最不愿意给别人添麻烦，包括她自己的儿孙。她一天也没用别人守护就匆匆地走了。她带着大孙子那些半真半假的誓言——我长大一定要当查干淖尔大草原最好的汉子！祖母一定信以为真，才幸福地走了。

令人意外的是，祖母的死竟在塔头滩引起了轰动效应。王氏家族多年来离去了那么多位无名弱男，要么就地生埋，要么简单土葬；要么没有葬礼，要么葬礼草草收场。唯一得到野葬的老爷也没产生什么大的响动，而祖母的死却有了这么大的动静。按照过去的习俗，祖母配得上最高规格的野葬，但这时政府已经不允许野葬了，王家人也只好给祖母选择了普遍采用的土葬方式。

烧过七炷香后，人们张罗给穿装老衣裳。装老衣裳是由村中最受人尊重的老胡五奶亲自给穿上的，她给祖母梳理发辫，并将祖母生前的首饰除按遗嘱留给子女的外，全部都给她精心地戴在头上了。

之后，手持大烟袋的老胡五奶还让人用白布蒙在祖母的脸部，是忌讳猫、狗等动物意外从她身体上跳过。

塔头滩的独特丧俗还规定：寿终正寝的祖母逝于室外，就不准停尸在炕上了，只能安放在地上。在祖母的头前置上祭桌，摆上祭品。再由子孙晚辈在其头前摆放供果，方可跪地叩头。之后，再为祖母洗手净面，方可在当日合适时辰从窗户抬出……

老胡五奶还不厌其烦地说，对睁眼气绝的，要用丝绸哈达蒙脸；气绝时张嘴的，嘴里要放置黄油、炒米或金、银、宝石、钱币等物品；气绝时伸手的在其手中放置钱币。老胡五奶还说，大家还是不哭不号为妥，活人的眼泪会变成赶赴阎罗殿途中的河水，河水大了，那河可就宽了，那得多难过呀，我的妈亲啊。

王家人为老胡五奶准备了两倍的洗礼钱，还是觉得亏欠了老胡五奶，老胡五奶能亲自来帮着张罗丧事并亲自动起手来，真是给足了老王家人面子啦！

没想到，已经被送出大门的老胡五奶又折了回来，她半路发现了衣兜里多出的洗礼钱，就一脸泪水地把钱扔到炕上："我的妈亲啊！你们这帮毛孩子知道得太少了，我没见过哪个草原女人拒绝过'汉哥'呢，你们的奶奶可是草原上唯独的一个呀！我知道，当年那场盛大婚礼不是我的，其实……其实那些本来都是……都是胡老五为杨树花准备的。我的妈亲啊。"说着，老胡五奶摇了摇头，就头也不回地走了。

那一刻，我好像知道了天下所有的谜，站在原地，愕然了好久好久……

外村的亲朋接到丧讯后，不论白天或黑夜，很多人都及时地带肉、蛋、糕点、奶食品等供物前来祭祀。人们边放祭品边向祖母磕头，父亲和老叔也一直陪着人们磕头。

听说祖母病危了，当年一个被祖母治过天花的穷苦牧民也从遥远的家里大汗淋漓地跑来了。来看救命恩人的他并不是空着手，而是每只手里攥着一个鸡蛋。他说那是他家里仅有的两个鸡蛋了，他还没舍得给孩子吃呢。当他真心实意地把两个鸡蛋扔到了炕上时，那两个鸡蛋竟然是花的，每个鸡蛋上都有他沾满泥巴的粗糙汗手留下的新鲜印痕，那两个金贵十足的花鸡蛋在祖母的火炕上滚动旋转了好久，至今仍清晰地镶嵌在我记忆的最深处……

中午时分，院子里已跪满了给祖母送行的村民，他们中还有很多是来自于几十里地之外的远村村民，都是多年来祖母给看过病的人和他们的家属。

直到第三天晚上五点多，王家人才把前来吊孝的人们全部送走了。

家人为祖母停柩守灵了七天。草原的守灵之礼并无穿白戴孝之规矩，姑姑们晚上要吟唱韵调哀婉悲切的挽歌，追怀老人对子女的养育之恩。

其间，亲友们送来祭奠果品，因为是对老年逝者的祭品，外人可一抢而光，拿回给幼儿食用，以期"长命百岁"。

晚上，天又下起雨来，祖母的遗体就停放在地上，而我宁愿跪到外面纷落的雨丝中。我有几个小时隔着窗子独守在祖母的身边，跪在积满雨水的湿地上，机械地一把接一把地为她老人家烧着纸钱……我知道烧多少也没有用，可我又没有其他别的补偿办法，只想不停地烧。纸火烤干了落在我头上的雨水，正下着的雨水则混入泪水在我的脸上流淌……如果祖母继续活着，我真的能像自己说的那样成为大草原最好的男子汉吗？我真的没有把握啊！

后来我才意外地发现，昏暗的雨线中，并不只是我一个人在哭泣，借着忽闪的火光，我看见祖母当年救过的那匹小白马驹的后代——小青马也在马棚子里悄悄地流着泪水，这是老王家目前硕果仅存的一匹小青马，这个通人性的精灵已经渐渐长大了。

可以说，后祖父时代是王氏家族最无奈的时代。如果说多年来表现恶劣的王氏家族在塔头滩上还积攒了一点儿人气儿的话，主要还是源自祖母。因为祖母会看病，很多草原人都对她怀有感激之情。在王氏家族的男人们一个接着一个纷纷倒下去的时候，是祖母凭借一个小女人天性乐观、永不言弃的绵薄之力在支撑着王氏家族，让只剩下一个空架子的王氏家族的门面没有最后坍塌。

祖母走的这天，我才第一次知道了她的大号，原来祖母的大号叫杨树花。杨树，是东北最普通、最平凡的灰色树木；杨树花，是东北最朴实、最无华的白色飘花。我再一次想起了祖母身上那些美丽的花蝴蝶，它们却落得色彩缤纷。

祖母出殡时，老叔负责摔丧盆子，父亲承担灵柩辕驾的角色。棺材抬往葬地时，父亲手持幡幛引路。途中棺材是不能停放的。如非停放不可的话，也不能放在地上，要抬着棺材原地踏步。好心的人们还为祖母准备了嘛呢树，就是那种只用一刀一次砍下来的柳树枝。人们在树枝上挂满方形白布条，并写有经文。棺木埋葬后，人们将此树插于坟头。人们说趁着雨季来临，嘛呢树就会生根发芽，将来还能长成大树，当地人视为吉祥。

一般逝者生前用过的器具、衣服、被褥要从窗户拿出去烧掉。但祖母用过的一切，包括她的衣服、被褥，我们都没舍得烧掉，都重新拆作后用着了。有了祖母罩着，我们定会承福延寿的。

葬礼结束后都要摆上丰盛的酒席，乡亲们都来吃"宝音"饭。多数人家宰杀牲畜，做肉粥。如果死者生前有遗嘱不杀生的，就做奶油稀饭。"宝音"饭须准备充足，以能有剩余为好。但剩饭不能留家过夜，当天须分给乡亲们吃。

葬后三天，添土圆坟。

我没想到，祖母又以离开人世的方式为王氏家族做出了最后的贡献，她的死给多年不受待见的王氏家族挣回了足够大的面子。还有人请来喇嘛为祖母念经，每七天一次，直到七七四十九天为止……

如果将祖母载入王氏家谱的话，对她的评价起码应该这样：在过去的艰难岁月里，王氏先人杨树花以她天生的乐观、超强的信心和罕见的刚强，多次拯救王氏家族于死亡线上。而在她自己也挣扎在死亡线上时，竟供三个儿子去为荣誉和尊严而战斗不已……她享年只有六十二岁。

祖母去世后好长时间，我才重新恢复了平静。我渐渐地养成了独自来到草原上溜达的习惯，其实也没啥好看的，就是看看那些生生不已的野花和蒿草，听听那哗哗作响、奔流不息的霍林河水，想想我那永无尽头的沉重心事……

草原上的野花有上千种，除了草原六大名花芍药花、山丹花、金莲花、柳兰花、马兰花、小黄花等，最常见的有马上蒿、蒲公英、狼毒花、金钱花、田旋花、矢车菊、野葱花等。蒲公英也叫苦菜花，狼毒花又叫断肠草；还有黄色的金露梅、白色的攸麦花、蓝色的鸽子花、红色的鸡冠花，甚至还有黑色的藜芦花……

和草原上的花比起来，草原上的草就显得更多了。草原上最多的不是野花，而是一望无边的蒿草。有小叶章和针茅草，有防风草和益母草，有旱苇和芦苇，还有大圈草、狗尾草，水边上还有水稗草、湿地千里光、塔头墩子草，另外还有掺杂在蒿草中的灰菜、苋菜、扎麻棵、落落秧、马齿苋、草地苍耳、蒺藜狗子等……

伴着滔滔的霍林河水，我时常久久地站在空旷的大草原上，看完所有的花草之后再仰望天空。看那流动的白云，其实平淡的它们一刻也没有停止自己的行走，无时无刻不在千变万化着……它们时而如一群洁白的羊，时而又如一群奔腾的马，时而又变成了一群狰狞的狼……

相当长的一段时间里，我耳边总是响起那首祖母教我的草原民谣：

  蝴蝶为你跳舞，
  山雀为你唱歌；
  蒿草为你站岗，
  河水为你流着……

第三十三章　渴望长大

　　祖母走了以后，我好像一下子又长大了很多。十五周岁的我变得越来越沉默而内向，很多事情都更愿意独自去完成。

　　有一次，我居然一个人完成了全家人的打羊草任务。

　　原因是近视眼父亲开打羊草的第一天就犯了致命的错误，抡大钐刀时他距离老叔太近了，一瞬间就制造出了两个重号伤员。父亲抡起的大钐刀不仅伤到了老叔的跟腱，而且还把自己的手腕子弄成严重骨折。

　　我是心里暗骂着"两个熊货"独自走向大草原的，我终于有机会像胡二勇子那样单枪匹马地去打羊草了。第二天，我没再用父亲一贯用的老牛车，而是首次套上了我心爱的小青马。

　　就是二叔留下的那匹小青马，也是我家唯一的一匹马。那可真是一匹死里逃生的小青马啊！我亲了一下小青马的眼睛，小青马也用头轻轻地蹭了一下我的脸。我们就以这种方式，互相鼓励着上路了。

我赶着马车走出家门时，天还没亮。一度借助星光，我才勉强能看见道路。一路上，只有单调的马蹄声，好在通人性的小青马还能用气息和我进行简单的交流。前一天还是父亲赶着牛车，我和老叔裹着大衣躺在慢条斯理的牛车上睡回笼觉呢。现在不行了，现在只有我一个人，只能打起百分之百的精神赶着小青马往前走。

　　我赶着小青马一边走一边想象着：等到了绿油油的草地深处，一轮红日就会喷薄而出了。一片茫茫无际的大草原，一个少年挥舞着大钐刀……那该是一幅多么壮观的景象啊。

　　天终于亮了，不断有山雀从路边飞起来，偶尔还有黄鼠子从马车前面横穿过去。眨眼之间，它们就又在天空中和草丛间消失了踪迹。我不能像从前那样好奇地盯着它们看了，轻轻地打了小青马一下，让它加快脚步地小跑起来。

　　到达目的地时，太阳已经很高了。我虽然没有赶上喷薄而出的红日，但我还是觉得足够壮观。我把大钐刀横握在手上，望着草浪翻滚的原野，心里在说，别看就我一个人来的，接下来就看我怎么征服你们吧！

　　我好像把自己想象成了印象中的胡二勇子，威武地抡起了大钐刀……

　　打羊草本来就是一项艰苦辛劳的工作，一个人来做就更显得枯燥乏味了。都说中午喝点儿酒能解解乏，可我从未在午饭的时候喝酒。不是不能喝，只是不想浪费时间。另外，我还担心，一旦睡着了就耽误干活儿了。所以我每天中午都是吃完饭休息十几分钟，磨磨大钐刀，继续打草。

　　一连打了十几天的草，当我打倒最后一片羊草时，就久久地伫立在草地上了。望着足有十几垧地的大甸子，想想每一根羊草都被我放倒了，不禁心潮澎湃。平平整整的草茬子在正午的阳光下发着刺眼的光芒。十几天前，我还是一个身陷重围的孤身战士。为了生计，我和众草浴血奋战。每抡一下大钐刀，就如同一群敌人被砍到了。而此时，我面前所有的敌人都已经倒下了。

由于从前看过胡二勇子孤身打羊草，且给我留下的印象太深刻了，所以我一开始就有意学着胡二勇子的打草姿势。胡二勇子几乎颠覆了我对打羊草的一贯印象，我一度觉得自己就是印象中的那个胡二勇子了。在前赴后继倒下去的千军万马中，我似乎也嗅到了浓烈的血腥，看见了血流成河，听到了跪地求饶。

光打完草不行，还要码成大草垛子。通常情况下是先把十几个或二十几个大小不一的草趟子合并成草码子，再把就近的十几个草码子集中到一处，形成一个大草垛子。直到我打草的那片大草甸子上全部都矗立起了大草垛子，我的打羊草工作才能算全部结束。垛起来的羊草要等到入冬的时候才能拉回家去，那就是另一项工作了。不过，眼前这项码垛工作也是非常艰难的，我一个人干至少也要两天才能完成。

想到两天以后就能回家休息了，我心情大好。毕竟这是我第一次独自完成这么大的工程，十几垧地的羊草，正常劳力要半个多月才能完成，我只用了十二天。

最后一天下午就要收工的时候，西南边的天空上出现了淡淡的云层。过了一会儿，热辣辣的太阳就被遮住了，天色虽然暗下来一些，但空气立即凉爽了许多。一直晒在大太阳下的身体，一时间有说不出的舒服。一心干着活的我没太注意，云层已经变得越来越低，越来越浓了。随着一阵西南风，云层快速地遮住了我头顶上的天空，天要下雨了。

我为了加快运草的速度，不停地驱赶着小青马，凸凹不平的草地上，随着小青马圆润的股骨用力紧绷和生动的肩胛骨的不断升降，打好的草趟子在不断地聚拢。很快，小青马身上就被汗水浸透了，我闻到的不是通常马身上的那股汗腥味，我好像闻到了一股婴孩身上所特有的体香味。我心里好像还在和小青马说着话：小青马呀，你还不过是个刚刚四岁的孩子呀……我心疼起小青马来，我甚至一度产生了错觉，竟把破马车发出的吱扭声当成了小青马骨头节里发出的声音了，那分明就是小脆骨触碰小脆骨所发出的声音啊。

曾经受过重伤的小青马已经够卖力了，我不忍心再催促小青马加快速度。草甸子上已经陆续有人套起马车回家了，季大鼻涕赶着马车路过我的甸子时，还大声喊着："龙飞子！赶紧回家吧，还有几十里路要走呢，被大雨淋着容易得病啊！"我嘴上答应着，却没有停下手里的活儿。不是我非要体现我有多么勤劳能干。事实上，我也停不下来。最后一个大草垛还没封顶，这个时候回去，大草垛一定会被雨水浇透的，弄不好就会整垛的羊草都会发霉变质，先前所有的汗水就都白流了。

本来大垛草封顶就不是一个人干的活儿，需要有人在车上不停地向大草垛上边挑草，上边的人不断地把草挪到大草垛的四周，最后再把大草垛码成一个拱顶才行。但这些对于我来说就是奢求了，我只有一个人。我只能先在马车上用叉子把草挑到大草垛上去，当大草垛上的草已经高得让我无法再扔上去时，我再从马车上爬到大草垛上去把草码好。然后，我再重新回到马车上挑草，如此循环往复，直至把一车车草都垛好为止。因为上下大草垛费时费力，原本两个人一小时可以干完的活儿，我足足用了两个半小时才完成。

当我把最后一马车草挑到大草垛上并准备封顶时，天已经完全暗下来了。我抬头看了一眼天空，翻滚的乌云裹挟着阵阵雷声正迅速地向这边压来。很快,灰黑色的云层均匀地遮住了整个天空,这才是真正带着风雨的乌云,来势汹汹。

我紧赶慢赶,把所有的活儿干完后,拍了一下小青马的头说:"走,咱俩回家去了。"

一串滚雷响过,巨大的雨点儿就温暾暾地砸下来了。挨浇肯定是在所难免了,我赶着小青马没有沿着原道往回返,而是拉大荒径直向家的方向奔走。当时就一个想法,就是想尽早回到家,让自己和小青马都少挨浇,也让家人少担心一会儿。

大雨哗哗啦啦地下起来,天色更加阴暗了,我忽然感到一阵阵恐慌。随着天色不断变暗,供我辨认方向的塔头草和榆树林子影变得越来越虚无缥缈起来。一簇簇原本明晰可见的草木变得有些影影绰绰、若有若无。大草原能见度好的时候一望无际,但失去光亮后的大草原就是另一回事了。失去了参照物,平坦的大草原就到处一个样子了。连草的长短粗细都完全一致,很容易迷失方向。

据说冬天下大雪的时候,草原人就经常因在夜间找不准村庄的方向而被冻死,夏天虽然不会冻死人,但是有可能遇上草原狼啊。如果这种环境下被草原狼盯上,那可就凶多吉少了。

我不禁有些后悔,后悔不该一时冲动在这个时候选择拉大荒直行。我用力在小青马的后背上抽了一鞭子,像为自己壮胆似的大声喊叫着:"跑啊!你不是喜欢跑嘛,你倒是给我快跑啊!"

原本就在小跑状态下的小青马立即放开四蹄飞奔起来,我要在天色完全黑下来之前找到那条熟悉的老路。因为此时只有沿着那条熟悉的老路往回走,我和小青马才不至于走丢。

小青马提高了奔跑的速度以后,我们肯定是离那条老路越来越近了。我隐隐约约还记得,再往前走应该有一个小苇塘子,只要蹚过那个小苇塘子，再继续往东北方向走几里地，我们就可以踏上回家的老路了。

我们终于找到了那个小苇塘子，小苇塘子并不深，也就是将将没过小青马的小腿。就在这时，天上的乌云向东北方聚去了，风也小了，雨也渐渐地好像要停了。水面变得风平浪静，芦苇的摇晃也显得散漫了许多。天地间的一切重新变得静悄悄的，人就像一下子进入到另一个空间里。我好像被这突如其来的变化惊住了，不是还要继续跋涉一阵子，然后再向东北走才能找到那条路吗？怎么突然间都不必了呢？此时，我忘了赶小青马向前走，呆呆地坐在马车上不知所措了。

也就是几分钟的样子，一股强劲的东北风迎面刮来，而且越刮越大。天哪，这是倒风了呀！已经被西南风吹到西南天边的乌云又气势汹汹地折返了回来，而且更加浓重。刹那间，天空又黑下来，狂风大作，电闪雷鸣，豆粒大的雨点子拍打下来。尽管开始时雨点子还很稀疏，但是却饱满而冰冷，打在脸上有一种隐隐作痛的感觉。

远处，一长道瀑布一样的雨带伴着巨大的响声向这边冲杀过来，这就是草原上让人生畏的回头风暴！

我和小青马用最快的速度蹚过了小苇塘子，迎着大暴雨向东北方向奔跑。别说四下里没有避雨处，即便有我也看不见了。雨太大了，我只有一个目标，就是先找到回家那条老路。不管雨多大，只要能找到那条老路，我们就能回到家。

小青马全力配合着我，迎着风，顶着雨，一直向前冲锋。此时此刻，大暴雨就是我们的敌人。我又一次出现了打羊草时的幻觉：我单人独骑，呐喊着向密密麻麻的敌人冲杀而去……

我刚刚欣喜地摸到那条老路，最大的那条雨带也赶到头上了。大暴雨比我预料的还要凶猛，伴着滚动的雷电，雨水以排山倒海之势倾泻而下。

紧接着，老天竟然下起了大雹子，最大的有鸡蛋大小……草原的辽阔平坦此时就不是什么好事了，那可真是一点遮拦都没有啊！我想只好就地卸车，用车棚板挡雹子……可是惊慌的小青马根本没有经验，不再理解主人的意图，就是没命地往前奔跑着……

小青马被雹子击打得睁不开眼睛，不断地嘶鸣着，竟然斜刺里又跑到大草甸子里去了。我强睁开一条眼缝，用力勒着小青马的缰绳，但无济于事，最后只能随它去了。我想起来了，小青马为什么如此有血性？它那英雄的母亲就是战死沙场的。

也不知道又走出了多远，小青马发现怎样跑都一样是挨击，才低下头站立不动了。

我真不知道最后是什么让小青马停下来的，我急忙跳下车，双手抱着头躲进车棚子下面，心中不停地祈祷着大冰雹快点停下来……

足足下了十多分钟，大雹子终于过去了。虽然大雨还在下着，却不再那么强势了。我从车底下钻出来，检查了一下车上的工具，幸亏我之前都用绳子绑紧了，大钐刀、木叉子、大水壶等主要物品一样都没少。

一阵大风吹过来，我不禁打了个寒战。心想，赶紧回家吧，不然非得冻坏在这荒郊野外不可。

四下灰蒙蒙一片，根本看不到村庄的影子。这时候若是贸然四处乱跑，是最容走丢的。我定了定神，一边下车牵着小青马走，一边仔细搜寻着前车留下的车辙。暴风雨过后，草都匍匐在地，把车辙严严实实地盖在下面，而许多不长草的地方车辙已经被雨水冲刷得干干净净，什么也看不清了。我生怕找不到前车辙反被自己留下的车辙所误导，就让小青马站在原地等着我找到车辙后，再回来牵着小青马走。

287

我小心翼翼地摸索前行，心中忐忑不安，一直不断地祈祷着老天爷……还好，由于我们离老路不是太远，我终于找到了那条老路，长长地松了一口气。

因为找到了老路，我不再焦急。同样精疲力竭的小青马沿着老路缓缓地走着，我不再催促它了。浑身湿透的我为了让身体暖和些，不再坐车上，而是步行走在小青马的旁边。

雨渐渐停住了，尽管天色还是阴沉沉的。经历过暴风骤雨的大草原完全改变了模样：原本站立着的草都已经东倒西歪、匍匐在地，到处都是水，许多还没来得及上垛的草趟子、草码子都被泡在水里，这为打草的人又增加了劳动强度。凄风苦雨里，远远望去，草原上一派萧瑟。而在一些没有被水浸泡的收割过的草地上，那些刚刚长出来的嫩草却更加鲜亮了。因为季节的缘故，这些小草不可能长大，但是只要给他们机会，他们就会不遗余力地生长，从来不会辜负阳光与土壤的赠予。

在人类还未出现之前，大草原只是野生动物的家园，它一岁一枯荣，如果没有人类出现，几千年，几万年它还是不会发生任何变化的。但是人类出现了，人不但自己用草，还要收割草，加工草，出售草。于是草原开始退化，盐碱化。可是草原呢，不论旱涝，依旧默默地生长，默默地付出。我忽然明白，大草原就是大草原，她们不是我们的敌人，她们更像万物的母亲。

这样想着，走着，一抬头，发现一条大河竟然横亘在面前。我顿时有些发蒙，在我的记忆中没有什么河横在这条老路上啊。哦，我的天哪！我明白过来了，是发了大水的缘故。我不禁心中苦笑，不再多想，跳上马车，驱赶着小青马小跑了起来，还是想快点回到温暖的家啊。

还好，我们没有遇上草原狼，这一路也再无惊险。

半个小时后，我就到了村外。远远地，我就看见了站在村口张望着的父亲。父亲戴着一副近视镜，受伤的右手臂还高高地挎着，那样子看上去十分滑稽。

走到近前，父亲就上了马车。问我："大雨号天的，你咋不早点回来呢？季大鼻涕说他还叫你了呢，说你不肯。"

我没心思告诉父亲我不肯回来的原因，父亲也就没再说什么。

我和父亲平时就很少说话，我们之间的沟通就更少了。我一直因为他太熊而有意和他保持着应有的距离。通过这次独自打羊草，我又一次深刻地看清了父亲，我只是干了十几天，父亲却是常年干这些活的，终生如此。我想，父亲干了那么多年打羊草的活儿，可那活儿干的，一直保持着稀松平常的状态……

进了院子，挎着一只手的父亲没让我卸车，叫我赶紧进屋换衣服。进了屋，我看到老叔正慌忙地拖着一条瘸腿从炕里头委下身来。从老叔的神情中我可以断定，他刚才是正在面壁祈祷呢。他一定是在为我祈祷着平安，听到我突然间进来了，老叔才一脸惊喜地下了炕。

老叔边下着炕边说："龙飞子呀，总算把你盼回来了，饿坏了吧？赶紧换上干衣服吃饭，你妈给你做了一大碗姜汤呢。"

这时，我才看见桌上已经摆好了饭菜，在我的位置上还有一碗热气腾腾的鸡蛋糕呢。

我这才想起来，今天是我十六周岁的生日啊。

另外，我多年的夙愿也在同一年得以实现了。就在我十六周岁这年的秋天，我那只最精美的黄榆木鸟笼子终于装进了一只我最喜欢的雄云雀，那是我听到过的所有雄云雀的叫声中最婉转、最嘹亮的一只。在一个秋高气爽、阳光明媚的中午时分，我满怀欣喜地把美丽动人的胡小慧约到了那块如画如梦的青草地。就在那块如画如梦的青草地上，我屏住呼吸，目光如炬，如愿以偿地连笼带鸟一起捧给了胡小慧，我超近距离地看见了胡小慧那闪着光亮的黑色眼睛。

半个月后，还是在那块青草地上，伴着老黄榆树上两只喜鹊欢快的叫声，我还如愿地将我亲手种出来的第一个红苹果放进了胡小慧的小手里，看到了她露水一样湿润的目光。

几天之后，还是在那块美丽的青草地上，胡小慧单独为我认真地拉上了一遍《草原家乡》。更让我没想到的是，曲子拉完后，胡小慧竟然把她最心爱的马头琴送给了我。这让我不由自主地一阵阵心跳，一阵阵颤抖……我还狂跳着心脏、颤抖着双手，有生以来第一次轻轻拥抱了我的小女神一下。只是轻轻的一下，就已经让我战栗不已了。我想起了当年老姑从狼口挽救我后的剧烈心跳，而此时此刻的两颗小心脏跳得更狂……

那天的我和胡小慧竟然不是一起往回走的，都是惊慌着腿脚各自跑着回家的。

第三十四章　家族丑闻

万事俱备，只欠东风。再过两年，我就年满十八周岁了，我就能走进赛场展示我的技艺、勇气和力量了，我就可以和老胡大宝子、季大鼻涕等人走上赛场一决高下了，我就可以名正言顺地成为老胡家未来女婿的候选人了……正在我憧憬着未来、掐着手指头算还有多少天就可以为王氏家族实现梦想的时候，我家族最不光彩的事件惊人地发生了。我不得不公开这个最难以启齿的家族丑闻，那就是我家成员曾经以强奸的方式拿下了查干淖尔大草原一个最高贵、最漂亮、最牛×的姑娘——老胡家那代人的当家花旦，塔头滩上的第一大美女，著名的老胡三凤子。

祖母去世一年后的那个农历腊月二十三，是中国的传统节日——小年。塔头滩人正在为刚刚成名的新英雄——老马家大儿子马二敢子庆祝着，好久没有人徒手抓到活狼了，可是马二敢子又做到了。据说马二敢子将在七天后的大年三十除夕夜迎娶草原上最美丽的女人老胡三凤子，人们沉浸在过年的喜庆气氛之中。

整个白天，草原上都是风和日丽的。可是到了晚上，天却变了，大草原白毛风雪四起，又成了风雪交加的疯狂世界。

除了号叫的风雪声，我和父亲隐隐约约还听到了另外一种异样的声音。那声音实在太特别了，它竟然能让我和父亲同时竖起了耳朵。

后半夜的时候，老叔的房子里突然传来一阵阵猫捉老鼠一样的窸窸窣窣的声音。当我和父亲穿好外衣来到老叔的窗前时，眼前的景象像是在我预料之外，又像是在我期盼之中。我瞬间就由无限惊讶转为一种莫名其妙的巨大振奋。

朦胧的月光下，胡二勇子那个一向傲气十足的漂亮妹妹老胡三凤子赤裸着身体被老叔四仰八叉地压在身下，老叔暗红色的身体雄武地盖在老胡三凤子那白嫩的肢体上。老叔裸露的结实屁股一点儿也不丑陋。从老叔不断隆起又下沉的结实屁股上，我看不出任何罪恶。那时候我还不知道世间有"美感"这个概念，现在想来，那绝对是一次浩荡无比的美感享受。

老叔是如何把老胡三凤子弄到自己房间的呢？又是什么时候弄进来的呢？我和父亲都一动不动地站在窗外。父亲显然是因为我老叔胆大妄为、大逆不道的行为而不知所措，而我则是希望给老叔更多一些占有老胡三凤子的美妙时间。那可是老胡家不可一世的超级美丽大小姐呀！

过了好久，我的老叔都完事了，父亲才突然踹开门向老叔扑过去。父亲狠狠地给老叔迎面一拳，将老叔重重地打翻在地。父亲对一丝不挂的老胡三凤子有些无所适从，紧喊："快穿衣裳，快穿衣裳！"老胡三凤子已无力穿衣，只是绝望地将裤子盖在要害部位。

窗外的风雪仍在号叫着，父亲肯定有一段时间没想出什么应急办法，嘴里叨咕着："王老三啊王老三！你这是想要全家人的命啊……"他原地转了好几圈，眼睛瞪得裂开似的。正好这时门被吹开了，父亲才终于缓过神来，他匆忙跑出去找来一根带着冰雪的绳子，把老胡三凤子紧紧地绑上，又把已经堵在她嘴里的那块破棉布塞得更紧一些。接着，父亲就又一次匆忙地跑了出去。

一旁站立着的我有点儿知道父亲的意思了。但我还是没有行动起来。这时，老叔也从昏迷中醒过来，依然恶狠狠地望着老胡三凤子，像老胡三凤子把他强奸了，他要报复似的。

不一会儿，父亲又急三火四地跑进来，让我和老叔以及刚刚赶来的母亲赶快上马车。

老叔没有动，说："这是我一个人的事，好汉做事好汉当，一切后果都由我王老三担着！"说着，就要给老胡三凤子松绑并且给她穿衣服。

父亲又集中全身力气给了老叔一拳，又一次将老叔打昏在地。然后，父亲像拖死猪一样把老叔拖到马车上迅速绑牢。父亲把一个大破手巾撕成两半，将其中的一半塞进老叔的嘴里。父亲只简单地为老胡三凤子穿上了裤子，又用另一根同样很粗的绳子把她牢牢地绑在了一个柱子上，随手用另一半大破手巾替换下老胡三凤子嘴里那块已经湿透了的破棉布。像生怕它中途脱落下来大喊大叫，父亲还用力往老胡三凤子的嘴里塞了又塞，恨不得塞进她的嗓子眼里……

这些年王氏家族真是太压抑了，无论如何，老叔都是用实际行动对残酷现实进行了一次有力回击。我好像一直沉浸在老叔为王氏家族报仇雪恨的快感和兴奋之中，还没来得及去想太多关于事情的后果问题。

父亲一系列忙乱的自救行动，让我不得不重新面对眼前的窘境。

我好像刚刚意识到接下来要发生什么,我竟冲父亲大喊起来:"你们这俩熊货!你们这俩懦夫!要走你们自己走吧,我才不走呢!我还要等到两年后走上赛场呢!我才不跟你们一起丢人现眼去呢!"我匆忙抓起了心爱的"掏捞棒子"和胡小慧给我的马头琴,把它们紧紧地握在了手里。

其实,我心里最纠结的当然还是胡小慧。难道说从此以后我就再也没有机会见到她了吗?她已像生了根一样深深地扎在我的心里了,我会和她不辞而别吗?不会吧?我怎么能就这么突然狼狈地逃走了呢,我后年就要走上赛场了,这不会是真事吧?这怎么会是真事呢?!

父亲更愤怒地向我吼了什么我忘了,他那十万火急的表情就像要把我一口吃掉。

在怒号的白毛风雪中,母亲急忙跑过来恐惧而慌乱地紧紧抱住我,并捂住了我的嘴,然后把我拉向马车那边。我有些敌视地望着父亲,父亲则仍在恶声恶气地喊我快走。我知道,我们这些人就要给查干淖尔大草原的塔头滩留下一幅图画了,那将是王氏家族最不光彩、最见不得人的一幅图画,是集体大逃亡的群丑图画。

丑剧果然以我不愿意看到的局面展开了——小青马拉着一车人一声不响地走向村外,直到踏上了向北的雪路时,父亲才操起鞭子猛地抽打在小青马的屁股上,可怜的小青马"唔咳咳"嘶鸣一声,疯了似的向苍茫的雪野深处奔跑起来……这就是王氏家族留给查干淖尔大草原的最后一组镜头。

白毛风雪中,我觉得小青马拉着的车已不再是我们家从前那架饱经风霜的破马车了,车上的人也不只是老叔被有形的绳子捆绑着,而是所有的人都被无形的大绳子捆绑起来了。我们像被关进了一只无形的笼子里了,或者说,那马车分明就是一辆囚车,一辆写满了奇耻大辱的逃命囚车。

　　不知又跑了多久，为了能让小青马一直竭力快跑，达到胜利逃亡的最终目的，父亲不断地用铁锥猛刺着小青马的屁股蛋子，看得我心如刀绞。

　　深一脚浅一脚地跑在雪野上，小青马的一只蹄子好像崴得很严重。它明显有些瘸，看上去真的就要跑不动了。父亲一边胆怯地回头张望着，一边贼一样地点燃了炭火。为了逃命，父亲竟然把炭火绑在小青马的尾巴根儿上了。炭火烤得小青马一阵疯狂暴跳，屁股上吱吱啦啦直冒烟，散发出一股焦煳的气味。这时的小青马什么都忘了，除了"突突突，唔咳咳"地打着响鼻儿，就只会没命地惊跑了……

　　一路上，坐在破马车里的我一直在号啕大哭着，哭得悲痛欲绝。我自己都没想到十六岁的我能哭成那个样子。那时，除了心疼小青马，我还没意识到父亲这是要葬送我的远大前程和美好爱情。

　　"你个小兔崽子，闭上你的嘴巴，信不信我一拳头能削死你！"父亲一路上除了狠命打马，就是对我破口大骂。

　　母亲则不厌其烦地怕着我的后背，让我别哭了。

　　半路上，被我哭醒过来的老叔仍然拼命地挣扎叫喊："我王老三好汉做事好汉当！"

　　父亲则惊慌着再次把那半个又破又脏的大手巾更紧地塞进了老叔的嘴里。好久之后，老叔仍然蜡像一样，不再挣扎着要下车，而是一直梗着脖子怒视着远处的雪原。就像雪原伤透了他的心，一副要杀要剐随所有人便的样子。

　　父亲像怕全家人要让呼啸的风雪给吞噬了，机械地打着小青马。我至今还记着那一路向北的破马车留在塔头滩上"嘎吱吱，嘎吱吱"的雪声有多么难听，小青马留在风雪里"突突突，唔咳咳"的叫声有多么凄凉。我想，书上说的所谓的"败北"，原来就是这个意思啊！

我只能无奈地在心中劝说自己了：这是父亲和老叔他们长辈的事，和我王龙飞可没有任何关系啊！我和他们不一样……

在草原冬日凛冽的白毛风雪中，我从幼小的心灵深处对草原发出了信誓旦旦的哭喊：塔头滩，你等着，我王龙飞一定会回来的！胡小慧，你可等着我呀，我一定会回来娶你的！我再次握紧了胡小慧那把精制的马头琴。

后来我就在无奈和疲惫中睡着了，我竟然第一次在梦中见到了我亲爱的祖母！祖母无奈地向我挥着手，她什么也没说，像是在让我快点儿走……我从她那焦急的表情里似乎读到：赶紧离开这里！人到哪儿都是活着，只要你肯努力，总有机会当英雄……最后，我还清清楚楚地看见了祖母那双不容苟且的眼睛……

我从来不迷信，但我觉得这一定是祖母在我最难受的时候托梦给我了，她要让她的大孙子看到一丝希望，坚持着存活下去。

破马车又向北跑了好几天，眼看就要散架子了。终于，风住了，雪停了，当我们一家人在北方一大片浓密的树林子里不得不停下来时，四肢肿胀的小青马终于累趴下了。小青马只剩下了气若游丝的"突突突"，连"唔咳咳"的叫声都无力发出来了，它再也不能爬起来和老王家人继续逃命了。

小青马没等父亲为它解完全部的笼头和缰绳，就死在车辕子里了。

我执意要好好安葬一下小青马，父亲和老叔都没有反对。

三个王氏男人费了大半天的劲儿，总算把小青马埋进了一个深深的雪窝子里。我还一边哭着，一边在雪窝子上面插满了松树枝子。

夜晚来临前，父亲找到一个避风的地方支起了帐篷，一家人就在这不知名的密林深处暂时住了下来。

老叔就像变成了另外一个人了。从前很阳光、很开朗的他变得沉默寡言了，总像怕见人似的，尤其怕见到我和母亲的目光。

以后的日子里，本来很爱说话的老叔变得寡言少语了。从早到晚，他经常是一个人坐在窗前。他把窗上的美丽霜花看得化成了丑陋污水，再把丑陋污水看得重新冻成一瓣一瓣的美丽霜花……有人叫他吃饭，他就来吃饭，如果没人叫他，他好像也想不起来该吃饭了。

老叔沉默了多少天之后背着猎枪和铺盖走了，说是要到北方原始森林里去。老叔最终无奈地选择悄悄离开了我们，他是背着一支没有子弹的猎枪走向深山老林的。

我和父亲一连找了多少天，也没有再见到老叔的踪影。

老叔也肯定知道，他再拼命也没有机会加入塔头滩冬猎队了。当一个一直有梦想的人一下子不再有梦想了，他会是个什么样子？只有老天爷知道了。

很多天后，我们一直没有老叔的音信。虽然这是个超级寒冷的冬天，但我从来不认为老叔会被冻死或被饿死，老叔也绝不会选择自杀的。我固执地认定：老叔年轻，老叔肯定要死在父亲之后的。

第三十五章　苟活

我们一家三口一直躲在北方森林里。虽然没有马匹了，但我一直没有停止苦练用"掏捞棒子"击打目标，一直梦想着有一天杀回塔头滩，去争当冬猎队队员。实在太想胡小慧了，我就拿出心爱的马头琴，拉上一段《草原家乡》……

为了生存，父亲带着我们除了偶尔打猎捕鱼，还必须得开荒种地。春种秋收，夏耕冬藏。夏天和秋天相对好过一些，这两个季节，我们能吃上自己亲手种的大苞米和各种时令蔬菜瓜果；而到了北方漫长而寒冷的冬天，就只有储存在地窖里的大白菜和土豆子了；到了青黄不接的早春，有限的储存菜吃完了。实在没啥菜可吃，我们就只能啃点儿咸菜疙瘩了。

实在饥饿难耐了，父亲有时就悄悄地拿着猎枪和踩夹子到林子深处去了，有时就能带回野兔子、桦鼠子或者沙半斤儿什么的。

平日里，父亲除了干活就是看书，同时也严格地看着我学习。我不吃他打回来的野味行，但我不认真学习绝对不行。在这个问题上，父亲总是说一不二，绝不含糊。十天半个月的，父亲还要跑到遥远的镇上去买书本、墨水等学习用品和生活必需品。

这肯定是王家最灰暗、最艰难的一个时期。一家人每天都是过着提心吊胆、朝不保夕的窘迫生活。

有一次，在好奇心的驱使下，我偷偷地跟着父亲来到林子深处，我想看看父亲到底是用什么方法捕获野兔子和桦鼠子的，父亲打枪并不准，他又是用什么方法打到桦鼠子和沙半斤儿的呢？

父亲走了很远很远，终于在野兔子脚印最密集的沙丘旁边停了下来。父亲反复观察着沙丘上的脚印，还趴在沙丘上用鼻子闻了好半天。最后，父亲才把踩夹子从口袋里掏出来。野兔子贼拉地尖，一般情况下是打不着的。要是夹子埋得不够精细，那根本就更是白扯。为了把夹子尽量埋平，父亲先在沙丘上掏了个土坑，再把踩夹子支好小心翼翼地放进土坑里。

下踩夹子是个技术活儿，越是最后才越是关键的较劲儿时刻。当父亲就要大功告成往踩夹子敏感的托盘上撒沙土时，竟笨拙地碰翻了夹子，夹到了自己的左手。好在父亲事先在夹子口处放了一根小木棒，否则就不会再有机会重新埋踩夹子了。即使这样，父亲还是疼得在原地转了好几圈。

而这一切却一点儿没有引起我对父亲的同情，我甚至还在内心里幸灾乐祸地说："该！谁让你以这种见不得人的方式对待小动物呢？"

父亲忍痛再次尝试埋踩夹子，这一次他终于成功了。可父亲将踩夹子埋好后并没有急于离开，他又在沙丘上作画一样画了更多的野兔子脚印，直到他满意了，才从从容容地隐到远处去等待收获猎物。

果然，没到一袋烟的工夫，踩夹子上就夹住了一只肥硕的野兔子。

还有一次，父亲发现了一只雄野鸡蹲在较远的树杈上，他举枪瞄了一下，好像觉得有些远，又把枪放下了。正当我等着看一筹莫展的父亲热闹时，父亲竟伏下身来钻进草丛，模仿起了雌野鸡的叫声，雄野鸡以为父亲这边真的有个同类美女，竟然鬼迷心窍地飞了过来，径直落在了父亲头顶的树杈上。猎物已经近得不能再近了，枪管都要顶到雄野鸡的屁股上了，父亲这才扣动了扳机。这样一来，枪法并不出色的父亲就把会飞的雄野鸡打到手了。

经过几次跟踪盯梢儿，我对父亲竟有了一些好感，也不像以前那样认为父亲一无是处了。我想，父亲一向笨手笨脚的，但笨人有笨招儿，这也许就是属于父亲自己的笨招儿吧。

因为我们获得食物的机会太有限了，所以我并没有直接去反对父亲下夹子打猎物。父亲用猎枪打回来的野味我还能勉强吃上几口，但是我从来不吃父亲用夹子打回来的任何野味。在我根深蒂固的塔头滩观念里，用与塔头滩汉子背道而驰的手段弄来的猎物无异于毒药。哪怕是我正饿得头晕目眩时，我也是说不吃就不吃。父亲当然希望正在长身体的我能吃上一口，但我坚决不吃，他也没办法。在这件事上，父亲还是能够理解我的，也就从来没有强迫过我。

又一年后，我终于年满十八周岁了。一天早上，我就像是中了邪，套上衣服，抄起我那"掏捞棒子"和马头琴，就急火火地往外走。

"王龙飞，一大早你这是要上哪去？"父亲站在门口，迎面堵上了我。

"回塔头滩，我得回塔头滩……"我嘴里嘟哝着，继续往外走。

"什么？你说什么？"父亲满脸惊讶。

可我已经顾不上那么多了，昨天夜里胡小慧又闪现在我的梦中，虽然很快就被老胡家别人那些面孔挤走了，可那一瞬间的她竟然是脸上挂着眼泪的！做着梦我就心急如焚，不知道是哪个王八蛋把她惹哭了。早上一睁眼睛，眼前全是胡小慧。她怎么了？遇到什么事了吗？她还好吗？我越想越烦躁不安。如果再不回塔头滩去看看，我感觉自己连气儿都要喘不上来了。

"你现在就要回去？这不开玩笑吗？你连匹马都没有，怎么上赛场？"父亲不知道我心里在想啥，就很有耐心地劝着我。"再等几年吧，等你考上大学，以后有点出息了再说吧。"

"马还不好办？我可以借呀！胡大宝子、胡二宝子、季大鼻涕，就算他们不借我，那，那不还有赵三尿子、刁四虎子和小老疙瘩他们吗？"我一心往外走，顺着父亲的话应了几句。

"你犯什么糊涂啊？多危险你知不知道？胡二勇子、马二敢子，都瞪着眼睛想找你老叔报仇呢！"父亲急了，一把抓住我的手。

"我又不是我老叔！"我把父亲的手掰开了。

"你犯什么浑啊？只要是老王家男人，他们都不会放过的，你会被打死的！"父亲的手又像铁夹子一样死死夹住了我。

我就像求生本能旺盛的小动物，下意识地使劲挣扎着。"那就让他们试试！你读了那么多书，难道不知道世间有两种战斗吗？一种是为了生存，还有一种是为了尊严！"

我和父亲已经听不懂对方在说些什么了，只剩下发疯一样的推搡和阻拦。他根本不懂我的心情，那些喋喋不休的警告怎么可能拦住我想念胡小慧的心情呢？那颗心现在就是脱缰野马，它可不仅仅是想当草原英雄，更是想见到心爱的胡小慧呀！

"小兔崽子！看我不打折你的腿！"父亲眼睛都红了，冲着我大声咆哮，"你去自投罗网，还会把老王家全家都暴露的！他们要是来追杀我和你老叔，老王家人就要死绝了——"父亲声嘶力竭，气喘吁吁，可还是拽不住我。

"你打！只要你打不死我，我今天肯定就走！"我的犟脾气上来，真像一头野驴。

"啪！"毫无防备，父亲的大巴掌重重地落在我左脸上。顷刻间，我感到自己十八岁的男性尊严被这个草原上的弱民无情地践踏了。

"你以为你有权利打我就是英雄吗？在塔头滩怎么不见你这样凶啊？你也就打我的能耐吧，我跟你可不一样，我可不是狗熊！"父亲这一巴掌就像在我的心火上浇了一桶油，我也不知哪来的蛮劲，嘴上说着狠话，彻底挣开父亲，不顾一切往外冲。

"你能耐大了是不是？你个小兔崽子，我让你能耐大！"大门口立着那根木头棒子帮了父亲大忙。棒子比我腿硬，它和父亲一起把我撂倒在地上。

为了保护好心爱的马头琴，我摔得很重。腿虽然没有摔折，但已疼得无法走路。我被父亲关进了仓房。盯着自己青一块紫一块的腿，我的满腔愤怒变成了满心无望，直到后来的一声不吭。

月亮升上房顶，夜色像井里的水一样凉。在母亲的百般规劝下，我心头的火才慢慢冷却，直至最后渐渐熄灭……是啊，我可以对父亲的警告置之不顾，也可以不去想那些人会如何处置我。可是有一件事永远无法回避——如果我真的回去了，作为一个逃跑的人，我该怎样面对胡小慧呢？低贱的弱民老叔毕竟强奸了塔头滩上最高傲、最漂亮的待嫁姑娘啊！就算胡家人看在二姑的面上放我一马，生性好斗的马二敢子也不会善罢甘休的……那个时候，让胡小慧怎么办？她就真得哭了吧……

我前思后想了好久好久，我的"掏捞棒子"啊，难道从今以后它就真的派不上用场了吗？那我还风雨不误地苦练它干啥呀？

又过了一年，父亲王耀祖在他三十九周岁的时候，在恢复高考的第一年就传奇般考上了北方省城的一所中医药专科大学。草原出身的我从来没听说过有谁考上过中医药专科大学，一时不知是好事还是坏事。如果是好事，父亲这种货色的熊人咋能摊上呢？如果是坏事，那又毕竟是考上了专科大学呀！

为了考上大学，父亲好像还隐瞒了真实年龄。我和母亲面面相觑着，说不清心里究竟是一种什么样的感觉。接下来，我们就被父亲从北方森林里又带到了他上学的省城。从那以后，我和母亲也就得以过上了陌生而新奇的城市生活。

父亲一边上着大学一边遥控着我的学习。不知不觉中，父亲已经把我变成了高中学生，但我仍然很少和他正面交流。父亲和母亲之间本来就少的共同语言也几乎归零了，父亲好像越来越成为我和母亲共同的敌人。

父亲只关心我的学习情况，哪怕当年我们在森林里流亡时，他自己认真学习的同时也没忘教我学习语文和算术。虽然我总是和他拧着一股劲儿，但还是一直被动地当着他事实上的学生。

我一个堂堂塔头滩汉哥的苗子，怎么会沦为塔头滩弃民的学生呢？实在是悲哀啊！父亲从来没在塔头滩真正扬眉吐气过，父亲已习惯于别人对他的不敬。哪怕是自己亲生儿子的无礼，父亲有时也能逆来顺受。久而久之，父亲就对我的敌对态度习以为常、视而不见了。长期以来，他似乎越来越习惯了我那双敌视的眼睛。

父亲中医药专科大学毕业后就留在了省城。据父亲自己说，他还是很幸运的，一个专科大学毕业生，竟然被留在母校当上老师了……

我觉得父亲这回说的肯定不会错了，他身上从来就没有过什么好事，这回肯定是幸运极了。

父亲虽然当上了大专老师，但每个月他只开一百多块钱的工资。学校条件差，目前还没有教工宿舍楼，也就是没有房子，我们全家还得租房子住。一百多块钱，除了租房子，还要养活一家三口人，确实不大容易。没什么文化的母亲无法在城里找到工作，只能做些类似于打扫卫生、哄哄小孩这样的临时工，就算母亲能做点简单的临时工，也挣不到几个钱。我还得择校上学，花销也越来越大。

　　尽管父亲经常加班加点地努力工作，但是挣到的工资还是入不敷出。那时正是全国的经商热潮刚刚兴起之时，有一段时间，父亲拖着疲惫的身子回来时，就经常张罗要去开家公司，想去下海经商多挣几个钱。但犹犹豫豫的父亲好像一时又拿不定主意，总是思前想后、畏首畏尾的样子，一直不肯下定最后的决心……

　　我对没出息的父亲从来不感兴趣，只是对胡小慧念念不忘。我一直梦想着有朝一日，我学有所成，回到大草原去，娶胡小慧当媳妇……

　　为了梦想，我只好努力学习，争取考上大学，好早日衣锦还乡……不学归不学，只要我学了，总不会比父亲差吧？后来，在学习这件事上我就不再用父亲操心了……

　　父亲虽然一心想让我报考和他一样的中医药专业，可我偏偏不听他的话。"我才不学你那中医药专业呢，我要学就学自己最喜欢的历史专业。"记得祖母活着的时候就经常和我说："忘记历史就是背叛；前事不忘，后事之师；以史为鉴，读史明志……"我不仅要学好历史，我还要回到大草原上重振家族雄风呢。

　　一年之后，我就真的考上了省城一所名牌大学的历史系。

　　虽然又要上四年大学，但我觉得又向自己的目标走近了一大步。也好，等我四年后大学毕业了，就能以一个成功者的姿态重回塔头滩去找胡小慧啦！那就期待着美好的日子如约到来吧！

自从上大学以后,除了过年过节,我就更少和父亲正面接触了。我从来不关心父亲到底去没去开公司、到底去没去下海的事。家里有啥事我就找母亲说,连学杂费和生活费也都是通过母亲向父亲索要的。常言道:眼不见,心不烦。我打心眼儿里不相信父亲会成功,我早就对父亲盖棺论定了——他王大笨今生今世不会有任何出息的。

　　这些年,我一刻也没有停止过对大草原塔头滩的思念,一刻也没有中断对霍林河查干湖的牵挂,更是一刻也没有中止过对心上人胡小慧的惦记……我经常小心地拿出马头琴,深情地拉起《草原家乡》……

第三十六章　久别的亲人

在我读大三那年，我亲爱的老姑居然意外地到省城找我们来了。

那天临近中午时，父亲把电话打到我们学校宿舍里来了。他在电话里急火火地告诉我："你老姑从塔头滩来了，坐的是下午一点多一点儿的草原列车。"

"我老姑来了？是真事？！"我兴奋而又惊讶，"我老姑是怎么找到我们的呢？她是一个人来的吗？难道是来找我们回大草原吗……"

"我的一个学生在下面的县医院，意外联系上了你老姑。学生往我教研室打电话时，我正在外面上公开课呢，是我同事后来转告给我的。说你老姑好像是来看病？说孩子也陪着来了。"父亲在电话那头不很清晰地说。

"那么说石头也来了？咱得去火车站接站吧？"我问。

"我今天得晚上十点多才能赶回去，你妈新换的雇主正管得严着呢，就得你一个人去接站了。家里住不开，你就直接把他们领到宾馆去住吧。我和你妈就得明天一早去看他们了，和你老姑好好解释一下，我撂了噢。"父亲电话里挺着急的样子，说完就匆匆挂了电话。

自从老王家逃出塔头滩，我已经有十多年没看见老姑和石头了。他们好不容易大老远地来了，咋也得住到家里去呀？就算家里地方小，也不能让他们去住宾馆吧？我有些生父亲的气。

整个中午，我都深深地沉浸在难忘的塔头滩往事之中……我总是想起当年老姑的悲壮情怀和感人画面：夕阳酉下，在草浪翻滚的塔头滩上，引走两只大狼的老姑曾蹚起过一路决绝的红尘……老姑红色的小手，红色的小脸，红色的细汗……那时的老姑年轻漂亮，美丽动人……

我没时间去食堂吃饭了，就在楼下的食杂店买了面包和香肠直接回到了教室。我一边吃一边修改着下午就要提交的论文，还一边无数遍地提醒着自己：千万不能去晚了，一定要正点去火车站接亲爱的老姑啊……

整个中午，我过得相当忙乱。我把论文修改好，让一个同学替我交给导师。

我紧赶慢赶，总算压着点儿准时赶到了火车站。

我急匆匆往出站口赶时，广播里正好在说老姑坐的那趟草原列车大约晚点五十分钟。我这才长舒了一口气，也好，总比来晚了强啊。我就靠在出站口旁边的铁栏杆上耐心地等着老姑的到来。百无聊赖中，我又回忆起了许许多多的草原往事……

两点十分了，出站口处的人不断多起来，我往出口处凑了凑。从下车的人中打听到，老姑所乘的草原列车还是没有进站。

我就又退回来，和从前一样靠在铁栏杆上，这样可以同时关注东西两个出站口。我一边扫视着每个从出站口走出来的人一边想：老姑得了啥病呢？老姑一向吃苦耐劳，这些年，听说草原变化很大，当年老姑的胃就一直不太好，是不是胃出了什么毛病呢……

又过了十几分钟，草原列车终于进站了。这回我听得清清楚楚、真真切切。

我开始一个个仔细打量从出站口涌出的旅客，审视着那一张张因长途旅行而憔悴不堪的面孔。我和老姑十多年没见面了，老姑一定老了吧？她是不是都变了模样啦？

旅客出得差不多了，可我怎么就没发现我的老姑和石头弟弟呢？难道是老姑他们没挤上火车吗？还是临时有了改变……我有些焦急，突然有了一种望眼欲穿的感觉。

不再有旅客从出站口出来了，出站口和地下通道之间的广场上也不再有旅客出现了，我仍然没有发现我的老姑和石头弟弟。

就在我犹豫着是否到站前广场搜寻一下、最后向车站里望一眼时，地下通道口突然缓慢地并排走出两个人来——一个乡村少年搀扶着一位中年乡村妇女。我认不出那位中年乡村妇女，也认不出那个乡村少年。但我的目光却被他们牢牢地吸引住了。难道那位中年乡村妇女就是我的老姑？那个乡村少年就是我的石头弟弟？看上去，他可比同龄的城市孩子成熟多了。

最后，我的直觉告诉我：我今天要接的人就应该就是他们。

这时，他们像刚刚看到我，似乎有人认出了我，冲着我热烈地招起手来，脚步也比先前加快了许多。

肯定就是他们了，我迎上前去，亲热地握住老姑的手，我一时好像不会说话了，说得竟和平时很多人见面时乏味的套话一样："十多年没看着你们了，你们都挺好的吧？"

"挺好的，都挺好的。你们不也都挺好的吗？"老姑很艰难地微笑时,我终于捕捉到了老姑十多年前的影子。只是老姑昔日的美丽只剩下了一层模糊的底色,曾经年轻漂亮的老姑已经写满一脸的沧桑。我仔细看,发现老姑的闪神儿还是酷似当年的祖母。

"我们也都挺好的。"我说。

石头亲切地说:"龙飞哥,我一下就猜出是你了!"

"大侄儿呀,老姑这一见面就是麻烦你们来了。"老姑声音极低地说。

"老姑你这话说哪儿去了?客气啥呀?你就放心吧,不论如何,我们都会竭尽全力帮你把病治好的。"我一直亲热地握着老姑的手不肯放开。

"唉,岁数大了,不中用啦。你们都挺忙的,我这又来给你们添乱。"老姑说完想忍住咳嗽,可她没能忍住。

老姑咳嗽时,我叫了一辆出租车,分别把他们让了进去。我让老姑坐在前边,我和石头坐在后边。

出租车开起来后,石头扒在我的耳边说:"龙飞哥,我得先告诉你,草原医院说我妈是乳腺炎,县医院说是乳腺癌。现在就得看省城的医院怎么确诊了,眼下我跟我妈说的就是乳腺炎。"

"啊?我老姑得的不是胃病啊?"我脑袋一阵轰鸣。

"龙飞哥,咱们家离这挺远吧?"石头像怕被老姑听见,就大声地问了一句。

"不远。"我还是决定把他们带到家里去住。我一定要把患有乳腺炎的老姑带回家去住,我不愿意怀疑老姑得的是乳腺癌。

"到家里太麻烦了,不行,咱们还是住旅店,住旅店吧。"老姑认真而坚定地对我说。

"龙飞哥,那今天就看不成病了吧?"石头有些着急的样子。

"看不成了，都三点多了，医院快下班了。你着啥急啊？咱们明天上午再去。"我说。

"那就得多住一天了。"石头失望地说。

在老姑的坚持下，我只好把他们安排在离省医院较近的一家旅店。办理妥当之后，我在附近的一家小酒馆给老姑和弟弟接风。说实话，父亲家的空间也确实太小了，父亲还住着一室半的房子，老姑去了都得笑话他。

吃饭的过程中，我又向老姑解释了一遍父亲、母亲没来接站的具体原因。

吃完饭已是八点多钟，回招待所又陪老姑唠了一会儿家常。

坐了一个多小时，马上就九点半了，我说："老姑，我得回去了，学校要关门了。"

老姑极难为情地挣扎着坐起来："哎呀，看我这记性，是不中用了。我怎么都忘了呢？我大侄子还在上大学呢。"

石头送我到楼梯口，我让他留步，石头非要坚持出来再送送我。

路上，我又问了石头家里目前的一些情况和打算，石头一直遮遮掩掩不肯说。

第二天我和父亲、母亲很早就来到老姑住的旅店。

看病远不是想象的那么简单。我们替老姑排了半上午遥遥无期的长队之后，才有些真正认识了医院。中国人确实太多，生病的人也太多。

一上午眼看就要过去了，我们仍在排队。在看病这个问题上，还没有任何进展。父亲还要上班的，也只好请假了。说实话，我心里急一阵火一阵的，又不能让老姑和石头看出来。

父亲一直无奈地抟挲着手，母亲无助地抱怨着医院的人可真多，我只好保持着沉默。心想，和在塔头滩时一样，我们的脸上仍然大写着各种"软弱"和"无能"。

中午休息时，我掩饰住心急火燎张罗来好一点儿的盒饭，但我们的午饭还是吃得没滋没味。

后来还多亏了父亲。下午，父亲通过他的一个大学同学，费了很大劲走成了后门儿。那个同学的什么人是第二天的班，让我们回去等着，明天一早再来。

就这样，我们总算等到了希望，也就是老姑到来的第三天上午终于可以给老姑做上 CT 检查了。

在给老姑看病这几天，我经常想起儿时老姑教的关于霍林河和查干湖的歌谣：

> 是谁长了这么大的一张嘴，
> 喷出了这么大的一口水？
> 是谁挖了这么大的一个坑，
> 冻出了这么大的一块冰？

第三十七章　不像是真事

　　见到看病有了希望，老姑的心情看上去好多了。但老姑的脸上偶尔也会掠过一丝愁云，我想，那一定是老姑对最后确诊的担心。

　　为了在招待所陪好老姑，我还请了一天假。虽然一天没去上课，但也让我有了另外的重要收获。我有机会更近距离地接近了老姑，从长相上看，老姑有点儿像当年的祖母；从神态上看，老姑又有点儿像当年的老胡五奶。仔细端详了好久，我才有了最终的准确定位：对了，老姑就像当年两位长者的结合体。

　　老姑就像两位长者那样，给我讲起了我不在塔头滩这些年发生的故事。老姑的讲法又和两位长者的讲法都不一样，老姑讲的故事总是带着很独特的玄妙意味。有时像真事，有时又不像真事，总是给人一种很神奇、很梦幻的感觉。我没想到老姑的表达能力变得这么强了，足足给我讲了一小天，她并不像一个生了重病的患者。老姑多了一个口头语："真是不假。"

老姑说，多亏你们连夜逃走了，要不可真就惨了。老胡家人发现老胡三凤子时天已经大亮了，胡二勇子还带着马二敢子等人骑着快马追上一阵子呢。真是不假。

事情正经闹哄了好大一阵子。后来有人说，既然都这样了，干脆就把老胡三凤子说给王老疙瘩当媳妇算了。论起来，都沾亲带故的，就当救济亲人了呗？

没等别人吱声，老胡五奶大烟袋一甩，跳着脚骂：说给王老三？他臭不要脸吧！他想得美！我们家三凤子就算剁巴剁巴给狗吃，也不能嫁给老王家那个孬种！老王家那哥仨儿哪个行？都是个儿顶个儿的熊货！

好在胡二勇子那时已经是你二姑父了，不管怎么说，你老叔毕竟也是你二姑的亲兄弟，论起来也是他的亲小舅子。后来，这件事也就没人再细究了。真是不假。

第二年秋天，虽然胡大宝子和季大鼻涕都如愿当选了冬猎队队员，但仅仅过了两年，他们俩谁也没显出大辣气呢，冬猎队就被强行解散了。

老姑说，这些事都过去了，咱们就不说这些了，还有更乐子的事呢。真是不假，在你们离开草原之后，塔头滩上接二连三地出了好多件怪事呢。

第一件怪事就是塔头滩上新建了一个劳改农场。塔头滩上的草越来越少了，也越来越低了，看上去一马平川，一望无际。有人就说，这地方放"劳改犯"能行，一眼能望出去好几十里地，"劳改犯"跑都没地方跑，放在这里好经管。接下来，剃着光头的"劳改犯"们就左一车、右一车地从全国各地运来了。政府让他们在塔头滩上开垦稻田，他们就开垦稻田。谁也没想到，"劳改犯"竟然真的一大片、一大片地种起金贵的水稻来了。真是不假。

第二件怪事就是来了个什么工作组，执掌起了塔头滩上的生杀大权。好像是"劳改犯"来的一年后，那个工作组就进驻塔头滩了。从那之后，塔头滩上传统的冬猎队海选大赛和那达慕比赛就合二为一改成开公社运动会了，就涌现出了一个塔头滩奇才——老胡二宝子这个长跑冠军。老胡二宝子能当上全公社的长跑冠军，多少还是与你们小时候总喊"狼来了"有点儿关系，记得那时候你就说过，孩子们每次上演这个恶作剧都是老胡二宝子跑得最快。真是不假。

"老胡二宝子反应真快，谁也跑不过他。"我说。

老姑说，自从老胡二宝子参加公社的运动会以后，他就一直是第一名。他要把与他竞争的所有对手都"扣圈"。运动会的万米冠军一度就没了悬念，人们关心的只有结果，就是看老胡二宝子扣第二名几圈。这能让生活越来越平淡的塔头滩人兴奋好大一阵子。老胡二宝子一时间成了塔头滩人的骄傲和很多人心中的偶像，真有点儿当年"汉哥"或者"把头"的闪神儿了。真是不假。

第三件怪事就是抢军帽事件了。有一段时期，塔头滩的男孩子们突然流行起了戴军帽，大草原上抢军帽的事也就接连不断地发生了。可是，谁也没想到全公社的长跑冠军老胡二宝子会去抢军帽。竟然还抢了一个现役解放军的军帽！他闪电般地从一个骑着自行车的解放军头上一把就捋下了军帽，然后就是一路狂奔……

那天虽有一些风，但不是很大。年轻的解放军拼足了力气在老胡二宝子身后穷追不舍。解放军一边奋力蹬车，一边一遍遍在心里默念：下定决心，不怕牺牲，排除万难，去争取胜利……可是一直和前面奔跑的人拉开着一段距离。

前面人出奇的速度使解放军一边追一边想：这个贼可真行啊，赶上万米冠军胡二宝子跑得快了。

任凭年轻的解放军拼命地把自行车蹬得咯咯作响,他和前方那个贼之间的距离也没有缩短,反而越来越拉长了。

本来抢军帽在塔头滩不是什么大事,但抢现役解放军头上的军帽性质就大不一样了。工作组和草原派出所都非常重视,多次来到村里挨家挨户了解情况。

和那个解放军一样,派出所首先想到了长跑冠军老胡二宝子。但老胡二宝子是第一个被想到的,也是第一个被排除嫌疑对象的。不过后来,草原派出所还真的把老胡二宝子找来了。不是怀疑老胡二宝子,而是求他帮忙。怕老胡二宝子误会,派出所的人事先还一再强调没有别的意思,就是为了配合破案,仅此而已。同时,派出所的人还把那个解放军也动员来了,让他们在那条尘土飞扬的草原荒路上一遍又一遍地演习那日飞奔的情景。

几天下来,解放军还和老胡二宝子培养出了很深的友情。老胡二宝子越想和这位可爱的解放军好,就越担心真实情况败露出来不好办。老胡二宝子就患上了严重的失眠症,无论白天黑夜,眼睛都是亮亮的。有一天,老胡二宝子竟然要请解放军喝酒,解放军还真就给了他面子。两个人喝了一瓶老白干,解放军没咋的,老胡二宝子倒是把自己给喝醉了。就吹起了自己跑得如何快、自己如何机智地抢了现役军人的帽子……老胡二宝子说的时候挺兴奋,说完之后,见到解放军只是惊奇、毫无赞叹的眼神,老胡二宝子马上又后悔了,就趁其不备用酒瓶子砸向了解放军的后脑勺子,至解放军深度昏迷。老胡二宝子这才吓得醒过酒来,就又是掐人中又是做人工呼吸,最后总算把解放军弄清醒过来了。老胡二宝子觉得自己太对不起亲哥哥一样的解放军了,就去主动投案自首了……真是不假。

尽管解放军一再解释老胡二宝子是一念之差，竭尽全力帮着说情，工作组对老胡家有成见，还是以谋杀未遂罪判处老胡二宝子有期徒刑十年。等老胡二宝子十年以后出来时，整个人都变了，见到谁都是躲躲闪闪的，后来就离家出走了。但这也许又是好事呢，那些年塔头滩发生那么多事时，老胡二宝子一直就被关在监狱里了。

这当然还不算什么大的怪事件，但可以说是接下来另外几件大的怪事件发生的前兆。

就在塔头滩长跑名将老胡二宝子一战成名、马上又被判刑的同一年，塔头滩的短跑新秀刁四虎子又丧生狼腹了。更让人感到怪异的是，那时整个塔头滩上已经没有几只草原狼了，却又出现了人被狼吃的现象。真是不假。

据说，起因是工作组组长刘建设那飞扬跋扈的儿子刘希望端了狼窝，把狼崽子一个一个解剖之后扔到西大洼子大苇塘里去了。

如果一切正常的话，刁四虎子那天也不一定死。

傍晚的时候，西大洼子那边就传来不是好动静的嚎叫声。有人说可能是草原狼在祸害人，刘建设就带上两个手下往鸡爪壕外的大苇塘赶去。

这时天已渐渐黑下来了，一个手下突然问："我说刘组长啊，这动静不咋对劲儿呢，能不能是鬼呀？"

身上挎着手枪的刘建设并不太害怕狼，但他实在害怕鬼，就有些犹豫了。

叫声越来越近，从来没听过这样的叫声。"草原狼好像没有这样叫唤的，人也没有这样叫唤的啊。真是鬼吧？都说大苇塘里闹过鬼……"另一个手下也说。

他们就哆哆嗦嗦地从鸡爪壕上被吓回来了。

第二天才知道，竟然是刁四虎子被草原狼活活地啃死了。

这是塔头滩那年发生的第一件大怪事。在这之后，发生在塔头滩上的怪事就更多了，那真是不假。

两年之后，与刁四虎子丧生狼腹事件遥相呼应的另一件大怪事是季春红被狼吓疯事件。这件事说来话长，我得给你仔细讲讲。接下来，老姑就详细地为我讲述了一个叫季春红的小女孩儿被狼吓疯了的故事——

八岁的季春红本来就是个挺闯荡的女孩子，要不她妈不能让这个八岁的小女孩坐火车出远门去办事。没想到的是，她回来时坐过站了，就紧张地跑向乘务室求列车员，说她得在上一站也就是草原站下车。

列车员一脸的不高兴，就说："谁知道你是不是有意坐过站的呢，耍这种把戏的乡下人可多着呢。"

季春红就说："我不是那样的人，真的是睡着了，我家就住在塔头滩，不信你去看看都行。"

"既然你不是那种人，那我就让你下一站下车。"乘务员说。

漫长的等待之后，火车终于又停下来了。季春红匆忙跑下火车，天黑，她下车后啥也看不清，直到火车开走了，她才发现：夜色的大草原上，长长的火车上只下来她一个人，这一站不过是个叫三棵树的荒原小站！

"不，我不下车了！别把我一个人扔下呀！"季春红呼唤着远去的火车，你想想，草原晚上风也大，一个小女孩儿在荒郊野外那得多吓人啊。

火车都开走了，哪能停下来呀。季春红连哭都找不着调了。

开始时，季春红哭声也许还能体现出一些恐惧感来；后来，哭声就会因没人听见而显得没有意义了，因为那时候哭已经没有用了。

过了好半天，季春红才发现远处有微弱的灯光，就一边哭着一边深一脚浅一脚地向那遥远的灯光跑去。也弄不清萦绕耳边的是风声，还是狼叫？一边跑一边惊慌地左顾右盼。季春红一路磕磕绊绊，不知什么时候裤子已经尿湿了。

适应了一些黑暗的环境，借助星光能看到更远一些的地方。可是能看到比看不到还可怕，视野内竟是茫茫一片灰色草浪，灰色草浪不停地起伏摇滚，藏着一切可怕的东西。季春红肯定想起了不久前刚刚被狼吃了的刁四虎子……一度不敢再往前跑了，可停下来回头看时，身后比眼前更可怕。前面遥远处毕竟还有一点闪闪乎乎的灯光呢！

季春红手里仍死死地攥着放有大姨给装好的一斤猪肉和二斤豆芽儿的绿书包，包是那个年代为数不多的军挎，上面还印着"一不怕苦，二不怕死"的红字呢。东西都好好的，一样也没少。孩子有些使命感似的，像平时男孩子那样将书包斜挎在身上，迈开颤动的小腿，重新走向那灯光。

季春红终于安全地走近了灯光。这才看清楚，那是用"刺滚儿"围成的巨大草场，空荡的草场中央歪立着一根木杆，木杆上拴着一只昏暗的灯泡，正在风中晃荡。季春红又惊恐地站在"刺滚儿"旁，一时没了主意。

直到听到一声真正的怪叫之后，季春红才意外地发现那个小屋——在草场东边一个阴暗的角落里。她不顾一切地从"刺滚儿"的缝隙中钻进去，铁刺刺进了皮肉。她竟然都没感觉到疼，只是看到胳膊上留下一条条血丝，季春红拼命地向小屋跑去……

到了小房门前，季春红竭力止住自己紧张的喘息。正要敲门时，听到里面传出雷一样的粗重的呼噜声。季春红颤抖的小手定格在半空中。

季春红像一只失群的雏鸡，站在房檐底下，最终也没敢叫门。后来，她就依在门旁坐下。如果狼什么的来了再叫门吧。她胆怯地想着，眼睛一直在不停地四下打量，身体也一直不停地抖动着，直到天亮。

　　好像经历了一个漫长的冬天，季春红终于盼来了曚昽的曙光。可是随着曙光的到来，她又多了另一种担心。等屋里的男人出来，万一他是个坏人呢？季春红又是一阵紧张。突然她有了个聪明的想法：不就坐过一站吗？只要沿铁路线往回走一站地，不就能到家了吗？

　　季春红来到铁轨旁，可是无论如何也判断不出往哪边走是回家的路。她知道有太阳的那边是东边，可眼前的铁轨却是南北方向。长长的铁轨上，季春红来回走着，试图找到下车时硌了自己脚的那块石头。找到那块石头，就能辨别出方向。她想。

　　季春红的眼睛都看花了，也没找到那块石头，最后她押宝似的选择了向南。

　　季春红一边走一边想，白天不会有狼，白天不会有的……她走出大约十里地的时候，碰上两个去上坟的中年妇女，两个中年妇女证实了她选择的方向没错。

　　季春红是在走出二十里路后遇上狼的。

　　季春红觉得肚子有些饿，她从书包里捏出几根豆芽儿吃了，没当事似的，又想到路边找找有没有"黑天天"。就在这个时候，她看见一只与田野同色的大狼波浪一样向她飞奔而来……

　　季春红一时愣住了，怔了好一会儿才别无选择地跑下路基，钻进距离最近的那片茂盛草丛。

　　季春红刚趴下，那只狼就耸立在铁轨上了。透过草的缝隙，她能清晰地数清那只狼的胡须。她感到心跳得都要把她从地上弹起来。

　　狼在铁轨上嗅了几下，就一路低垂着头向女孩儿栖身的这片草丛移来。

季春红紧张极了,她想再爬起来跑,可是腿抖得像面条儿。

正在这个时候,一股巨大的旋风奇迹般地从狼和季春红之间徘徊刮过。季春红觉得那风像要把她连同草丛一起拔走,狼也被刮得高扬着头原地打转转。

狼似乎因旋风而失去了线索。风过之后,狼又重新回到铁轨上,和先前一样又嗅了嗅,然后沿着季春红走过的铁路线狂奔而去。

没等狼跑开太远,季春红就惊惧地从那片草丛中站起来,她还望见了狼那条粗大的尾巴在奔跑中向后飘着。此时,季春红什么也不会思考了,她连继续趴在草丛里等狼跑得更远些,在更安全的时候再站起来都不会了。当然,她更不会再次跑上铁轨,求生的第一信号支配着季春红背对着狼没命地奔逃。

季春红还追上了一辆大马车,瘦若干柴的车夫还惊悸地问她:"咋的了?有狼啊?快上车来吧!"

季春红没有上车,也没有回答车夫,而是继续向前奔跑。

车夫则狠命地打马,边追赶着季春红,边继续不停地回头张望。

季春红跑到家时,家人正在吃午饭呢。当妈的给女儿盛上一碗饭,季春红就坐了下来吃饭。

可能是又渴又饿,季春红觉得那天的饭菜格外香。

吃完饭了,季春红这才想起来把带回的东西交给她妈,这事也就过去了。

让人想不到的是,有一天,语文课上老师为学生们领读《东郭先生》这篇课文时,季春红疯了一样哭喊着:"哎呀妈呀,狼!哎呀妈呀,狼……"一边喊一边冲出了教室……

老姑还说了另一件和草原狼有关的故事——

同一年跟草原狼有关的怪事还有一件，这里姑且就叫它塔头滩上的爱情故事吧，真是不假。

赵三尿子他妹子赵一花长得挺带劲，那年也正是物色对象的时候。好像是观看那达慕比赛回来的路上，一个胆小的男人和一个胆大的男人一起护送他们共同爱着的赵一花往家走，半道上却意外地碰上了三只饥饿的草原狼。赵一花哇哇直哭，当场就坐到草地上了。胆大的一个见状撒腿就跑了；胆小的一个吓得腿肚子抽筋，尿都出来了，根本就跑不了了。当然也有另一个说法，据胆小的男人自己说，是因为他太喜欢赵一花了，根本就舍不得跑。咱就不管也是真跑不了，还是假跑不了了，反正最后现场就剩下了两个人。就是那个胆小的男人紧紧拉着赵一花的手，他们确实都没有跑，而是原地慌乱成了一团。那可真是不假。

后来，三只饿狼逼得越来越近，两个人为了多活一会儿就都滚进河沟子里去了。赵一花体形本来就好看，一进水就更好看了。眼看着这么好看的女人就要落入恶狼之口，胆小的男人就更加爱惜得舍不得，拼命地守护着、坚持着……再不摸恐怕就摸不着了，胆小的男人突然间胆子出奇地大了起来，还趁机把赵一花该摸不该摸的地方统统都摸了一遍……

都说爱情的力量是无穷的，如此紧张的胆小男人这时还是给逼出了智慧。他突然想起来了，对呀，草原狼都是怕火的呀，它们会不会也害怕红色呢？胆小男人身上背着的红色雨伞还一直没有派上用场呢，也只好把它当成救命的稻草了。接下来，这对就要崩溃的男女在泥水里连滚带爬，非常狼狈地将红色雨伞弄得一张一合，没想到，就是这把呼呼啦啦的红色雨伞，愣是把三只饥饿的草原狼给吓跑了。那可真是不假。

　　事后，让人们意外的是，漂亮的赵一花并没有嫁给跟她生死与共的胆小男人，还是嫁给了那个只顾自己逃命的胆大男人。赵一花说，男人平时总是胆小，就一回胆大还是不可靠的。找一起过日子的人还是得找个胆大的，胆大的男人到啥时候都像个男人；和胆小的男人过上一辈子可不行，关键时刻能吓尿裤子的男人咋也是差那么一点儿劲。这真是不假。

　　说完老姑哈哈大笑起来，不像前面讲季春红疯了的故事语气那么沉重，老姑这次好像是当传说或者玩笑讲的。老姑还说，她大侄子喜欢舞文弄墨，这些故事兴许就会有点儿用呢。这真是不假。

　　老姑手里就是没有个大烟袋，要是再有个大烟袋，她的样子就更像老胡五奶了。

第三十八章　流血事件

我最关心的当然还是胡小慧目前的情况，又不好意思直接问老姑。在陪老姑住院的日子里，老姑又给我讲了这些年塔头滩上发生的更怪异的故事，也可以说是塔头滩近年来的流血事件。

老姑说，好像是老改农场成立几年后的春天，劳改农场里有几个"劳改犯"越狱了，杀了狱警，还抢走了狱警的枪。塔头滩就突然调来一支队伍，这支队伍由六十多名战士组成，他们是从上百里外的驻地一路行军走过来的。这些战士要对那几个在逃的劳改犯进行地毯式搜索，强行围捕。真是不假。

距离目的地还有二十多里地时，天就要黑下来了，走了一天的战士已经筋疲力尽了，要是再渡过一条河，体大恐怕就吃不消了。临时被指派做向导的老季头（也就是季大鼻涕他爹）认为队伍应该马上停下来，最好能在这片荒无人烟的河边草地上就地宿营。

可是以刘建设为首的领导和部队首长坚决不同意，坚持还是要渡过河，到达目的地宿营。就让老季头当好向导，不要瞎掺和，让部队加速继续前进。

又走了一会儿，渡河前有人突然发现河对面的草坡子上有几只草原狼在悄悄地伴随着队伍。随着天色渐渐变暗，草原狼的数量不断增多。不时还传来草原狼的嚎叫声，恐怖的叫声一直在塔头滩上回荡着。

预感到要出问题的老季头就走到刘建设跟前，问大家枪里有没有子弹。刘建设告诉他，这些都是革命新兵，还从来没有打过枪。枪里虽然都有子枪，但咱们并不完全依靠枪里的子弹，听说你们当地人从不用猎枪打狼？革命军人就更不用说了，从来都是所向披靡，战无不胜。听了这话，老季头脸色大变。虽然他并不愿看到有人开枪打草原狼，但他还是说出了真话：如果这样走下去，草原狼会误认为我们要大举进攻它们，它们很可能会拼死一搏的，弄不好，我们这些人就都要喂狼了。老季头建议改变行军路线：让战士们先不要渡河，就可以绕开河对岸草原狼群的领地。并说，如果大家都能主动让一步，人和狼都会安全的。

可是刘建设坚决要渡河，说还是要按既定方针直插目的地。他的理由是："革命战士就应该一不怕苦，二不怕死，就应该逢山开路、遇河架桥，不能被区区几只草原狼给阻拦住，更不能被区区几只草原狼给吓哆嗦喽。咱们革命军人不仅威武，还有智慧。为了避免被狼群包围，我们完全还可以灵活地兵分两路嘛！"

渡河以后，还有最后十几里地的湿地荒路。刘建设为预防被凶恶的草原狼群包围，就把队伍分成了大小两组，一前一后，形成了互相照应之势。

与刘建设的愚蠢决定相反，草原狼倒是聪明绝顶的。等天完全黑下来的时候，狼群已经聚集了五六十只。见人类兵分两路，狼群也兵分两路：第一路狼出现在大部队必经的沼泽地把队伍拦住，摆开要进攻的架势。不得已，刘建设率领的大队人马只好改走荒草小路，而这正是狼所要达到的首要目的，继续假装跟随一段。第二路狼还是摆出佯攻大队人马的阵势，实际上是在掩护第一路狼急转身去进攻看上去已经安全了的小队人马，这才是狼群的真正目标。

就在刘建设自认为他的大队人马已经成功地引开了狼群时，第一路狼却完成了对小队人马的闪电式包围和攻击。据后来赶到现场的人说，小队人马那些年轻的战士有的连枪都没来得及开，就被狼群啃得惨不忍睹了。空气中弥漫着浓烈的血腥味，十几个疲惫不堪的年轻战士相当于与准备充分的草原狼徒手拼命，最后全部壮烈遇难……

草原狼群一定是认出了枪，嗅到了子弹的味道。草原狼群认为这支队伍要来将它们赶尽杀绝，这可触犯到了它们的生存底线。草原狼群才在不得已的情况下，再一次对人类动用了惯用的智慧，进行了先下手为强式的疯狂攻击。也许草原狼群也知道这么做要付出更沉痛的代价，所以它们把这次攻击当成了最后的攻击，攻击得非常无情，也非常彻底。

刘建设把这一切都归结于上了阶级敌人的当和草原狼的凶恶无比，请示上级领导对草原狼群进行复仇。

不论原因如何，出了这么大的事还了得？事后必须得有人承担责任啊。刘建设就把责任推给了向导老季头，说他是隐藏在草原深处的阶级敌人，是他故意把队伍带到绝境的。有关部门就把老季头在塔头滩上进行了游街示众，并决定最后执行枪决。

老季头当然是一百个不服，一直在大喊冤枉。事情也真是怪呢？枪毙老季头那天，行刑人的子弹竟然莫名其妙地转了个一百八十度的大弯儿，枪响之后，老季头没有应声倒下，子弹却正中行刑人的眉心上。这可真是不假!

　　意外让现场险些一度失控,直到第二个行刑人战战兢兢地打响了第二枪,随着老季头脑浆迸裂后冤屈倒地,骚动的人群才一点点退出现场。

　　那天的法场上一共倒下了两个脑浆迸裂的人,事情怪得直到现在都无法解释清楚。

　　这件怪事发生后没多长时间,将近二百人全副武装的队伍被派来增援了,十几辆大解放汽车,浩浩荡荡开进了塔头滩,要一举消灭塔头滩上的凶恶草原狼群。十几汽车戴红袖标背着半自动步枪的年轻人,一路上不断地开怀大笑着,不断地向草原上奔跑的动物开着冷枪。

　　大伙儿立即就把冬猎队队长胡二勇子从查干湖边上找来了,人们坚信,只有胡二勇子能够阻止他们。胡二勇子从湖边赶到草原深处,胡二勇子双手叉在腰间,人就立在了刘建设面前,说:"刘组长,不许你们再打狼了。"

　　刘建设问:"你谁呀?打狼算什么?人不老实也照打不误!"说着,用下巴示意两个强壮的年轻人上去。

　　"开枪打狼,你们这是丧尽天良!"马二敢子走上前来抗议。

　　"那就先收拾你!"说着,两个年轻人挥舞着枪托子一齐扑向了马二敢子。

　　马二敢子机警地躲过两个人砸向自己头部的枪托,只一顺,两个人就砸到了一起。

　　见没打着马二敢子,还误伤了同伙,两个年轻人顿时恼羞成怒。又一起把枪上了刺刀冲向了马二敢子……

　　马二敢子这次只好把他们的武器下了。

　　"你竟敢夺我们革命小将的枪?开枪射击!"刘建设喊起来。

"你们敢!"谁也没想到,马二敢子的话音刚落,就被致命的一枪打倒在地上了。

胡二勇子和往日一样虎着嗓子道:"王八羔子不仅开枪打狼,还敢开枪打人啦?有种的跟我上!"

十几个冬猎队队员们跟在胡二勇子身后,亮出了准备战斗的姿势。

"你们想造反啊!都给我抄家伙!"刘建设又是一声令下,无数支半自动步枪马上就对准了手无寸铁的冬猎队队员们。

"狗揍的!你们还有没有点儿王法了?竟敢破老祖宗立下的规矩!"冬猎队队长举着拳头怒吼。

"这就是王法!"刘建设喊道。

一群天不怕、地不怕绿军衣红袖标的毛头小子个个红着眼,紧张地端着半自动步枪,那些黑洞洞、毫无理性的枪口随时都会继续喷出失控的火蛇。人间惨剧,一触即发,好像周围的空气都要燃烧起来了……

极度紧张地对峙了好半天,为了保护住其他冬猎队队员生命,一向火暴脾气的胡二勇子竟然屈服了。他把拳头攥得咯咯直响,突然要求:为了草原狼,请大家必须保持冷静,必须保持克制!

还算你们识时务,这样就对了。顽抗到底,只会有一个可耻的下场!

对于前面马二敢子的人命事件,刘建设则轻描淡写地说,那是革命小将为了杀一儆百,果断击毙了现场发飙的疯狂暴徒。

最后,心里窝着大火的胡二勇子又挨了无数枪托子,他苦苦地劝说着他的队员们:大家先散去吧,先散去吧,这里已经没有规矩可讲了……

冬猎队队员们就散得很憋屈,很窝火……

刘建设还要继续杀一儆百，接下来，他就暗中让人把心里仍然不服的冬猎队队长胡二勇子绑了回来，说要给他开批斗大会。真是不假。

一向倔强的胡二勇子哪受过这样的窝囊气，只有他一个人的时候就是钢铁汉子了。不论怎么打，他就是不服，塔头滩的冬猎队队长什么时候受过这样的奇耻大辱，暴怒之下，力大无穷的胡二勇子虽然一时挣不断捆绑在身上的绳子，但他还是把沉重的大榆木椅子从地上拔了起来。他竟然就背着那个沉重的大榆木椅子抢伤了现场包括刘建设在内的二十多个耀武扬威的执法人员……直到被众人乱棍打晕在地。

事后，胡二勇子被定了个现行反革命罪。气急败坏的刘建设要以特殊的手段对这个穷凶极恶的罪人执行死刑。

刘建设认为胡二勇子死有余辜，死不足惜，一枪击毙远远不足以平民愤，也远远不足以大快人心。他应该被狠狠地摔在地上无数次，然后再重重地踏上一万只大脚……刘建设想来想去，终于又想出了一个好主意——他决定把罪大恶极的现行反革命分子胡二勇子和一台破旧的拖拉机一起沉入查干湖的湖底。生怕水性好的胡二勇子淹不死，就把他牢牢地绑在了拖拉机驾驶室的座椅上。然后，刘建设就命令人把拖拉机打着火、挂上低挡，让拖拉机自行慢悠悠地驶入了白凉凉的查干湖……

第二天凌晨，很多人都看见了那奇怪的一幕：那台红色破拖拉机竟然漂出了水面，足有半个时辰后，红色破拖拉机才又重新一点一点沉了下去……真是不假。

白发人送走黑发人之后，绝望至极的胡老五也投湖自尽了……你可怜的二姑命可真苦啊，不到三十五岁就守寡了。

事后有人说，这些戴红袖标的背枪人比当年最凶的狼群都凶，比当年最坏的小日本鬼子还坏，他们真是太厉害了……真是不假啊。

对了，工作组的人进驻塔头滩那年夏天，一些塔头滩人的手上就莫名其妙地多了一种工具——手电筒。手电筒的金属外壳在正午时分通体都能发出冰冷的光芒，到了夜晚，那白色的光柱更是散发着可怕的念头。夜本来是没尽头的，黑暗一开始就和光明结伴而行。守夜人乌兰巴布甚至常常叨咕："要变天了，要变天了，黑夜和白天一样长了。再白的光也不能从夜色的这一头穿越到那一头去，你们逆天，这是在作孽啊！"但乌兰巴布的话显然没有得到塔头滩人应有的重视。

仅仅半年过后，又有十几汽车戴着红袖标的持枪人兴高采烈地杀来了。那群人声势浩大，城市口音听上去极其刺耳。为首的仍然是刘建设，他挺着肚子边走边说，我们是来抓革命、促生产的，大片肥沃的土地就在脚下，不能让草原狼和黄羊子一直霸占着，再不种上粮食就白瞎了。刘建设指挥着他的手下们又在草原上开了无数枪，草原上到处都是被打出的小洞洞，伴随着一声声轰鸣。草原像是在筛糠……

接下来，戴红袖标的持枪人一直在塔头滩上闹腾着，他们背着半自动步枪和大鱼网完全以另一种方式对付查干淖尔的狼群和鱼群。又响了半个多月的枪声后，草原上最后的狼群终于彻底地分崩离析了，塔头滩冬猎队也从那时起就已经名存实亡了。

老姑说，多亏你们意外逃走了。现在看来，那并不是坏事，真是后怕呀……真是不假。打完了草原狼，捕光了水中鱼以后，他们并没有住手，他们又把目标锁定在了那些可怜的小鸟、小兽身上。实在没有目标了，后来他们又开始整人了……

祖母在世那个时代，男人们根本就不屑用枪，别说是打狼不用子弹了，更没有人会在那些小鸟、小兽身上浪费半颗子弹。而现在不同了，塔头滩上好像到处都是枪法精准的猎手。他们躲在百米开外的树丛里，经常用枪把鸟兽打得四处惊飞逃窜。一只成年黄羊子的体重能达到四五十斤，一只成年傻狍子的体重能达到百八十斤，他们瘦弱的身躯负担不了那些尸体的重量，还得动用汽车往回运。他们不断地将枪口对准老鹰、天鹅、大雁和野鸭们。对准傻狍子、黄羊子、野兔子和灰鼠子们。那些个日子，枪声响在哪里，鸟兽们的哀鸣就消失在哪里，鸟兽们的尸体就暴陈在哪里……真是不假。

老姑说她见过的最悲壮的屠杀也是最后一次大规模的屠杀，是一大群人开着好几辆卡车在塔头滩上追杀一大群黄羊子，几十支步枪不停地响着，一路留下黄羊子的尸体，等到黄羊子群最后被打消失的时候，人们再回过头来捡装猎物，整整装满了几大卡车。

但这还不是最终的结局呢。不久之后，又有各种大型机器吼叫着涌入了塔头滩湿地，说是要开垦农田。大片大片的草甸子被翻得裸露出黑色泥土，一些来不及飞走的山雀崽儿们惨死在窝巢里，它们在钢铁战车的碾轧下也最终变成了黑色泥土。

大风一吹，失去绿色植被的黑色塔头滩就渐渐变成了白色的盐碱地……真是不假。

后来，又有人在白色的盐碱地下面发现了另一种黑色，那就是黑色的石油，远方的石油工人就把更多的大卡车开进了塔头滩。大卡车又一次轧平了幸存的黑色田垄，轧烂了残留下来的草甸子，轧碎了大草原上已经为数不多的鸟巢、鸟蛋和幼鸟……真是不假。

石油工人们力大无穷，干起活儿来习惯于通宵达旦。偌大的塔头滩很快就被昼夜轰鸣的机器弄得千疮百孔。很快，石油工人们就在塔头滩湿地上竖起了高高的井架子，接下来，坚硬的钻头强行钻入到塔头滩的要害部位，从此，湿地就变成了流血的湿地了，那血每时每刻都在流淌，湿地终于活到了最后时刻。

那些年，查干湖里的水变得越来越少了，塔头滩上的草也变得越来越矮了。赶上旱年就更完了,查干湖水污浊浑黄,湖底都会大面积地裸露出来;塔头滩上蒿草稀疏,就像长了久治不愈的大秃疮。瘦弱的湖水里连小鱼小虾都难得一见,就更谈不上有谁会发现巨型狗鱼了。平淡的塔头滩上没有飞禽走兽,只有死一样寂静无声的无限苍凉……真是不假。

后来,塔头滩就不再有狼群和鱼群了,日子彻底变得死气沉沉起来。整个查淖尔大草原像得了瘟疫一样,彻底没了精神。

我没想到老姑的表达能力有这么强,没啥文化的老姑就像一个玄妙的说书人。

第三十九章　什么都看不见了

　　玄妙的老姑为什么对胡小慧只字不提呢？她肯定是故意的。要不，细心的老姑绝对不会一直不提我最关心的胡小慧啊，胡小慧现在到底怎么样了呢？我心里有些急切。但我又一向死要面子，不好意思直接去询问。

　　等待会诊结果那天，我实在急得挺不住了，就主动提到了胡小慧。我说："老胡大宝子、胡二宝子他们都挺好的？老胡小慧也挺好的呗？"

　　老姑这才说到了胡小慧："我的大侄儿呀，你就别惦记人家了，胡小慧现在早就不那么好看了，早已经是孩子他妈了。真是不假。"

　　"难道说她已经结婚啦？！"我感到非常惊讶。

　　"都多大了？还不结婚，你以为在你们大城市里呢？都男大不婚、女大不嫁的。在草原上可不行，到时候就得成家，好生儿育女，传宗接代。真是不假。"老姑说着又笑了起来。

　　"可也是啊，一晃儿，都三十来岁了呀。"说是这么说，单身的我心里还是不希望胡小慧已经嫁人了。

"都是想不到的事，在你们出逃以后，胡小慧一阵一阵的好像就变得有些疯疯癫癫的了，一天天总是魂不守舍的样子。经常一个到大草原上去溜达。后来她因意外失了身，还跳过两次湖呢。真是不假。"

"啊?! 她还意外失身了？怎么还会跳湖呢？"我惊得张大了嘴巴。

"第一次是被季大鼻涕救上来的，但她很快就又跳一次。第二次没等季大鼻涕救呢，她就自己游了上来。上岸以后，胡小慧竟然像草原狼一样发出了一阵长长的、嘶哑的号叫……从那以后，胡小慧的性情就彻底地变了，不到二十岁那年，她就下嫁给了季大鼻涕。"老姑吞吞吐吐地说。

"到底出了什么事呀？她竟然嫁给季大鼻涕啦?!"我有些迫不及待了。

老姑说："那我就都讲给你听听吧，省得你老惦记人家。我前边不是提过一个叫刘建设的组长吗？那个人才不叫个揍儿呢，他儿子叫刘希望，就更不叫个揍儿了！真是不假。"

"刘希望？"我问出半句又急忙收住，老姑好不容易才说起了胡小慧，还是听老姑继续说下去吧。

老姑这才重新整理思路讲了起来——

"一天午后，季大鼻涕就显得异常焦虑。他一直在摆弄着一个麦穗子，就像那个满是芒刺的麦穗子上隐藏着无数个不好的结果。季大鼻涕走路的姿态都变了，他并不老啊，却显得步履蹒跚。他一直狼狈不堪地低着头，流着鼻涕，眼神憔悴而空洞。"

老姑轻咳了一下接着说："人是有心灵感应的，那才怪呢，越是亲近的人之间越有心灵感应。季大鼻涕在那天晚上真就预感到了要有倒霉的事发生。他再一次偷走了家里的手电筒，爹着胆子独自来到村外的查干湖边上。真是不假。

"季大鼻涕在靠近老古庙西边的苇草丛里专心致志地搜索着,他猫着个水蛇腰,认真地分辨着每一个响动。除了窸窸窣窣触碰蒿草的声音,他一定又听见了那极其细微的喘息声。他蹑手蹑脚地靠上前去,果然发现了一个奇怪的东西。那里竟然有四只光着的脚纠缠在一起并不停地扭动着……季大鼻涕顿时就有了一种五雷轰顶的感觉,自己还是来得太晚了呀!那四只脚仍在不停地扭动着,他的手电光顺着那四只不断扭动的脚颤抖地向上窥探,果然又出现了四条白花花的大腿和胡小慧被压得变了形的脸……季大鼻涕还没有来得及尖叫就被人推倒了,嘴里还被塞上了一大把小叶章草。手电被扔进了旁边的湖水里,竟然还能顽强地亮了好久……真是不假。

"守庙人乌兰巴布看到湖水中的光芒走了过来,见季大鼻涕一个人嘴里塞着草呆傻地站在湖边,正恐惧而绝望地看着湖里的光芒。他就陪着季大鼻涕一起看,那光芒一点点地变得暗淡了,最后就像鬼火一样渐渐消失了。

"乌兰巴布说,'起雾了,回家睡觉去吧,什么都看不见了。不是坏事,不是坏事……'他一路叨咕着一边回老古庙里睡觉去了。

"大雾一直没有散去,大草原上的人们到了早晨还是不醒。鸡鸣狗叫好像都是象征性的,尿泡子短的孩子半睁着眼睛爬起来站在窗台上趔趔歪歪地撒了泡尿,回身接着睡觉去了。

"大雾中的草原上,季大鼻涕是站着睡着的。一夜都站在浓雾里的季大鼻涕还做了一个美丽的梦,在美丽的梦中他终于娶上了漂亮的新娘……真是不假。

"季大鼻涕是一路大笑着跑回村子的,是他那一路怪异的笑声冲散了草原上的层层迷雾。

"接下来就是胡小慧的两次跳湖事件了。第二次跳湖事件发生后,人们发现,胡小慧终于彻底把自己放下来了。胡小慧在湖边长号过后,整整睡了三天觉,重新出门时胡小慧已经变了模样。女孩儿的美眨眼间就从峰巅摔进了谷壑,所有美丽被摔得粉碎。她眼里圣洁的光芒突然间就消失了,两只眼睛就像要没电的手电筒一样,除了一点儿微弱光亮,已经别无他物了。

"季大鼻涕虽然说胡小慧欺骗了他的感情,说胡小慧不要个×脸。但季大鼻涕再次见到胡小慧时还是那么高兴,他没再说难听的话,表现更多的是轻松和愉快。因为胡小慧那天使的翅膀,再也飞不高了,再也飞不远了……真是不假。

"乌兰巴布也说:'我说不是坏事嘛,不会是坏事的,啥是福,啥是祸呀?'直到现在,他还是一直这样叨叨咕咕着。

"前边我不是提到过刘希望嘛,之前刘希望一直也被胡小慧的美貌所吸引,一直说只要她肯嫁给他,就可以给她爹平反。一开始胡小慧不为所动,后来刘建设总批斗'现行反革命'胡二勇子的儿子胡大宝子,胡小慧就委屈自己跟刘希望相处了一段时间。刘建设一心想把生米做成熟饭,并没有给胡二勇子平反,又不放过胡大宝子,还是继续拿着胡大宝子当诱饵。有一天,刘建设竟然直说了,说只要胡小慧跟他儿子一回就行……

"再好的姑娘也架不住软磨硬泡,胡小慧毕竟还是个不到二十岁的小姑娘。后来,胡小慧又经不住人家的吓唬,刘建设还威胁说要把胡大宝子给枪毙了,胡小慧就连说不要不要不要啊,后来就不得不答应人家把自己献出去一次。

"事后,穷凶极恶的刘建设终于受到了组织上的处分,胡小慧也算为她爹胡二勇子报了仇。但身上有了污点的胡小慧再漂亮也不值钱了,最后只好下嫁给了小眼吧唧的季大鼻涕。真是不假。"

"胡小慧竟然真的嫁给了又瘦又高、满嘴大黄牙的季大鼻涕?"我不相信这会是真事。

"那可不,都有个十来岁的孩子啦,我前面讲到的那个叫季春红的疯女孩儿就是胡小慧和季大鼻涕的闺女。"

"啊?他们还生了孩子?"我有一种天打五雷轰的感觉。

"结婚以后生孩,绝大多数女人不都这样吗?这并不奇怪。"老姑接着说,"刘希望后来也死了,第二年冬天他独自来到查干湖凿冰窟窿捞小鱼,虎了吧唧地就钻进那个大冰窟窿里去了。冬天的查干湖很少有湖妖啊,他怎么就硬生生地钻进去了呢?

"胡小慧要是不失身,季大鼻涕这辈子也只是干看着,真是不假,这就是命了。乌兰巴布算是看得透,人家说的没错。真是不假。"

老姑不经意的几段话,让我的心脏像被一把又硬又钝的刀狠狠地捅了无数下。我的心疼痛起来,眼泪都不由自主地流了出来。

我使劲儿地回想着,我想回忆起胡小慧出事那天应该是哪天,那天我到底在做些什么呢?我当时是否也发生了强烈的心灵感应呢?

"都是过去的事了,咱们不说这些了。"老姑可能是发现我已难受得流出了眼泪,故意平淡地说。

"难道说,那一切美好的东西就消失了?那些满是希望的日子就这么过去了?消失得无影无踪,走得匆匆忙忙,不肯留下任何痕迹?"我喃喃自语着。

"再怎么着,日子不还得往下过吗?骡马长大了年年下驹子,母猪长大了年年下羔子。大侄儿呀,别把女人想得那么神圣,都是平常的血肉之躯呀,谁跟谁还不是那么一档子事呢?真是不假。"老姑又安慰我说。

"同样是血肉之躯，人和人是不一样的。"我坚持着说。

"谁跟谁能咋的，时间长了，都一个样儿。真是不假。"老姑说。

"怎么会呢？"我争辩着。

"年轻人你喜欢我、我喜欢你谈谈恋爱是一回事，结婚成家就是另一回事了。那可是一辈子的大事，那可是居家过日子呀，哪来那么多的想象和浪漫？我从来不待见路边抱着亲嘴的小屁孩，我倒是愿意看牵着手散步的老头老太太。两个人日子过好了，也无非就是半夜口渴了有人给你倒碗水喝，天气凉了有人给你披上一件厚衣裳……真是不假。"老姑说。

"人和人是不一样的。"我仍坚持说。

"不过近些年，塔头滩还是比从前好多了。草原生态得到了空前的重视，塔头滩上的羊草、香蒿、苇草、水稗草等又纷纷长出来了，连多年少见的小叶章草也成片成片地冒出来了，还涌现出许多由个人承包起来的草库伦。老胡大宝子、赵三尿子、小老疙瘩和咱家你老姑父都经营着草库伦呢，现在大家都在比谁经营的人工草场多、谁经营的人工草场好。多年不见的大圈草，有时也能看见了。大侄子，就是那种大圈草，小时候你还蹲在里面藏过猫猫呢，你还记得吧？真是不假。"老姑不再说胡小慧了。

除了《草原家乡》，我耳边好像还响起了另一段熟悉的草原歌谣：

> 天空有多高啊，大地有多厚呀；
> 河流有多长啊，草原有多大呀！
> 蒿草枯又荣啊，到底疼不疼啊？
> 花开花又落啊，到底谁的错呀……

第四十章　等来了结果

听老姑讲了胡小慧的近况后,我痛苦至极。当天晚上就梦见胡小慧,但梦中的胡小慧不再说话了。

第二天午饭后,老姑见我闷闷不乐,就说让我陪她看一场城里的电影吧。我有生以来第一次和老姑来到了电影院,那天上映的是老电影《冰山上的来客》。我说是老电影,老姑说她没看过就是新电影,她不挑。老姑看得很投入,我却总是走神。除了那个熟悉的阿米尔,再就是那首主题曲《怀念战友》让我深刻。以前我并没觉得这首歌怎么动听,这回却让我听得心潮澎湃。我觉得这首歌从词到曲都情真意切。"天山脚下是我可爱的故乡,当我离开她的时候,好像那哈密瓜断了瓜秧;白杨树下住着我心上的姑娘,当我和她分别后,好像那都达尔闲挂在墙上。瓜秧断了哈密瓜依然香甜,琴师回来都达尔还会再响。当我永别了战友的时候,好像那雪崩飞滚万丈!"尤其是最后那两句"啊亲爱的战友,我再不能看到你雄伟的身影、和蔼的脸庞,啊亲爱的战友,你也再不能听我弹琴、听我歌唱……"回荡在天山脚下战友的生离死别,竟然让我泪流不止地想起了远在草原的胡小慧。

散场后回医院的路上,老姑高兴得一路说笑,而我还是一路无语地沉浸在那首歌里。

二十四个小时之后,也就是老姑来到城里的第四天,我们终于等到了那个可怕的会诊结果——乳腺癌晚期。我亲爱的老姑怎么这样命苦啊,正是当年被恶狼咬伤的左侧那只乳房,里面已经有了一个又大又硬的肿块。

老姑接下来的第一步好像得做乳房切除手术,这对于一个女人来说无疑是一件残酷的事情,仅次于要了她的命啊。手术之后,才是更难以忍受的化疗和放疗。

这个结果在我的预料之中,但我还是极其难过。大家都在瞒着老姑,我还很认真地对老姑说:"这回确诊了,是乳腺增生,大夫说能治好。"

老姑信以为真地微笑地望着我,说:"我信我大侄儿的。"

办完了住院手续,把老姑安置到病房后已是十点钟。这时,老姑的主治医师吴大夫把我和石头叫到她的办公室。

吴大夫的意思是,患者王唤弟才四十多岁,虽然癌细胞已经开始扩散,但不忍心放弃对患者的治疗,建议做乳房切除手术,然后再化疗观察一段时间。

吴大夫一遍遍询问着石头:"家庭条件允许吧?前期治疗至少也要五万元。"

石头眼泪汪汪的:"我们家没有钱,根本就治不起啊。"说完石头就低头不语了。

我不假思索就代石头做出了决定:"必须得做手术啊,哪怕是倾家荡产，我们也要把老姑治好！"

吴大夫说："为了控制住癌细胞的进一步扩散，咱得先打针吃药，视具体情况再尽快实施手术。"

父亲说："学校这段时间太忙，脱不开身，我下午抽空儿再过来。"说完就匆匆忙忙地走了。

我就和石头来到住院部楼下的花坛边坐下来。因为不想让老姑知道她的真实病情，必须得避开老姑。

"我老姑这病是什么时候得的？"我问石头。

"一年前就劝她上县里瞧瞧，可她说啥也不去，还说一把老骨头了，没那么金贵，还是省点儿钱给就要出世的大孙子换糖球吃吧。"石头说。

"都一年啦？"我说。

"可不是咋的？后来你老姑疼得实在挺不住了才同意我们套车拉她去看病。草原医院说是乳腺炎，吃药打针一个多礼拜也没见效果。没招儿了，就坐汽车上县里，县医院诊断是癌！当时我就傻眼啦！这可咋整啊？咋整啊……后来我就呼啦一下想起了我大舅来了，就找上来了。"石头说。

又过了好半天，石头又说："我妈原本不同意到这来看病，怕麻烦我大舅。我也不想来，只是……"石头有些语塞。

"老弟你别着急呀，我们会尽最大力量的。"我话说完了，又好像感觉有些底气不足。

静了一会儿，石头声音很低地说："其实，县里确诊后我就绝望了。我们是农牧民，我们怎么有能力来治疗癌症这种病呢？那时我就想：妈，您只能等着慢慢死去了，您一辈子再要强再倔强也没有用了，我妈没来过大城市，就当我带她到大城市走一趟吧。我压根儿就没敢想是来治病，只敢想是走一趟，顺路再看看亲人，只能祈祷万一不是癌了。可是大城市的医院再一次宣布我妈得的是癌症。"

石头没有直接说让我们帮多少，但我似乎有这样一种感觉：一双颤抖的小手一直在向我和父亲伸举着，就像我常在上学的路上见到的那种无能为力的乞讨人的手。我不知道心中是一种什么滋味，我真的能如我初见他们时说的那样尽力去帮助他们吗？做到什么程度才算"尽最大力量"呢？我好像正在回避着什么，虽然口头上仍很真诚地说着："别着急，咱们慢慢想办法。"

"龙飞哥，这几天可把你折腾够呛。走，咱去食堂吃饭吧。"十几岁的石头尽量表现出了一种轻松。

中午，我们把饭打到老姑的病房里。老姑说她不饿，没吃几口就放下了。一遍遍跟我说："大侄子，你快上学去吧，千万别把你的学习耽搁喽。"

我说："学校下午没啥大事，我坐一会儿再走。"

我一直都在想，当年老姑冒死救我的时候，她不正是人生最好的年龄吗？我一定要竭尽全力为老姑治病啊。

晚上，父亲打来电话。"龙飞呀，是这么个事，我刚刚了解到一个情况，我同事的姐姐就是乳腺癌晚期，目前手术做完了，正在省肿瘤医院做化疗呢。还不到三个月，就花进去二十多万了。人家经济条件好，多少钱都花得起。说病人还遭了不少罪，但也就是这几天的事了。我的意思是啥呢，咱们没钱，更不能用钱打水漂啊。"

"有话你就说吧，你啥意思吧？"我有些不耐烦。

"我的意思是这样，你老姑的家庭状况跟人家比不了，你老姑一个农民哪有什么钱？依我看，鉴于你老姑这种具体情况，咱们就别手术，也别化疗了，咱们还是采取中医疗法吧，保守治疗。"

"怎么能保守治疗呢?"中医确实能治很多病,但我总觉得中医治乳腺癌这种病效果不会太好似的。"省医院吴大夫的意见可不是吃汤药,人家说必须是手术加化疗。"我很不高兴地说。

"咱们不是没钱吗?"父亲声音低下来。

"没钱,咱们就想办法呗?那也得竭尽全力给我老姑治病啊!"我真生气了。

"治是得治,我又没说不治。问题是咱们拿不出那么多钱啊!"父亲无奈地说。

"我都承诺过了,咱们必须得竭尽全力为我老姑治病。"我说着就要撂电话了。

"我还没和你说呢,昨天后半夜,我还打电话问了省医院的那个同学,问从现在开始给你老姑用上最好的治疗,她还能维持多长时间?我同学开始不说,后来才说。你猜他是怎么说的?他说:'跟老同学我得说实话,像你妹妹这种乳腺癌晚期患者,顶多也就再有半年时间了。这种情况,手术不手术意义不是很大,吃中药也能坚持一阵子。千万别告诉她实情,她要是知道自己的真实病情,走得会更快。'我当时脑袋忽悠一下子,你老姑这不完了吗,她才四十多岁啊!"

"手术也不行啦?"我像问,又不是问。

"我同学说,做手术和吃中药都差不多,病人挺过半年都是一大关。"父亲叹了口气。

我还是觉得应该给老姑实施最好的救治。虽然我一直以来对中药印象不错,但我觉得给老姑吃中药就好像没去尽力抢救,多多少少有些让老姑等死的意味。面对身患重病的老姑,我们花点儿钱,抓上一些中草药?总像不是那么回事啊!我说:"就算事是这么回事,可我们也得尽最大的努力呀?万一呢?咱们怎么也不能跟大夫说就得保守治疗吧。就是因为我们没有钱，就不做手术了？这可不行！哪能让老姑在我眼皮底下等死呢？老姑不光是老姑，还是我的救命恩人呢，那样的话，我可就太不是人了。"

沉默了许久，父亲又说："你老姑没钱，咱们也没有太多的钱。我手上现在确实有五万块钱，如果能再凑上五万，就可以尝试正开发研究的新药了。再说了，如果我手上这五万块钱真能救了你老姑的命，我会毫不犹豫地拿出来。可是，如果这五万块钱仅仅起到让你老姑多活几个月的作用，我倒是觉得不如采用中医保守治疗了，成本低一些，也不见得就不行，你说呢。其实，不用我说，你也知道咱家这五万块钱是怎样一点儿一点儿积攒的。当然，这只是我的想法。如果你觉得我必须得拿出这笔钱来，那我就拿。反正我觉得最现实的办法就是中医保守疗法。人心都是肉长的，都是骨肉亲人，再说你老姑也是我的亲妹子呀。"

我没想到平时很少说话的父亲说出这么长一段话来，我觉得父亲的话有一定道理。我本来极其坚定的挽救老姑的想法此时也变得不那么坚定了，我无奈至极。

父亲试探着又说："咱们得先做医生的工作，只有做好医生工作，让医生同意采取中医治疗……"

"我同学说了，那个吴大夫还是挺好说话的，让咱们给她拿五百块钱。龙飞，你别多想，在这件事上，我们真是一点儿办法也没有了，我们还不具备那份能力啊，这也是没有办法的办法。"父亲说。"你看咱们这么做好吗？"

我突然觉得老姑好像在远处正看着我们呢。

第二天上午八时三十分，我和父亲准时来到医院。

我一直有种惶惶不可终日的感觉，觉得我们怀揣着一个巨大无比的阴谋,我觉得我和父亲就像小时候看的电影中那种最坏最坏的特务。不论怎么说,吴大夫坚持做手术从本质上说是在抢救老姑的生命。而我和父亲却要用这五百块钱把这个举足轻重的"维护者"给拿下来。

父亲极不自然地坐下又起来,起来又坐下。最后终于把红包掏出来,慌乱地塞给了吴大夫。

接下来,在父亲吞吞吐吐地想要说明意思时,吴大夫很有经验地先说话了:"谁家有了病人谁不闹心,常言不是说嘛,有啥别有病,没啥别没钱。这年头儿,老百姓得了这种难治的癌症,谁家摊上也是够呛的事。治吧,倾家荡产;不治吧,心如油煎。十指连心,都是亲人啊!"

吴大夫果然是个很有人情味的人,说起话来通情达理、实实在在,也比从前和蔼多了。

吴大夫还说:"乳腺癌晚期,这病也确实没有什么治疗价值了。不就是想保守治疗嘛,也不是不可以,让患者放松心情,尽量过好最后的日子吧。"

"要是……"父亲心里好像还是没底。

"不是没别的事了吗?放心吧,我会尽力配合家属的。"说完吴大夫就起身送客了。

我和父亲来到楼下的住院部。

老姑看见我和父亲来了,热情地让我们坐下并和我们说话:"你们不去上班上学,这么早就跑来看我……"

老姑一定认为我们正在为她尽力求治,怎么也不会想到我们要采取保守疗法。我有些不敢正视老姑,也不知道还应当对我亲爱而可怜的老姑说些什么。

父亲一直很亲热地和老姑唠着家常,我不知道他的心情是否和他的表情一样平静。

后来，当老姑说到再有半年就能看见到她的大孙子时，显得格外激动。老姑的脸色也显得红润了许多，一点儿也不像一个重病缠身的晚期癌症患者。

不过，唠了一会儿老姑却突然说："死，我倒是一点儿也不怕。我就是想看看我大孙子长什么样儿，咋也得让我看看自己的大孙子再死呀。"老姑说得很认真，像在开玩笑，又不像在开玩笑。

心灵感应？骨血反应？就像当年老姑救我一样？而这回却是反着来的。我又一次有了这种切实的内心感受，心里堵得慌……难道说老姑知道我和父亲刚才在楼上的举动了？我正心惊肉跳地思考时，一位护士走进来通知道：1号床王唤弟患者的家属，请马上到三楼主任室去听下一步的治疗方案。

除了老姑之外，我们就都到三楼的主任室来了。

吴大夫和几位主治医生早已等候在那里，我们一进屋，吴大夫就吩咐一位值班医生宣读几日来王唤弟的医疗报告和临床表现。

然后，吴大夫总结说："医院从不放弃对任何患者的治疗，医生的职责就是治病救人。然而，从一位医生的职业道德出发，我不得不深表同情地透露给患者家属真实情况，患者王唤弟已是乳腺癌晚期，并且已经扩散到淋巴结了。"

一时间，整个房间里鸦雀无声，就像所有人都窒息了一样。

吴大夫停顿了一会儿接着说："鉴于患者王唤弟家庭经济状况比较困难，我个人认为还是采取中医保守治疗，主意你们自己拿……"

石头瞅瞅父亲，瞅瞅我，明显没有主意。好半天才说："大夫，既然您已经把实底儿都告诉我们了，我们就听您的吧。"

"我只是陈述客观病情，具体怎么治，我可不能替你们做主，到

345

底采取哪种治疗方式,也还得你们自己来定。"吴大夫说。

"大舅、龙飞哥,你们说呢?"石头更加没有了主意。

"主要是你妈已经是乳腺癌晚期了,要是早发现就好了,那就可以做手术了。"父亲说。不过,我认为父亲说了几句废话。

我不敢抬头去看任何人。我想,那些大夫和护士,尤其是那个吴大夫,一定会发自内心地看不起他们眼前这三个男人。

等另几位医生都走了之后,吴大夫一改庄严神态,对仍然没拿好主意的石头说:"要是听我的就赶紧回家吃中药。依我看,除了中药,再多弄些止疼的药,让病人少遭点儿罪。"

石头又用征求意见式的目光看看父亲,看看我。

我想躲开他的目光又没躲开时,石头咬了咬牙说:"大舅,那就得麻烦你们了,想法儿帮我多弄些止疼药吧。我妈一辈子没享几天福,死前就让她少遭点儿罪吧。既然已经到了这步,我们还是回去吧。"石头极艰难地做出了最后的决定,也急火火地出去了。

我和父亲也要下楼时,吴大夫把那个红包又拿了出来:"这个红包我可不能收,看着病人和那个孩子怪可怜的。"

父亲惊乱地往回推:"别,别的。也不多,就是这么个意思吧,让您费心了。"

吴大夫三心二意地又收了回去。

下楼时,我的心脏更加剧烈地跳动,腿也颤抖得厉害。

吴大夫说多弄些止疼药是什么意思,那不过是严控的麻醉药,只止疼,不治病。癌症患者疼到挺不住时,打上一针能缓解疼痛。这是很多人都知道的常识。

我们下一步就是想法要把这种药多给我的老姑弄来一些,好让她带回家去"治病"。

为了让事情进展得更加顺利一些，以免发生夜长梦多的变故，父亲马不停蹄地去联系同学开中药并淘登止疼药去了。他没有来到楼下老姑的病房，而是直接下到一楼，打了个出租车急火火地走了。

我再次来到老姑的病床前时，心里极不是滋味。老姑用一种询问的目光望着我们。

石头不等老姑开口，抢先说："妈，刚才大夫们会诊了，说你这病见强了，咱们回家。大夫说这里费用太大，说咱们回家吃中药就行。"

这时，我的手机响了，是父亲。我不得已从老姑的病房里走出来。

父亲在电话那头说得很激动："龙飞啊，我同学可帮了咱大忙了，他认识一个专门治疗乳腺癌的老中医。我同学还找他的另一个哥们儿，我同学说他有个哥们儿还能整到一些止疼药。"父亲话语中充满着胜利者的喜悦，父亲一生中这样的喜悦都不多见。

放下父亲的电话，我独自来到住院部外面那长长的走廊。我漫无目的地来回走着，不知走了多少个来回儿，我才下意识地想起可能就要出院的老姑正等着我呢，这才三步并作两步地向老姑的病房走去。

我来到老姑的病房时，他们已经基本上收拾好了东西。我试图想为他们最后做点儿什么，可绕来绕去的我好像一点儿也插不上手，我不知道还能为老姑做些什么。

后来，我就坐在老姑的床边，一遍又一遍地昧着我的良心跟老姑说："老姑啊，大夫让咱们回去治，咱们就回去治吧。在这住院也一样是打针吃药，费用还挺高的，真不如回家去吃中药方便。吴大夫还是挺理解我们的情况的，吴大夫也是这么说的。"

老姑就一脸笑容地看着我说："怎么的都行，我就听我大侄子的。真是不假。"

下午两点钟左右，父亲回来了。父亲进门后和老姑说的那些假话让我觉得恶心极了。

不行，不能让老姑就这样回去呀！必须尽我们最大的努力，万一呢？我又想起了当年那两只大狼，心如刀绞……

"别人能做手术治疗，我们为什么不能？"我的倔劲儿又上来了，我找个借口把父亲拉到病房外面，声音不小地说。

父亲蒙了，左顾右盼着："咱们昨晚不是都说好了吗？"

"必须得给我老姑做手术！"我怒视着父亲。

"那就做手术。"父亲像明显被我震慑住了。

"接下来，必须还得化疗！"

"那就化疗……"父亲也同意了。

我拉着父亲又飞快地上三楼找到了吴大夫。

我们一百八十度的大转弯把吴大夫都弄蒙了，连问："你们这是什么意思？什么意思？你们这是？"

"我们决定了，还是尽我们最大的力量。"我说。

吴大夫又把那五百块钱从衣袋里掏了出来。

这一次，父亲把钱尴尬地接了回来。

我们又飞快地回到老姑的病房和老姑说："刚才大夫又打电话把我们叫回去了，大夫说保险起见，还是做手术治疗好。"

老姑还是那句话："那就做手术？我听我大侄子的。"

石头愣愣地盯着我半天，然后轻轻地叫了我一声："龙飞哥。"我看见了他眼里闪动着的泪花。

老姑的手术做得很顺利，省医院一位最好的专家为老姑切除了整个左侧乳房。我知道那是跟随了老姑近四十年的饱经风霜、多灾多难的乳房。

父亲那五万块钱很快就花完了，父亲又向同事、同学们借了一些钱。

对我们来说，化疗的费用实在是太大了。随便打上一针，动辄就是几百，甚至是上千。总是有种杯水车薪的感觉。

以前我只是听人说，花钱如流水。这回，我在医院里真真切切地体会到了这种感受。尤其是父亲借来的钱，好像比父亲自己挣的钱还不扛花似的。一捆捆百元大钞就像一捧捧小金鱼投入了汪洋大海，只要一撒手，小金鱼们瞬间就没了踪影……

能借到的钱总是有数的，借到一定程度就无法再借了，也无法借到了。实在没钱支付医疗费了，父亲只好张罗急售房子。

父亲的一位好心同事的帮助解了燃眉之急，动员了一个亲属以正常的市场价买下了父亲那一室半。

父亲手上拿到了有生以来见过的最大的一笔钱——十二万八。但这笔钱并没在父亲手里停留多久，就以划卡的方式分期分批地交到了医院的收款处。

后来，老姑就感觉到了自己的真实病情，刚强而善良的老姑坚决要求回家去吃中药。

老姑故意轻描淡写地说："不行，我想家了。依我看，还是回家去吃中药吧……真是不假。"

也真是又到了无米下锅的地步，我们只好同意了老姑的要求。

我没想到所有这一系列本应非常烦琐的事情会让并不高明的父亲办得如此顺利。就在老姑提出回家的当天下午三点钟，父亲为老姑办理完了一切出院手续。接着，又为老姑和石头买到了当天晚上五点多的回程火车票。

我一阵阵觉得道貌岸然的我们已经把我的老姑提前打发向了那亘古无返的黄尘古道，而老姑还一边走一边微笑着回过头来，朴实地和她的大哥和大侄子亲切挥手，还善良地让她的大哥和大侄子保重身体。

我偷着出去擦了好几次泪水，我觉得我们为老姑做的唯一贡献就是在她死去之前为她切除了一只美丽的乳房。

后来，老姑还说："等我把病治好喽，我就可以承包草原上的草库伦了，我就能挣上很多的钱，我就能把钱还给你们，就怕我活不到那一天了……真是不假。"本来笑着的老姑突然现出一脸的恐惧。

在我的记忆里，当年老姑为我挡狼时脸上没有流露出多少恐惧，而此时的老姑却是满脸无助的恐惧。

父亲和我把满脸恐惧的老姑抬出了住院部，抬进了城市的出租车，又抬上了开往草原的绿皮火车。

没到半年，就传来了老姑去世的消息。一向乐观的老姑带着她的玄妙走了。她是否还记着她说过的话呢？她不是还要承包草库伦吗？她不是还要挣很多钱吗？

我多么不想失去亲人老姑啊，但是我决定不了。当天晚上，我一直在想，我能决定什么呢？我真的实在没有能力决定什么。想来想去，我觉得有一件事我还是可以做决定的，我决定从今以后不再管王耀祖叫父亲。

也是在当天晚上，我又一次梦见了祖母，这是我第二次梦见我亲爱的祖母。祖母只是微笑着，一如既往地什么话也没说。这一次，我从祖母的笑容里仅仅读到了两个字：乐观。

第四十一章　初谙世事

王耀祖又一次让我失望，虽然他卖掉了唯一的房子，决定为给老姑治病花掉所有的钱，但他最后还是只能把老姑打发回塔头滩等死去了。王耀祖也像他承诺的那样，做到了倾其所有……但是弱民终究无法拯救弱民。

下海挣大钱去？王耀祖真正抉择时仍然不是那么轻松。虽然房子没了，虽然还担着一些外债，但身为大学教师的父亲手上毕竟还捧着一个铁饭碗呢。王耀祖还是不忍心放弃得来不易的工作，他和母亲还是在暂时租住的小房子里挺了很长一段时间。

但最终还是给老姑看病这件事坚定了王耀祖下海经商的决心。电视新闻里，南方都市浓烈的经商热潮再一次让王耀祖心动，没有房子可以租，但总不能欠着同事、同学们的钱不还吧？王耀祖终于下定了决心：到南方都市去，寻找机会开发他的新药。

几个月后，一同前往的母亲给我打来了电话。说，王耀祖到南方都市后并没有找到投资人，他只好白手起家办起了一个六合保健药品公司。母亲一说我就能猜到，王耀祖办的公司表面上说是什么药品公司，实际上只不过是一个好听的外壳。鱼目混珠也好，良莠不分也罢，父亲的所谓公司和当时南方都市里一夜之间雨后春笋般冒出来的许许多多的公司或者中心基本是一个样子，父亲的公司表面上挺好听的一个名字、挺宏大的一个架子，而实际上公司里只有两个人：董事长兼总经理是王耀祖自己，业务经理、财务、员工都是我母亲一个人。

后来，好像是大半年之后了，母亲又打来了电话。这回，母亲告诉了我一件好事。母亲很兴奋地说："你爸的公司终于做成了第一笔业务，推销出去了第一批药品，咱们终于见到回头钱了！"

母亲还说，在这之后，一直缩手缩脚的王耀祖才又召了个女大学生来当公关文秘，用来支撑起一点儿门面。母亲讲了一个细节，说王耀祖反复地查了好几遍刚刚挣到手的几千块钱，又确认好下一批要出手的货到底有多么可靠之后，才最终决定聘用了那位女大学生。

我能想象得出王耀祖那个算来算去的样子，那位女大学生可真够倒霉的了，说不定哪天就会被小家小气的王耀祖裁掉呢。

我正这么想着，母亲又说："在你爸经商这段时间，我总能听见你爸说一些以'如'字开头的成语，比如他经常说，市场竞争如狼似虎，市场营销如履薄冰，企业发展如火如荼，企业老板如坐针毡……"

反正我对王耀祖的一切都不感兴趣，在塔头滩从来没有成功过的王耀祖长期以来的碌碌无为已经彻底伤害了我。试想，一个从来没有过成功记录的人，怎么能突然间取得别人的信任呢？就算他是我的亲爹也不会例外。

我一点儿也不关心王耀祖的公司，我对在我心目中永远一事无成的王耀祖实在是提不起任何兴趣，我可是要做强者的人。每次和母亲通电话，我都尽量把话题岔开，说得更多的是对母亲的思念以及对故乡草原的思念。其实，我无时无刻不在怀念我那真实到骨髓的查干淖尔大草原，我还是经常在梦中回到塔头滩去争当强者……

这种思念贯穿在我一直以来的生活中，但我又注定无法回到故乡去了。我真的无法面对，其实我早就无法面对那里发生的一切。

紧张忙碌的大学生活很快就过去三年半了。在填写毕业去向志愿时，我有意填写留在这个北方城市，不知为什么，明知胡小慧都已经那个样子了，我还是常常想起曾经无比美好的她，我还是不由自主地想离故乡塔头滩近一点儿，尽量近一点儿……我似乎还习惯性地心存着某种幻想。

我还是多梦，但我的梦里暂时没有胡小慧了，也没有祖母了，我一连十几天都在做着关于老姑的梦。梦中，我美丽、智慧、善良的老姑手里好像抱着米黄色的小叶章草，已经没有了恐惧，而是一脸无奈的笑容。

直到大学毕业前夕，我才终于不再把神圣的胡小慧当作择偶对象。在同学们的撮合下，我和中文系的于天慧恋爱了。作为城市靓女，于天慧气质里带着高傲，这很符合我的要求。更主要是，她不仅名字中有个"慧"字，而且长得也有点儿像胡小慧。

毕业在即，一心想当强者的我最急的是在城市里找到一份工作。正在我焦头烂额时，《时代精英谱》编委会的招聘广告贴到校园里来了。

那天学校大礼堂上映学生们盼望已久的美国影片《鸳梦重温》。我还从来没和于天慧一起看过电影呢。当我满不激动地往大礼堂走时，一张巨大的广告映入了我的眼帘：您想当编辑和记者吗？请到市文联《时代精英谱》编委会来！

我在招聘广告前足足驻足了一刻钟，最后下意识地看了一下手表，四点整，离下班还有一个小时。连告诉于天慧一声的时间都没有了，我必须先赶到2路公共汽车，然后再换乘63路……我疯了一样奔跑起来。

仅用了四十几分钟，我就来到编委会报名处，成了编委会当天的最后一个报名者。

回学校时已经六点多，我直接来到了女生宿舍楼。任凭我怎么解释，于天慧都不肯原谅我。

三天后，当我拿到录用通知书时，简直兴奋得要跳了起来。编委会一共就聘用了两个编辑和两个记者，两个编辑中就有我一个！几百个来自各高校的竞争对手，录用率比考上名牌大学都低，甚至比当年入选塔头滩冬猎队都难。我居然被选上了！我第一时间就把好消息告诉了于天慧，她这才原谅了我。

编委会负责人是老关，他热情洋溢地对我们讲："……面对时代的大潮，我们都要努力争当弄潮儿。让我们一起努力，共铸辉煌吧！"

不久我就知道了，表情总是舍我其谁的老关大号叫关大我，虽然四十大几了，但在市文联也就是一名老职员，编委会是他一个人挑头搞的。单位同意老关利用市文联名义搞创收，条件是老关要给单位上交十万块钱。不甘心挣死工资的老关，很想在干番大事业的招牌下发一笔大财。

我也知道了，招聘像我这样的文字编辑不是真正目的，主要是要招聘一些能忽悠来钱的特殊"记者"。尤其要招聘几个既漂亮又有路子的女"记者"。

很快编委会又进行了第二轮和第三轮的招聘工作。老关指派给我的工作就是察言观色，看看前来应聘的人哪位有背景，哪位有路子。

虽然前来应聘的人络绎不绝。但他们当中大多数是男女大学生，谈到是否有能力拉来企业赞助时，就都没有底气了。

面对这种情况，我不知该怎么办，就趁屋里没人时请示老关。"这些人还让他们参加笔试吗？"

老关严肃着表情想了想，很有魄力地说："凡报名者，一律登记，都让他们参加笔试，都收报名费。"

我又问："很多还是刚入学不久的学生，咱们肯定用不上，这些人怎么办？"

老关极老练地笑了一下，说："这事好办，考试后不就全淘汰了吗？"

虽然我很反感老关的做法，但为了不失去这得来不易的工作，我也装出很认真的样子为纷至沓来的应聘者们登记、收费。每从大学生模样的年轻人手里接过十元钱的报名费，我心里都难过一次。十元钱，那可是大学生一周的伙食费啊。

一天，一个和于天慧年龄相仿的女大学生也来应聘，当她小心翼翼地从衣兜儿里掏出两个折叠整齐的五元钞票时，我便动了恻隐之心。我观察到她拿钱的手有些颤抖，又发现她出生地是个很偏远的乡村。我没收女孩的钱，就把她的名字登记在应聘名单上。

那个被我关照的女孩用颤抖的小手收回那十元钱后，脸红得像个苹果，不由得让我想起远在乡村的胡小慧，想起胡小慧那只温软的小手……

那女孩走了好久，我才突然醒悟过来，老关可是要按名单计算报名费的，不收那女孩的钱……我从自己的衣袋里掏出十元钱放到报名费里。

为了更像是那么回事，编委会组织了一次考试。考试题目当然是老关定的，在八点半的时候，他把"生活"两字写在考场的黑板上。

考生们极认真地思考构思着，一些人因第一稿不够工整而重新誊写了一遍。有些人还因作文题目的不确定性而写了多种体裁的作品。应聘者们做梦也不会想到他们绞尽脑汁的文章，字迹尚未干透就被老关指挥我们扔进巨大的垃圾箱里了。

最后，交了报名费的几百名考生全都落选，只有四个吹嘘能拉到企业赞助的社会青年被选中，其中三个是堪称艳丽的城市女青年。老关把这四个人叫到一起，亲自进行培训。整整一个星期，培训才结束。老关信心十足地给他们带上路费，安排他们上路了。

过了一个星期，四位记者回来取了一次钱款，说是得先搞感情投入。老关把账面仅剩下的五千元钱都拿给了四位记者。

一个月过去了，四位记者只寄回一大堆某某厂长的事迹材料或某某经理的彩色工作照，之后就都没了影儿。大学生们的报名费眼看就花光了，老关就一日比一日恼火，嘴上都急出了火泡。

李东明就是在这个时候前来报名的。

那天，李东明给我的印象非常深刻：他身穿一套劣等布料且做工粗糙的新西服，脚上穿着一双最早流行过的回力牌运动鞋，头上端端正正地戴着一顶军帽……一看就是个乡村人。

"对不起了同志，俺想打听一下子，这嘎嗒谁是管事儿的？"他是走进办公室后才敲的门。相同的话他又问了一遍，老关才抬起头："咋的，我！"

李东明很正式地将身体转向老关，幅度很大地行了个鞠躬礼。然后伏在写字台上吞吞吐吐地对老关讲了起来……

就在我以为老关会怒声发作时，老关却"忽"地站了起来。紧紧握住李东明的双手："行！行行行，能拉来企业赞助，太好啦！我现在就宣布，你已正式成为《时代精英谱》编委会的特约记者了！龙飞呀，马上给小李发记者证！"老关说这话时，脸上露出多日不见的笑容。

接着，老关又吩咐我："龙飞呀，中午你就安排小李吃饭吧。费用嘛……还是你签个字，记账吧。"我想说什么，但老关没给我说话的机会。我张了两下嘴，只好把要说的话咽了回去。

两个多月的编委会生活，让我对这里再清楚不过了。工资从哪出都很难说，哪有钱来招待客人啊？一起来的那三个都走了，我之所以还没走，是因为老关多次向我保证，会尽一切努力帮我进市文联。

老关的这一许诺对我来说太重要了，我怎么会轻易丢掉留在这个城市的机会呢？虽然我对老关越来越反感，但也吩咐的事，我不愿意做也得做，还要尽量做得让他满意。

我把李东明领到楼下，硬着头皮走进了那家熟悉的小酒店。心想，这次老板还能让签字吗？好在老板看上去心情不错，并没像以前那样催着结账。

我很客气地让李东明在一个较好的位置坐下来。李东明倒是很实在，让坐哪儿就坐哪儿："俺得管你叫大哥吧？"。

"我叫王龙飞，你叫我王哥就行。我老家也是乡村的，是查干淖尔大草原塔头滩人。"

"王大哥，今天这客儿俺请。俺'嘎'佩服能考上大学的乡村人。"李东明说着从内衣口袋里掏出一叠十元面值的钞票向我挥了挥。"老弟挎兜里有钱，今天想吃啥咱就点啥。"

我说："那哪行，你到这来得我请。"

酒喝得差不多时，李东明突然用非常奇怪的眼神儿盯住我说："王大哥，看你'嘎'实在，又是出身乡村，俺就'嘎'不忍心骗你。"

"你……骗我？"我不知李东明话从何来。我终于认真地盯住了他的脸，发现他哪里长得有些像儿时的胡二宝子，左侧嘴角上方也有一颗小痣。

"王大哥，俺还是把实底儿交给你吧，俺哪来当厂长的二大爷呀！俺就是'嘎'想整个记者证。在俺们那嘎嗒，这玩意'嘎'管用，关键时候拿出来晃一晃，连镇长都害怕。"

我突然被李东明这番话说得不知该怎么办好，也不再想他像不像儿时的老胡二宝子了。就在李东明很投入地稀罕着他的记者证时，我也木鸡一样定格了好久……

"王大哥，俺都跑十多家新闻单位了，他们连屋都没让我进哪。相比之下就你们管事儿的办事痛快，说给就给。"

李东明看完记者证重新揣好，又拿起酒瓶往杯里续酒。

我麻木了一阵儿之后，仍然不知该对李东明说什么，我回避着李东明毫无遮拦的目光，只好一口接一口地喝酒。

李东明不知又叫了多少个"王大哥"后，终于在酒瓶连摇带晃也不再有酒滴出时和我话别了："王大哥，俺今儿个'嘎'高兴，你这人真是没比的了，赶明儿个到俺们镇，俺们还得接着喝……"

我被一双有力的糙手握住了，然后那糙双手千恩万谢地圆满颤动……我知道那是一双乡镇子弟的手，就是这双手把盖有《时代精英谱》编委会钢印的记者证揣走了，要揣到遥远的乡镇去了……

在我午夜的梦中，多了一个乡镇灰色男孩。灰色男孩早已远离了母亲，他徘徊在浩瀚的城市边缘，不时地将唾液吐向城市。之后，灰色男孩顽皮地冲着满是星星的天空笑了一次。接着，他一边跑一边喊唱起古老的童谣：小皮球，驾脚踢，马莲开花二十一——……

不久后的一个星期天，老关不知从什么地方打听到了李东明的底细。他在办公室里气得满地转圈儿，最后把烟头儿狠狠拧灭在烟灰缸里，咬牙切齿地说："等再碰着姓李那个乡镇佬，我非捶扁他不可！"

老关骂完李东明，长叹了一口气，坐在沙发里又点上一支烟，对我说："你先回去吧，下午放假休息，这些天大家都累够呛。"

没想到的是，我再也不能去编委会上班了。门卫拦住了我，说编委会黄了，说老关还欠市文联十万块钱没给呢，已经夹包走人了。

我呆呆地站在大门口想，《时代精英谱》其实还不如旁边那个小酒馆的菜谱靠谱呢。

第四十二章　貌似转机

又是几番周折，我总算拿到了市考古所的接收函。同学们都羡慕地说："王龙飞真是好事连连啊！不仅有了漂亮对象，还找到了更好的工作。"

在同学眼中，我是个幸福的人。可于天慧的家人并不待见我，生活的重压下，她母亲的目光好像也缩到了极致，她曾经当着我的面说过："一个乡下人，要啥没啥，可真是上无片瓦，下无立锥之地啊。"

她母亲从来没有想听我说话的意思，我没有机会说我会好起来的，也没有机会和她解释生活还有诗和远方。

去考古所报到那天，一个老干部式的同志接待的我，他就是这里的一把手——盖所长。

"你叫王龙飞？多好的名字呀。咱们单位是个事业单位，在完成工作任务的情况下，也可以发展自己的特长。听说你还喜欢搞点儿文学创作？年轻人嘛，爱好广泛点儿是好事儿，哈哈哈……"盖所长谈笑风生,像唠家常一样就把单位的规章制度向我公布完了。

"不过,干考古工作可不同于文学创作,文学创作可以胡编滥造,考古工作可来不得半点儿虚假。"

说着,盖所长搬出一本厚得惊人的卷本。"这是去年的考古研究报告总汇,你先看着,看完再看前年的,一直到二十几年前的,这里都有。"

"小王呀,有点儿多,工作时间看不完你也可以带回家去看。你家离单位远不?"

"呃……不远,不远。"我几乎被盖所长最后那一句给问蒙了。我哪有家呀,当初就是为了能让这个事业单位接收,才不得不谎说自己有房子,而实际,这些天一直在同学们中间寄居着呢。

"不远就好,你先看着吧。"

后来我才知道,除了我和几个后勤人员,考古所其他同事年龄都在四十岁以上。我是这里最年轻、最没资历、也最没水平的。考古所要我来,就是因为这里缺一个抄抄写写,收发跑腿儿的人。

不过,在我还不知道这些时,过得还很愉快。我还在心中暗想呢:等我混出个样子来的,一定带着于天慧回大草原去看看,王家后代当上城里的文化干部,已经今非昔比了……

一个初冬的下午,我接到于天慧的电话。她在电话里兴冲冲地说:"王龙飞,房子我给你租到手了,一个月才一百块钱,多便宜呀!"

我的工资只有三百几十块钱,每个月拿出一百块房租,再给母亲寄去一百块,剩下的一百几十块只够买饭票,理发和洗澡都难了。

"明天就能搬家,我把车都给借好了。对了,今晚咱俩看电影去,美国片《魂断蓝桥》。五点半,老地方见!"于天慧的声音春风一样来,又春风一样去了。

看不看《魂断蓝桥》倒无所谓，我最高兴的是租到了房子。这回我就不用到处寄居了，和于天慧也有幽会的地方了……

从电影院出来后，于天慧一度很沉默。我想，她肯定是被电影中女主角的不幸遭遇感染了。我和她手拉着手走在城市凛冽的风中，像在寻找着一个家，尽管寒风时刻在告诉着我，你根本就没有什么家……

"你今天晚上到哪住去？"走到于天慧家门口时她问我。

"再说吧，你快上楼吧。"我有些伤感。

"明天搬家就好了。"于天慧边上楼边说。

想起于天慧她妈一直因为我条件不好而别着我们的事，我心烦意乱。

这天也许是上帝精心安排的，几个同学处正巧都没有空床了。我就把赌注压到开发公司的老牛那里。老牛的集体宿舍放着四张床，通常只有他一个人。

巧的是，老牛的对象刚好从家乡来了。我叫门时，两个人正亲得火热。

已经是夜里十一点钟，我无处可去，只好在大街上漫无目的地转悠着。走过几条繁华的街道，甚至都没发现放通宵电影的电影院。

北风刺透了我不太厚实的棉衣。我到哪去呢？总不能站在大街上吧。顶着北风，呼着白气，我朝火车站走去。

白天的火车站是个喧嚣热闹的地方，而半夜的火车站却是另一种景象。候车室里挤满了无家可归者或暂时无家可归者。我已冻得双脚生疼，只好挤到一个长条椅子上去。

不知什么时候，我注视到从对面坐席底下伸出的一双脚。那是一个衣衫褴褛的中年男人的脚，一双磨得发光的翻毛皮鞋套在脚上，坐席底下，是那个中年男人乱糟糟的头发和油腻腻的袖口……

其实，我和这个人一样狼狈，只是这个人活得更真实。而我不过是把衣服洗干净，把皮鞋擦亮……以另一种方式掩盖了自己的真实。我再也无法坐下去了，我无法控制地沉浸在塔头滩的苦难回忆之中……

第二天搬家时，从头到尾我都处于一种半麻木状态。我丝毫没有想象中的那份温馨和快乐，反倒对生活更加恐慌和无望。我尽量掩饰着自己消沉的情绪，尽量不让兴致勃勃的于天慧看出什么。

也许因为喝了啤酒，搬家后的于天慧表现出了少有的柔情。可是当我借着酒劲想跨越雷池时，被于天慧果断地推开了。"早就跟你说了，没有房子前我是不会嫁给你的。"

我压在内心深处的无名火在那一瞬间被点燃了："我一米八的个头，要才华有才华，要长相有长相，我哪里配不上你啊？"

于天慧也火了："你哪好哇？难道你不是上无片瓦，下无立锥之地吗……"

于天慧的话更激起了我的怒火："对，你说得对！，我要啥没啥，一无所有！你趁早去找个有钱的主儿吧！"

我知道自己在面子、尊严这个问题上极其敏感，有着苦难深重塔头滩生活的我在这个问题上经不住半点风吹草动。

于天慧冷冷地望着我。好半天，她猛转身很决绝地走了。

我茫然地望着于天慧渐远的背影，真想屈尊喊她回来，可我是塔头滩上长大的男人，我的胸口像给什么东西堵住了，怎么也喊不出声来。

我和于天慧真的分手了。

不知从什么时候起，我才接受了爱情突然泯灭这一现实。从前的大街小巷、从前的绿水红船、从前的林荫踏青、从前的风来雨去……也只能在记忆中化为平静的画面了。只有那本红皮日记本总不死心，常在午夜时分固执地怂恿我梦想破镜重圆。

不久,我就听说于天慧找了一个既有钱又有才的主儿。我有相当长一段时间心里极不是滋味……

没过半年,我就搬出了于天慧为我租的那个小房。

那天是星期五,天气很冷。早晨一上班,盖所长就把我叫到跟前:"小王啊,怎么不实事求是呢?每个月租房子还能吃饱饭吗?"盖所长接着又说,"这么的,你先搬到单位集体宿舍来。先住进去,以后再说。"

正是我为难之时,盖所长的举动,让我顿生无限感激和崇敬。

晚上,盖所长来看望我,我满怀感动地说:"太感谢盖所长您了,太感谢了。"

盖所长临走时从提包里掏出厚厚一沓文稿,说:"小王呀,反正你晚上也没啥事儿,你就替我把这些稿子誊写一遍吧,出版社要给我出本书。"面对三十多万字的稿纸,我的心一下子从火热降到了冰点。

从此,我和单位开面包的小林子过起了集体宿舍生活。说是集体宿舍,其实就是能放两张单人床的小房间。我除了和小林子有一搭没一搭地逗几句之外,就是给盖所长抄稿子。

小林子除了开班车,主要任务就是谈恋爱。他为了找到一个处女,不停地更换着女朋友。有一回,小林子与一个女的在宿舍里很露骨地打情骂俏,见我并没有出去走走的意思,就说:"还历史系高才生呢,咋这么没眼力见儿了呢?"

我正为给盖所长誊稿子而心烦,就回了一句:"一看就不是什么好东西,还纠缠啥?"

小林子的脸立马变形了:"姓王的,你他妈怎么说话呢?"

我将手中的笔摔在桌子上:"这是考古所的集体宿舍,不是窑子窝！"

　　伴随着一个女人略显夸张的惊叫，两个底层男人为了各自的尊严厮打在了一起……

　　直到连骂人的力气都没有了，战斗停了下来。

　　我抹着鼻子上残留的血迹，想着自己有限的工资和卑微的处境，心中发狠道："一定要早日离开这个烂窝，一定！"

　　很快，我就在盖所长的默许下搬到办公室来住了。

　　时间一天天过去，天气越来越暖和，可我的心情依然停留在冬季里。我好像什么也没干一天就过去了，好像一篇文章也没写时间就过去了。我像能听到时间流水一样的声音，而我无力留住其中的一滴。

第四十三章　不想再见

　　我是在和于天慧分手之后又意外遇上李东明的。一天中午，我正在楼下转悠，手突然被握住了："王哥，还记得哥们儿不？"

　　眼前的青年，西装革履，时髦的头发上还打了摩丝。好半天我才认出来，竟然是李东明！

　　李东明不再说"俺"，也不再说"嘎"，"王哥"中间也省略了"大"。很明显，李东明变了，变得洋气了。

　　见到我就像见到了亲人，李东明一直拉着我的手不停地倾诉着："回家没待多久，我就杀回来了，这两年一直在城里漂着了。"

　　"你行啊！还找到工作了？"我问。

　　"相当于吧。我现在靠给报社拉广告、赚回扣过日子，收入还算马马虎虎。走，进去边喝边唠！"李东明说着就把我拉进路边的一个小酒馆。

　　三杯酒下肚，李东明说了更掏心窝子的话："王哥，哥们儿和你不一样，虽说哥们儿也弄个大学文凭，但那是假的。虽然哥们儿对外号称报社广告部副经理，但那是诳人的虚职。"李东明虽然多了些圆滑，但跟我说话依旧实在。

从那以后，李东明常给我打电话。或去狗肉馆喝点小酒，或陪他去哪儿拉拉赞助……

不管哪次，喝酒都是李东明买单。有时，我也争着买，可李东明一个手势就把我给制止住了："王哥就别逞强了，哥们儿跑一天够你挣半年的。"

每到这个时候，我总像受到一种嘲讽。自己毕竟是有正式单位的人，怎么总蹭一个无业游民的酒喝呢？

为了面子，我决心咬牙潇洒一次，趁着刚开资，就提出去"海鲜楼"。

结账时，李东明被我的举动弄愣了，我已经把三百块钱押到吧台了。

他掏出三百块钱，执意要塞给我。撕巴半天，我总算买了一回二百八十多块钱的大单。

回来时我又第一次自主坐上了出租车。心想，李东明能用出租车把我拉来，我就不能自己坐回去吗？

可现实还是给了我一次热辣辣的嘲弄——到单位楼下，打车费十五块，我翻遍所有衣袋才凑出十二块钱。司机最后用可怜的口吻说："实在没钱，就算啦……"

我忘了是怎样离开那辆出租车的，只记着冥冥之中，好像有人在戏谑着我："你也可以辞职下海呀，谁拉着你啦？"

我被激得不知如何爆发愤怒：去你妈的吧！我能舍弃得来不易的工作吗？这可是我从成千上万个竞争者中夺来的啊？拼死拼活地挤进

了这个城市，挤进了这个有铁饭碗的事业单位……现在让我抛弃这一切？我办不到！

我狂喊着，过了好久，才冷静下来。冷静下来的我不得不承认，我真的坐不起出租车。我真的无法潇洒，这个城市根本不允许我这种人潇洒。

以后，我和李东明又接触过几次。最后那次，他说正准备结婚，他说他要花上十万块钱好好办个婚礼。

"王哥，只是有一件事得给哥们儿保密，别向任何人透露哥们儿那文凭是买来的。"

"哪能拆哥们儿台呢？你把哥们儿当啥了？"我也学会了频繁使用"哥们儿"。

李东明走后，我独自在办公室转着。提醒自己，我应该干点什么，又什么也不想干。

星期天是我最想逃避的日子。人们都回到各自的家去了，空荡荡的办公楼里只剩下我一个人。所有的时间就都属于我了，这使我时常进入一种焦虑状态。

我怎么也找不到发泄的对象，静静地坐在窗前。太阳光从外面射进来，干巴巴地烘烤着我的烦躁。我又从箱子底把破马头琴翻了出来，拉出的全是忧伤，马头琴又被我扔在了一边……

实在想不出干啥，就一个一个地回忆起家乡草原上的小伙伴们——胡小慧、胡大宝子、胡二宝子、季大鼻涕、赵三尿子、刁四虎子、小老疙瘩……

可他们都太远了，我又一次强烈地想起了于天慧。我真有些后悔，一阵阵冲动地想去把她找回来。又一遍遍地制止住自己：于天慧不是已经有新恋人了吗？

办公室的电话响起来。

"哥们儿忙啥呢？"是李东明。

"没忙啥，有啥事？说。"

"是这么个事儿，怕夜长梦多，哥们儿就定下来了，下周日办事儿。"

星期天上午，没到九点，我就来到北国大酒店门口。

那里已经站了很多人。几个记者模样的年轻人正在选位置架设摄像机；还有一些手持礼包的厂长经理一样的中年人，各个仪表不凡；九点整人群哗然，接着，响起了惊天动地的鞭炮声。转眼间，一辆崭新的红色豪华奔驰车做了个大回转，戛然停在北国大酒店正门前：李东明身着笔挺的高级西服走出来，风度翩翩地来到车门的另一侧，很绅士地打开车门，扶出全身透红的新娘。新娘确实不错，体态优美，举止高雅。李东明能娶上这么好的媳妇？我不禁心中暗叹。瞬间，那些摄像和拍照的记者们蜂拥而上……我只能通过不断攒动的人群缝隙瞄到两位新人的身影。

新娘的一次转身，习惯性地用手理一头长发那一瞬，使我顿时惊呆了。怎么能是于天慧呢？我又仔细辨认了一眼，千真万确！连眉际间那颗小痣还在！

于天慧啊于天慧，你谈恋爱找男朋友我无权干涉，可你结婚之前也应该多了解一下对方啊？你最起码也应该属于这个城市里的强者呀？！

在于天慧还羞涩于人群祝福的目光，来不及辨认周围人的面孔时，我匆匆地逃离了婚礼现场，就像逃离一场正在发生的天塌地陷。

之后的很长一段时间，我一听到此起彼伏的鞭炮声，就立刻感到又有一个漂亮的城市姑娘被假象玷污了……

李东明好像没再给我打过电话，或者是打过，我没接？我记不清了。我只知道自己早已下过了决心，绝不再见李东明。

　　我又一次看清了自己的城市弱民形象，其实我一直赤身裸体行走在城市的风雨中。美其名曰名牌大学毕业的精英，本以为自己就要跻身这个城市的强者行列了。可是我想错了，我没有钱、没有权、没有房子，连曾经喜欢自己的女人都远去了，而她宁愿选择一个不学无术的社会混子……

　　每到不如意的时候，我就痛苦地回想起我那遥远的塔头滩。虽然是老叔的粗暴行为导致了家族的逃亡，虽然二叔也不光彩地为了爱情殉葬，但我一点儿也不恨他们。我总是痛恨父亲，一直觉得是他的无能无为导致了那一代人的沉沦。每每想到这些，我就愈发不能原谅父亲，也就愈发不想再见到他……

　　我几乎夜夜无眠，每次都是天快亮时才迷迷糊糊睡了一会儿。就在我短暂的小睡中还做了个梦。我有生以来第三次梦见了我亲爱的祖母。祖母和第一次、第二次的梦中一样，并没有说话，不同的是，她这次没有盯着我看，她一直用手指向远方，她一眼都没有看我，而是看着手指的方向……我想，这是祖母又托梦给我了，分明是在提醒我，让我把目光放远一点。

第四十四章　我是一只小小鸟

祖母不是在梦中指向远方了吗？那就往远处想想吧。常言说，树挪死，人挪活，现在这个单位实在死气沉沉，要不换换单位试试？我劝说自己还是从痛苦中走出来吧。

为了找到更好的工作，我就经常去市人才交流中心碰运气。招牌林立的人才交流中心里每天虽然一派热闹景象，但条件好些的用人单位都是百般挑剔。

奔波了两个多月还毫无结果。就在我绝望的时候，却意外地来到了某厅机关。

经商热浪此起彼伏，机关里正流行一套嗑儿："龙入海，虎登山，啥也不是坐机关。"我在考古所认识的一个马大哥就是入海的龙。

我碰上马大哥那天下午，他肯定是刚刚喝过一顿大酒。一向盛气凌人的他对我出奇地热情起来。听我说正急着要换个单位，就表现出什么都不在话下的架势。"你不就是想进某厅机关吗？没问题，一点

371

儿问题都没有！"说着就打了个电话。

时间不长，感觉就像做梦似的，我果然就接到某厅人事处的报到通知。

我报到的第三天，马大哥才像突然间醒过酒来，几次打电话盘问我进某厅机关的事。

我也正想着去感谢马大哥呢，就倾囊而出，用尽自己所有给马大哥买了两瓶五粮液和两条软中华。没承想马大哥却阴阳怪气地说："王龙飞呀王龙飞，你小子就用这点东西打发我呀？"

这已经是我的全部了，就发自内心地说："马大哥，等日后有条件了，我一定还会重谢。"

"滚！能滚多远滚多远，以后不要让我再看见你！"马大哥大声咆哮着。

那天，我是狼狈不堪地逃回来的。后来我才想明白，由事业单位职员变成机关公务员，这是多大的事啊，那点小礼也确实是太少了……

离开市考古所那天，大家都像没事人一样，对我视而不见，唯独小林子，竟然送给我一套市面上难得一见的仿古书。"真是不打不成交啊，老弟希望王哥一路高升……"

和小林子挥手告别时，我的鼻子有些酸，竟有点儿想哭的感觉。

那是个阳光灿烂的上午，我怀着鸟枪换炮的美好心情走进了某厅机关大院。门口还站着一个威风凛凛的门警，时不时就有小轿车从身边经过……我站在门口憧憬了好半天，感觉阳光是那么的明媚。从政了，用不了多久我就能混上个一官半职，就可以把母亲接过来了……

我所在的综合二处一共五个人，处长温立群，副处长朱宏伟，主任科员大孙，副主任科员秦丽丽，我是科员。除了两位处长，干具体活儿的只有三个人。说实话，别人我没大注意，我印象最深的就是年轻漂亮的秦丽丽。心中暗想，看来真是人挪活呀，连这么好看的女孩子都能碰上啊！这是不是天意呢？

随着时间的推移，我才对身边人了解了一些。

五十大多的温处长已经眼看着船到码头、车到站了，每天过着养尊处优的儒雅生活。

四十出头的朱副处长，预想自己正经还会有那么两、三步，综合二处的大事小情就都积极主动地张罗。

大孙叫孙战胜，是部队转业过来的。除了爱喝大酒，还很会说话。一见面，就拍着我的肩膀说："我叫孙战胜，孙悟空的孙，战无不胜的战，战无不胜的胜。以后有事就找孙哥，绝对好使……"

秦丽丽是两年前从一个专科学校毕业来到某厅机关的。虽然比我早来两年，但是比我还小三岁呢。由于我对秦丽丽心怀好感，对她的事也就处处留意。

聪明的大孙很快就发现了我对秦丽丽的意思，话里话外敲打着我："龙飞老弟，别看走眼喽，以后她能让你给提鞋就不错了。"

秦丽丽是按打字员招进来的，调到综合二处不久，由打字员变成了秦秘书。秦秘书虽打字飞快，却不知打些什么。朱副处长以示重视，就陪着加班，还经常买一些小食品送给加班的秦丽丽。

那时，社会上正流行着交际舞。朱副处长喜欢跳交际舞，秦丽丽就经常陪朱副处长去跳舞。朱副处长就推荐秦丽丽去了党校培训班，并顺利地成为一名预备党员。

我心里很是想不通，秦丽丽这么漂亮的女人真会不喜欢我而喜欢有家有业的朱宏伟吗？

入职的第一个中秋节，处里搞了一次酒会，综合一处，综合二处的人都聚在了一起。秦丽丽像飞燕一样穿梭在男人之间，单独和我碰杯的时候,还含情脉脉的送来了一个眼神。我的心又一次加快了频率。

结束时,朱宏伟明知道大孙和我都是骑自行车来的,还是假惺惺地问,打出租车送你们回家啊?

大孙和我都连说不用,秦丽丽嗲声嗲气地喊:"朱处长,我可让送,我可让送。"

朱宏伟就顺理成章地和秦丽丽一起坐上了一辆红色的出租车……

有些喝多了的大孙拉住我,借着酒劲儿说:"要想提升,上边得有人,明白不?"

回来的路是上坡,又是顶风,我蹬车非常费劲,又想起了大孙说的这句话,心里五味杂陈……

一晃,我来某厅后的第一个新年就到了。厅机关一年一度的新年联欢会上,每个人都争先恐后地上台表演,似乎都想在领导和众人面前展示不一样的自己。

秦丽丽又一次展示了她的动人风采,在灯光暗下来的时候,还主动拥在我的怀里情意绵绵地跳了一曲慢四。这让我心旌摇曳,也使我彻底沉浸在过新年的气氛中。以前过的很多新年都没有这种幸福的感觉了,我就像回到了童年的塔头滩,看到了可爱的胡小慧。

因为元旦一过就有个全厅工作会议,几位厅长、副厅长都要到会并且都要发表重要讲话,任务就提前落下来了。

大孙写稿子本来就不行,秦丽丽参加完联欢会就请假到外地探亲。怎么办?我骨子里本来就有塔头滩人不服输的劲头,借着酒兴,再加上也是想为秦丽丽分担任务,就主动请缨,把本来需要三个人干的活儿都接了下来。

我还是头一次同时给三位厅领导写讲话稿呢。不写不知道,一写吓一跳。即使在说同一件事上,他们的说法也不能重复。一把厅长的讲话一定要比副厅长显得更有水平，而副厅长的讲话也不能没有水平啊……更难的是两个副厅长，同样的意思又不能用相同的语言，讲话水平还得不表现出明显差距，我也是绞尽了脑汁。

就这样，新年的三天假日我都是在办公室里度过的。与其说是我充分发挥了自己出色的专业能力，不如说是我彻底施展了塔头滩人顽强的战斗精神。我引经据典，谈古论今，总算如期地把三个讲话稿保质保量地完成了。

这是我有生以来第一次，三天写了三个不同角度、不同风格的讲话稿。稿子交上去之后，我在厅里也着实风光了一把。"王龙飞有水平"的呼声渐起，秦丽丽对我也多了些亲近。

但我真不知道，一切不过都是假象和错觉。我即没有因为出色的专业能力而得到重用，也没有因为真挚的朝思暮想而拥有爱情。

四个月后，综合二处要去旅游。秦丽丽高兴得像小孩子过儿童节似的，手舞足蹈、连蹦带跳的。

大家爬了一上午山，加上天又热，中午就都睡着了。我因为啤酒喝得多，睡了一会儿就被尿憋醒。就在自己爽爽地发出唰唰声的同时，我似乎还听到另一种声音，"唔唔唔"的，是一种什么鸟吗？小时候在塔头滩上见过那么多鸟，也没听过这样叫唤的啊？我有些好奇，提好裤子循声往树丛里走去。刚走进树丛没几步，就看到了两个正处在巅峰状态下的男女，他们竟然是朱宏伟和秦丽丽！我目瞪口呆地定格在那里，看到那个白花花的肉臀正搏斗着两条有些夸张的长腿。"唔唔唔"声就是从秦丽丽那被压迫变形的嘴里发出来的……

我想起了塔头滩上老叔和老胡三凤子那一幕，当年老叔那古铜色的屁股并不丑陋啊！而眼前这个大白臀却白腻得让人恶心！

我真想冲上去狠狠踹上几脚，可理智还是告诉我，走开，走开，这里不关你的事。我的心彻底凉透了，不再对秦丽丽抱有任何幻想。城市美女秦丽丽宁肯给大腹便便的朱宏伟当小三儿，也不肯和一身健美肌肉的王龙飞假装谈一场名正言顺的恋爱！我再一次想起了我家族遗落在塔头滩上那一长串的弱民形象……

痛苦和沮丧又一次爬满了我的心头。这时我才认识到，我低估了人与人之间相亲相爱的非理性，简化了人与人之间奇情畸恋的可能性。之前，我只看见了衣冠楚楚的同事，没看见赤身裸体的男女。我的心里又发生了一次更加强烈天塌地陷……

回来后不久，秦丽丽就当上了主任科员。

可我万万没想到后边的剧情又发生了突变。当上主任科员的秦丽丽和朱宏伟不但没有越走越近，反倒一天比一天疏远了。

更加不可思议的是——秦丽丽竟然在朱宏伟可怜巴巴的目光下成了张副厅长的情人。

张副厅长来处里的次数多了，虽然看上去每次都很随意，秦丽丽却表现得很郑重。她一边娇滴滴地和张副厅长说话，一边在小本子上记着什么。

秦丽丽总能超水平地发挥着自己，她很有礼貌地站成人们印象里风中的小树，腰肢恰当地扭动着，声音温柔，面颊红润，一双杏眼亮出水分，不时甜笑两声。

哪个男人不喜欢这么姣好的女子呢？就是在塔头滩，这么漂亮的女人也会终属强者的。朱宏伟是强者吗？张副厅长是强者吗？我呢？我的思绪再一次翻腾起来。

秦丽丽从心里到身体的远离，让朱宏伟固然心痛，但更让朱宏伟心痛的是他害怕得罪张副厅长，害怕以后的秦丽丽。

不久，秦丽丽从综合二处调到综合一处。一处的高处长马上就要退了，副处长老姜顶上去基本定格。秦丽丽这个时候到综合一处，难道是为了副处长？我不得不重新审视这个漂亮的小女子，说不准哪天她又会调回综合二处，正儿八经地当起我的顶头上司呢……

我陷入到新的迷惘和绝望之中。机关里的人后台一个比一个大，关系一个比一个硬，没后台、没关系的我在这里就像一个无名的另类。就连收发室的老翟也好像不认识我一样。

三十二岁了，我还在单身，还在我童年就在塔头滩形成的爱情观里。好汉娶好妻，美女嫁英雄。在眼下这个城市里，我似乎仍然在寻找着胡小慧式的女子。

我还是习惯性地想起胡小慧。每当这时，就把马头琴拿出来拉上一阵。还是想，我就再和石头通一通电话。但石头并不知道我的心思，他很少提胡小慧，也不提季大鼻涕，只是说季春红长得挺好看，但见了生人就容易发疯，越来越不让人省心了……

又是一年的年底，刘厅长再有两个月就退休了。这件事越来越成为某厅最敏感的话题。

机关最大的事情莫过于人事调动，每动一个人，就意味着有一连串的位子要动。张副厅长会成为张厅长，哪位处长能荣升为副厅长？哪个副处长能幸运地当上处长？谁又能当上副处长？这是一个极其复杂的系统工程，厅里的每个人都是这个系统工程中的一个元素。

二处副处长朱宏伟是刘厅长的人，这是厅里人人皆知的事情。张副厅长上任后他会不会被洗牌？朱宏伟显然比任何人都关心这一点。

实际，自从张副厅长来到某厅那天起，朱宏伟就找各种机会向张副厅长靠近，只是张副厅长始终对他不冷不热。再加上又有了秦丽丽的因素。表面上，朱宏伟静静地坐在办公室里，实际心飞到哪里就说不准了。

也许由于要退了的缘故，刘厅长最近一段时间很少走出自己的办公室。偶尔出现在楼道里或电梯上的身影也像换了个人。

开会时，刘厅长仍坐在正中间，但不再是精神矍铄。会场里，张副厅长的声音从麦克风里传出来，重重地撞到四周墙上，弹回来再涌进大家的耳朵里，显得底气十足。

如果这个时候张副厅长仍像以前一样，表现出对老厅长的尊重，大家也就相安无事了。可张副厅长太忙了，就没顾上刘厅长情绪的变化。这让老厅长暗淡下来的目光里迸发出一丝坚定。刘厅长表示坚决不推张副厅长接任。

张副厅长万没想到刘厅长来了这么一手，厅里的空气顿时紧张起来。一场博弈在厅内外展开。但最后，张副厅长还是顺利地当上厅长，而刘厅长灰溜溜地离开了。

张厅长上台后宣布的第一件事，竟然是任命朱宏伟当综合一处处长，这在厅里引起一番巨大震动。大家对张厅长的认识都上升了不止一个高度，胸襟博大啊。

半个月后我才得知，刘厅长在麻将桌上把一个扩建工程包给一个麻友，给市政府造成三百多万元的直接经济损失；而这个只有刘厅长几个心腹才知道的事，竟然变成张副厅长反败为胜的炸弹。

秦丽丽调回了综合二处，担任副处长主持工作，大孙被提拔为副调研员……其他一干人员也都以亲疏远近为界有了变动，当然这一切都与我无关了。

这一系列的宫廷内斗，让我更清晰地认识到，一心想成为强者的王龙飞，在官海里就是个旱鸭子，甚至连只旱鸭子也不是，充其量也就是一只小鸡崽儿。

转眼间就到了我来某厅的第五个年头。愈加靓丽的秦丽丽，年富力强的朱宏伟都已成为副厅长的热门人选了，而三十三岁的我获得的只是一个副主任科员。

在我以为自己终于适应了夹着尾巴做人、弓着腰身做事、小心翼翼地说每一句话的时候，残酷的现实却一次次把我打回原形。我总是不由自主地怀念草原，想念与自己青梅竹马的胡小慧。设想着如果当初不离开草原该多好啊！我再次抱怨起鲁莽的老叔，痛恨起无能的父亲……

然而我又同样不能确定，如果当初没有逃亡，我的处境就真的会好吗？我真的就能在十八岁之后如愿以偿地当上草原的强者吗？如果真能那样，我就能左右得了草原吗？老姑描述的那些就不会发生了吗？可是草原已今非昔比——草原不断沙化，蒿草少了，狼群散了，人群里不再有核心，小女神一样的胡小慧已经委身给了季大鼻涕……

面对着诸多没有答案的问题，我习惯了喝酒，习惯了梦里的大草原，习惯了梦里的胡小慧……十七年了，当初赤手空拳来到城市的我，依然只能两手空空地在城市午夜的风中无助地呼喊……

午夜街头，城市的冷风还在提醒我不过是个外乡人。我把拳头挥向空中，连空气都在用不屑的口吻告诉我，我根本就不是这群城市人的对手。我终于彻底绝望了。本以为在机关混好可以荣归故里，可这只是我的一厢情愿。那一刻我决定，放弃这个很多人为之眼红的铁饭碗，一定要以辞职的方式告别某厅。

马路对面的商店里正播放着那首老歌——《我是一只小小鸟》。我最后看了一眼站在大楼门口的武警，他们依然站得笔直而庄严，身边依然时不时有小车驶过，只是小车都更加耀眼。而我就像这座大楼里的尘埃，五年前飘进来，五年后飘出去，来去无声。机关大楼里一切如常，人们各个煞有介事、行色匆匆……我又下意识地摸了摸自己的鼻子，鼻子有些酸疼，但，没有了要哭的感觉。

第四十五章 火印

　　就在我又一次走投无路的时候，母亲很意外地打来了电话。母亲在电话中说："……你爸现在已经行了，当初的六合保健药品公司已经发展成了现在的王氏药业集团。你爸现在是董事长兼总经理。我知道你和你父亲水火不容……他现在也老了，一些事情就别和他计较了，商场如战场，你爸现在最急需的就是能信得过的自家人啊……"母亲让我记下王耀祖的地址和电话，最后又说，"我是想，你毕竟是他的儿子，他也是五十多岁的人了，有机会的话就过来看看他吧。"

　　当天晚上，我第四次梦见了祖母，她依旧没有说话，只是爱怜地看着我。但我觉得她好像在重复着母亲电话中最后那几句话。

　　我是怀着一种极其复杂的心情来到王耀祖所在的南方城市的。我有些不相信母亲在电话中说的关于王耀祖发迹的事，我似乎想看看当年被查干淖尔淘汰了的父亲到底出息个什么样子，或者说我是给托梦的祖母一个面子。

我按照母亲提供的地址，确实很容易地就在南方都市里找到了王氏药业集团。可要求见董事长王耀祖，却费了许许多多的周折。我没说我和王耀祖是什么关系，也没报自己的真实姓名，因为从童年起我就讨厌王耀祖，再加上又已经八年没有来往，父亲这个概念就更加淡化了。经过层层盘查，又等了好久，我才被指引到董事长办公室。

王耀祖见到我时愣住了，他似乎一下子就认出了眼前站着的是自己日夜思念着的儿子。激动得半天才说出话来："龙飞子！是你来了？"

我觉得王耀祖并没有自己想象的那么苍老，远远不像是一个已经五十五岁的人。他似乎比八年前还年轻了，面孔也不是八年前那么灰秃秃的了。但我还是在简单地问候之后就非常郑重地向父亲声明了："董事长先生，我叫王龙飞，目前无业，和所有前来贵集团应聘的人一样，如果您认为我合适的话，我可以暂时做您的雇员，我不想得到除此之外的任何关照。"

从王耀祖的表情上看，似乎在强忍着巨大的侮辱。如果换了别人和他这个态度讲话，他肯定要给他一记重重的耳光，然后轰出董事长办公室。可眼前站着的毕竟是自己多年没见面的儿子，王耀祖忍了忍，还是平静地答应了。从这一点上看，王耀祖似乎还没有完全忘记查干淖尔大草原男人的做人准则。

真的，我做梦也没有想到我今生还有机会这样心平气和地来见王耀祖，更没想到自己最终会成为王耀祖的雇员。但我从第一天起就已经向王耀祖表明了态度，我绝不会接受来自他的任何照顾，我要和其他普通员工一样，用自己真实的血汗换取应得的报酬。上班时间和公开场合我都叫他董事长。

就这样，我和王耀祖建立起了极其特殊的同事关系。

我越是这样认为，就越是要保持我固有的倔强和清高。我从公司最底层做起，开始了艰难的打工生活。我拼命地为王氏药业集团效劳，绝不是想把王耀祖的药业集团弄得更好，而是要在王耀祖面前表现出我的人格。我和身为董事长兼总经理的王耀祖也没有更多的联络与沟通，我只是竭尽全力地工作着，完全是正常的员工和老板之间的关系。好在王耀祖的王氏集团多多少少延续了塔头滩上的公正竞争风骨，我才不至于被过早地炒成鱿鱼⋯⋯

　　日子久了，我耳濡目染王耀祖的衣食住行，和南国都市里蚂蚁一样的忙碌众生相比，王耀祖确实像头强悍的雄狮。我不得不渐渐承认王耀祖果然今非昔比了。但在心理上，我还是很难把王耀祖纳入真正的强者之列。

　　也许是我太想证明我的王氏家族了，虽然我一向并不看好王耀祖，但我还是希望王耀祖能为王氏家族争点儿面子，争点儿荣光。加上眼前的王氏药业集团确实已经形成了一定的规模，而且还有很大的发展潜力。无论从哪个角度看，王耀祖确实已经是这个南方城市里的强者了。所以，我就常常有一个强烈愿望，想让王耀祖趁着眼下的辉煌回故乡草原走上一趟。一来可以证明一下王氏家族的能力，二来也可以去祭奠一下多年未曾祭奠的祖先。其实，我内心深处更想看看胡小慧，但我不能明说⋯⋯

　　我多次表达了我的态度，开始是暗示，后来又明说。可不论我怎么建议，王耀祖就是一直摇着头，坚决不肯回去。

　　历史造成的我和王耀祖的这种特殊关系，让我这一切又不好深说。我常在背后或者是侧面默默地注视和观察着王耀祖，得出我最终的结论：王耀祖仍然还是个懦夫！我时常想：王耀祖啊，王耀祖，你这个大草原的弱民，你这个塔头滩的弃儿，有谁还能比你更差劲呢？等我有了资本的,我一定会荣归故里,我一定会回去证明一下,王氏家族的后人不都是狗熊,还有行的!

我为了那一天早日到来,不遗余力地苦干着,有时,我自己都觉得自己很像人们印象中那种拉磨的毛驴子。

有几次,王耀祖试图把工资以外的什么钱拿给我,都被我严词拒绝了。打那以后,王耀祖就像彻底了解了我,在我面前也板起面孔来,一切都公事公办了。我觉得这样好多了,什么事反倒据理力争起来。

就这样,王耀祖在南方城市不断地飞黄腾达,让我过早地拥有了一种暮年心态,回忆往事已经成为我每天必不可少的生活内容。塔头滩上的苦难家史,成了我永远无法割舍的乡愁。

乡愁,无时无刻不在鞭策着我,努力,努力,再努力……拼搏,拼搏,再拼搏……

一晃,两年过去了。为了证明自己是能够胜任的,我一直努力地为王氏药业集团效劳着,加倍地付出着心血和汗水。从一名普通员工做起,我先后做过技术员、项目经理、企划经理、销售经理。终于在第三年开始的时候,我凭借着实打实的销售业绩为自己换来了集团的最高荣誉——"突出贡献奖"。王氏药业集团每两年评选一次"突出贡献奖",每次奖励十位员工,奖金高达十万元人民币。

"突出贡献奖"评选条件每一项都是硬指标,这一点王耀祖好像借鉴了塔头滩冬猎队的入队条件,绝对不含糊。也就是说,这里不存在任何形式的照顾成分。因为我从一开始就没想过要借王耀祖的光,王氏药业集团几乎所有的人都知道王耀祖和王龙飞这种极特别的父子关系:王耀祖是王耀祖,王龙飞是王龙飞,王氏药业集团是王氏药业集团。有人说,王耀祖和王龙飞是普遍存在裙带关系的中国人中极其例外的那一部分人。还有人说，王耀祖和王龙飞之间犯着什么什么大相……而在我这里，一切并没有人们说的那么复杂。我是只知道，王氏家族的人骨子里是有尊严的，王氏家族那段并不古老的历史决定我接受不了来自王耀祖任何形式的关照或施舍。

王氏药业集团第五届"突出贡献奖"颁奖大会隆重举行了一天。酒会行将结束之际，王耀祖以董事长兼总经理的身份宣布："本届大奖除了给予每位获奖者十万元奖金之外，集团还将破例为五位获奖者提供一次豪华旅行。"

王耀祖的话立刻引起一片热烈的掌声。他将话茬熟练地掷在掌声中，很大气地将董事长特有的额头调整得不高不低，向四周庄重注目。掌声停止后，王耀祖微笑一下接着说："本集团取得今天的成就，多亏了诸位同仁的努力工作。作为董事长，我有责任让大家为之高兴。今年本集团成立十周年，经董事会协商决定：集团拿出最好的车，为十位获奖者提供一次全方位旅行服务。带大家去领略一下北方的大草原……"

我一阵兴奋，心想：难道王耀祖终于要回家乡草原展示一下了？

王耀祖轻咳一声接着说："我们的旅行路线大致如下：从本集团所在地出发，一路北上，终点是内蒙古的乌拉盖大草原。我们要安排大家好好玩上十几天，让大家见识见识北国大草原风光，在那里钓钓鱼，骑骑马，打打兔子，还是蛮有意思的……"王耀祖一般情况下很少说出这么多具体的话，这回一反常态，显得非常健谈。王耀祖又说了半天，才伴着更热烈一些的掌声坐下。

不是去查干淖尔大草原啊？我马上有些失望了：看来，王耀祖还是从前那个王耀祖……

集团副总经理张华兴不失时机地紧接着站起来，操着一口浓重的广味普通话说:"既然董事长大人一口承诺,我想大家也不必客气啦。这也是为了更有力地促进我们公司的工作嘛。带车自驾游北国大草原,机会很难得的啦,我敢打赌,肯定不会有弃权吧?只是有一点得强调一下,我们必须得赶在北方雨季之前到达目的地。否则,大雨天就不好玩啦。因此王氏药业集团决定后天上午就出发,望诸位获奖者回去抓紧准备……"

这么遥远的旅程,为什么不乘坐飞机呢?这种形式的花销要远远高出乘坐飞机的费用呀!张华兴副总经理讲话时,我粗略地计算了一下驾车前往的几项主要费用,数目大得惊人。

我是在会议结束以后回到住处才突然顿悟般想起什么的。我应该是了解王耀祖的。如果我没有猜错的话,王耀祖此举的真正目的不外乎寻找一下"三十年河西"的感觉。因为他没有勇气回到塔头滩去,又想遥远地感受一下北方的大草原。所以,王耀祖要执着地把豪华的奔驰车队开到北方大草原上去,开到他想象中的家乡塔头滩上去……

我敢肯定,这一点只有我自己能猜到。王耀祖那些唯命是从的部下做梦也不会想到的。从他们的眼神里可以看出,他们永远想象不到他们一向毕恭毕敬的董事长大人会有如此小家子动机。在他们眼中,王耀祖一开始就是,而且永远是他们德高望重的董事长。

虽然我总能从王耀祖的脸上清晰地看到焦糊的火印,联想起远古时期脏兮兮的奴隶;虽然我一向对王耀祖有种说不清的隔阂,不愿参与王耀祖倡议的许多活动;但我还是为能拥有这次宝贵的机会而高兴和激动。不管王耀祖的用意如何,他毕竟也为我提供了一次看看北方大草原的绝好机会。因为来到南方以来,远离了家乡,王氏家族遗落在北方大草原上的苦难更加勾起我的回忆了。

我想，王耀祖计划此次旅行时肯定也相当无奈。他一向不喜欢在我的监督下做什么，而这十位获奖者中偏偏有我一个。我真又有些不明白，王耀祖为什么不早也不晚，非得这次要去北方大草原一游呢？

这天晚上，我几乎一夜未眠，沉浸在对查干淖尔大草原的回忆中……

第二天早晨上班路过董事长办公室时，我无意中看到王耀祖正笑容可掬的邀请着谁。我想对方肯定不是我母亲。其实，这一点我很清楚，王耀祖绝对不会带着母亲去乌拉盖大草原的。母亲是查干淖尔大草原土生土长那种最普通的女人，她除了善良，一点儿也不漂亮，更远远谈不上风韵。王耀祖怎么能让她陪在身边呢？虽然我十分希望王耀祖此行能带着母亲去看看大草原，但几次话到嘴边又都咽了回去。多年来，王耀祖已养成一种连他自己也无法克服的癖好。他走到哪里都愿意有最漂亮的女秘书陪在身边。尤其在他当董事长以后，癖好更加突出。他一直走马灯似的更换身边的女秘书，她们一个比一个漂亮。我知道这是历史造就给王耀祖的一种畸形心理，他的这个癖好跟他在塔头滩上所承受的苦难有直接关系。所以我不能简单地把王耀祖称作好色。每到这时，我真的希望社会倒退到奴隶时代更好些。那时，奴隶主用烧红的铁块在奴隶的脸上烙上永世不褪的火印，火印时刻证明着奴隶的身世，无论他逃到哪里，他永远无法隐藏他那不甚荣光的历史。起码，那个世界很真实。不像现在，王耀祖这种灵魂上烙有火印的人到处留下体面的身影和高贵的笑声。

如果没有什么变故的话，王耀祖此行肯定要带他目前最得意的女秘书赵甜去乌拉盖大草原了。赵甜能恰到好处地陪好王耀祖，使他更像一位资深的董事长。

我对王耀祖的看法不影响事情的正常进展。旅行如期进行。

这是我有生以来参与的最豪华的一次旅行，我想以后也很难再遇上这种机会了。王耀祖调集了集团三辆奔驰越野车中的两辆，外加一辆带空调的奔驰牌中型客车，组成清一色的奔驰车队。这种阵容对于生活刚刚改善的中国人来说，确实显得过于奢侈了。

一路上走走停停，一行人都换上了休闲的心情，玩得非常开心。几天以后，薄暮时分，我终于从车窗望到了一片铺天盖地的苍翠绿草，它们正翻卷着和塔头滩几乎别无二致的滚滚草浪，放眼望去，就像二十多年前的塔头滩陡然凌空而降。瞬间，我的心像涨潮的海水，剧烈地起伏涌动。

"到了！前面就是乌拉盖大草原了……"请来的向导站起身对全车人介绍着。

没多大一会儿，车队驶离了平坦的公路，拐上一条土草参半的荒道。凸凹不平的荒道让车身不住颠簸，我知道，这是领头的王耀祖在引导车队向乌拉盖大草原深处进发了。

约莫半个钟头后，车队便驶入了乌拉盖大草原深处。大草原特有的草香味被三辆奔驰车扬荡起来，交织弥漫，席卷着阔别太久的亲切直往车窗里涌。这味道熏得我鼻子一阵阵发酸，眼泪塞满了眼眶。本想阻挡那些眼泪，我把头伸到车窗外。事实证明，那一刻这些努力注定都是徒劳。扑在车身的青草犹如抱住了我的双脚，又用柔软的手指绕住我的双手，我再也动弹不得，胸膛里一股浓烈的草原之情让我脸上纵横着再也无法抑制的眼泪。我想起自己似乎从牙牙学语蹒跚学步就知道塔头滩人不崇尚流泪，但被草原包围的那一刻，我还是无法阻止自己灼热的泪水。

大草原向远方没有边际地延展着，原上草正迎风摇曳出最蓬勃旺盛的生命力。深邃无边的碧绿中，间或点缀着红白黄蓝各色野花，它们在微风中自顾自盛开，不在意是否开出了美丽的姿态。也许是有了

387

它们的点染和那份不以为意的自如，眼前的大草原在我心里平添了几分无羁的逍遥。往日印象中，奔驰越野车总是雄狮一样矫健而威武，而身在大草原里的它们，此刻却显出几分单薄和不协调。远远望去，它们就像几只晶亮的甲虫在绿色地毯上步履蹒跚地行走着……

王耀祖终于率领车队长驱直入乌拉盖大草原了。虽然说我完全明白王耀祖的用意，可我仍然说不清他这是被一股什么样的力量所驱动。我只是继续在心里自问道：难道王耀祖真的认为他能在另一片大草原上把记忆中的耻辱都抹杀掉吗？

王耀祖几乎是用手把手的耐心安排大家在河边支起五颜六色的帐篷的。他不仅放下了董事长的架子，还变得异常谦卑周到，看上去很有大玩几天的意思。

吃过别具特色的野地午餐，王耀祖就开始张罗如何玩耍了。他亲自塞给当地看草场的瘦老头厚厚一沓钞票，让瘦老头去给租些上好马匹来。于是整个下午，大家都胆战心惊地骑在了高大的马背上，在大草原上尖叫着、嬉戏着……

王耀祖一边给部下们示范草原人如何骑马，一边安排了这几天的活动日程："今天练习骑马，明天钓鱼比赛，后天围猎比赛，碰上兔子就打兔子，碰上野鸡就打野鸡，草原上有意思的事多着呢……"王耀祖说得平易近人。他的马术虽属塔头滩的末流，但也足够使没骑过马的南国部下们惊叹不已了。他们纷纷效仿着他，学习和理解着骑马……直到黄昏时分，一行人还意犹未尽。尤其是漂亮的女秘书赵甜，像是一下子就对骑马上了瘾、着了魔，总是咯咯甜笑着惊呼尖叫，惊呼尖叫后又随即咯咯甜笑……

整个白天，王耀祖多次让我表演马术，我都笑着摇头不肯去做。而此时，眼看着天就要黑下来了，就在疲惫的人们准备回蒙古包洗澡、休息之际，我好像才突然间被什么力量附了体。我想那种力量一定来自我魂牵梦绕的塔头滩。我"忽"地一下从草地上站了起来，顺手拿起一根木棍子，从王耀祖手里牵过那匹大红马，飞身跃上……

草原人骑马和城市人骑自行车一样，一旦学会，是永远不会忘记的。跨上马背后，我学着当年胡老五和胡二勇子的动作，让大红马来几个急停急转，发出急促悦耳的"咴咴"声。迅速熟悉了马和马鞍之后，我就策动着大红马在草原上风驰电掣般地奔跑起来……

我手中的木棍子已经化成了"掏捞棒子"，我的耳朵就像被疾驰的草原风霸占了，除了风的呼啸声，我什么也听不到了。在轰鸣的呼啸声中，我眼前出现了胡老五，出现了胡二勇子，出现了瘸腿的祖父王德强，甚至还出现了祖母讲述中我的二太爷王振南和老爷王德盛。我好像和两位先祖共同在马背上做着高难的花哨动作，挂镫离鞍、舒展猿臂、左击右打、前冲后旋、上飞下扫、闪转腾挪……只可惜，我的身上没有背着弓箭和猎枪。我与胡老五们进行了一场酣畅淋漓的竞技，我与胡二勇子们展开了一场无比公平的决战……每个人都倾尽了全部的力量……我不知道是为了成为真正的男人，还是只为了摘下荣耀的桂冠。我觉得不是在异乡乌拉盖，而是在自己的家乡塔头滩。我在塔头滩亲切温暖的怀抱里，用一场马背上的尽情驰骋，抖搂掉了城市漂泊二十多年层层裹挟身心的锈迹……我浑然进入了无我之境，又像是第一次做回自我，完全沉浸在王氏家族遥远的英雄梦想之中……

人们肯定无法领略到我那精彩的梦幻之境，但所有人都被我的马术惊呆了，包括那个为我们租马的瘦老头。他们没想到自己身边还有这等奇人。男人发出了真正的惊吼，女人发出了真正的尖叫……让我一度继续留在幻觉之中，就像自己真的成了草原汉哥，真的成了草原红鹰……

　　在幻觉的边缘，我瞥见一双闪着泪光的眼睛。那是一双正在被皱纹催促变老的眼睛，那目光胆怯地射向我却又遭遇到另一双眼神的拒绝和抵抗。那是一个不甘心匆忙老去的男人的眼神，那是一个不甘心一辈子屈做弱民的草原男人的眼神，我心头被那眼神猛地一击。我曾在自己眼睛里看到过那种不甘心与不服输，我以为那两样东西只来自儿时的草原，是那些英雄，那些胜者为王的男儿志气。我从未想过它们与此刻注视我的那个人有什么瓜葛、有什么关系。可那个人此刻正在人群中偷偷地盯着我，却有着与整个人群全然不同的肃穆和沉默……

　　我胯下的大红马还在"哒哒哒"奔跑，绕着大圈儿，享受着人们给它和主人的赞美。而我的心头却渐渐消失了刚才的幻觉，代之以难以名状的苍凉。这里不是塔头滩，此刻欢呼的人，也不是我幻觉中重逢的故人。人们的欢呼与塔头滩的英雄梦无关，在这些人的眼里，刚才发生的一切不过是一场热闹。在这场热闹中，唯一看穿我内心依恋和思念的人、唯一在泪眼模糊中与我一同想起属于塔头滩的苦难和过往的人，就是那个叫王耀祖的人。我黯然若失地发现了他，只有他是我此时此刻的草原故人。

　　晚宴成了我的庆祝高潮。子贵父荣，王耀祖让瘦老头上了大草原最肥的羊……

　　后半夜两点半，正是一行人劳累熟睡的时刻，我却再没有一丝困意。热闹散去，兴奋消融，我又深深地为王氏家族感到惭愧——二十年过去了，我本以为自己早已告别了塔头滩，早已淡化了那一长串弱民的历史。可是王耀祖身上的火印时时提醒着他，也提醒着我，使我们对历史的记忆更加清晰。我多想把塔头滩上的一切也讲给赵甜听听，让她也感受一次塔头滩人真正的生命运行状态：我多想把赵甜从那逍遥霓幻的背影中喊出来，把整个花花绿绿的城市都喊回来。可是，我无法办到。赵甜或许能如听传奇故事一样冲我点头微笑一下，然后仍然以女秘书的身份挽起董事长的胳膊向我说拜拜。我的苦意只能烟一样消散在大草原的风尘里。但不知还为什么，我依然想回去后找个机会，把王氏家族遗落在塔头滩的历史一铺一节地讲给赵甜听……

忙忙的归途上没有故事。我好像又一次看到了近乎逃亡的王耀祖。那是王耀祖晚年时代很隐蔽很大气的仓皇。

两年以后，也就是王耀祖六十周岁这年，身为王氏药业集团董事长的他竟然接受了邀请。王耀祖从此当上了南方都市钓鱼协会的会长，这是我无论如何也没想到的事情。

二十二年前，王耀祖带着我们从查干淖尔大草原逃离之后，一直躲在这个城市里，除了去乌拉盖草原象征性地钓了一会儿鱼，没再参与任何形式的钓鱼事宜。王耀祖曾一度板起威严的面孔，甚至不准我提及与钓鱼有关的词句，似乎钓鱼本身是王氏家族蒙受灾难的根源所在。可是，王耀祖突然当上了市钓鱼协会会长，又煞有介事地重新置起了一套现代化的渔具，这件事令我吃惊！这应该算是王氏家族史上的一次不大不小的变故。

我怎么也想象不出王耀祖能在钓鱼这件事上有什么造就。难道王耀祖晚年真的能以实际行动抹去当年王氏家族遗失在塔头滩上的那片耻辱吗？难道王耀祖能用他那颤动的老手为感知到那些耻辱的亲人挽回一点点心理平衡吗？还是王耀祖认为感知到那些耻辱的亲人越来越少，一切渐渐在心中淡化了？还是要重温往日那段忧伤……

我实在想看看王耀祖是如何领着一群城市人去对付鱼的。王耀祖上任后举办的第一次钓鱼比赛我就万分好奇地跟去了，极像我当年在大草原上的幼稚盯梢。

我很不自然地倚在大客车最后一排的角落里，面对钓手们精良的钓竿、神气的表情和一路上对钓术的高谈阔论，我想这次一定能让我超出以往对钓鱼的全部理解。我竟有些激动地设想：那上百根进口玻璃钓竿抽出后高悬于水岸周围时一定会非常壮观吧？

大客车在白鲢湖水库边上画了半个弧，还没等停稳，人们便大包小裹地跳下来，拖拖拽拽地向水边跑去。父亲和另一个老头儿也踉踉跄跄地跑在人群中。

不知先跑到岸边的谁给王耀祖和那个老头儿占了两个好位置。王耀祖便以会长的身份客套两句坐下了。当我来到岸边时，人们已经各就各位。我看看整齐的水岸，觉得到处都是一个样儿，根本不存在好坏之分。我拣个没人的地方坐下来，能看见王耀祖和那个老头儿在右侧四十米开外的地方。

人们先是轰轰隆隆向水里投掷一阵豆饼、玉米饼、馒头等食物，说是喂喂窝子，然后就很程序化地坐下来拴钩理线……

七月，骄阳似火。白鲢湖边和当年查干淖尔大草原霍林河边一样，蒸烤着每一个活人。但是说来也怪，同样是灼热，白鲢湖边就是没有霍林河边那浓烈氛围。人们先后从口袋里掏出各式遮阳帽扣在头上，虚张声势地拉开了一种要打持久战的阵势。

半个小时过去了，没有人钓上鱼来。

又半个小时过去了，仍没有钓上鱼来……

这时的岸边不如先前那般平静了。一些人开始来回走动，嚷嚷这儿没鱼，埋怨挑头儿的咋带到这破地方来了……有的干脆躲在远岸的树荫下嚼起随身携带的美味食品。

突然有人喊起来："咬钩了，咬钩了！"

我顺着喊声望去，只见王耀祖的钓竿绷得弯弯的。喊着的就是他身边那个老头儿。那个老头儿正高举着一柄闪闪发光的大操网，随时准备隆重地操起那条尚在水下挣扎的鱼，人们纷纷围拢过来。顷刻，我就无法再看见王耀祖和那老头儿了。

一阵阵沸腾的欢庆之后，人群三三两两散开时，我才又能看见王耀祖和那老头儿。我也看见了大操网里悬着的那条鱼，鱼身上洞穿着一支锋利的钢叉，那是一条顶多有两斤重的红鲤鱼。我不知道是谁把那把钢叉插在鱼身上的，那钢叉弄得我极不舒服。

不知为什么，我一点儿也没有因为王耀祖率先钓上大鱼而高兴。望着不断从远处跑过来又跑过去的钓手们，我的反感裂变一样在胸中翻涌起来。一种突如其来的陌生感让我不知所措地迷惘。当年，王耀祖为了苟且地活下来，带着家族残部来到这个城市，竟辉煌地充当起了药界人才。可我一直觉得王耀祖以及我活得都不很真实。难道王耀祖忘了自己曾是查干淖尔大草原的弃民？我尤其觉得王耀祖实在不该在二十二年之后重操钓鱼旧业。他似乎应该再回到查干淖尔大草原去，或者他起码应该把草原人是如何对待鱼的讲给这些城市钓手。

虚华浮躁的都市生活常使我由衷地怀念起查干淖尔大草原上的塔头滩。我向往塔头滩上那让人心惊肉跳的巨型狗鱼和那些不屈不挠的人。虽然巨型狗鱼始终残酷地评判着人群，虽然人群的激烈竞争一直使我家族沦为弱民，但我还是觉得那里无比可爱，那里的气氛深沉而美好，那里的生活真实而壮丽。

塔头滩人一直就是以其独特的倔强形式与生活相伴而行。每代人的大脑深层都印刻了同种土生土长的崇高，每代人的灵魂全部都不得不接受同一种最简单而又最真挚的陶冶和修炼。

我不由自主地再次想念想胡小慧来。虽然我知道胡小慧早就已经委身于季大鼻涕,但我内心里还是深深地挂念着她。她还像从前那样美丽善良吗?她还像从前那样常常发出泉水般的笑声吗?

  在我回忆往事的时候,水库岸边又响起了几次人群的笑声。我想肯定是又有谁在大家的帮助下弄上鱼来了,但我连想看一眼的念头都没有。我只是在笑声过后抬头瞄了一眼遥远的王耀祖,看到王耀祖安然的侧影。王耀祖在想什么呢?他肯定忽略了他儿子的目光,要不他此时怎能如此安详?我越来越觉得王耀祖前些年做得真挺英明。如果那样坚持到最后的话,记忆中的苦难一定会在漫长的岁月之后渐渐淡化,最终化为永恒的虚无。可是王耀祖在他威严之后又要重温历史,而那历史曾使几代人感到难堪……

  盛夏午后六点钟远不是黑天的时候。由于有云的缘故,天色渐渐暗下来,并且伴有远处隐隐约约的雷声。我本来就不算太浓的钓兴此时就更加难以维持了。望着浪花逐渐增多的水面,我考虑更多的是如何能尽早回去。可事先讲好的,大客车明天中午才往回返。这对我来说将是多么难挨的漫长时光啊。白鲢湖水库地处偏远山区,很少有其他过往车辆,晚上就更加冷清。我心烦意乱地坐在岸边一秒钟一秒钟地默数时间,如同承受一次无望的流放。

  其实,每个人都很热爱生活,都在竭尽全力地弥补生存环境中的不足。我不想以自己的一孔之见责备任何人。人们谁也没错,每个人都在竭尽全力地活着。不同的生存环境造就不同的活法,查干淖尔大草原和我们现在这个城市在时间和空间上都毕竟是两回事,我知道我无权苛求这些城市人应该如何如何。

  但是,我无法对王耀祖无动于衷。因为王耀祖是塔头滩人。王耀祖的大半生都是在塔头滩度过的,他应该比我更理解什么是生命的崇高,他应该比我更清楚什么是生活的底蕴。虽然父亲一直扮演着塔头滩的弱者，但塔头滩那铺天盖地的自强不息、不容苟且的奋争意识是任何灵魂都无法逃避的。王耀祖如今能这样安然地带领一群城市人以另一种方式对待鱼，已经改变了已往钓鱼的全部含义，我相信王耀祖内心绝不会如他表情那样坦荡。

　　一阵凉风吹过，天开始下起雨来，并随着惊雷在周天滚荡而变得愈加滂沱。这时我才发现，人们早已钻到远岸支起的防雨帐篷中去了。豪华的渔灯从帐篷透出耀眼的光来，能让人感到帐篷里三五成群的男女将扑克牌摔得很热闹。借着明亮的闪电我又看到水库岸边一片狼狈不堪的渔具正在风雨和水浪中痛苦摇摆。

　　说不上什么原因，恶劣的环境让我又一次想起了遥远的查干淖尔大草原，想起了野狼出没的塔头滩，想起了波涛汹涌的霍林河，我突然有了钓鱼的欲望。我重新理好钓竿换上新鲜秀饵，郑重地将钩甩了出去。我突然觉得一个人沐浴在暴风雨里垂钓很美好。对我来说，真正的钓鱼好像刚刚开始。我借着一个闪电看了一下手表，已是深夜十一点四十几分。

　　不知又过了多久，当夜空被一个巨大的雷电击得亮成一片时，我透过朦胧的雨丝看到右侧四十米开外的地方竟已坐着一个人。

　　我没敢再仔细分辨那人，我想那人一定是王耀祖，王耀祖的心里一定和我一样悲凉……

　　自从那个风雪冬日逃出塔头滩后，二十多年过去了。我本以为我早已告别了查干淖尔大草原，早已告别了塔头滩和霍林河，早已淡化了那一长串弱民历史。可是现实仍然时时提醒我，让我对历史的记忆越来越清晰。

　　在王耀祖当上钓鱼协会会长之后不久，意外而惊喜地收到了老叔王耀家的来信。老叔从报纸的广告里看到了"王耀祖董事长"，得知他的大哥已成了王氏药业集团的老总。老叔对王耀祖表示祝贺的同时，也简单介绍了一下自己目前的情况。说一直单身的他现在是大兴安岭某林区的一名普通林业工人，连续十几年都是某林区的先进工作者，三年前还获得了全省的五一劳动模范奖章。但老叔的字里行间仍透着浓浓的忧郁，还是后悔当年做了见不得人的事，有一种很自责的历史失落感……

老叔信上说有机会一定来看望大哥、大嫂和大侄子，但他一直没有来看望他的大哥、大嫂和大侄子。这在我的预料之中。

我想，等我混出个样子以后，一定找时间主动去看看亲爱的老叔。不知为什么，老叔在我心目中，一直是王氏家族唯一的一位英雄人物。这跟他当没当上全省的劳动模范没有任何关系，也和他是不是我老叔没有任何关系，我只是觉得他毕竟是一个有血性的男人，我一直觉得老叔这种性格的男人在哪里都不会差的。

这年年底，我无意中在王耀祖的白发里重新看清了一位老者。其实，王耀祖早就不是我一直认为的那个样子了。我终于从繁华热闹的背后，看到了王耀祖骨子里埋着的孤独。那是打在草原人灵魂深处的火印，那是永远无法抚平的疤痕……

直到此时，我才对王耀祖的认识发生了根本性的转变。我好像就是从这一刻起，我决定以后把王耀祖重新叫回父亲。

回想起父亲前些年竟能审时度势，在白热化的竞争中立于不败之地也真是不容易啊。当年那些开发保健品的同行和对手们都已不复存在了，曾经不可一世的飞龙药业早就破产了，曾经辉煌一时的某某口服液、某某养生精也先后消失了，而王氏药业集团还如日中天，强势发展着。父亲也是面对过生死的人了，他是从你死我活的较量中走过来的。

可我就是无法忘记当年的往事，而且当年的往事越来越变得清晰。一晃，我已经是当年父亲逃亡时的年纪了，自认为取得了一点儿成绩的我终于鼓足了勇气，我太想回魂牵梦绕的塔头滩去看看了。

有一天，我收到石头发来的短信，说季大鼻涕意外地遇上了一场车祸。为了抢救被撞成植物人的季大鼻涕，胡小慧不仅花掉了家里所有的积蓄，还借了一些外债。但几个月之后，一直昏迷的季大鼻涕还是走了；石头还说胡小慧欠着很多饥荒，一个人带着个疯姑娘继续承包着一小片草场呢……

石头就像知道我内心深处的痛楚，这些年一直很少和我说起胡小慧。但这一次，他专门说起了胡小慧。胡小慧的命可真苦啊，我突然有一种强烈的想看看她的冲动。我心里更加牵挂胡小慧了，她现在一定很难啊……这天晚上，我拿出了那把已经好久没碰过的马头琴，竟把《草原家乡》原本欢快激越的旋律拉成了缓慢忧伤的悲调……

当我再次询问父亲什么时候回家乡大草原看看时，父亲仍然摇着头，说他这辈子都不会回去了。

而我在走出大草原那天就已经说好了，我可是一定得回去的呀！"塔头滩，你等着，我王龙飞一定会回来的！胡小慧，你等着，我一定会回来的……"对，这就是我当年坐在马车上内心深处的承诺。就是在父亲用马车把我们全家强行拖出大草原那天深夜，在冬夜号啕的白毛风雪中，我对大草原和塔头滩哭喊着说的话。

这天晚上，祖母第五次出现在了我的梦中。这次她老人家在我的梦中竟然破天荒地说话了。她竟然骑着牛，背着小药箱，就像她年轻时的样子。祖母年轻时的样子我并没看到过，但真的出现在了我的梦中了。有点儿像年轻时的老姑，美个滋儿的荡在牛背上像要给谁看病去。后来，她才又变成了老年时祖母的模样，也是在这时才说了话，祖母清晰地说:"我想我大孙子了,回来啊,顺便给奶奶的坟头填上一点儿土吧……"

我突然觉得,其实祖母这些年一直没有离我远去,每到关键时刻,她都会托梦给我。祖母的目光就像一直在远处照耀着我,关键时刻,那双慈祥而坚毅的目光就会闪现出来……

第四十六章　重返故土

多年来，我只是偶尔和石头在电话和短信中了解到一些塔头滩的近况。石头说，塔头滩新一代的主人们已经和过去大不相同了。人们不再比谁的力量大，也不再比谁的骑术好，而是在比谁更有钱，谁家的农机更多更好。石头还说，现在老胡家和老王家都是塔头滩上的普通农户，远不像从前那么认真、那么较劲了。过去最不起眼儿的赵三尿子家现在发迹了，他妹妹赵一花嫁对人了，他妹夫已经是草原上的副镇长啦，老赵家现在拥有着塔头滩上最大的草库伦，他爹赵小眼睛现在老牛哄了……

石头的话好像并没左右我对故乡草原的一贯印象，我好像还停留在二十多年前。至于老赵家发迹也好，继续当他的弱民也罢，对我来说那些好像都是浮云。终于要向阔别二十多年的故乡草原进发了，一旦做出这样的决定之后，我心里还是无比激动的。这么多年没回草原家乡了，除了要带上那把心爱的马头琴，总得找个伴儿陪我去吧？我突然想起了曾经的同事小林子，就很随意地给他打了个电话。

没想到小林子竟然欣然同意陪我回故乡，在电话里说："我正想找机会去南方出差看看王哥呢，真想王哥了。你能回来，这事可太好了！我负责接你，一切就包在你林老弟身上了！"小林子还兴奋地说，他买的体育彩票中了个二等奖，刚好新买了一台奔驰牌越野车，也正想开着车去见识见识查干淖尔大草原呢……

我是满载着一个正宗草原汉子的良好自我感觉重返故土的。我的目的很简单：一是看看朝思暮想的胡小慧；二是给祖父祖母等先辈们上上坟，顺便也让他们知道知道，王氏家族的后代已经今非昔比了。

一路上，小林子开着越野车，我坐在后座上。我本打算用我的马头琴为小林子消除困意，但马头琴并没有派上用场。原因是车里一直播放着降央卓玛演唱的《我和草原有个约定》专辑，我越听越觉得这首歌好像是作者特意为我和胡小慧创作的，有生以来第一次一字不落地记住了一首歌的全部歌词："总想看看你的笑脸，总想听听你的声音。总想住住你的毡房，总想举举你的酒樽。我和草原有个约定，相约去寻找共同的根。如今踏上这归乡的路，走进了阳光迎来了春。看到你笑脸如此纯真，听到你声音如此动人。住在你毡房如此温暖，尝到你的奶酒如此甘醇。我和草原有个约定，相约去祭拜心中的神。如今迈进这回家的门，忍不住热泪激荡的心。我曾在远方把你眺望，我曾在梦乡把你亲近。我曾默默为你祈祷，我曾深深为你牵魂。我和草原有个约定，相约去诉说思念的情。如今依偎在草原的怀抱，就让这约定凝成永恒……"

可以说，《我和草原有个约定》就像我永远也听不够的另一个版本的《草原家乡》，所以它一直被我们反复播放着……

国道目前为止就通到抱马台子，从抱马台子到我的故乡塔头滩还有五十多里的土路。二十二年了，这条土路仍和从前一样荒凉，据说是政府为了保护生态环境，始终没在这里修建标准的国家 A 级公路，每天只通为数不多的几趟郊线汽车。由于道路上杂草丛生，个别地段还有些崎岖不平，我们的越野车就颠簸得非常厉害。我们只能慢慢开，好在我们开着的还是一辆高性能的越野车呢。

进入西大洼子之后，我就更加感受到了大草原的亲切。降央卓玛那歌声也越发动人了，听得我泪眼婆娑，心潮澎湃。乡土之情就像融入了全身的热血，从内心深处源源不断地涌向我的驳杂脑海，有一种说不清道不明的浓浓东西，就像一波又一波巨大无比的盛夏热浪，在骄阳似火的大草甸子上反复蒸腾着……

我一度想喊："我的大草原，我的塔头滩，我的霍林河，久违了！我王龙飞终于回来看你们了！"可能是耐于身边的小林子，话虽到了嗓子眼儿，我并没有喊出来。

时值七月，查干淖尔大草原草香味正浓。整个视野如一张巨大的绿毯，毯上缀着星星点点的野花，草原热风呼呼啦啦荡过时，能让人感到大草原底气十足的雄浑。没用多久，我眼前还是习惯性地出现了二十多年前的幻象：翻滚的草浪又迅速变幻成马群的脊背、牛群的脊背及狼群的脊背，最后奔涌成了血味十足的红色肉浪……

据石头说，草原与从前已大不相同了。如今整个查干淖尔大草原都没有几只狼了，大草原也因此缺少了先前的野性和未知。但就算是这样，每个走进查干淖尔大草原的人，仍然还会情不自禁地于内心深处对大草原涌起同样的感受——神秘无边，危机四伏。

我一边走一边给同行的小林子讲述着当年塔头滩汉子骁勇猎狼的故事……

查干淖尔大草原的真正核心就在塔头滩，也就是我们刚刚踏入的这片荒凉湿地。小林子昔日那种天不怕、地不怕的状态在踏上大草原第一脚的时候就消失得差不多了。待走上通往塔头滩这更加原始、更加荒凉的草路之后,本来就不太高大的他就显得更加矮小。小林子一直很紧张的样子,像不敢大声喘气似的听着我讲着神气十足的男人故事。

当小林子神情紧张地问我"要是现在狼来了咋办"时,我的心脏突然抖了一下。大脑几乎没来得及告诫自己要显得勇敢些,心脏就已经剧烈地颤抖了。我多么希望我没有发现这与草原汉子水火不容的丑陋心态,可是我已经确确实实地发觉到了。我不是一直以一个英勇无畏的塔头滩汉子自居吗?而眼前的事实毫不留情地证明着我仍是个彻头彻尾的懦夫!这时越野车已进入了塔头滩,塔头滩上的蒿草虽然远不如从前浓密了,但还是掀动着一拨又一拨黄绿交错的浩荡草浪。浩荡草浪似乎在嘲笑着对我喊话呢:"这不是王龙飞吗?你可算了吧!你们王氏家族从来就没有出现过像样的老爷们儿!"我好像还听见了胡小慧那泉水般的响亮笑声,我开始六神无主地茫然四顾起来……

"王哥呀,你在找什么呢?你真发现狼啦?"哆哆嗦嗦的小林子重新将我拉回到现实。

"塔头滩上现在没有几只狼了,能碰上狼算我们走运。"我还是故作镇静地回答了小林子。我先前明朗而雄劲的心情渐渐暗淡下来,衰萎下来。就在这空荡的荒原上,那些不堪回首的往事带着呼啸声,劈头盖脸地迎面砸来。

我和小林子总算完好地穿越了塔头滩,塔头滩实际上已经缩小了很多很多。如今的塔头滩已变得相当文静,相当温和,这更让我在心里无法原谅自己的怯懦。

从草原边缘到西大洼子,再到草原深处的塔头滩,一路走来,我心里发紧的同时，又生发出了另外一种沉重。我发现，虽然无边无际的芦苇荡和绿色草库伦紧密衔接，但就像缺少了一些必要的生动。我几乎没有看到什么飞禽走兽，也没有听到什么鸟类叫声。就连曾经最常见的云雀也不见了踪影，就更谈不上那甜美动人的歌唱了。

后来，我总算听到了一声啼血般的悲鸣。顺着那声悲鸣，我看见有一只胡巴喇（伯劳鸟）正落在草边缘的人工铁丝网站桩上。远远地望着那只无精打采的胡巴喇，我想，此时的它不必再去防范空中的老鹞鹰了，因为老鹞鹰早已经变成了传说。我们一路走来，真的没见到老鹞鹰，好像只看到几只无精打采的红隼。此时这只胡巴喇，也许正担心着下顿饭吃什么和吃下之后能否中毒的问题。

查干湖边上大苇塘的泥洼中，难得一见的水鸟脚印也在证明着，这里已经很久没有成群的长脖老等或游拉冠子来栖息了。昔日那些大白鹤呢？它们怎么也销声匿迹了呢？电视里前段时间还曾报道过呀，不是说大白鹤已成群结队重回草原湿地了吗？可它们的身影并没出现在查干湖畔啊。也许大白鹤回来过，此时又飞向了更遥远的地方？圣洁的大白鹤和屠夫似的胡巴喇完全不同，大白鹤就像知晓大自然的一切秘密和玄关，它们只相信自然疯长的草原和自然流动的河水。

来到王氏家族的墓地，我不由自主地跪在了祖辈们的坟前。小林子极认真、极礼貌地帮我把事先准备好的纸钱一张张摆好烧起来时，我简直不敢用手去碰那些纸钱。我坚信，如果有阴曹地府的话，先辈们也不会从我这里得到任何安慰的。我现在考虑的不是我那丑陋的颤抖了，我更不明白的是，我怎么会有那么多良好的自我感觉呢？

我还特意来到祖父和祖母的坟前，认真地按照祖母梦中的要求在两位老人家的坟头填上了厚厚一层新土，摆上祖母当年最想吃而又没吃到的红苹果，从未烧过香的我又点上了三炷香，最后还给两位老人家重重地磕了三个响头……

老姑去世后是被火化的,骨灰埋在老姑父满仓子家墓地里,我和小林子开车穿越了好几个草库伦才找到老姑父和石头。石头的变化不算大,但老姑父已经是一头花白的头发,我一点儿都认不出来当年的那个满仓子了……

我为老姑献上一把她年轻时最喜欢的那种又碎又小的白色野花,一边看着的老姑父和石头却都是一脸的雾水。

老姑父还不好意思地说:"来时匆忙,还真忘了扎上一把白花了。"
我说:"老姑最喜欢这种花,这是我特意为老姑准备的。"
在返回来的路上,我提出让老姑父和石头带我们去当年的拉嘎老古庙看一看。

老姑父说:"拉嘎老古庙早都扒掉了,现在已经没有了。"
石头也说:"现在改名叫文庙了。"

果然,当年的拉嘎老古庙已经被重新改建了,但还在原址上。是一座巍峨的大红庙取代了它,那块厚重如铁的黄花梨子供板也不见了。里里外外找了半天,我才发现,那个曾经神圣无比的物件并没有被放在大红庙的显要位置,而是被放到大红庙旁边的陈列室里去了。让我备感意外的是,守庙老人乌兰巴布竟然还活着!算起来,他至少也得有一百岁了吧?

已经有些老糊涂的乌兰巴布自从我见到他,就一直小孩子一样地叨咕着大致相同的话:"我咋就想不起来那块黄花梨子供板哪年被搬走的呢?它到底被丢到哪里去了呢?也许湖妖知道,我得找时间去问问湖妖了……喇嘛拉迦森切哦,桑结拉迦森切哦,丘拉迦森切哦,根灯拉迦森切哦……"

乌兰巴布老人除了念叨那块黄花梨子供板,就是念经。有时,他还间歇性地失语，就像在咒骂当年的一些人和事："不会是坏事的，怎么会是坏事呢？不会是坏事的……王八羔子×的，谁再敢开枪打狼？肯定不得好死！"他又突然破口大骂起来。

在红色文庙旁边不远的一个小集市上，几个农牧民模样的男子摆摊叫卖着各自的土特产。正在他们高一声低一声地吆喝时，我猛然间认出了其中的一个人，那是个看上去能有五十多岁长着络腮胡子的男人。我第一时间就能肯定：他就是胡大宝子。因为他长得太像当年的胡二勇子了，现在有了胡子，比小时候更像他爸了。如果认真论起来，我还得叫他大表哥呢。

胡大宝子肯定没认出我来，他一直新奇地站在远处观望着我们，一边打量着过于斯文的我们和我们那辆锃明瓦亮的黑色奔驰越野车，一边和身边的几个人说着话："这可是辆好车，估摸没有个四五十万儿拿不下来……那是真格的。"他只是在口头语上沿袭了他的祖父胡老五。

虽然我表面上是回来看亲人并给祖父祖母上坟的，但实际上，我深藏心间的最大目的还是想看看胡小慧。真没想到，我会在半路上遇见胡小慧的大哥——胡大宝子。

我有些兴奋，急忙下车，径直走向了胡大宝子。

"你就是老胡大宝子吧？"我说。

"你……你怎么认识我呢？"胡大宝子完全没有思想准备的样子。

"我是王龙飞呀，你不认识我啦？"我说。

"啥？王龙飞？你……你就是王龙飞……龙飞子？我咋认不出来了呢？"

"还记得小时候吗？你们还总一起去打山雀儿呢。"赶过来的老姑父说。

"那时候的小孩子都打山雀儿，那是真格的。"胡大宝子的表情仍然有些发木。

"那时候你天天喊他龙飞子，还可大草甸子跑呢。"老姑父又说。

"真是龙飞子回来了？我可真认不出来了，那是真格的。"胡大宝子总算相信了。

"你能带我去看看胡小慧吗？"直到我斗胆提出这个要求时，胡大宝子才露出一丝久违的笑容。"可不是龙飞子咋的？这回我可认出来了！眼睛，眼睛没变！现在论起来，咱们都是实在亲戚呢，那是真格的。"

说着，我们就把胡大宝子让上了越野车，让他来做我们去下一站的向导。

通过几句简单的对话，我就感觉到了胡大宝子性格的巨大变化。他不仅看上去有些弱势，言谈举止也不像从前那么高高在上了。虽然他长得更加神似当年的胡二勇子，却一点不见他父亲当年那股叱咤风云的霸气；虽然他有意说着当年胡老五的口头禅，却也一点不见他祖父当年那般不可一世的威武。胡大宝子就像时刻想讨好别人似的，当年他祖父那句掷地有声的口头禅已变成了毫无底气的装饰语。

当越野车来到胡小慧家院门口时，我被一样东西牢牢地吸引住了。

我万万没想到，我当年送给胡小慧的那个精美的黄榆木鸟笼子竟然还高高地悬挂在她家院门前的大木头杆子上，笼子里面居然还有一只雄云雀在不停地婉转歌唱。我终于又一次看到了那只心爱的黄榆木鸟笼子，听到了久违的雄云雀天籁般的鸣叫声……

我还意外地发现，她家院子里居然也长着一棵苹果树。我知道，那绝对不会是我当年栽的那棵苹果树，但还是让我感到惊讶不已。

"老妹子，老妹子，你看谁回来了！"胡大宝子粗门大嗓的喊声中断了雄云雀的歌唱。

话音未落,便从干打垒的平房里跑出来一个小姑娘,她用极其陌生的眼神直盯盯地望着我们。我还错以为她是胡小慧呢,刚要上前说话,那小姑娘又慌慌张张地最后扫了我们几眼,就喊着"狼来了!狼来了!"转身跑回屋子里去了。我终于想起来了,她一定就是季春红,她长得太像当年的胡小慧了。

这时,才从屋子里走出来一位中年农妇,穿着普通,中等个头,从房里出来时动作很利落,看到我们后反而停下了。

中年农妇盯着我们看了半天,突然一转身回了屋里。胡大宝子叹了口气,扭头对我说:"我老妹子肯定是没想到你能回来呀!我先进去看看。"

过了好一会儿,胡大宝子才和那个中年农妇一前一后地走出来。中年农妇眼睛鼻子都是红的,一看就是刚刚哭过。

正如老姑生前所说的那样,我眼前的胡小慧已经变成了另外一个女人。她确实不是我记忆中那个娇美爱笑的小女孩了。要不是胡大宝子亲自带着我们来到她家,我绝对不会认出眼前这位中年农妇就是当年的胡小慧。

"龙飞哥,是你回来了。"胡小慧终于打了一声招呼,声音很小。她低着头,并没看我。说完才抬起头来,但仍然没看向我,而是看着小林子说,"都快进屋坐吧。"

我本来还在错愕眼前这位普通的中年农妇就是胡小慧,听到她这声招呼,就更加手足无措了。我胡乱答应着,还是被让进了屋里。我没想到表面老旧的干打垒平房里面会被打理得井井有条,一尘不染。屋里虽然没有什么像样的东西,但每样东西都被摆放得整整齐齐。这种整齐,反而把这个家显得更是家徒四壁。我细心观察着,心里说不

407

上是什么滋味。

　　胡小慧放上炕桌，又拿起抹布抹拭了一遍，开始张罗给我们烧热水喝。这一番忙碌，打消了乍一见面时的紧张局促，胡小慧做起家务事很自如。她后来坐在胡大宝子身边，正好是我的对面。我注意到她坐下来的动作还是跟小时候那样，轻手轻脚地坐下。我说话的时候，她一直不看我。坐我身边的小林子一说话，她反而看着他微微一笑。

　　有胡大宝子在，没多大一会儿，大家就能老朋友一样谈笑风生了。也许别人看我们都已经是人到中年了，但我们却能从彼此神态中看到各自年轻时的模样。

　　常常让我产生错觉的倒是一直跟在胡小慧身边、默不作声的季春红，我还是经常把她当成胡小慧。这个曾经被吓坏了的孩子一直没有说话，她一直躲在胡小慧胳膊后面看我，看一眼又缩回去，缩回去再看一眼。胡小慧不时侧过身子摸摸她的长头发，想把她搂进怀里。可那孩子就是不肯，还是躲在胡小慧胳膊后面看我。我对她笑笑，问她多大了，她又藏了进去。这时，胡小慧才看着我说："快满16周岁了。"

　　我终于跟胡小慧有了第一次对视。我注意到她的脸一下子变得绯红。这种表情我只在年幼的她脸上看到过，后来在城市，那么多年里，我再也没有遇到过像当年的她一样爱脸红的女孩子。我感到有些恍惚，时间到底改变了她什么？时间又没有改变她的什么？"这些年，很不容易吧？"这句话我明明想问，又知道不该问，也不能问。

　　胡小慧给季春红弄了弄衣领子，抬眼又撞见了我。这回她脸上浮现出一个微小的笑容，那是尘封已久的、不好意思马上绽放的笑容。"龙飞哥，你这些年在城里，一个人，不容易吧？"反倒是胡小慧轻轻说出了这句话。她说这话的时候，眼神里闪过一些牵挂，一些让人心里感觉疼的东西。那是属于一个成熟女人的东西。

"那些日子都过去了。"我没有正面回答她,也没敢再看她。

家长里短的言语间,太阳就偏西了。石头提醒老姑父:"回去还有半个多小时的路程呢,我们是不是得走了?"

"是啊,天不早了,得回去张罗晚饭了,我得好好给我大侄子接接风呢。"老姑父说。

"我家宽绰,就在房后,多近便啊,就到我家吃晚饭吧?我还有珍藏的老酒呢。咱们好好喝点儿,那是真格的。"胡大宝子说。

"大家都别走了,晚饭就在我这儿吃。塔头滩的规矩,饭口必留客的。大哥,你去帮我杀只羊吧。"胡小慧站了起来,对胡大宝子说。

"对,是这么个理儿,咱就听我老妹子的,但是羊不能杀你的,得杀大哥家的——这个得听我的了,那是真格的。"胡大宝子一边叨咕着,一边走出门去。

老姑父憨厚地笑了笑,知道争不过胡大宝子和胡小慧了,只好说:"那就明天,都到我家去接着喝。"

羊虽然是胡大宝子杀的,但饭菜主要还是胡小慧做的。

时间并不长,热气腾腾的全羊宴就摆上桌了。有正宗的手抓羊肉、白切羊肉、葱爆羊肉,有羊肉炒芹菜、羊肉炒尖椒、羊肉炒蒜苗,有羊肉炖茄子、羊肉炖萝卜、羊肉炖柿子,有手掰羊肝、手撕羊肚、干煸羊杂,还有我最喜欢喝的加了浑香的老式羊杂汤……

胡大宝子拿来了他珍藏多年的老酒,还兴致勃勃地找来了儿时的玩伴小老疙瘩和赵三尿子。当年矮小瘦弱的小老疙瘩如今已经变成了健壮稳重的中年男人,当年不起眼的丑香子怀抱中的赵三尿子也变成了大小伙子。见面后,他们都一直微笑着,端酒就干,并不说话。真像草原上流行的那段顺口溜说的那样:塔头滩上风挺大,男人酒量都不差;人实在,没啥话儿,只见小酒儿唰唰下……

席间，我想起了当年给胡小慧过生日的情景：那时桌上有胡大宝子、胡二宝子、季大鼻涕、刁四虎子、小老疙瘩……但如今人已不全，有人去了远方，有人去了他乡。虽然大家唠得越来越热乎，越来越像老朋友，但我还是常常有种物是人非的感觉。

"就是二宝子一直没有音讯，但他的运动鞋还在。他当年跑得快，就喜欢这种回力牌的。每次运动会都发，攒老多双了，到现在我还穿不完地穿呢！那是真格的。"胡大宝子笑着指了指自己脚上的运动鞋说。

这时，我突然想起了李东明，他长得可真像胡二宝子啊！记得见他第一面时，他好像也穿着一双回力牌运动鞋……

我还一直偷偷地观察着胡小慧：她的手背上多了一道疤，可那双手看上去还是那么小巧。她没有发胖，甚至有点瘦弱，动作还是那么轻盈。我没想到她干起活来会是如此熟练而麻利，看来她这些年真是没少经历岁月的摔打啊。我还发现，她的头发被低低地抓成一束，头发里已有一根根刺眼的银丝。尤其是她眼角那些深深浅浅的鱼尾纹，让人真想伸出手去帮她蹭掉，帮她给抹没了。看来，岁月一点儿也没有偏袒胡小慧啊！

胡小慧一边招呼我们吃饭，一边还要照顾季春红吃饭。那丫头吃饭时候总是要水喝，胡小慧还得劝着她吃完下一口再喝水。中间季春红还把水弄洒了，胡小慧前大襟和袖子湿了一大片。她一句也没责备那孩子，仍好言哄劝着。拿来毛巾先给季春红擦干净，然后才给自己擦了擦。我没见过胡小慧皱眉头的样子，今天刚来时，她明显哭过也没皱眉头。这样的胡小慧让我想起了老姑，也让我想起了祖母。我不知道这些草原上的女人，骨子里是不是被埋下了一种相同的基因，使她们像草一样被际遇压弯，却还是能默默直起身子，在草原大风里顽强站住？

　　酒还在一杯接一杯地喝着，这是草原男人重逢时的重要仪式。我也想跟胡小慧喝一杯五味俱全的酒，她的隐忍不语让我觉得自己没兑现自己的诺言。我心里感谢她还能对我哭得出来，也笑得出来。她比我更真实，也比我更坚强。我把酒杯继续举向满桌男人，在胡小慧的屋子里，在胡小慧的灯下，与男人们开怀豪饮。我知道我没有勇气跟胡小慧喝任何一杯酒，她最绝望的时刻，都没有等来我的一根小手指头的救助。

　　季春红睡着了，胡小慧总算能消消停停坐在桌子旁了。"老妹子，跟你龙飞哥喝杯酒吧？大老远地回来了，到你这儿来了，得喝一杯，那是真格的。"

　　我和胡小慧的酒杯被大伙一起举了起来。我已经喝了不少，杯子里的酒直晃荡。可我知道这杯酒是让我跟胡小慧来喝，就清醒了一半，就说："还是别喝了，小慧都累一天了。"

　　大伙都不同意。

　　"龙飞哥，欢迎你回草原家乡……我这儿从来没有这么热闹过，我也……好多年没有这么高兴了。真的，欢迎你回家……"没想到，胡小慧端起了酒杯一饮而尽，她竟然真的喝了满满的一大杯白酒。她的脸更红了，像一下子把时间的痕迹都掩盖掉了。

　　我什么也没再说，让人把自己的酒杯满上，也一饮而尽。

　　我真的已经喝多了，感觉这杯酒沿着我的嗓子，一直烫到我的五脏六腑。这些年在城市里，我也喝过很多酒，包括跟那个叫于天慧的女人。可那些酒最终都变成了凉水，在十字路口，在霓虹灯下，我和她相互说过了再见，彼此便都没了牵挂。过了这么多年，在我当初离开的地方，居然还有个女人能对我说"欢迎你回家"。说这话的语气，就像我是一个被等待的人，一个有家可回的人……我突然觉得这久违的温暖来得有些奢侈。

夜色已经很深了，没喝酒的石头把我们的越野车开回了老姑父家。

小林子也喝了不少酒，加上开了一整天的车，很快就打起了呼噜。而对于我来说，这注定会是一个不眠之夜，我辗转反侧，无法入睡。后半夜，窗外刮起了大风，耳边回响起《草原家乡》的旋律，就像在怂恿着无边的往事……

如今的胡小慧是朴素的，甚至是普通的，一举一动都能显示出一种独特的成熟。她体验过天堂般的幸福，也经历过地狱般的磨难，尝遍了人生的酸甜苦辣。她的哀伤曾经香火般从她的内心升起，又晨星般从她的内心淡却，曾经哀伤的味道已浸染到她的骨子里了，如今她已是个隐忍柔韧的全新妇人。她依旧坚强，依旧自尊，依旧善良，而她的外表又是水一般的平静、水一般的柔弱。

我觉得和胡小慧之间还是有一种很深刻、很温暖的东西存在，容貌并没有改变它们，那是我们之间内在的牵连。那种温暖的感觉是我在城市里遇不到的，难道就因为我们都是塔头滩的儿女吗？真的，从我意识到这个中年妇女就是我要见的胡小慧那一刻起，我的心里就不由自主地涌起一股暖流来。不知为什么，我还是能从这张饱经风霜的脸上看到二十多年前那个细皮嫩肉的胡小慧，我还是能从中年妇女脸上的皱纹里看到胡小慧当年那青春灿烂的神情，回想起胡小慧拉马头琴的灵动模样，我的心理越来越复杂起来……

直到天快亮时，我好像才迷迷糊糊地睡了一小觉。

草原大风就像要把我撕成碎片，扬入查干湖翻滚的浪花里，抛进塔头滩茂盛的苇塘里，撒到鸡爪壕外辽阔的草地上去。一张张面孔在大风中走近，又远去，带着看不清楚的命运……他们都对我微笑着。

天上的鸥鸟在振翅鸣叫,地上的孩子们在仰头寻觅着飞过他们头顶的那只雄云雀,而我只能对这一切束手无策,只能沉默不语。那些微笑的面孔,正用微笑里的温暖隐忍着他们被草原大风吹彻的命运。他们仍然介意在这个世界上赢得了多少荣耀,他们仍然渴望着和我一起继续守住这片草原,他们甚至还要倾听我离开故土的那些年都发生了什么?那无数的白天和夜晚,和那些被切割成灯火的寒冷和欲望,失落和飘零……他们没有直接问我,要不要、会不会留下来,他们除了微笑,也和我一样,沉默不语。

远处的草原,正在大风中接纳着一轮红日。那轮红日,也正在大风中变得一身红透。那些微笑的人已转身走向了草原深处,只留给我被染成红色的背影。我抬起手,张了张嘴,远去的人群继续从容地离我而去,走向那片草原深处。他们好像受到某种神秘的召唤,在一千次一万次地走向自己的家园,义无反顾。在他们背影彻底消失的地方,一波波红色草浪在夕阳里随风翻滚。他们好像听懂了老喇嘛的咒语,又像在一些模糊难辨的祈愿声中,被赋予与时间角斗的力量。一瞬间,红色草原上奔腾出无数渴望自由奔跑的红色骏马,汹涌澎湃。马背随着草浪时隐时现,就像许多年前刻在心里的那一幕场景重现了。我的渴望着向那里走去,这些年,每当那种真正渴望的感觉席卷我,我总会表现出相反的迟疑。我知道是最深的渴望让我如此小心翼翼,这种感觉永远像第一次牵住胡小慧那能化钢为水的柔软小手……

在那片红色草原的深处,我停下了脚步。我隐约预感到那里会发生一些事情,我不能打扰却已经领悟了的一些事情。那是一些连云雀和鸥鸟也要噤声飞驰而过、装作视而不见的事情,那是连查干湖水也要永远守口如瓶的事情。在红色草浪的掩映里,会有两个饱经沧桑的生命在交换彼此漫长的跋涉和寻找。风声像时间一样,从他们身上呼啸而过。那种呼啸像伴奏一场生命的喷薄，又像一个生命与另一个生命，在向天地宣告着不可分割。我看到了天地间最神圣的力量，它会让已经干瘪的青春滴出鲜血，会让疼痛挣脱掉命运的诅咒，并带着长调般的哭号被唤醒，被复活……

　　大草原在继续变得殷红，红得像被剥去皮毛的生命和流着鲜血的命运。长啸的大风里掺进草原狼久远的长嚎声，那是两只忍受过饥饿、经历过创伤的草原狼，终于重逢在这片殷红的大草原上了。它们不知所措，慌乱闪躲。而当红色草浪试图再次把它们的身影吞没，它们又突然回过头来，用疼痛的目光重新向我发出问候、向我百般乞求……我还分辨出了那声音终于停止的地方，将会有新的生命被孕育，被诞生，并在那一波波红色草浪里，哺育、成长、繁衍生息……后来，两只草原狼好像又变成了两个草原人……

　　我的梦是被清晨早起的燕子们叫醒的，新的一天开始了。

　　我突然想起一个人来：从来没听人对我说起老胡三凤子，在没有了马二敢子之后，她这些年没再另嫁人吗？又过得如何呢？我想，就算不是为了满足自己的好奇心，也应该替老叔打听一下吧？

　　我问谁好呢？想来想去，我觉得还是就近问问老姑父满仓子吧。

　　老姑父一开始不说，后来在我的再三追问下才肯说："你老姑当年没和你说吗？马二敢子活着的时候，和老胡三凤子的关系也并不好。加上又出了那个事，马二敢子后来总是有些嫌弃老胡三凤子，还说老胡三凤子心里没有他。马二敢子还一直对他唯一的儿子马大壮耿耿于怀，总怀疑那不是自己的种，说马大壮越长越像王老三……据说老胡三凤子当年真不怎么喜欢马二敢子的长相，答应嫁给他的人是她爹胡老五。当年，要不是老胡三凤子一直拼命阻止着，胡二勇子和马二敢子还要去追杀你老叔呢。在当时那种情况下，气急败坏的大老爷们儿哪能那么容易就善罢甘休呢……"

"老姑父，那你说，老胡三凤子当年心里还是多少装着一点儿我老叔的？"

"那可不！你老叔长得多英俊啊！那年马二敢子被人开枪打死时，老胡三凤子并没有表现出太多的悲伤。最近这些年，五十多岁的老胡三凤子好像变得有些魔魔怔怔的了。有时她还直接喊你老叔的大名呢，说要到北边森林里找王耀家王老三去……"

尾 声

  虽然已到了事先和小林子约定的归期,但是由于小老疙瘩和赵三尿子等草原人特有的盛情,我们还是在塔头滩多住了一个晚上。小老疙瘩特意在查干湖边上架起一圈儿干柴,点燃篝火,昔日的伙伴们唱了一会儿,跳了一会儿,就围坐在篝火旁喝起酒来……

  我想起了小时候大家围坐在老胡五奶家的火堆旁听讲瞎话的情景,就问胡大宝子:"现在还有湖妖吗?"

  没等胡大宝子回答,小老疙瘩就抢着说:"哪还有什么湖妖啊,连大狗鱼都没有了。"

  胡小慧小声说:"那都是我奶讲着吓唬小孩子的,压根儿就没有什么湖妖……"

  夜色已深,也许是被酒壮了胆,我执意要像小时候听完瞎话回家那样,独自穿越一段草地走回住处去,就和胡大宝子说:"过去还有湖妖的传说,现在连条狗鱼都难得一见了。小时候觉得一到夜晚,草原到处危机四伏，"我环视一圈周遭，"那种深不可测的野性，还真是只有草原才有啊！"说着，我只身向草原深处走去。

刚走出不远，胡大宝子就追了过来。他扯住我胳膊，坚决不让我一个人走："龙飞你听我说，现如今草原狼是少了，可架不住咱这草原大啊！指不定就从哪块儿蹿出一只，尤其这黑咕隆咚的时候，可不能自己走哇，这是真格的。"

"是啊，龙飞哥，那时候你手里还有个掏捞棒子，身边还跟着条大黄狗，这会儿你可是手无寸铁啊！"小老疙瘩说着，做了个挥舞掏捞棒子的动作。

"我都这么大的人了，现如今整个大草原能数出几只狼啊？别担心，要是真能碰上狼，那得算我有福气了。"我还是坚持要走一走草原夜路，寻找当年的感觉。

还没迈出几步，正前方隐隐约约传来几阵悠长的吼叫，乍听起来感觉不远，再听又难以分辨远近。这声音拦住了我的双脚，我恨不得把耳朵抻出半尺，定在原地，仔细倾听着。这吼叫像我童少时代熟悉的狼嚎，披星戴月而来。我的心跳不由得加快，血液上涌。可是竖着耳朵再听，又像是狗在变着调子嚎叫。叫声停了停，再传过来时，又让我想起小时候我们这些人，哪个没恶作剧学过几嗓子狼嚎呢……

"听见没？有狼！这是真格的。"胡大宝子说。

"还别说，真挺像狼叫呢！能不能是有人学的啊？"我嘴上说着对有狼半信半疑的话，心里却希望远处的月光下，真有一只草原狼在家园徘徊着。

"那是真格的！"胡大宝子趁机把我拉上了车……

直到又一天中午喝过饯行酒，儿时的伙伴们才肯勉强将我放行。来过草原的人都知道，草原人的盛情总是因为太真挚而难以推却，草原的酒总是比血还浓。

回返的路上，小林子兴奋地驾着车说："大草原太好了，真是没白来啊！"听完了降央卓玛最后那首《陪你一起看草原》之后，他还不失时机地换上了另一个光碟。小林子还一边听一边和奥云格日乐哼唱起另一首草原歌曲《离别草原》：难忘你的回首，难忘你那一眸，难忘草原的笑容，难忘花落随风走。今宵酒醒何处，已是华灯高楼，不见天边的弯月，只听那喧嚣如流。想起草原的清秀，走过那小河溪流，记得你深情的挽留，不忘流泪的嘱咐。多想在草原久留，可挡不住这红尘飞土，盼望还有相见的时候，让我们紧紧相守。

"这首歌也太合适这气氛啦，就像就是奥云格日乐专门为咱们演唱的！"小林子又是反复放了一遍又一遍，我则一直沉浸在离别草原的忧伤之中……

由于喝了过量的白酒和啤酒，车行至塔头滩深处时，我感到有些内急。

不管有没有人，哪怕是小解，我也要找个僻静无人的地方。没办法，这已经是我多年的习惯。当我走向那片长着浓密蒿草的土坡，刚解开腰带，身后突然传来小林子惊慌而低沉的声音："王哥，狼！"

尽管酒还没醒，我还是觉得小林子这玩笑开得太不是时候，也太不是地方了。我想我肯定是一脸不满地回头看了他一眼。正是这一眼让我发现：小林子脸色惨白，血色全无，而且已经变了形。他惊恐的双眼并没有在看我，而是越过了我，死死盯住我身后的某个地方。我顺着他的目光转向不远处那个草坡，有那么一瞬间，我感到自己一定是因为醉酒出现了幻觉：一只灰色大狼——一只成年的灰色母狼，正站在不远处的草坡上注视着我。

我喝的酒似乎顷刻间就挥发出我的血液，我像是从没离开过草原半步，下意识地站直了身子，正面对着它。这是草原人的经验，人不能背对着猛兽，那样猛兽会认为这个人可以偷袭。深埋在记忆中的草原生活经验，不仅让我与母狼面对面，还让我如何把眼睛蓄满冷静和沉着。那一瞬间，我眼前闪过为了救我失去半个乳房的老姑，她那故作镇定的歌声也乘着岁月的长风飘摇到我的耳畔；我看到祖母为了救下小白马驹，抱着一大捆着火的谷子，大喊着冲向两只恶狼；我看到葬身在祖父枪口下的野狼，在生死对峙中应声到地时喷射出的污血和尸首；我听见了"抓革命、促生产"的口号声和半自动步枪的射击声以及草原狼绝望的哀嚎声；我还听见了宋踮脚长跪于雪野，为自己犯下的致命错误而悲痛欲绝的忏悔声……可是，当我被记忆中与狼有关的碎片紧急敦促、不知不觉间已将目光调试成与狼斗狼的状态时，我却发现，对面的母狼似乎无意应战。它好像根本不想与我狭路相逢，甚至并不觉得是我已经误闯了它的领地。母狼的眼神里没有愤怒，没有仇恨，没有幽怨，它一直在温和地看着我……时间像是在过去的岁月里跑了一圈又兜回此刻……良久之后，母狼不再和我对视了，它慢慢地转过身去，又回头向我张望了一眼，像在和我做着最后的告别，就家狗一样跑向了草原深处……

　　小林子仍张大着嘴巴定格在车上，而我心里却是五味杂陈。这只母狼和当年老姑碰到的那两只大狼，从动作到形态再到眼神，都已截然不同。它周身散发着的气息不仅没有攻击我的意思，而且连威慑都收敛得干干净净。我甚至还从它淡漠的眼神读出了退避、让步和说不清的恐惧……

　　我终于还是遇到了草原狼，可我真的不知道这到底算不算如愿以偿。我遇到的不是一只我记忆中满身野性的草原狼，更像是一只逆来顺受的草原羊。

"开车走吧,我们总算不虚此行,终于看到草原狼了。"我心情复杂地对小林子说。

是啊,查干淖尔大草原在渐渐退化,塔头滩也在渐渐变得温和,昔日的草原狼群也早已经溃散和消亡了。我长久地站立在查干湖边,刺目的阳光下,滔滔湖水,波浪翻滚,一直延伸到看不到边际的远方。我的目光还是穿越了那片苍茫湖水,也穿越了湖水一样苍茫的岁月。霍林河水彻底断流以后,查干湖的新主人们从远方引来了松花江水。远远地望去,查干湖还是那个查干湖,但查干湖里面的水已经不再是原来的水了。那么湖里的鱼还会是原来的鱼吗?吃着鱼长大的水鸟还会是原来的水鸟吗?肯定不会是了。就像原来那个破旧的拉嘎老古庙改建成了崭新的文庙一样,就算吟诵的还是同样的经文,表达的意思也不会是相同的了。这些新的湖水或许承载着新的传奇,查干湖似乎永远都不会干涸,不会沉寂了。过去一群群打鱼郎飞翔在湖面上时,人们想到的往往是湖水中有成群结队的鱼群;而当眼前连一只飞鸟都难以望见时,人们想到的就不仅仅是湖水中有没有鱼群的问题了,人们肯定还会不由自主地想到一些与大草原、与塔头滩、与生命力有关的东西……

我越来越觉得塔头滩上那轰轰烈烈、铮铮铁骨的血性已不再是我及后代人的标记,生活早已于不知不觉中变得越来越平庸寡淡了。

车又行进了一会儿,我终于在塔头滩上看见了一只久违的长脖老等。其实祖母早就告诉我了,它的学名叫苍鹭。这只几乎和塔头滩湿地一样古老的灰色大鸟,历尽沧桑仍然像一位仙风道骨的圣哲。此时,它正提起一条大长腿,静静地站在湿地边上沉思着。但它的神情多多少少还是显得有那么一点儿不安定,等待得似乎有些疑虑和烦躁。它好像在追问着人类,草原大风能否再把塔头滩湿地吹回到那个水草肥美、生机盎然的辽远年代呢？

  我真实地领略到了很多年前就一直吹着的弥漫旷野的草原大风。如今重新面对这草原大风时，我像突然领悟到一些不一样的东西：有一种缘分，如同生命本身一样无法回避，它会和你一生相伴；有一种故土，就像是命中注定，纵然你距离它千里万里，蓦然回首时，它仍会近在眼前。我只要听懂草原上的大风就足够了，我不必去看清那些湖水了，因为那个永远的大湖一直就装在我的心底。湖面上连绵不绝的浪花里，有鸥鸟成群结队；湖边的大苇塘里，有顽皮淘气的孩子们；远处辽阔的草地里，有骑手一路惊起躲在草丛中抱窝的山雀儿；在更远处的草原上空，还有一只雄云雀在长久悬停婉转鸣叫着……此时，迎着草原大风的我就算闭上眼睛，也能感受到一望无际的查干湖和草浪翻滚的塔头滩了。我的耳边除了回响着塔头滩上那段越发复杂的激越长调，还不断地回响着查干湖畔那首亘古传唱的民间童谣——

    骏马奔腾在无边的草原，
    牛羊游走在辽阔的大地；
    蓝天高远如后生的胸怀，
    白云悠悠像少女的心情……

    羊草垛，插钐刀，你的兵马任我挑……
    挑哪个？挑红鹰！
    红鹰不在家，
    挑你们哥仨。
    哥仨去喝酒，
    挑你们老九。

老九去放枪,

挑你们一大帮……

    我又一次远远地望见了那大片巨大的草库伦，据说那就是赵三尿子家承包的人工草原，真是三十年河东，三十年河西啊。从那片平整的草面上，我再次看到了以赵干巴为代表的塔头滩弱民们的拼搏群像，看到了他们前赴后继抽搐挣扎的身影，甚至还看到了他们寻梦时滴落在大草原深处的泪水和血水……有那么一度，我就像被一种无穷的力量吸附在了大草原上。我吸了吸鼻子，还是感觉有点儿酸胀。

    我还要回到哪里去呢？我哪也不想去呀。我突然决定应该在大草原上长久地停留下来。我不知道胡小慧还是不是我一直惦记着的那个人，但我知道她目前正是需要有人支持、有人呵护的那个人，就像我脚下的大草原需要有人精心打点和细致呵护一样。

    我还想到，老叔一生未娶，老胡三凤子现在也是一个人了，是不是把老叔也劝回大草原来呢……

    夕阳西下，我们的越野车已行驶至查干淖尔大草原的纵深地带。幻象中，一个红色少年正骑着一匹红色骏马奔驰在苍茫无际的塔头滩上，正一路烟尘地向着一群红色草原狼追杀而去……

2022年11月3日改定于长春听溪阁